FRANCISCO

*O santo de Assis na origem dos
movimentos franciscanos*

GIOVANNI MICCOLI

FRANCISCO

O santo de Assis na origem dos movimentos franciscanos

TRADUÇÃO
Sergio Maduro

TRADUÇÃO DAS CITAÇÕES EM LATIM
Alexandre P. Piccolo

martins fontes
selo martins

© 2015 Martins Editora Livraria Ltda., São Paulo, para a presente edição.
© 2013, Donzelli Editore, Roma.
Esta obra foi originalmente publicada em italiano sob o título *Francesco: il santo di Assisi all'origine dei movimenti francescani* por Donzelli Editore.

Publisher *Evandro Mendonça Martins Fontes*
Coordenação editorial *Vanessa Faleck*
Produção editorial *Susana Leal*
Preparação *Paula Passarelli*
Revisão *Renata Sangeon*
Julio de Mattos
Ellen Barros

Todas as imagens desta edição são de autoria de
Evandro Mendonça Martins Fontes

Dados Internacionais de Catalogação na Publicação (CIP)
(Câmara Brasileira do Livro, SP, Brasil)

Miccoli, Giovanni
   Francisco: o santo de Assis na origem dos movimentos franciscanos / Giovanni Miccoli; tradução Sergio Maduro; tradução das citações em latim Alexandre P. Piccolo. – São Paulo : Martins Fontes - selo Martins, 2015.

   Título original: Francesco: il santo di Assisi all'origine dei movimenti francescani
   ISBN: 978-85-8063-216-3

   1. Espiritualidade 2. Franciscanos - História 3. Francisco, de Assis, Santo - Bio-bibliografia 4. Francisco de Assis, Santo, 1182-1226 I. Título.

15-02376   CDD-282.092

Índices para catálogo sistemático:
1. Francisco, de Assis, Santo : Biografia e obra   282.092.

Todos os direitos desta edição reservados à
Martins Editora Livraria Ltda.
Av. Dr. Arnaldo, 2076
01255-000 São Paulo SP Brasil
Tel.: (11) 3116 0000
info@emartinsfontes.com.br
www.emartinsfontes.com.br

Sumário

Introdução – Oito séculos depois: o santo e o papa 7

Prefácio 17

Lista de abreviaturas 21

*Igreja, reforma, evangelho e pobreza: um nó na história
religiosa do século XII* 25

A proposta cristã de Francisco de Assis 59

*A "descoberta" do Evangelho como "forma vitae" nas biografias
franciscanas: as aporias de uma memória histórica em apuros* 137

*Da hagiografia à história: considerações sobre as primeiras
biografias franciscanas como fontes históricas* 185

Boaventura e Francisco 273

Índice onomástico 295

Introdução
Oito séculos depois: o santo e o papa

Um livro como este, sobre Francisco de Assis, por certo não representa um acontecimento extraordinário. Ainda que das mais variadas naturezas, são frequentes os livros sobre ele. Portanto, sob esse ponto de vista, não há nada de especial, senão o propósito de ser, a rigor, um livro de história. Em contrapartida, a conjuntura absolutamente singular de sua publicação é de um transbordante entusiasmo franciscano.

Sem dúvida, Francisco de Assis sempre foi um santo popular. Entre os séculos XIX e XX, em particular, especialmente na Itália, ele foi o protetor e o avalista das mais diversas iniciativas e situações. Isso não quer dizer que sempre tenha sido assim em relação ao que efetivamente havia desejado ser e representar para a Igreja, a vida cristã e a sociedade de seu tempo. O Francisco da história conheceu múltiplas traduções, às vezes até desaparecendo nos inúmeros "usos" que frequentemente fazem dele. Com efeito, as interpretações forçadas e as distorções daí decorrentes atingiram pontos inefáveis, para não dizer de rara comicidade, se recordarmos que um expoente muito prestigiado da universidade italiana pôde escrever, nos anos 1920, sobre *L'attualità dello spirito francescano nel fascismo*, e que, em textos de propaganda, a imagem de Mussolini ao lado de um leão podia se fazer acompanhar pela de Francisco com o lobo de Gubbio*. É desnecessário recordar o célebre díptico "o mais santo dos italianos e o mais italiano dos santos" que coroa sua proclamação como patrono da Itália: uma fórmula nascida no século XIX, mas que voltou a ser lançada com estrondo por Mussolini, no curso do processo de "conciliação" entre o Estado italiano e a Santa Sé, quase como a referendar posteriormente seu percurso. No entanto, nas décadas anteriores, para nos atermos ao âmbito das formas inusitadas de sua "assimilação", já tinham feito Francisco figurar entre os inspiradores da primeira Democracia Cristã, embora, entre os socialistas, também não tenha faltado quem o tivesse apontado como precursor de seus ideais. Em suma, pode-se dizer que a sua fama, como de resto a devoção a ele, extrapolava e ainda extrapola as fronteiras das ordens que o têm como referência.

Portanto, não é nesse âmbito que estão acontecendo e estão sendo procuradas novidades significativas. Acho que posso dizer que a novidade não está nisso: está na particular atenção, inédita como fenômeno de massa nos últimos tempos, com que se tem recorrido ao seu carisma e se têm sido observadas as características originais e as implicações da sua maneira de ser e da sua mensagem. "O espírito de Assis transborda no mundo", escreveu, com excessivo triunfalismo, o *Avvenire***. Esse grande interesse e essa forma repentina e difusa de envolvimento emocional evidenciam uma razão, que obviamente nada tem a ver com o âmbito estrito da pesquisa especializada, qual seja, a de que no dia 13 de março de 2013, na quinta votação, o conclave elegeu o cardeal Bergoglio como novo papa – o primeiro papa jesuíta –, o qual assumiu o nome de Francisco, em explícita referência ao santo de Assis: certamente, um nome carismático e popular, que, no entanto, em oito séculos, nenhum papa havia arriscado assumir. Estava lançada a pergunta: qual a razão dessa escolha? Qual seu significado? Que

---

* Referência ao episódio na pequena cidade de Gubbio, na Itália, onde os moradores, aterrorizados pela presença de um lobo, mantinham-se trancados em casa. Ao visitar o lugarejo, Francisco de Assis ficou surpreso ao ver a cidade amedrontada pela fera e decidiu ir ao encontro do animal. Reza a lenda que ele o domou e o trouxe para o convívio dos habitantes da cidade. (N. T.)
** Jornal italiano de inspiração católica. (N. T.)

aspecto do Francisco histórico o novo papa tem em vista? Todavia, exatamente por seu ineditismo, é difícil não considerá-la uma escolha forte, prenhe de implicações. Logo, seguia-se uma pergunta inevitável: quais as perspectivas que o papa Francisco pretende abrir para a Igreja e para as relações dela com a sociedade?

Para um pontificado ainda no princípio, é certo que não são questões prontas para uma resposta completa. E, todavia, este também não seria o lugar para tentar alcançá-la. As ideias seguintes procuram, sobretudo, apresentar algumas questões e alguns *insights* de pesquisa que se ligam àquelas perguntas.

Em 16 de março, poucos dias depois de sua eleição, ao receber vários representantes da mídia reunidos em Roma para o conclave, o papa Bergoglio ofereceu uma breve reconstituição dos passos e das razões de sua escolha. Trata-se do único testemunho direto. Por isso, vale a pena lê-lo na íntegra:

> Alguns não sabiam por que o bispo de Roma quis se chamar Francisco. Alguns pensavam em Francisco Xavier, em Francisco de Sales, também em Francisco de Assis. Vou contar-lhes a história. Na eleição, eu tinha ao meu lado o arcebispo emérito de São Paulo e também prefeito emérito da Congregação para o Clero, o cardeal Cláudio Hummes: um grande amigo, um grande amigo! Quando a coisa ficava um pouco perigosa, ele me confortava. E quando os votos atingiram os dois terços, vieram os habituais aplausos, porque o papa tinha sido eleito. E ele me abraçou e me beijou, e me disse: "Não se esqueça dos pobres!". Aquela palavra entrou aqui: os pobres, os pobres. Logo depois, em relação aos pobres, pensei em Francisco de Assis. Depois pensei nas guerras, enquanto a apuração prosseguia, até o final dos votos. E Francisco é o homem da paz. Assim me veio o nome ao coração: Francisco de Assis. Para mim, é o homem da pobreza, o homem da paz, o homem que ama a Criação e zela por ela; neste momento, também não estamos tendo uma relação muito boa com a Criação, não é? É o homem que nos dá esse espírito de paz, o homem pobre... Ah, como gostaria de uma Igreja pobre e para os pobres! Depois, fizeram diversas piadas. "Mas você deveria se chamar Adriano, porque Adriano VI foi o reformador, é preciso reformar...". Outro me disse: "Não, não:

o seu nome deveria ser Clemente". "Mas por quê?". "Clemente XV: assim você se vingava de Clemente XIV que extinguiu a Companhia de Jesus!". São piadas...

Trata-se de uma história simples, que se aproxima de um perfil discreto, deliberadamente privado de uma carga dramática, mas não sem uma fina ironia. Corresponde ao estilo que o papa Francisco desde logo assumiu. Mas as palavras essenciais, as palavras fortes, presentes naquela escolha, estão ditas com toda a clareza. Estão destacados três aspectos de Francisco de Assis: o homem da pobreza, o homem da paz e o homem que ama a Criação e zela por ela. São três aspectos que, no discurso, de repente abrem uma perspectiva inédita para a Igreja, quase como se fosse o resultado daquilo que Francisco de Assis tinha sido e tinha desejado fazer, e que o papa que assumira o nome do santo tinha vontade de realizar: "Ah, como gostaria de uma Igreja pobre e para os pobres!". Uma Igreja pobre, não somente dos pobres ou para os pobres mas em harmonia com as usuais maneiras de ser de uma série de iniciativas e realidades eclesiais, em consonância com o que vozes bastante autorizadas na hierarquia vinham diversas vezes sugerindo, em especial a partir do Concílio do Vaticano II. Bergoglio pressagia algo maior e diferente, ou seja, uma Igreja pobre, aquilo que a Igreja, em especial a de Roma, claramente não é nos dias atuais, ainda que se imagine a "pobreza" que ela deveria assumir. A expectativa, portanto, é de uma reforma radical.

Pode-se colocar em dúvida se será possível realizar isso, o que é inegavelmente difícil, mas não é esse o ponto a ser abordado aqui. Vale mais a pena questionar por quais meios e inspirações Bergoglio chegou a associar Francisco de Assis a tal expectativa e como identificou nele o símbolo referencial para propô-la e realizá-la.

A pesquisa detalhada está, em grande parte, ainda por fazer e, portanto, poderei me limitar aqui a poucas indicações isoladas. Nos séculos finais da Idade Média, tal expectativa tinha sido a aspiração daquelas correntes "espirituais" que, referindo-se diversas vezes a São Francisco, revisto como "*alter Christus*", sonhavam com o advento de um "papa angélico" e de uma profunda renovação da Igreja. Todavia, não tenho elementos para pensar que o papa Bergoglio tivesse tais coisas em mente. Ao longo do Vaticano

II, o trabalho do grupo informal "Jesus, a Igreja e os pobres" havia relacionado a questão da pobreza e dos pobres à realidade da Igreja de então, envolvendo diversos padres influentes, ainda que suas participações nas discussões e nos documentos conciliares fossem muito limitadas e parciais. Não foi assim na América Latina, onde a assembleia episcopal de Medellín (agosto/setembro de 1968) retomou em grande parte as expectativas, marcando, profundamente e por muitos anos, as orientações daquelas Igrejas antes que as intervenções romanas, sob o pretexto de combater infiltrações marxistas na Teologia da Libertação (principal expressão daquelas expectativas), sufocassem quase completamente seu impulso. Mas já no curso do concílio, um dos protagonistas daquela assembleia, monsenhor Hélder Câmara, debruçara-se longamente sobre tais questões nas circulares que enviava quase diariamente a seus amigos e colaboradores no Brasil.

São temas recorrentes de suas reflexões a urgência de uma Igreja pobre, para poder reconquistar a voz e a credibilidade em uma sociedade dominada pela opressão e pela exploração, e de uma Igreja aberta aos pobres, porque recuperou a capacidade de enxergar neles o vulto de Cristo e o sentido profundo do seu testemunho e da sua mensagem. E precisamente em tais circulares estão perfilados, parece-me possível dizer, alguns sinais significativos para apresentar um princípio de resposta à pergunta da qual parti: porque é recorrente e central nas reflexões de Hélder Câmara a referência a Francisco de Assis como modelo no qual buscar inspiração para enfrentar na Igreja os problemas do nosso tempo. "Poucos santos têm uma mensagem tão atual e necessária ao homem de hoje como São Francisco de Assis [...]" – escreve ele em uma circular de outubro de 1965. "A sua mensagem de pobreza é atualíssima." E para melhor especificar o alcance e o significado que a pobreza assume no seu discurso, ele, em alusão à visita prestes a acontecer de Paulo VI à assembleia da ONU para falar a uma plateia imponente de chefes de Estado e ministros, coloca em evidência o risco de assim alimentar "a tentação da Igreja dominadora no auge do prestígio e da força moral". Portanto, na acepção que ele propõe, trata-se de uma pobreza não somente como abandono da riqueza e do fausto, mas também como renúncia a todo exercício e ambição de poder.

Mas o modelo de Francisco oferece outros aspectos fundamentais:

> Não menos necessária – prossegue, de fato, Hélder Câmara – é a mensagem de amor às criaturas, tão alinhada com o Vaticano II e próxima da essência do Esquema XIII. Toda a obra de Teilhard de Chardin é uma tentativa de atualizar o *Cântico das criaturas*. Outras coisas profundamente alinhadas com as necessidades de hoje: a alegria (o mundo está de tal forma atormentado pela tristeza, essa "enfermidade do diabo"); o antiódio, a confiança nos homens, o amor simbolizado pelo lobo de Gubbio (as pessoas, como as criaturas, quando são provocadas tornam-se lobos ferozes...); e a paz, que ele misteriosamente restituiu ao frei Leão, um passarinho assustado nesta terra de homens.

Em outra ocasião (circular de setembro de 1965), ele havia escrito:

> São Francisco é um símbolo da urgentíssima reforma de que a Santa Igreja necessita. Santa na sua origem e na garantia do Espírito Santo. Entregue aos nossos cuidados, homens frágeis, que nela depositamos as nossas terríveis fragilidades.

Em razão de uma visita que fez a Assis, Hélder Câmara esclarece (circular de novembro de 1962): "Será a ocasião de confiar a São Francisco tudo aquilo que estamos tentando fazer pela Igreja (ele foi um homem católico) e, em particular, pela pobreza".

São apenas uns poucos exemplos de uma presença recorrente que fazem de Francisco o protagonista e o ponto de referência das maneiras, dos termos e da direção em que uma reforma da Igreja deve urgentemente atuar. Não por acaso, Hélder Câmara recorda também as palavras que, segundo a tradição hagiográfica, o crucifixo de São Damião dirigiu a Francisco "sobre a Igreja que tinha necessidade de ajuda"* (circular de outubro de 1962).

---

* Referência ao episódio em que Francisco de Assis, orando na igreja de São Damião, teria ouvido, partindo de um crucifixo, o pedido de Cristo para que ele reconstruísse a sua igreja em ruínas. (N. T.)

As circulares foram publicadas em Recife, em 2004, cinco anos depois da morte de seu autor. É difícil que Bergoglio não as tenha lido. Em todo caso, sem querer estabelecer ligações e relações que devem ser mais precisamente definidas e documentadas, não me parece despropositado mencionar que o Francisco esboçado nessas reflexões de Hélder Câmara apresenta muitas analogias, seja com o quadro pintado por Bergoglio para explicar sua decisão de assumir o nome, seja com atos e gestos que têm caracterizado o início de seu pontificado: porque, muito claramente para ele, para além da opção preferencial pelos pobres, a questão da pobreza da Igreja parece configurar-se também em termos de renúncia ao poder e aos seus símbolos, em uma escolha de simplicidade e compartilhamento, com o consequente abandono da opulência e da pompa, das quais as exigências do poder pontifício foram e são uma expressão primária. Não por acaso, não só nas rodas tradicionalistas lefebvrianas ele foi acusado de esquecer que aquela pompa exprime o fato de que, enquanto vigário de Cristo, ele é a mais alta autoridade da Terra. Ao Francisco que escolheu "seguir Cristo e servir ao próximo", que, no beijo no leproso, como Bergoglio destaca em alguns de seus discursos, "conheceu o momento em que tudo isso se tornou concreto na sua vida", ao mais reles Francisco pobre entre os pobres, que na secular devoção dos povos da América Latina por São Francisco das Chagas havia encontrado expressões e lances singulares, associa-se, na sua visão, o Francisco reformador, que na pobreza e no abandono de todo triunfalismo e de toda autorreferencialidade, indica à Igreja o caminho para poder falar aos homens.

E ele ainda vai se referir ao Francisco reformador, empenhado em reparar a "casa do Senhor", como, por exemplo, ao abrir a vigília de orações com os jovens na orla de Copacabana (27 de julho). É muito claro seu apelo à tradição hagiográfica, já lembrada por Hélder Câmara, que, em resposta à oração de Francisco diante do crucifixo de São Damião, havia evocado o convite de Jesus: "Francisco, vai e repara a minha casa".

Todavia, para ele, não eram conceitos e perspectivas novas. Quando ainda arcebispo de Buenos Aires, Bergoglio, em conversas com o rabino Abraham Skorka, falando de santos como os que, na história da Igreja, são os "verdadeiros reformadores", havia feito referência exatamente a Francisco:

> Francisco trouxe para o cristianismo uma nova concepção da pobreza em oposição ao luxo, ao orgulho e à vaidade dos poderes civis e eclesiásticos da época. Ele desenvolveu uma mística da pobreza e da privação que mudou a história.

Assim, parece-me que, nas orientações pastorais que vêm amadurecendo na América Latina depois do Concílio, emergem traços de uma reflexão sobre Francisco de Assis que fazem uma leitura de sua obra sobretudo em termos de uma reforma da Igreja, tendo ao centro, para isso, a escolha da pobreza e a opção preferencial pelos pobres. Não acho que seja por acaso. Condições de extrema miséria, de exploração e de opressão estão largamente difundidas no continente: milhões de pessoas estão envolvidas. A conferência de Medellín não se furtou a revelar isso explicitamente: "Um clamor surdo se eleva a partir de milhões de pessoas que pedem a seus pastores uma libertação que não chega a elas de parte alguma". É a consciência que inspira a Teologia da Libertação. A ampla afirmação de regimes autoritários e repressivos piora ainda mais a situação. Não é de se estranhar que, no momento exato em que aquelas Igrejas locais tomam cada vez mais consciência de tais realidades (e de sua culpa por anteriores inadequações), elas voltem seus olhares para modelos capazes de lhes sugerir uma plena reatualização da mensagem evangélica originária.

Para procurar reunir outras possíveis sugestões que estão na raiz da escolha de Bergoglio, vale a pena acrescentar que referências explícitas a Francisco de Assis e ao seu modelo de reforma radical da Igreja estão presentes nas décadas posteriores ao Concílio também no âmbito da Companhia de Jesus, que, sob a direção do padre Arrupe, vinha fazendo da opção preferencial pelos pobres um aspecto central de seu próprio compromisso. De fato, o Decreto IV, produzido durante a XXXII Congregação Geral (de dezembro de 1974 a março de 1975), afirmava que "hoje, a missão da Companhia de Jesus é o serviço da fé, do qual a promoção da justiça constitui uma exigência absoluta enquanto parte da reconciliação entre os homens, requisito de sua conciliação com

Deus". Na base de tal declaração estava a consciência de que "não existe conversão autêntica ao amor de Deus sem uma conversão ao amor dos homens e, em consequência, às exigências da justiça".

São temas largamente tratados pelo padre Arrupe em seus discursos, em uma visão na qual as transformações planetárias em curso impõem radicais mudanças nas formas de ser da Igreja. E é significativo que, ao propor uma reflexão sobre os termos da mudança do próprio modo de viver, em um discurso de agosto de 1976 proferido no Congresso Eucarístico Internacional da Filadélfia, tenha sido feita nova referência a Francisco: "O mundo de hoje tem a necessidade do exemplo de um novo Francisco de Assis". E, em um discurso sobre fé e justiça, de novembro de 1976, que pretendia conclamar os cristãos da Europa a assumirem sua responsabilidade por tanta miséria no Terceiro Mundo, convidando-os a viverem o radicalismo da própria fé para a realização da justiça, ainda uma vez Francisco de Assis se perfila entre as grandes figuras dos verdadeiros reformadores: "As grandes reformas e os movimentos mundiais foram lançados e realizados por homens que haviam compreendido o radicalismo da mensagem evangélica: um Francisco de Assis, uma Teresa de Ávila, um Charles de Foucauld".

Seria um simples pedantismo argumentar que só muito parcialmente volta a emergir nessas perspectivas recorrentes aquilo que Francisco foi e quis ser. Acho que posso dizer, portanto, que dessa diferença este livro dá uma demonstração inequívoca. Resta, naquelas perspectivas, a vontade de uma plena recuperação de questões e perguntas que Francisco de Assis, com suas escolhas de vida, havia indiretamente proposto à Igreja. Não é pouco. A perplexidade, as críticas, as leituras falseadoras ou tendenciosas e as resistências subterrâneas, que não deixam de aflorar cada vez mais amplamente no âmbito não somente eclesiástico nas discussões sobre declarações e atos do novo papa, dão a elas ilustração posterior e confirmação plena.

Trieste, agosto de 2013.

Sucedendo a um gentil convite de Carmine Donzelli, este livro apresenta os principais ensaios reunidos no volume publicado em 1991 junto à editora Einaudi, com o título *Francesco d'Assisi. Realtà e memoria de un'esperienza cristiana*. O texto se manteve praticamente inalterado e algumas notas foram simplificadas.

Prefácio

Frei Masseo é protagonista de alguns dos mais saborosos e complexos episódios dos *Fioretti** [Florilégio]. É num desses que ele faz a Francisco uma pergunta capital: "Por que todo mundo está atrás de ti, e cada pessoa parece querer ver-te, ouvir-te e obedecer-te? Tu não és um homem belo de corpo, tu não és de grande ciência, tu não és nobre; donde, portanto, vem essa vontade do mundo de seguir-te?". A intenção edificante – Masseo quer provar a humildade de Francisco – encontra plena satisfação na resposta. É tudo obra de Deus, que não encontrou sobre a Terra "criatura mais vil" para poder mostrar que "toda virtude e todo bem" vêm d'Ele e, assim, confundir "a nobreza e a afetação e a fortaleza e a beleza e a sabedoria do mundo".

Em diferentes formatos, o tema é recorrente na memória e na tradição hagiográfica da ordem. Já presente nos materiais coletados pelos "companheiros", foi retomado e amplamente desenvolvido, entre outros, por Boaventura. A exaltação de uma característica marcante da santidade de Francisco se entrelaça com uma ênfase no valor e no significado providenciais da sua obra. Toda a Ordem dos Menores, seu nascimento e seu desenvolvimento, transforma-se em uma apologia da ação de Deus na história. A reflexão

---

* *Fioretti* é uma seleção de episódios significativos de uma história ou da vida de um personagem, uma espécie de antologia. (N. T.)

hagiográfica se configura, assim, como uma tranquilizadora confirmação da validade da própria trajetória e da própria identidade religiosa; mas marca também uma precisa linha de leitura da experiência primitiva de Francisco, que encontra na ordem a sua máxima expressão e as premissas de sua continuidade.

Sob essa consciência comum, ficavam totalmente em aberto as questões que, no curso dos séculos, iriam dividir os Menores a respeito das maneiras para fielmente observar e perpetuar o próprio modelo, sem com isso quebrar a convicção de uma sequência ininterrupta iniciada pela opção de Francisco que, aos poucos, continuava a se desenvolver no tempo e no espaço graças à obra daqueles que haviam seguido e continuavam seguindo seu ensinamento.

É uma crença profundamente arraigada na realidade religiosa e institucional das diferentes famílias franciscanas, razão da sua identidade e do seu mesmo modo de ser. Fruto de uma história dividida e parte integrante dela, tal convicção não pode, aliás, deixar de transformar essa oportunidade e esse objeto de análise e pesquisa histórica: não a fim de medir a maior ou menor validade e aceitação, mas para nela descobrir os dois aspectos que permanecem centrais para o estudo e o juízo histórico sobre o primeiro desdobramento de todo o ocorrido. A sinceridade da experiência primitiva de Francisco e os termos em que foi compreendida, recebida, traduzida e reanalisada na historiografia e na memória das primeiras décadas da ordem – filtro e caminho decisivo para organizar-se e estabelecer-se, sem interrupções, no contexto da vida da Igreja e da sociedade – persistem, efetivamente, como um ponto essencial não apenas do fato franciscano, mas de toda a história religiosa e eclesiástica da baixa Idade Média ocidental. A esse duplo problema e a seus múltiplos e complexos aspectos são dedicados, segundo abordagens e pontos de vista diversos, os ensaios que se seguem.

A questão é antiga. A meu ver, nem tão antigos assim são os diversos caminhos ao longo dos quais procurei enfrentá-la e resolvê-la, todavia, com a firme convicção de que a riqueza e a variedade das fontes disponíveis, se analisadas e interpretadas corretamente, oferecem elementos suficientes para a sua solução. Questão de história, de conhecimento e verdade histórica, está nos pressupostos e nos métodos de leitura e de análise da escola histórica positiva a que me ative estritamente. A legitimidade de tal opção será medida e discutida em cima dos resultados obtidos.

Os estudos franciscanos gozam de uma alta e nobre tradição, dentro e fora das ordens religiosas que têm Francisco como referência. Sinto-me profundamente agradecido a tal tradição. Mas os ensaios aqui reunidos fazem referência a ela apenas parcialmente e, claro, não de modo exaustivo: quem procurar neles uma retomada sistemática e uma discussão da principal bibliografia, com respeito aos diversos aspectos ali tratados, ficará bastante frustrado. A escassez de referências não é fruto da soberba, nem pretende ignorar as dívidas para com trabalhos alheios: todos, aliás, estão detalhadamente indicados. As razões são outras. A fidelidade de estudante aos ensinamentos dos mestres do meu longo aprendizado em Pisa, que sempre aconselhavam primeiro olhar para as fontes e depois para a historiografia, pouco a pouco foi se traduzindo tanto em um hábito de trabalho que eu já não consigo fazer de outra maneira. O grande e caprichoso estudioso A.-J. Festugière notava isso: *"La vie est brève, et l'on ne peut tout lire, et, si l'on choisit de lire surtout les anciens [...] force est bien de négliger les modernes"* ["A vida é breve, e não é possível ler tudo, e, se se escolhe ler sobretudo os antigos (...) será inevitável negligenciar os modernos"]. O véu sutil da ironia deixa transparecer com clareza a maneira de compreender o trabalho do estudioso de história, que está subentendido com todos os problemas derivados de um determinado presencialismo e protagonismo historiográfico. Eu compartilho desse entendimento.

Devo a numerosos amigos e colegas a ajuda generosa de livros, cópias e sugestões; a Attilio Bartoli Langeli, Paolo Bettiolo, Sofia Boesch Gaiano, Luigi Fiorani, Giacomo Martina, Daniele Menozzi, Roberto Rusconi, Vincenza Zangara e Paolino Zilio, meu reconhecimento e minha gratidão.

Dedico este livro a Gustavo Vinay. Se os fortes afetos têm seu campo habitual de expressão no âmbito privado, existem circunstâncias e momentos em que nasce a necessidade de torná-los públicos. A dedicatória feita neste livro é o único modo de que disponho para expressar-lhe, ainda que inadequadamente, meu débito de gratidão, minha amizade e meu afeto.

Lista de abreviaturas

Adm.	*Admonitiones*
AP	*Anonymus Perusinus*
BenLeo	*Benedictio fratri Leoni data*
Bullarium	J. H. Sbaralea, *Bullarium franciscanum Romanorum pontificum constitutiones, epistolas, ac diplomata continens..., t. I, ab Honorio III ad Innocentium IV.,* Roma, 1759, p. XLIV-798.
CantSol	*Canticum fratris Solis*
CC	*"Corpus Christianorum"*
I Cel.	Tomás de Celano, *Vita prima sancti Francisci*, em *Analecta franciscana*, Quaracchi, 1926-41, X, p. 3-117.
II Cel	Tomás de Celano, *Vita secunda, ibid.*, p. 129-268.
III Cel	Tomás de Celano, *Tractatus de miraculis, ibid.*, p. 271-330.
Compilatio	*"Compilatio Assisiensis" dagli scritti de fr. Leone e compagni su S. Francesco d'Assisi* (Biblioteca histórico-franciscana da Umbria, 2), 1. ed., integral do manuscrito 1046 de Perúgia, com versão italiana na edição bilíngue, introdução e notas aos cuidados de M. Bigaroni O.F.M., Porciúncula, 1975.
CSEL	*Corpus Scriptorum ecclesiasticorum latinorum*

EpCler I	*Epistola ad clericos* (*redactio prior*)
EpCler II	*Epistola ad clericos* (*redactio posterior*)
EpCust I	*Epistola ad custodes I*
EpCust II	*Epistola ad custodes II*
EpFid I	*Epistola ad fideles I*
EpFid II	*Epistola ad fidelis II*
EpMin	*Epistola ad ministrum*
EpOrd	*Epistola toti ordini missa*
ExpPat	*Expositio in Pater noster*
Fragm.	*Fragmenta alterius regulae non bullatae*
Iul.	Juliano de Spira, *Vita sancti Francisci*, em *Analecta franciscana*, X, Quaracchi, 1926-41, p. 335-71.
LaudDei	*Laudes Dei altissimi*
Leg. mai.	Boaventura, *Legenda maior S. Francisci*, em *Analecta franciscana*, X, Quaracchi, 1926-41, p. 557-652.
Leg. per.	*Legenda perusina*
Leg. III soc.	T. Desbonnets, *Legenda trium sociorum. Edition critique*, em "Archivum Franciscanum Historicum", LXVII (1974), p. 38-114.
MGH	*Monumenta Germaniae Historica*
Off. Pass.	*Officium passionis*
PG	Migne, *Patrologia Graeca*
PL	Migne, *Patrologia Latina*
RegB	*Regula bullata*
RegEr	*Regula pro eremitoriis data*
RegNB	*Regula non bullata*
SalVirt	*Salutatio Virtutum*
Scripta	*Scripta Leonis, Rufini et Angeli sociorum S. Francisci*, organização de R. B. Brooke, Oxford, 1970.
Spec. perf.	*Le Speculum perfectionis*, orgaização de P. Sabatier e A. G. Little, I-II, Manchester, 1928-31.
Test.	*Testamentum*

Francisco
Para Gustavo Vinay

Igreja, reforma, Evangelho e pobreza:
um nó na história religiosa do século XII

Em 1144, Eberwin de Steinfeld, prelado de Colônia, escreveu uma carta a Bernardo de Claraval. Há pouco, dois hereges haviam sido queimados e ele ficara impressionado com a firmeza e a alegria com que haviam suportado o suplício: "Como poderiam esses sócios do diabo experienciar tal fortaleza na própria heresia, o que custosamente na fé de Cristo se pode encontrar em homens muito religiosos?". Mas Eberwin não se limita a enunciar sua perplexidade confusa por aquela demonstração de firmeza: na carta, ele faz referência a alguns aspectos de sua crença, de sua prática pastoral, de sua polêmica contra a tradição e os hábitos eclesiásticos:

> Até aqueles que entre vós são considerados os mais perfeitos, como os monges e cônegos regulares – assim teria sido o discurso deles –, possuem de tudo, conquanto não o tenham como próprio, mas em comum [...]. Em vez disso, nós, pobres de Cristo, sem residência fixa, pulando de cidade em cidade, ovelhas em meio a lobos, suportamos como apóstolos e mártires a perseguição; levamos uma vida santa e ascética no jejum e na abstinência, persistindo dia e noite em orações e trabalhos e neles buscando apenas o necessário para viver. Suportamos essas coisas porque não somos do mundo, enquanto vós, que sois amantes do mundo, estão em paz com o mundo [...]. Para distinguir nós de vós, Cristo disse:

"Reconhecê-los-eis pelos seus frutos". Os nossos frutos são as pegadas [*vestigia*] de Cristo[1].

Pregações e vida itinerante, perseguições e ausência de exercício do poder, pobreza no sentido de falta de posses e de bens ("apenas o necessário para viver") e precariedade ("não ser do mundo", em contraposição ao "estar em paz com o mundo") são os traços distintivos de uma vida e de uma proposta que se resumem nas fórmulas usuais de *pauper Christi* [pobre de Cristo], *sequi vestigia Christi* [seguir as pegadas de Cristo], *vita apostolorum* [vida dos apóstolos]: um lema bastante comum e difundido naquelas décadas, que, todavia, assume naquele contexto uma carga contestadora forte e direta contra a realidade eclesiástica existente.

Por volta de 1180, Valdo e seus "irmãos" manifestaram uma profissão de fé e um *propositum* que deveriam atestar seu dogmatismo e que assim foram aceitos; a opção pela "pobreza" constitui elemento central de sua prática religiosa:

> E desde que, segundo o apóstolo Tiago, a fé sem as obras está morta, renunciamos ao século e, segundo o conselho do Senhor, distribuímos aos pobres o que tínhamos, e nós também decidimos ser pobres, sem cuidar do amanhã nem aceitando de quem quer que seja ouro ou prata ou mais, exceto o alimento de cada dia e as vestes. E assim nos propusemos a observar os conselhos evangélicos como preceitos[2].

As palavras, selecionadas e usadas com sabedoria, não deixam dúvidas sobre a radicalidade da opção apresentada. Walter Map, uma testemunha desencantada da realidade religiosa e eclesiástica de seu tempo, havia visto um grupo um ano antes, no Concílio de Latrão, onde tinham vindo pedir ao papa a aprovação de suas traduções bíblicas e a confirmação de suas práticas de vida:

> Eles não têm residência fixa em nenhum lugar, andam aos pares e descalços, trajando tecidos rústicos, sem nada possuir e tendo tudo em comum, como os apóstolos, seguindo nus o Cristo nu[3].

A referência é ao Evangelho compreendido em sua totalidade, como modelo e prática de vida, dispensando todos os problemas com regras e organizações especiais de disciplina, segundo o critério que, no começo do século, fez Estêvão de Muret – um dos muitos ascetas reformadores que naquelas décadas habitavam os distritos da Europa ocidental – dizer, ao se dirigir a seus primeiros companheiros:

> A quem lhes perguntar de que profissão, de que regra, de que ordem vós sois, respondei assim: "Somos da primeira e principal regra da religião cristã, ou seja, do Evangelho, que é fonte e princípio de todas as regras"[4].

Para começar, escolhi deliberadamente alguns textos e casos de conhecimento geral – entre as dezenas e dezenas que poderiam ser citados no período entre os séculos XI e XII[5] – constituídos de termos e referências comuns, a despeito de expressões e manifestações de realidade, cuja profunda diversidade também conhecemos. Melhor dizendo, expressões e manifestações de realidade que a nossa cultura historiográfica (apesar de tudo, tão tributária de esquematizações e contrastes que remontam à tradição teológica, polemista e inquisitorial) em geral nos habituou a considerar radicalmente díspares: pregadores e perfeitos cátaros*, quase com certeza, os dois "apóstolos" que Eberwin viu serem queimados; Valdo e seus primeiros seguidores, todos animados por um desejo de conversão pessoal e de testemunho, embora ainda estranhos a qualquer propósito de rompimento ou de polêmica direta e explícita nos confrontos da instituição eclesiástica; Estêvão de Muret e seus companheiros, núcleo constitutivo da nova Ordem de Grandmont, que será completamente inserida na tradição religiosa ortodoxa. São realidades, ou melhor, talvez resultados e destinos profundamente diferentes, por trás de linguagens, referências, insígnias, atitudes fortemente compartilhadas: Evangelho, renúncia, pobreza, pregação itinerante. Um conjunto de opções e de maneiras de ser que se qualificava – e isso, aliás, estava bem

---

* Eram denominados "perfeitos" os cátaros seguidores de uma vida ascética e contemplativa que buscavam com isso atingir um estado de pureza. (N. T.)

entendido – como um fato incomum e novo na tradição religiosa do Ocidente cristão.

Tal fenomenologia comum, fortemente unitária, não pode ser vista como mera aparência, senão privilegiando – embora com uma operação duplamente abstrata – ou o ponto de chegada (tantas vezes, no entanto, fruto da variedade de situações, circunstâncias e, sobretudo, de juízos e reações que permaneciam, em essência, externos e estranhos àquela opção que também pretendiam definir e classificar, condicionando irremediavelmente, assim, qualquer futura possibilidade de entendimento)[6], ou, então, o enrijecimento daquelas vidas e daquelas práticas religiosas nas formulações doutrinárias ou nos sistemas teológicos mais ou menos articulados, a que, de diversas maneiras, rápida e infalivelmente, se refeririam segundo o incurável intelectualismo de muitas práticas historiográficas.

Mas, a esse respeito, não se trata de lembrar apenas o cuidado básico enunciado há alguns anos por Yves Dossat, que, estudando os processos e os testemunhos da heresia de Albi, revelou, a propósito da maneira de viver a condenação do mundo e da carne por parte dos cátaros, como, "na vida atual, a oposição entre a religião tradicional e a heresia não parece assim tão clara como em uma controvérsia teológica"[7]. O problema é também compreender que doutrina e teologia, compreendidas escolasticamente, não bastam para dar a razão de uma vivência religiosa só mal ou parcialmente passível de ser resumida e definida através delas, sobretudo quando essa vivência aparece movida por impulsos, exigências, motivações e condicionamentos que não encontram – ou encontram somente em parte –, em proporções doutrinariamente definidas e distintas, uma explicação historicamente fundamentada. Aliás, não é por acaso que o famoso e misterioso livro que os perfeitos cátaros carregam costumeiramente não é outro senão uma tradução dos Evangelhos[8].

Deixemos claro: não quero dizer com isso que os cátaros ou os valdenses eram, na verdade, católicos bons e qualificados, injustamente condenados por heresia. Em sede de estudo histórico, não faz sentido reabrir ou fazer uma revisão dos processos do passado. Mas também é verdade que os processos e as condenações não oferecem nem podem oferecer um critério privilegiado de juízo e entendimento histórico, e que, por isso, aquela comunhão de linguagens, de referências, de práticas de presença cristã tão amplamente encontrada entre os séculos XI e XII não pode ser sumariamente descartada como mera aparência ou manifestação secundária ou marginal, mas é parte integrante daquela movimentada realidade religiosa que constitui uma característica saliente do período e representa um nó central a desatar, não apenas para compreender as linhas de movimento de uma sociedade em tantos aspectos em atormentado crescimento e expansão, mas também para definir mais detalhadamente as feições com que o problema da pobreza e dos pobres vem se apresentando naquele contexto e naquelas condições.

A fórmula que geralmente resume esse modo novo de ser cristão – e quero dizer *novo* em relação às formas consolidadas pelo pensamento e pela tradição monástica, dominante nos séculos anteriores –, segundo uma opção que envolve de modo radical a vida diária como um todo, é aquela de *vita vere apostolica* [vida verdadeiramente apostólica] (embora expressa em uma série de variantes, ainda que essencialmente semelhantes). E já essa fórmula, por si só, atrai a labilidade extrema de uma fronteira entre ortodoxia e heresia, pelo menos no que diz respeito à aproximação dos seus protagonistas com o contexto religioso e social que se encontra em ação. Quanto a isso, é significativo que, em 1206, a resposta que Diego de Osma e Domingos de Gusmão se dispuseram a dar à penetração cátara em Languedoc consistiu, em primeiro lugar, em enviar missionários que, "procedendo com humildade, agissem e ensinassem segundo o exemplo do mestre piedoso, andando a pé, sem ouro nem prata, imitando em tudo a aparência dos apóstolos"[9]. Claro que não era apenas uma proposta tática. Mas, para nós, o interesse aqui está no fato de que ela atesta claramente a plena ciência de Diego e Domingos de que aquele havia sido o terreno (justamente um terreno comum, que redescobria ou queria redescobrir aspectos e métodos das origens cristãs, revelando, assim, a esterilidade pastoral das missões contemporâneas cistercienses) no qual foi assumido e vencido o confronto com os *boni homines*, os *boni christiani*, os "apóstolos" da heresia.

Todavia, o que sou impelido a comentar é que tal fórmula caracteriza as experiências, as iniciativas, os movimentos que fazem dela a própria bandeira como irrevogavelmente situados no contexto dos resultados e dos ecos da reforma gregoriana, um dos grandes nós, uma das grandes encruzilhadas na história da Igreja medieval e do Ocidente cristão: é à luz de tais conclusões e de tais ecos que essa fórmula ganha corpo e significado, assim como é sobre tais conclusões que é medido o alcance religioso e eclesiástico da opção e da questão da pobreza, que é um traço relevante dela.

Há cerca de vinte anos, o cônego Étienne Delaruelle, um dos maiores estudiosos da vida religiosa desses séculos, deu uma rápida e incisiva definição da reforma gregoriana:

> A Reforma gregoriana foi, em primeiro lugar, uma reforma do clero e uma reabilitação do sacerdócio, que assim proclamou, de modo mais enérgico que no passado, o papel indispensável do sacerdote na salvação e fez da Igreja uma sociedade propriamente "clerical", que talvez chegará a se definir pelo seu clero, o que significa dizer "com exceção de seus outros membros". A reforma gregoriana foi também uma reforma autoritária, que reforçou a ação e os direitos do poder central em uma Igreja que cada vez mais se mostrava como "Igreja romana"[10].

Como eu dizia, é uma definição incisiva, à qual não falta unilateralismo, no sentido de que privilegia os resultados de médio e longo prazo, obscurecendo ou negligenciando o conjunto de impulsos contraditórios, de motivações, exclusões, perspectivas igualmente divergentes e dilacerantes, que caracterizaram seu atormentado percurso. Vou resolver isso, digamos, com um chiste, para tentar deixar claro o que quero sublinhar. Nas reconstruções historiográficas, Pedro Damião e os monges de Vallombrosa figuram entre os protagonistas do movimento de reforma. Claro que é verdade, ainda que não seja um detalhe trivial que os valombrosianos também fossem, para Pedro Damião, os "gafanhotos que infestam a vinha do Senhor", e esse não era um juízo feito num momento de mau humor[11].

Em resumo, quero dizer que o movimento de reforma e o empenho em reformar o clero e revalorizar o sacerdócio são parte de um problema maior, ou seja, da forma e do teor para tornar efetiva a presença cristã na sociedade, dando progressivamente vida a debates e iniciativas que tendiam a se orientar segundo juízos e perspectivas muitas vezes profundamente diversos. Não há ninguém mais empenhado na reforma do clero do que os patarinos lombardos*, mas, por certo, e exatamente por isso, pouco disposto a reconhecer ao clero – na falta de determinadas condições – intangibilidades e competências exclusivas de ordem no contexto da vida religiosa e eclesiástica, bem como, em coerência com sua iniciativa, a reivindicar uma nova e efetiva responsabilidade eclesial dos leigos. Não é por acaso que o tema petrino do sacerdócio real dos fiéis conheça naquelas décadas um significativo renascimento da reflexão teológica, voltada não somente a destacar o significado eminentemente ministerial – de serviço de toda a comunidade – do sacerdócio litúrgico, mas também a chamar o direito-dever dos leigos de pregar, ainda que na esfera da vida moral[12]. São coisas sobre as quais já escrevi em outra oportunidade e às quais certamente não posso voltar em detalhes, senão para reafirmar uma interpretação e um juízo que não considero em essência arranhados pela minuciosa revisão crítica de um longo ensaio de Cinzio Violante[13]. Assim, naquele movimento de reforma que atende pelo nome de gregoriana, no impulso de renovação dos costumes e das instituições eclesiásticas, na temática da *libertas ecclesiae* [liberdade da igreja] como libertação da hierarquia e do clero em relação ao poder político e militar, na mesma separação que cada vez mais frequentemente se reclama para o clero, recordo, somente para fazer uma observação, que existe uma grande variedade de implicações, significados e possibilidades, simultâneos e igualmente ativos, que não pode ser rejeitada e ignorada em uma apreciação de todo acontecimento que quer evitar ser rotulado como meramente justificacionista-apologético, como tantas vezes ainda acontece, apesar

---

* Membros de um movimento de cunho social e religioso, surgido em Milão no século XI, que visava à reforma do clero e do governo eclesiástico. (N. T.)

de todos os compromissos e das declarações em contrário, em nossas pesquisas de história em geral e de história da Igreja em particular. A possibilidade hierocrática, de conquista, governo e controle sobre o mundo e sobre a sociedade para, desse modo, assegurar para si o poder de desenvolver o próprio ofício de salvação, constitui, no plano ideológico e institucional, o resultado bem-sucedido do movimento de reforma: a isso correspondem uma Igreja mais sujeita à influência dos clérigos e uma hierarquia e uma organização eclesiástica que devem ser ricas e enérgicas, a fim de poder desempenhar com sucesso tais tarefas e juntas, assim, atestar o triunfo da fé de Cristo na sociedade. O discurso com que, da parte da Igreja, Pasqual II, no Concílio de Latrão de 1116, condenou qualquer hipótese de renúncia às próprias posses e aos próprios direitos de governo mostra a importância de tal consciência e, ao mesmo tempo, da dificuldade, para não dizer impossibilidade, de a hierarquia eclesiástica resolver o problema da reforma com um modelo de retorno às origens apostólicas (o que, naquele contexto e para aqueles debates, significava justamente propor uma linha de reforma capaz de fazer que o modo de ser da Igreja na sociedade e na história ficasse impregnado por formas organizacionais e institucionais capazes de exprimir a lógica específica e diversa – por isso diz respeito a métodos, instrumentos, finalidades e, portanto, consciência de si etc. – que, contudo, se queria que a caracterizasse em relação a outras modalidades organizacionais impostas e produzidas pela necessidade da vida dos homens em associação):

> No tempo dos mártires, a Igreja primitiva floresceu junto a Deus e não junto aos homens. Mas quando o rei, os imperadores romanos e os príncipes se converteram à fé, eles, como bons filhos, queriam homenagear sua mãe, a Igreja, conferindo-lhe terras e propriedades, honrarias e distinções seculares, direitos e insígnias reais, como fizeram Constantino e outros fiéis; e assim a Igreja começou a florescer tanto junto aos homens como junto a Deus. Possua, portanto, a Igreja, nossa mãe e senhora, as coisas que lhe são dadas pelos reis e pelos príncipes: distribua-as e as dê a seus filhos como sabe e como queira[14].

Mas tal perspectiva claramente vencedora permaneceu, todavia, e por muito tempo, entrelaçada de maneira forte e contraditória a outra, que reivindicava a lógica intrinsecamente diferente do anúncio cristão e que, assim, definia a pobreza, entendida como renúncia aos instrumentos de poder e de propriedade, de riqueza e de força, como a estrada principal para testemunhar e difundir a mensagem de Cristo.

Principalmente, e pelo menos em todas as primeiras décadas daquele movimento, não se tratou de frentes, por assim dizer, fisicamente opostas, mas de uma coexistência de temas e de estímulos diferentemente ativos dentro dos mesmos protagonistas e grupos promotores de uma obra de reforma[15].

Observar esses aspectos, que, para dar continuidade à presença da mensagem evangélica, exigiam modos de ser e comportamentos não ancorados em lógicas, em instrumentos e em práticas de poder e de seu exercício na sociedade, não significa, todavia, identificar em tais posições uma linha anti-institucional ou extrainstitucional[16] dominada por instâncias de tipo espiritualista, utópicas e abstratas, nem permite concluir, como se fez em recentes acertos historiográficos, sobretudo atentos aos transbordamentos rebeldes de tais tendências, que se tratava de posições que negavam a história, contrapostas – parecia forçoso concluir – a uma consciência mais correta e equilibrada das etapas do processo histórico e do papel da necessidade das instituições de traduzir historicamente – para poder traduzir historicamente – as próprias propostas religiosas e ideais[17]. Se as palavras têm um sentido – e por instituição, como se sabe, se entende "uma ordenação de pessoas e de coisas e de fatos, ajustada para estabelecer regras segundo as quais muitos homens cooperam e devem cooperar por um longo espaço de tempo"[18] –, o conflito entre as instâncias da pobreza (de diversas formas absorvidas ou expurgadas e condenadas a partir do corpo eclesiástico) e a linha que defini como vencedora não se mede exatamente nesse campo, mas nas construções demasiado convenientes dos teóricos e dos polemistas de tal linha, como, por exemplo, Ivo de Chartres ou Marbode de Rennes[19], mecanicamente recuperados e apropriados, eu diria, sem que talvez se avisasse do seu caráter profundamente ideológico, bem como de sagazes e argutos estudiosos modernos. Muito pelo contrário, creio que o nó górdio daqueles conflitos está no aparecimento e no progresso lento e sofrido dos diversos modos de compreender a função da Igreja cristã e, portanto, também a especificidade e o papel das "instituições" eclesiásticas – a saber, de instituições que tenham a intenção de se referir a uma mensagem bem precisa, traduzindo-a para o seu tempo –, dentro e ao lado do conjunto de outras instituições produzidas pelo processo histórico humano[20].

As temáticas da pobreza do século XII que têm na "verdadeira vida apostólica" a sua realização e que, para nós, parecem tão uniformes em suas conexões, mesmo sendo também tão diferentes nas suas maneiras de se orientar em relação à realidade prevalente da Igreja, voltam a ser vinculadas a essas experiências complexas e contraditórias, e, juntas, sempre com maior clareza, têm o resultado vitorioso do movimento de reforma como seu ídolo polêmico: mas é justamente esse seu ponto de referência que lhes dá a dimensão e o significado de seu pauperismo.

A figura e a história de Arnaldo de Brescia são absolutamente exemplares a esse respeito, porque assim como, no ponto de partida de sua atividade de agitação pública em favor da reforma da hierarquia e do clero, volta à baila a tradição do movimento patarínico (embora o fato de o termo "patarino" começar rapidamente a designar, entre o fim do século XI e o início do XII, a memória de um movimento portador de equívocos, certamente antes de se tornar definidor de novas heresias, atesta a prevalência significativa, no âmbito eclesiástico, de uma ótica que considera a função hierárquica e quem a exerça como não passíveis de serem tocados ou julgados)[21], as mesmas etapas da sua parábola de reformador religioso e sua progressiva rejeição, cada vez mais nítida, explícita e radical, da hierarquia e dos padres considerados indignos, têm seu ponto de chegada na afirmação da impossibilidade de aceitar como pastores da Igreja e herdeiros dos apóstolos homens que fazem do exercício do poder, do governo e da força a sua prática habitual de vida[22]. A pobreza que Arnaldo pregava e reclamava para o clero, procurando tanto entre os *milites* de Costanza quanto entre os apoiadores da comuna de Roma os próprios aliados, deriva da convicção de que a lógica, os comportamentos e os instrumentos daqueles que são chamados a transmitir entre os homens a mensagem de Cristo são e devem ser radicalmente diferentes daqueles do século. Em primeiro lugar, é a *dominatio* [soberania], reivindicada pela prática distorcida da hierarquia eclesiástica e do clero, que lhes aparece profundamente contraditória em relação aos conteúdos essenciais da mensagem evangélica: aí está a razão de sua *avaritia* [avareza], de seu desejo de riquezas, da traição perpetrada nos confrontos dos ensinamentos e da missão confiada por Cristo a eles. Os versículos pauperísticos do Evangelho são citados na carta enviada a Frederico Barbarossa por um misterioso seguidor de Arnaldo para desmentir a pretensão das hierarquias eclesiásticas de figurarem entre as hierarquias sociais e políticas da sociedade[23].

Mas, sob essa ótica, a demanda por uma opção pela pobreza da Igreja, de suas hierarquias e de seu clero veio a se confundir e se fundir com uma reflexão diferente, uma abordagem diferente em relação ao mundo concreto dos *pauperes* [pobres], da massa de indigentes, fracos, doentes e indefesos, que, cada vez mais numerosos e inquietos, povoam a cena de uma sociedade ainda pouco aparelhada, apesar de sua expansão, ou talvez exatamente por isso, para enfrentar seu maciço surgimento: uma reflexão e uma abordagem diferentes que, no mínimo como potencialidade implícita, talvez não deixem de se espalhar para uma crítica mais ou menos radical da estrutura geral da sociedade.

Trata-se de um discurso complexo, ao qual só posso aludir esquematicamente, e que, todavia, os próprios caminhos de conhecimento representados por nossas fontes, tão irremediavelmente dispersas e filtradas através da mediação de uma linguagem e de uma cultura fortemente consolidadas, nos permitem, no máximo, fixar alguns aspectos relevantes. Mas é forte a tentação de pensar que a proposta de um ideal de pobreza e de repúdio ao dinheiro, que nesse período avançou inclusive entre homens que tinham atrás de si uma experiência mercantil sem interrupções – pensamos, é óbvio, em Valdo e Francisco –, nascesse, ainda que em violento e resoluto contraste com as relações sociais nas quais o ganho e o lucro começavam a ser descobertos e identificados como valores autônomos.

Todavia, os canais expressivos dessas reações hipotéticas ainda são constituídos exclusivamente por uma linguagem religiosa, e é no interior desta, portanto, que elas serão eventualmente cultivadas, sem pretender especificar posteriormente aquilo que as nossas fontes não permitem. Em dois notáveis ensaios, o padre Chenu falou do "despertar evangélico" desse período, ligando a redescoberta criativa do Evangelho como apelo e envolvimento coletivo ao movimento de uma sociedade em fase de profundas transformações[24]. A demanda urgente por uma reforma e por uma renovação religiosa e as inquietações e necessidades suscitadas pela aceleração de uma nova e mais complexa articulação entre os grupos sociais se fundem em uma síntese que, se por vezes permite reunir seus diversos componentes, torna inútil qualquer busca por prioridades e tendencialmente estéril qualquer discussão sobre o caráter eminentemente religioso ou prevalentemente social de tais movimentos evangélicos.

É um problema ao qual voltarei em breve. Antes, sou forçado a salientar como a reflexão e a abordagem tradicionais da cultura eclesiástica com o mundo dos *pauperes* conduziam a resultados fundamentalmente assistenciais/edificantes, no sentido de que, nos pobres, era identificada uma presença não eliminável e necessária para se poder exercitar as obras de misericórdia, enquanto essa realidade social manteve-se claramente dissociada e distinta daquela opção pela pobreza voluntária que caracteriza o ofício monástico; e não apenas porque tal pobreza, entendida e praticada individualmente, não incluía a renúncia aos bens coletivos que constituíam em primeiro lugar o fruto do reconhecimento da santidade daquela opção, mas também porque à opção pela pobreza voluntária não correspondia de modo algum uma assimilação ao mundo dos pobres no que dizia respeito à escala das hierarquias sociais e às condições concretas de vida[25]. Em resumo, a renúncia pessoal, por si, não implicava uma renúncia à própria condição social. Segundo as polêmicas denúncias dos pregadores itinerantes do fim do século XI e início do XII, acontecia bem o contrário, revelando, também desse ponto de vista particular, a crise de credibilidade que abateu profundamente a vida monástica tradicional[26].

Tal reflexão sobre o mundo dos pobres por certo não diminuiu no curso do século XII. Mas ela se ligou e se juntou também a outras posturas profundamente diferentes. A ideia da pobreza da Igreja como renúncia aos instrumentos de poder, para dar força e eficácia ao testemunho da palavra que abriu caminho ao longo da reforma gregoriana, tem como consequência necessária a proposta da *conversatio inter pauperes* [convivência entre os pobres], da "vida entre os pobres" para a realização de uma verdadeira vida cristã. Os resultados a que Pierre André Sigal chegou em uma pesquisa que fez sobre os pobres nos textos hagiográficos entre os dois séculos são, a esse respeito, bastante esclarecedores[27]. Através de uma investigação atenta e sensivelmente ampla do material documental, ele de fato pôde observar a multiplicidade de pontos de vista com que, entre os séculos XI e XII, o mundo dos pobres foi visto e, sobretudo, a variedade e diversidade de posturas nos conflitos em que estavam envolvidos e que se seguiram. Com efeito, ainda parecem prevalecer as intervenções e as formas próprias da assistência ritual, voltada, em primeiro lugar, para a busca do benefício próprio com o mérito da caridade, conforme um estilo atento ao gestual de ritos que encontram predominantemente em si mesmos sua função e seu significado. Mas não é raro o testemunho de um compromisso de ajuda que é um ato consciente de um governo de visão, atento aos equilíbrios precários de uma sociedade cujas carestias periódicas e recorrentes sempre são colocadas em discussão[28]. Assim, é significativo que, justamente em textos hagiográficos, destinados principalmente a propor modelos e estilos exemplares de vida religiosa, comece a aparecer também uma atitude diferente, em explícita e consciente antítese com aquelas que acabamos de lembrar, uma atitude que faz da *conversatio inter pauperes*, da vida vivida entre os pobres com plena assimilação do seu modo de ser, o terreno privilegiado para realizar a mensagem cristã na sua totalidade. São *insights* variados, mas inconfundíveis, que fazem parte da vida dos pregadores itinerantes das primeiras décadas do século XII, os mesmos que parecem querer repetir a experiência originária do valdismo primitivo e que encontrarão a sua mais completa e coerente atuação na opção e na prática religiosa de Francisco de Assis[29].

Tratava-se de uma opção que não se fazia predominantemente sobre os modos de sentir, como insistia a cultura da vida monástica estabilizada na sua sábia análise das intenções profundas do homem (melhor comer bem com espírito de abstinência do que mal com espírito de gula; melhor vestir o luxo com humildade do que vestir-se mal e com trapos, mas com orgulho – eram as observações que Marbode de Rennes dirigia a um seguidor de Roberto de Arbrissel)[30]. Todavia, o que predomina na opção pela pobreza, que também é uma opção de esfera social, é a consciência da necessidade de adotar um modo de ser que corresponda totalmente ao espírito e à letra da mensagem da qual se é portador. Não acho necessário procurar uma virada de ponto de vista (muito menos do ponto de vista religioso – da relação fé-história, cristianismo-sociedade) que tal opção implicava. Tampouco creio necessário insistir na sua crueza e radicalidade. Jacques de Vitry, cônego e renomado pregador, depois bispo, representante pessoal do papa e cardeal, que de tais opções foi testemunha atenta e apologista convicto, embora sem compartilhá-las completamente, não deixa de notar pormenores e realidades muitas vezes negligenciadas pelo nosso intelectualismo historiográfico livresco: "É preciso ter a coragem de um mártir para superar a repugnância inspirada pela imundície e pela deterioração dos doentes"[31]. Assim, na sua concretude, compreende-se também a reação que teria tido Inocêncio III quando Francisco compareceu diante dele pela primeira vez, o que foi atestado pela tradição narrativa de cronistas estranhos à ordem, por isso mesmo menos preocupados em promover o papa e a cúria e desde o início receptivos e cientes do papel providencial de Francisco. "Vai-te, frade, aos teus porcos, com os quais tu te pareces, e chafurda com eles na lama: dá-lhes as tuas regras, e também a tua pregação[32]."

Limito-me apenas a fazer uma alusão ao problema, ainda bastante discutido na historiografia recente, que volta a se repetir: ou seja, se essa consideração religiosa diferente pelos pobres incluísse, exclusiva ou predominantemente, o reconhecimento de uma dignidade humana autônoma, que superava aquele tipo de funcionalismo voltado a identificar nos pobres, sobretudo, um meio de salvação para os ricos e de consequente edificação para a coletividade, ou, se não houvesse nessas novas e diferentes posturas em relação aos pobres e à pobreza também uma pressão, uma tendência, uma solicitação a sua redenção socioeconômica.

Confesso que sempre experimentei uma sensação de abstração, espião junto a uma atabalhoada necessidade de profissão de fé pública – filosófica, religiosa ou política, não importa – frente a tal problema, ou melhor, a um problema colocado nesses termos alternativos: como se não existisse boa recepção, ou sucesso, ou resultados que possam funcionar e se realizar para além das intenções de quem se faz promotor de determinadas opções ou propostas, como se já não houvesse muitas provas em nossas fontes, afirmações sobre favorecimento religioso, sobre opção religiosa pela pobreza e pelos pobres, que, no entanto, despertavam expectativas concretas de riqueza e de prêmios, todos terrenos; as crônicas da primeira Cruzada oferecem uma série de indicações sobre isso[33]. Mas, por ora, limito-me a relatar um juízo do padre Chenu, que me parece extremamente equilibrado e correto em suas enunciações a respeito:

> A pobreza se revela [...], para além de seu conteúdo ascético, uma força de desintegração do amontoado social que era a cristandade [...]. Não é que os *pauperes Christi* tivessem em vista os problemas sociais; é sua pureza evangélica que determina sua intenção, cujos efeitos não são temporais, embora poderosos pudessem estar na civilização do momento, a dirigir a sua inspiração[34].

Sobre esse tema da pobreza resta, portanto, o fato de que, escolhida como campo social concreto onde realizar o próprio ofício cristão, a distinção entre os movimentos que se mantiveram na ortodoxia da Igreja, ou que para ela convergiram, e os movimentos heréticos, ou progressivamente definidos, ou que se definiram como tais, apresenta as maiores dificuldades no que diz respeito a uma pesquisa histórica específica e concreta, e, ao menos quanto a determinado período, uma indubitável labilidade das fronteiras.

O problema do desenvolvimento e das origens das heresias medievais foi, por décadas, uma *crux* interpretativa[35]. Podemos encontrá-las serpenteando aqui e acolá nas primeiras décadas do século XI, parecem desaparecer nos anos tumultuosos e fecundos da reforma gregoriana, depois reaparecem na primeira metade do século XII e, no final, com força e muito perigo, engajando a Igreja em uma luta duríssima e sangrenta que somente no curso do século XIII ela conseguirá concluir vitoriosamente. Um ponto final, todavia, como já observei, parece-me que foi colocado pelo fato de que – qualquer que fosse a procedência – sua afirmação e difusão, bem como seu desenvolvimento, situam-se claramente no contexto dos sucessos da reforma gregoriana. Exatamente por isso, se falar *sic et simpliciter* [assim e simplesmente] de heresia, por um lado, é terrivelmente genérico (de algum modo, o termo compreende, de fato, uma Igreja, já constituída como a cátara, mas também tendências e grupos que se tornam "heréticos" apenas durante esse processo), por outro lado introduz uma distinção que, mesmo tendo o seu alcance efetivo, não nos dá a medida de uma realidade agitada, confusa, em acelerado movimento. O problema da presença cristã na sociedade, das suas formas de proceder, dos seus termos, instrumentos, papéis, funções, subjacente a todas as lutas pela reforma, é ainda muito comum e debatido, que só com o advento das ordens mendicantes e as equilibradas e eruditas sistematizações da teologia escolástica encontrará seu ajuste de longo prazo. Mas a onda de experiências, discussões, propostas e iniciativas amadurecidas no curso da reforma gregoriana é longa e, a despeito dos resultados e dos equilíbrios atingidos nas primeiras décadas do século XII, ainda continua a agir, a influir e também a intrigar nos julgamentos e nas atitudes em relação aos vários movimentos evangélicos e pauperistas presentes no corpo da sociedade, com maior ou menor potencial crítico e contestatório à maneira contemporânea de ser da Igreja e da vida cristã que ela promove. João de Salisbury certamente é um homem aberto e muito equilibrado, mas não acho que se possa negar a sua total filiação ao *establishment* eclesiástico: bem, existem algumas afirmações suas que pretendem representar o ensinamento parisiense de Arnaldo de Brescia, em seguida ao Concílio de Sens, onde, ao lado de Abelardo, tinha em vão procurado evitar a condenação das suas principais teses cristológicas e pastorais, que me parecem extraordinariamente expressivas de tal realidade. Arnaldo, conta João[36], dizia muitas coisas que concordam muito bem com a lei dos cristãos e muito pouco com a vida deles; criticava os bispos por sua avareza, por sua ânsia de riqueza, sobretudo por sua vida dissoluta, e porque "pretendiam erguer a Igreja de Deus sobre sangue".

As afirmações de João se referem à exigência de coerência cristã que está na base de muitas iniciativas e de muitos movimentos daquele período, não restritos à esfera herética. A denúncia contra a hierarquia por sua avareza, pela ânsia de riqueza, pela violência de seu poder, parte de premissas e de constatações muito comuns ("coisas que concordam muito bem com a lei dos cristãos"). Mas as consequências que delas derivam tendem a divergir profundamente: porque o problema não é mais fazer opções individuais de renúncia segundo o modelo do antigo monacato, mas de dar vida a formas de presença da Igreja que consigam repetir de modo geral um novo caminho, o caminho que vinha identificado com um traço essencial da mensagem evangélica. A pobreza não é mais um fato de exclusiva e voluntária ascese individual, mas deve atropelar a organização, a estrutura, os instrumentos de presença e de intervenção da instituição eclesiástica. Está aqui o cerne para entender o sentido do pauperismo dos "heréticos", mas também a razão de sua derrota, para além das diferenças que os dividiam. Reivindicando para a Igreja – para toda a Igreja – a opção pela pobreza (a renúncia aos meios e aos instrumentos de poder das hierarquias políticas e sociais), eles não atingiam apenas convicções profundamente introjetadas por hábitos seculares e elaborações conceituais, nem só corroíam de maneira não muito direta, através do radicalismo de sua crítica aos costumes eclesiásticos e das consequências que deles derivavam, um depósito de doutrinas que as próprias lutas pela reforma haviam ajudado a definir e a esclarecer, mas, em particular os movimentos evangélico-pauperistas, também corriam o risco de colocar em discussão os equilíbrios e ajustes globais da sociedade.

É um discurso que, sem dúvida, deveria ser aprofundado, como tentarei fazer daqui a pouco. Mas é significativo que a consciência disso ou, antes, a vontade de evidenciar esse perigo esteja pontualmente presente nos ambientes eclesiásticos, embora sensíveis a exigências de renovação e de reforma. João de Salisbury relata no seu *Polycraticus* um longo colóquio com Adriano IV, ocorrido provavelmente entre os últimos meses de 1155 e os primeiros de 1156, quando o havia encontrado em Benevento, estabelecendo grande intimidade com ele[37]: esse constitui um vistoso exemplo de uma espécie de dificuldade, para não dizer de impotência para agir, que derivava da vontade de defender um sistema hierárquico e de poder, apesar de suas reconhecidas traições e contradições. Adriano havia pedido a João para expor com franqueza as opiniões e os juízos que ele havia ouvido nas várias províncias que rodeavam a Igreja de Roma. A resposta de João é terrivelmente crua: a Igreja de Roma não é mãe, mas madrasta, sede dos copistas e dos fariseus, que impõem um peso insuportável sobre os ombros dos homens; autoritários, seus prelados acumulam riquezas e são comedidos apenas em relação à sua avareza; o pobre nem é admitido ali, e quem entra para fazer parte dela não tem Cristo por guia, mas a vanglória. Oprimem as Igrejas, fomentam disputas, extorquem o clero e o povo, não têm compaixão pelos aflitos, gloriam-se pelos despojos de outras Igrejas, batem com as mãos às portas de quem quer que seja, sempre por dinheiro, chamando isso de religião. A lista continua, sem poupar ninguém: *"Palatia splendunt sacerdotum, et in manibus eorum Christi sordidatur ecclesia"* ["Os palácios dos sacerdotes resplendem e, nas mãos deles, a igreja de Cristo se mancha"].

Mas nem mesmo a opinião pessoal de João é melhor, ainda que colorida de alguma gratidão: Roma é a sede da avareza e, por isso, raiz de todos os males; claro que nela existem ótimos prelados, mas muitos não são assim; francamente, é preciso fazer o que o papa ordena, ainda que nem todas as suas obras estejam sendo imitadas. De fato, quem discorda da doutrina de Roma ou é herético, ou cismático. "Mas, se Deus quiser, existirão aqueles que não imitarão as obras de todos vós." A mortalidade entre os prelados romanos é muito forte, certamente porque Deus quer evitar que corrompam toda a Igreja. Mas, infelizmente, até os bons morrem, para que não sejam transformados pela malícia do meio "e porque Deus considera a corrupta Roma indigna deles". O discurso de João ainda continua, criticando o governo exercido sobre a cidade, a pesada fiscalização pontifícia, o comércio de graças e de favores. Mas o que importa, sobretudo, porque satisfaz e aplaca a sua crítica, é a resposta de Adriano, que conta a fábula dos membros contra o estômago, que num primeiro momento se rebelaram contra a sua aparente inércia, mas depois ficaram cientes do seu papel quando, por se recusarem a servi-lo, também sentiram que iam morrer. Eis a conclusão de Adriano[38]:

> O mesmo, irmão, se pensarmos bem, acontece no corpo do Estado: muitíssimo quer o magistrado, só que ele acumula não tanto para si, mas para os outros; porém, se for inutilizado, nada haverá para distribuir aos membros [...]. Por isso, não pare diante da nossa dureza ou da dos príncipes seculares, mas considere a utilidade de ambos.

Não estamos apenas diante de uma concepção hierárquica e orgânica da sociedade e da sua organização, ligada a antigas e tradicionais matrizes culturais, e da significativa assimilação – nem óbvia, nem evidente – das hierarquias eclesiásticas às seculares: porque a conversa toda, a cuja resposta Adriano se reporta, corresponde também aos resultados de uma realidade e de uma prática de governo que a restauração pós-gregoriana vinha cuidadosamente afirmando.

Com essa realidade, as instâncias de renovação e de reforma que operavam de modo diferente no corpo eclesiástico e na sociedade foram chamadas para competir e então entram em conflito e se defrontam. Contudo, não se deve pensar sempre, necessariamente, em conflitos escancarados: de um lado, o mundo eclesiástico, enrijecido por suas normas e prerrogativas e, de outro, os movimentos evangélicos e populares. Se, àquela altura da segunda metade do século XII, as diretrizes e as expectativas de fundo tendem claramente para a divergência, não faltam, no entanto, sensibilidade e esforços comuns dirigidos a necessidades e questões que não tenham esgotado sua força e sua carga aglutinante, porque seus motivos inspiradores mais profundos ainda não foram acolhidos pelo compromisso que pôs fim à luta pela reforma. É numa realidade assim articulada e complexa que são definidos os itinerários e destinos dos diversos personagens, grupos e movimentos que de tais instâncias se fazem, pouco a pouco, portadores: cedem, integram-se, fazem opções individuais de reclusão e ascetismo, lutam, rebelam-se, invadem os limites da heresia. Mas é também nesse contexto de tamanha comoção e desassossego, com uma dificuldade e uma incapacidade da hierarquia eclesiástica, que persiste durante todo o século, de discernir e de aceitar de fato as profundas motivações religiosas e sociais (sociais porque religiosas, diria, em tal cultura e em tal situação), que se explicam a propagação e o crescimento da heresia. É significativo que Inocêncio III, mesmo empenhado em uma tarefa repressiva de grande alcance, também tenha sido o primeiro a dirigir com sucesso uma grande ação de recuperação e de absorção de grupos e de movimentos já condenados por seus predecessores; isso por causa da firme convicção, muitas vezes repetida, de que a heresia dava uma resposta distorcida a problemas e necessidades reais; de fato, os primeiros a serem abordados e enganados pelos heréticos são aqueles que "mais ardentemente nutrem aspirações religiosas de renúncia". Se ora é preciso tomar extremo cuidado para que a "paciência" da hierarquia não fomente mais a audácia dos heréticos, ora também é necessário tomar muito cuidado para que a "impaciência" excessiva não confunda os "simplórios": seria arriscado transformá-los igualmente em heréticos[39].

Com as ordens mendicantes, a "verdadeira vida apostólica" encontrará um lugar específico também no seio da instituição eclesiástica, conseguindo, de algum modo, dentro das linhas básicas de uma presença religiosa e eclesiástica que se constituiu através de uma tradição secular, conciliar alguns elementos daquela *novitas* [novidade] evangélica e pauperística que, algumas décadas antes, havia sido fortemente denunciada e combatida por seus adversários[40] (como, aliás, não deixará de acontecer também em seguida: basta pensar nas polêmicas entre mendicantes e mestres seculares de Paris, na metade do século XIII). Mas será necessária toda uma dramática advertência quanto ao extremo perigo da propagação da heresia, representado pela Igreja, para vencer as indiferenças e as resistências de um ambiente eclesiástico firmemente aferrado à defesa das próprias prerrogativas de governo e à própria superioridade cultural e social. Walter Map, depois de haver descrito o lado evangélico dos primeiros valdenses surgidos no III Concílio de Latrão e de ter zombado de seu despreparo teológico, havia observado também, com um lampejo de cru realismo político que atesta a plena consciência do que está em jogo: fiquemos atentos; se lhes dermos espaço, jogarão a todos nós no mar[41]. As palavras que Boaventura coloca na boca do cardeal de São Paulo para quebrar a hesitação e os adiamentos do papa e da cúria frente a *novitas* do *propositum* de Francisco muito provavelmente não foram ditas exatamente daquela maneira. Mas, do mesmo modo, permanecem como uma boa expressão do clima alterado e da consciência da necessidade de uma resposta mais flexível e articulada para os conflitos das autoridades evangélicas e pauperistas, que haviam aberto seu caminho nos ambientes eclesiásticos:

> Se rejeitarmos o pedido desses pobres como muito difícil e novo, enquanto nos pedem simplesmente para que lhes confirmemos a vida evangélica, devemos temer ofender o Evangelho de Cristo. Se, de fato, alguém afirma que na observância e no voto de perfeição evangélica existe algo de novo ou de irracional ou de impossível de se observar, é evidente que blasfema contra Cristo, o autor do Evangelho[42].

Nos bastidores dessas lentas e cautelosas resoluções de abertura, de liberdade e de nova consciência por parte das hierarquias eclesiásticas, os movimentos heréticos viveram e fizeram a sua temporada de sucesso, conseguindo, ao propagar-se, ameaçar perigosamente a hegemonia católica, mas segundo diretrizes que, por sua vez, divergiam profundamente entre si. E é aqui que novamente nos encontramos com o problema do significado de seu pauperismo e das consequências e do alcance econômico-social da sua pregação e do seu proselitismo.

Embora enunciada de maneira esquemática, parece-me necessária, todavia, uma distinção entre a pregação e as dimensões tomadas pela propagação dos cátaros e pelos movimentos mais propriamente definíveis como evangélico-pauperistas[43]. Entre os cátaros, a opção pela pobreza da "vida apostólica" está limitada aos "perfeitos". Nas igrejas cátaras, a articulação entre *perfecti* e *credentes* [perfeitos e crentes] reserva exclusivamente aos primeiros o dever de pôr em prática atitudes de ascetismo e desprendimento, identificado como fundamental para uma vida religiosa autêntica. É precisamente essa articulação que explica a grande difusão do catarismo entre todos os estratos sociais: não tanto pelo afrouxamento moral de que o acusavam os polemistas católicos – em linhas gerais e pelo que se sabe, os hábitos cristãos dos fiéis ortodoxos por certo não podem ser considerados melhores e mais rigorosos do que os dos "crentes" cátaros –, mas muito mais porque tal articulação não apenas recolocava em termos mais claros, coerentes e visivelmente fundamentados a diferenciação entre clero e leigos, que era própria da mesma tradição católica, racionalizando ao mesmo tempo, por assim dizer (e, de todo modo, dando-lhe razão, por meio da complexa mitologia que lhe era subjacente), as dificuldades, o peso, a rejeição da vida individual e coletiva e as dramáticas contradições existentes entre as aspirações e os ensinamentos da fé tradicional e a marcha geral da sociedade, e também porque justamente tais premissas e tal linha de penetração deixavam, na essência, inalterada a ordem política e social existente. A mesma recusa do sangue e do juramento deveria surgir especialmente como apta a revelar uma traição, perpetrada nos confrontos da primitiva mensagem cristã da doutrina e da prática da hierarquia eclesiástica ortodoxa, muito mais do que como um instrumento de subversão da ordem constituída, se tantos, nas cidades italianas e em Languedoc, imaginavam os magistrados públicos e os grandes senhores como apoiadores ou simpatizantes do catarismo. Em suma, os perfeitos cátaros pretendem substituir as hierarquias da Igreja, tirar proveito, em meio à polêmica, das contradições próprias da vida dos seus membros, e é apenas a partir desse ponto de vista que promovem também temáticas que poderiam ser definidas como sociais. A esse respeito, é significativo o forte testemunho de Joaquim de Fiore sobre a técnica de proselitismo que eles usam:

> Se veem algum pobre ansiar pelas riquezas do mundo, em primeiro lugar demonstram misericórdia e compaixão por ele, depois começam a culpar os cristãos ricos e, sobretudo, os

> sacerdotes e o clero que deveriam, dizem, praticar uma vida apostólica e atenuar a miséria dos pobres e dos necessitados, de modo a não existirem na religião cristã, uma vez que ninguém era necessitado na Igreja primitiva. Dizem então que os padres haviam se desviado da fé e haviam se tornado perseguidores dos justos, como os sacerdotes dos hebreus, que perseguiam os apóstolos. Por fim, afirmam conhecer homens que mantêm íntegra a fé apostólica, de modo que não existe um necessitado entre eles e aquele que chega a ser pobre entre eles, logo, dizem, se faz rico[44].

Para além das dúvidas sobre eventuais polêmicas forçadas de Joaquim, parece-me, pelo que mais se sabe da pregação e da prática pastoral dos cátaros, que resta o fato de tal discurso para os pobres ser, se assim posso dizer, fundamentalmente instrumental, no sentido de que havia no clero, e não na realidade social, seu principal ponto polêmico.

Em sentido oposto, outra era a linha dos movimentos evangélico-pauperistas, e daí os resultados e o contexto social de propagação. Que fique bem claro: não pretendo absolutamente afirmar que os arnaldistas, os valdenses e os humilhados fossem revolucionários. À parte os arnaldistas, que pelo simples fato de se referirem aos ensinamentos de Arnaldo colocavam-se em posição de rompimento em relação à instituição eclesiástica, sequer é possível afirmar que se tratasse de movimentos nascidos com uma particular vontade destruidora ou com propósitos de contestação religiosa e eclesiástica radical, porque, no início, ambos, mesmo que com pequenas diferenças, haviam simplesmente caminhado sobre uma linha de opção evangélica – os primeiros valdenses, de absoluta pobreza, mendicância e pregação, e os humilhados, de vida pobre e em comum, de trabalho com as próprias mãos e pregação –, uma linha que, somente depois do choque com as hierarquias eclesiásticas, se tornará crítica e polêmica contra a organização da Igreja, no esclarecimento gradual de uma "doutrina" que sustentasse e justificasse a oposição e a luta. Porém, tais movimentos possuíam, na mesma simplicidade e concisão de seu ponto de partida, na maneira como romperam com Roma, no modo de construir gradualmente uma fé para si livre de hierarquias preconcebidas, na opção pela pobreza proposta para todos, na mendicância e no engajamento no trabalho manual, uma carga efetivamente devastadora que imediatamente os isolava nos estratos explorados e subalternos da sociedade, ou melhor, que fez do seu discurso um ponto de referência válido apenas para eles, para além das opções individuais: em resumo, um homem do poder não podia permanecer o mesmo se quisesse se unir a eles, e eles, pelo próprio fato de existirem, de pregarem, de viverem desse jeito, tornavam-se objeto de repúdio, senão de constante e imediata repressão, para as classes no poder. Junte-se a isso a nova dignidade humana de aspecto eclesial, de participação e de envolvimento, que eles davam aos pobres e aos deserdados, homens e mulheres, em um esforço de elevação cultural e de consciência das próprias escolhas, que transparecem com clareza nas informações dadas pelos próprios polemistas católicos[45]. O acesso direto à Bíblia, frequentemente sabida de cor, sua tradução e propagação capilar são o símbolo claríssimo de tal engajamento e do aspecto real de uma perspectiva que, rompendo no plano religioso qualquer monopólio e privilégio hierárquico, bagunçava e ameaçava também os critérios e os equilíbrios sobre os quais estavam erguidas as hierarquias sociais.

Essas diferenças profundas explicam a diversa e tanto maior difusão dos cátaros em relação aos outros movimentos e a extrema dureza da luta que a Igreja deveria abraçar para derrotá-los[46]. Mas trata-se de outro problema, diferente em relação ao que eu queria examinar aqui e sobre o qual, por isso, certamente não posso me deter.

Antes de concluir, todavia, gostaria de fazer uma última observação. Se analisarmos o ponto de partida dos movimentos evangélico-pauperistas como os valdenses e os humilhados, não podemos deixar de notar – a analogia, aliás, já foi muitas vezes comentada pela historiografia – a sua profunda comunhão e afinidade com aquilo que foi o ponto de partida de Francisco e da primeira fraternidade franciscana, comunhão que torna mais atraente a diversidade dos caminhos seguintes. Claro que não pretendo enfrentar agora esse problema que requer pelo menos uma nova discussão, mas não creio que – para resolvê-lo e explicá-lo – seja possível apenas fazer uma referência às sábias aberturas da Igreja de Roma, que não haviam funcionado no caso de Valdo, nem à humildade de Francisco ao ficar "obediente", humildade que lhe permitiu, como revelou o padre Dondaine (e outros com ele), "ser fonte fecunda de uma magnífica restauração espiritual na Igreja"[47]. Se não se quer fundar o juízo histórico sobre critérios que, em última instância, se referem às próprias opções ideais, não me parece que se possa limitar a tal explicação, que, aliás, partindo de outra premissa, não parece mais a mesma. Em vez disso, acho necessário examinar mais e entender melhor o sentido profundo da opção pela pobreza de Francisco, da sua opção de viver entre os pobres como uma escolha de âmbito religioso e social. É uma escolha que tem como elemento fundante o tema do *Christum sequi* [seguir Cristo] e que identifica na pobreza e na obediência os traços essenciais do seu itinerário de encarnação, encerrando-se com a cruz a sinalizar que não é com os instrumentos e os critérios habituais na vida das sociedades humanas que se pode afirmar historicamente a sua mensagem. Está aqui a razão fundamental da prática religiosa de Francisco que não pode contemplar a "rebelião" entre as próprias possibilidades: porque a rebelião teria, todavia, comportado de todo modo uma afirmação de si, um recurso às atitudes, às pretensões, aos projetos e aos instrumentos estranhos ao sentido profundo da *sequela Christi* [obediência a Cristo][48]. Foi um novo caminho, aquele aberto por Francisco, um caminho que não por acaso reservou para ele os sofrimentos da cruz como linha de chegada. O fato de ele desde logo ter sido identificado como o *homo novus* [homem novo]*, como o *alter Christus*, é um indício preciso de que os seus contemporâneos já o haviam claramente intuído.

NOTAS

1. *PL*, 182, cc. 677 e segs. Cf. sobre tal carta H. Grundmann *Movimenti religiosi nel Medievo*, Bolonha, 1974, p. 18 e segs., e R. Manselli, *Studi sulle eresie del secolo XII* ("Studi storici", II, fasc. 5), Roma, 1953, p. 89 e segs.

---

* Na Roma antiga, a expressão *homo novus* designa um homem de fortuna, isto é, o primeiro que, em sua família, conseguiu uma das grandes magistraturas, simbolizando alguém novo adentrando a elite. (N. T. latim)

2. Cf. K.-V. Selge, *Die ersten Waldenser mit Edition des Liber antiheresis des Durandus von Osca*, II, "Arbeiten zur Kirchengeschichte", 37/2, Berlim, 1967, p. 5. Cf. também A. Dondaine, *Aux origines du Valdéisme. Une profession de foi de Valdès*, em "Archivum Fratrum Praedicatorum", XVI (1946), p. 191-235; G. Gonnet, *Enchiridion fontium Valdensium*, Torre Pellice, 1958, I, p. 32 e segs. Sobre os valdenses primitivos é fundamental K.-V. Selge, *Caractéristiques du premier mouvement vaudois et crises au cours de son expansion*, em *Vaudois languedociens et Pauvres catholiques* ("Cahiers de Fanjeaus", 2), Toulouse, 1967, p. 110-42. Síntese eficiente, com bibliografia essencial, em G. G. Merlo, *Eretici ed eresie medievali*, Bolonha, 1989, p. 49-56, e 132 e segs.

3. *De nugis curialium*, em Gonnet, *Enchiridion* op. cit., p. 123.

4. *PL*, 204, c. 1135. Sobre Estêvão, um registro pormenorizado em J. Becquet, Étienne de Muret, em *Dictionnaire de Spiritualité*, Paris, 1961, IV, cc. 1504-14. Nesse período, sobre os fenômenos de eremitismo, não muito itinerantes e empenhados na pregação, ainda são fundamentais as pesquisas de J. W. von Walter, *Die ersten Wanderprediger Frankreichs*, 2 vols., Leipzig, 1903. Esclarecimentos posteriores importantes em G. G. Meersseman, *Eremitismo e predicazione itinerante dei secoli XI e XII*, e J. Becquet, *L'érémitisme clérical et laïque dans l'ouest de la France*, em *L'eremitismo in Occidente nei secoli XI e XII* ("Miscellanea del Centro di studi medievali", IV), Milão, 1965, respectivamente p. 164-79 e 182-202.

5. Cf. M. D. Chenu, *Moines, clercs, laïcs. Au carrefour de la vie évangélique* e *Le réveil évangélique*, em *La théologie au douzième siècle* ("Études de philosophie médiévale", XLV), Paris, 1957, respectivamente p. 225-51, 252-73; G. Miccoli, *Ecclesiae primitivae forma*, em Id., *Chiesa gregoriana. Ricerche sulla riforma del secolo XI*, Firenze, 1966, p. 255-99. Para um aspecto mais específico, mas com ampla atualização bibliográfica, cf. também G. Olsen, *The Idea of the "Ecclesia primitiva" in the Writings of the Twelfth-century Canonists*, em "Traditio", XXV (1969), p. 61-81. Ótima síntese sobre as inclinações religiosas do período em A. Vauchez, *La spiritualité du Moyen Âge occidental. VIIIe-XIIe siècle*, Paris, 1975, em especial p. 75 e segs., e, sobre os movimentos evangélicos, em F. A. Dal Pino, *Rinovamento monastico-clericale e movimenti religiosi evangelici nei secoli X-XIII*, Roma, 1973, p. 70 e segs.

6. Fundamentalmente, sob esse ponto de vista, H. Grundmann, *Oportet et haereses esse. Das Problem der Kertzerei im Spiegel der mittelalterlichen Bibelexegese*, em "Archiv für Kulturgeschichte", XLV (1963), p. 129-64 (trad.

it. em *Medioevo ereticale*, organizados por O. Capitani, Bolonha, 1977, p. 29-66). Insisti nesses aspectos em *La storia religiosa*, em *Storia d'Italia*, II, *Dalla caduta dell'impero romano al secolo XVIII*, Turim, 1974, p. 475 e segs., 610 e seg., e *Chiesa gregoriana*, op. cit., p. 22 e segs.

7. Cf. Y. Dossat, *Les cathares d'après les documents de l'inquisition*, em *Cathares en Languedoc* ("Cahiers de Fanjeaux", 3), Toulouse, 1968, p. 102.

8. Cf. J. Guiraud, *Histoire de l'inquisition au Moyen Âge, I, Cathares et Vaudois*, Paris, 1935, p. 152 e segs.

9. Cf. Pierre des Vaux de Cernay, *Hystoria Albigensis*, t. I, "Société de l'Histoire de France", Paris, 1926, p. 23; cf. também Innocenzo III, Ep., IX, 185, em *PL*, 215, cc. 1024 e segs. Revisão com bibliografia básica em M.-H. Vicaire, *Les deux traditions apostoliques ou l'évangélisme de Saint Dominique*, em *Saint Dominique en Languedoc* ("Cahiers de Fanjeaux", I), Toulouse, 1966, p. 74-103. Para o tema geral cf. R. Rusconi, *"Forma Apostolorum": l'immagine del predicatore nei movimenti religiosi francesi e italiani dei secoli XII e XIII*, em "Cristianesimo nella storia", 6 (1985), p. 513-42.

10. Cf. É. Delaruelle, *Dévotion populaire et hérésie au Moyen Âge*, em *Hérésie et sociétiés dans l'Europe pré-industrielle, 11 e -18e siècles*, Paris-Haia, 1968, p. 148.

11. Cf. *Vita Johannis Gualberti auctore anonymo*, c. 5, in *MGH*, SS, XXX/II, p. 1106 e segs. Para as implicações sacramentárias e pastorais de tal polêmica, cf. *Pietro Igneo. Studi sull'età gregoriana* ("Studi storici", XIV, fasc. 40-41), Roma, 1960, nota 1, p. 21 e seg. e 27, nota 1.

12. Sobre a difusão do tema nesse período, cf. P. Dabin S. J. *Le sacerdoce royal des fidèles dans la tradition ancienne et moderne* ("Museum Lessianum", Section théologique, 48), Paris, 1950, p. 200 e segs. Sobre a pataria, e a ação e a presença eclesiais do laicato no curso da Reforma, DF. G. Miccoli, *Per la storia della pataria milanese*, em Id., *Chiesa gregoriana* op. cit., p. 123 e segs. (mas cf. também p. 10 e segs.).

13. *I laici nel movimento patarino*, em *I laici nella "societas christiana" dei secoli XI e XII* ("Miscellanea del Centro di studi medievali", V), Milão, 1968, p. 597-687 (reimpressão com algumas atualizações, correções e modificações em C. Violante, *Studi sulla cristianità medioevale*, Milão, 1975, p. 145-246. De fato, o cuidado de assinalar, em todos os seus aspectos e em todos os seus fatores, as formulações e as ações dos patarinos (embora entregando-se demais à leitura recheada de cansativas operações e arranjos que ambientes mais moderados da reforma vinham propondo) leva Violante a subestimar algumas posições fundamentais que, em uma situação particularmente

tensa e inflamada como a milanesa e, portanto, suscetível de lhes conferir um peso bem particular em nível operacional, atribuíam uma nova responsabilidade eclesial ao grupo de leigos e, assim, tornavam-nos passíveis de lhes conferir também uma nova consciência eclesial. Penso sobretudo no apelo direto às Escrituras para julgar e avaliar os próprios sacerdotes e na "suplência" para a qual os leigos são convidados, senão para uma autêntica atividade de pregação, por certo para uma discussão e exortação recíproca que atropelava áreas e questões de doutrina e de fé. O fato de que alguns clérigos estivessem na origem da pataria evidentemente não surpreende se levarmos em consideração a realidade cultural e eclesiástica do período: mas o que conta é que a ação deles se desenrola não para reafirmar um privilégio de separação e de imunidade do clero, mas para promover uma obra de renovação e de reforma que implica para o clero um dever de "santidade" e, para o conjunto de leigos, uma nova capacidade de intervenção e de presença eclesial. Que as virtudes de um Erlembaldo, como aliás as do prefeito de Roma, Cêncio, e de outros leigos, ainda sejam coloridas em termos monásticos, que a vida cristã de um Nazário seja bastante louvada *licet coniugalis*, atesta a dificuldade de pensar e de descrever a vida cristã em termos diversos do sugerido por uma tradição consolidada e hegemônica de pensamento e de espiritualidade, e não desmente o fato de que, naquelas circunstâncias, era fora das paredes do claustro que se determinava o campo de ação e de luta por uma nova presença cristã na sociedade.

14. Em Ekkehardo, *Chronicon*, a. 1116, em *MGH*, SS, VI, p. 251. Sobre os antecedentes completos desses acontecimentos, cf. P. Zerbi, *Pasquale II e l'ideale della povertà della Chiesa*, em *Annuario dell'Università Cattolica del Sacro Cuore*, a.a. 1964-65, Milão, 1965, p. 207-29; para a temática integral, ainda Miccoli, *Ecclesiae primitivae forma*, op. cit., p. 276 e segs.

15. Sobre a variedade e a confusão de tais tendências e as diversas potencialidades, em todos os meus trabalhos eu insisti – diria que com pouca compreensão e acolhimento – sobre a reforma gregoriana: em particular *Chiesa gregoriana*, cit., *passim*; *Gregorio VII*, em *Bibliotheca sanctorum*, VII, cc. 307 e segs., 313 e segs., *La storia religiosa*, op. cit., p. 482 e segs.

16. Cf. em particular C. Violante, *La povertà nelle eresie del secolo XI in Occidente*, em Id., *Studi sulla cristianità medioevale*, op. cit., p. 69 e segs. Violante, através da identificação de uma "corrente historiográfica" muito improvável pelos termos e pelas referências com que é caracterizada e descrita (Morghen, com Chenu, Frugoni, Manselli, o subscrito etc.), contesta a afirmação de que o "espírito evangélico", entre os séculos XI e XII, tenha sido promovido prevalentemente pelos leigos e que triunfe e possa triunfar

apenas "fora do quadro e contra o quadro institucional". Mas o problema não está realmente aqui, porque o objetivo polêmico torna-se fácil e conveniente. O problema está em ver quanto certas linhas e propostas de reforma recuperam um papel eclesial dos grupos laicos e quão variadamente colocam em discussão, tentam modificar, renovar, superar os modos e as formas de presença cristã (e, portanto, instituições, costumes, mentalidades etc.) na sociedade da época; e ainda perceber através de quais processos a temática da reforma do clero, que, todavia, abre amplos espaços de intervenção laica, se resolve em uma acentuada clericalização da instituição eclesiástica.

17. Assim parece-me que são interpretados certos juízos de O. Capitani, *Introduzione a L'eresia medievale*, Bolonha, 1971, em particular p. 18 e segs., e, sobretudo, *Introduzione a Medioevo ereticale*, Bolonha, 1977, p. 7 e segs., em que a identificação de uma ideologização dominante na recente historiografia das heresias (e que seria devida à pretensão de reconhecer nos heréticos os portadores de autoridade doutrinária e religiosamente alternativas ou opostas à Igreja institucional) o leva a propor um caminho diferente, focado mais nos hereges do que nas heresias, concluindo, sobre o caráter "marginal dos desvios na Idade Média", tanto que se leve em consideração as raízes próprias da espiritualidade herege (não assimilável, nem mesmo dialeticamente, ao conformismo normativo cultural da instituição), quanto que se considere, por parte da contestação herética, a incapacidade de influir institucionalmente. Sutilezas e perspicácias muito modernizantes, daria vontade de dizer (1977!), com frequência muito inteligentes e que estimulam sugestões (vejam-se as páginas sobre os cátaros ou sobre a presença das mulheres no mundo herético). Mas também, quem sabe, de fato, sutilezas e perspicácias excessivamente abstratas e arbitrárias (porém, por que negar a todo custo as raízes comuns que muitas vezes ligam movimentos heréticos e movimentos e iniciativas ortodoxas de reforma?). Talvez – seria possível acrescentar – inutilmente arbitrárias, não fosse que, entre "marginais" e "desviados", incapazes de influir sobre instituições e, portanto, de criar história e constituir uma sociedade, não se aventurasse a, uma vez mais, fazer germinar – por um lado, claro, com muito mais inteligência e sabedoria, mas, por outro, com resultados parecidos aos do passado – um justificacionismo historiográfico pessimista e desencantado, que, todavia, permanece sempre muito antigo e apologético, porque, realmente, é capaz de fazer concluir que, sim, no fundo, a hierarquia eclesiástica e a Inquisição não podiam deixar de fazer aquilo que fizeram. Mais do que isso, deviam fazer daquele jeito para, com elas mesmas, salvar a sociedade e a história moderna! Mas, em seguida, respondiam que tal crítica repete um ponto de

vista sectário e uma plataforma ideológica de juízo, perseguindo uma "história sacra" e não uma história de homens. Tal resposta era dada a quem colocasse em discussão e criticasse aqueles julgamentos como unilaterais e insuficientes porque assumiam como objetivamente válidas (ou seja, traduziam e ampliavam em juízo histórico) as motivações e justificações de uma das partes. O problema essencial, completamente legítimo historicamente, e do qual não se davam conta, está em procurar compreender e julgar não apenas as origens e as razões daqueles conflitos, mas também o que aquelas lutas, com o aparato repressivo que elas trouxeram, vieram a representar na história concreta, nas relações, nas atitudes, nas inclinações da sociedade dos homens.

18. Cf. *Nuovo Digesto Italiano*, IX, p. 266.
19. Cf. referências em G. Morin, *Rainaud l'ermite et Ives de Chartres; un épisode de la crise du cénobitisme au XIe – XIIe siécle*, em "Revue Bénédictine", XL (1928), p. 113 e segs.; Miccoli, *Ecclesiae primitivae forma*, op. cit. p. 285 e segs.; G. Cracco, *Pataria: opus e nomen (tra verità e autorità)*, em "Rivista di Storia della Chiesa in Italia", XXVIII (1974), p. 386 e segs.
20. Se não estou enganado, é o que O. Capitani deixa bem transparente e claro a propósito da pataria milanesa e das polêmicas que acompanharam sua ação (cf. *Storiografia e riforma della Chiesa in Italia (Arnolfo e Landolfo seniore de Milano))*, em *La storiografia altomedievale*, "Settimane di Studio del Centro italiano di studi sull'alto medioevo", XVII, Spoleto, 1970, p. 557-629, mas também *Introduzione a Medioevo ereticale*, op. cit., p. 15-8; em seguida, porém, nega, se bem entendi seu discurso sobre "desviados" medievais – que estão ativos, embora em uma situação geral profundamente modificada, nos movimentos que variadamente voltam a exigir renovação e reforma, degenerando ou não em heresia.
21. Cf. Miccoli, *Per la storia della pataria*, op. cit., p. 140, nota 94; Cracco, *Pataria: opus e nomen*, op. cit., p. 357-87. Para a memória e a tradição patarínicas em Milão entre os séculos XI e XII, cf. observações e referências em Miccoli, *La storia religiosa*, op. cit., p. 522 e seg.
22. Cf. A. Frugoni, *Arnaldo da Brescia nelle fonti del secolo XII* ("Studi storici"), IV, fasc. 8-9)), Roma, 1954, *passim*; Miccoli, *La storia religiosa*, op. cit., p. 619-39; Merlo, *Eretici ed eresie*, op. cit., p. 33-8 e 131.
23. P. Jaffé, *Monumenta Corbeiensia*, n. 404, em *Bibliotheca Rerum Germanicarum*, Berlim, 1864, I, p. 539-43 (sobre personagem, cf. Frugoni, *Arnaldo da Brescia*, op. cit., p. 73 e seg.).

24. Chenu, *Moines, clercs, laïcs*, op. cit. e *Le réveil évangélique*, op. cit., p. 225-51 e 252-73.
25. A tradição monástica, embora com tons variados, é claríssima a esse respeito: cf., em especial, sobre o desenvolvimento e as conexões desses temas, G. Duby, *Les trois ordres ou l'imaginaire du féodalisme*, Paris, 1978, 428 p.; para o debate sobre as reformas monásticas entre os séculos XI e XII, que envolve também esse problema, cf. J. Leclercq, *La crise du monachisme aux XIe et XIIe siècles*, em "Bullettino dell'Istituto storico italiano per Il Medio Evo e Archivio Muratoriano", 70 (1958), p. 19-42; R. Manselli, *Evangelismo e povertà*, em *Povertà e ricchezza nella spiritualità dei secoli XI e XII* ("Convegni del Centro de studi sulla spiritualità medievale", VIII), Todi, 1969, p. 31 e segs.; B. Bligny, *Monachisme et pauvreté au XIIe siècle*, em *La povertà del secolo XII e Francesco d'Assisi*, "Società Internazionale de studi francescani", Atas da II Conferência Internacional, Assis, 1975, p. 105 ss.; sobre algumas referências pontuais, cf. também R. Grégoire, *La place de la pauvreté dans la conception et la pratique de la vie monastique médiévale latine*, em *Il monachesimo e la riforma ecclesiastica (1049-1122)* ("Miscellanea del Centro de studi medievali", VI), Milão, 1971, p. 173-92.
26. Cf, neste capítulo, as notas 19 e 25.
27. P. A. Sigal, *Pauvreté et charité aus XIe e XIIe siècles d'aprè quelques textes hagiographiques*, em Études sur l'histoire de la pauvreté (Moyen Âge-XVIe siècle), sob a direção de M. Mollat, Paris, 1974, p. 141-62; mas cf. também as considerações de A. Vauchez, *Les pauvres et la pauvreté aux XIe et XIIe siècles; état des recherches en France*, em *Religion et société dans l'Occident medieval*, Turim, 1980, p. 11 e segs.
28. Sigal, *Pauvreté et charité*, op. cit., p. 155 e segs.
29. *Ibid.*, p. 156 e segs.; C. Thouzellier, *Hérésie et pauvreté à la fin du XIIe et au début du XIIIe siècle*, em *Études sur l'histoire de la pauvreté*, op. cit., p. 377 e segs.; M. Mollat, *Le problème de la pauvreté au XIIe siècle*, em *Vaudois languedociens*, op. cit., p. 41 e segs., e id., *I poveri nel Medioevo*, Bari, 1982, p. 132 e seg., 140 e segs.
30. Cf. Miccoli, *Chiesa gregoriana*, op. cit., p. 287, nota 161.
31. Cit. em Mollat, *I poveri*, op. cit., p. 120.
32. Cf. L. Lemmens, *Testimonia minora saeculi XIII de S. Francisco Assisiensi*, Quaracchi, 1926, p. 29. Mas veja-se também *Leg. mai.*, III, 9a *(additio posterior)*.

33. Cf. Miccoli, *Dal pellegrinaggio alla conquista: povertà e ricchezza nelle prime crociate*, em *Povertà e ricchezza*, op. cit., p. 70 e segs.
34. Chenu, *Le réveil évangélique*, op. cit., p. 255.
35. Cf. sobre os principais termos e opiniões nessa discussão Grundmann, *Movimenti religiosi*, op. cit., p. 407 e segs. e 467 e segs.; R. Manselli, *L'eresia del male*, Nápoles, 1963, em particular p. 96 e segs.; e os dois volumes organizados por Capitani, *L'eresia medievale*, op. cit., e *Medioevo ereticale*, op. cit., *passim*. Uma tentativa interessante de recolocar o problema está em G. Cracco, *Riforma ed eresia in momenti della cultura europea tra X e XI secolo*, em "Rivista di storia e letteratura religiosa", VII (1971), p. 1-67.
36. *Historia pontificalis*, cap. XXXI, em *MGH*, SS, XX, p. 537. Cf. sobre isso, Frugoni, *Arnaldo da Brescia*, op. cit., p. 110 e segs.
37. Livro IV, cap. XXIV, em *PL*, 199, cc. 623-626.
38. Ibid., c. 626A-B.
39. Inocêncio III, Ep. II, 142, em *PL*, 214, c. 699A. Sobre esses aspectos das linhas traçadas por Inocêncio III, manifesta-se Grundmann, *Movimenti religiosi*, op. cit., p. 63 e segs., cf. também Miccoli, *La storia religiosa*, op. cit., p. 679 e segs. Sobre sua atitude diante das novas ordens religiosas, no contexto da sua predileção pela vida monástica e regular, cf. M. Maccarrone, *Riforme e innovazioni di Innocenzo III nella vita religiosa*, em *Studi su Innocenzo III* ("Italia sacra", 17), Pádua, 1972, em especial p. 278 e segs.
40. Cf. referências em Chenu, *Moines, clarcs, laïcs*, op. cit., p. 236 e segs.; Miccoli, *Chiesa gregoriana*, op. cit., p. 292 e segs. Significativa a importância da novidade como elemento caracterizador da pregação herética (cf., por exemplo, os textos citados em Gonnet, *Enchiridion*, op. cit., p. 46, 95, 103 etc.).
41. *De nugis curialium*, em Gonnet, *Enchiridion*, op. cit., p. 123.
42. *Leg. mai.*, III, 9.
43. Cf. a respeito Miccoli, *La storia religiosa*, op. cit., p. 648 e segs.
44. *Expositio in Apocalypsim*, reimpressão anastática, Frankfurt am Main. da ed. de Veneza de 1527, p. 131*r*b-*v*a.
45. Cf. Miccoli, *La storia religiosa*, op. cit., p. 660 e segs.
46. Ibid., p. 671 e segs.
47. Cf. Dondaine, *Aux origines du Valdéisme*, op. cit., p. 230; E. Dupré Theseider, *Introduzione alle eresie medievali*, Bolonha, 1953, p. 179; S.-J. Piat, *Saint François d'Assise à la découverte du Christ pauvre et crucifié*, Paris, 1968, p.

242; mas veja-se também, para uma comparação mais profunda, Manselli, *Evangelismo e povertà*, op. cit., p. 37 e segs.

48. Desenvolvi esses aspectos em *La proposta cristiana de Francesco d'Assisi*, em "Studi Medievali", s. III, XXIV (1983), p. 17-73, e agora, neste mesmo volume, p. 39 e segs.

A proposta cristã de Francisco de Assis

1. Um problema de leitura

Em 1954, Arsenio Frugoni, na introdução de sua pesquisa sobre Arnaldo de Brescia, observava a inutilidade de qualquer esforço em combinar os diversos depoimentos que haviam transmitido a lembrança de Brescia[1]. Personagem fora do comum, Arnaldo colheu depoimentos de personagens também fora do comum. Mas Bernardo de Claraval, Otto de Freising, João de Salisbury, Gerhoh de Reichersberg, Walter Map e, pouco a pouco, todos os outros, quando falam de Arnaldo, falam dele obviamente a partir de seus respectivos pontos de vista (e ainda, geralmente, em um contexto e com motivações por vezes diferentes), que são reunidos e cuidadosamente ajustados porque são parte constitutiva e integrante de seus depoimentos. O fragmento de vida de Arnaldo que eles nos transmitiram fica irremediavelmente ligado àquele ponto de vista, àquele contexto e àquelas motivações, e por isso cada um daqueles fragmentos tem uma realidade, uma consistência e uma espessura que o torna irredutível aos outros.

O alvo polêmico de Frugoni era constituído de toda uma tradição historiográfica positivista que pretendia, em uma espécie de objetividade impossível e coerente, conciliar e combinar pedaços espalhados de um evento que ficou comprovado somente em poucos momentos isolados e, assim, de algum modo passível de ser conhecido. Por isso, a sua pesquisa não se dispunha a oferecer um impossível e, portanto, inaceitável retrato completo de Arnaldo, mas apenas os traços fortes, únicos, necessariamente inacabados, que constituem a real historicidade de uma figura e de uma experiência, graças a uma obra paciente de restauro, da qual surgirá "como um dos fragmentos de escultura antiga [...] liberto das adulterações de acréscimos posteriores"[2].

Arnaldo é, sem dúvida, um caso especial. Mas, precisamente por sua especificidade, serve como exemplo de um problema maior. Não se trata apenas da distinção – e da consequente irredutibilidade – entre história e historiografia, entre *res gestae* e *historia rerum gestarum*, que também é mérito da escola histórica positiva ter compreendido e afirmado, antes de mais nada. De fato, o caso Arnaldo evidencia a relação difícil e complicada entre o real acontecimento de uma experiência individual de vida e a "leitura" que daquela mesma experiência seus contemporâneos fazem: de se enfatizar, quanto à variedade e à qualidade dos depoimentos que transmitiram sua memória, as evidentes diferenças entre esses dois momentos, possivelmente explicadas e compreendidas nas suas origens, porque elas também são elementos integrantes e essenciais daquela história que estão querendo reconstruir. Os limites pontuais impostos às nossas possibilidades de conhecer as circunstâncias dos depoimentos – sem continuidade, fortemente personalizados, não harmônicos entre si – tornam-se meio e ocasião para uma historicização mais rica e articulada, e, de modo bem diferente, consciente das forças, das tendências, das "culturas" em jogo.

A diretriz que faz a combinação dos vários elementos de depoimentos de diferentes origens tem como seu pressuposto implícito a crença de que as diferentes faces de uma experiência são minuciosamente compreendidas e comprovadas pelos diversos testemunhos e que, por isso, uma vez justapostos ou combinados, é possível verificar sua evolução e extrair um quadro completo. A ingenuidade da abordagem historiográfica não apenas implica em grosseiros erros de método e de perspectiva, mas também induz a clamorosos mal-entendidos de interpretação[3]: nivelam e empobrecem a realidade histórica, reduzindo-a à diminuta medida do próprio bom senso combinatório; porém, dessa maneira, evita ou nega ou fica impedida de ver os traços de uma realidade bem diferente, dividida e profunda.

Frugoni, comentando as circunstâncias dos depoimentos sobre Arnaldo – testemunhos de grande relevo que discorrem sobre ele, mas nenhum escrito dele que tenha chegado até nós –, propunha um problema geral que, na montagem e no desenvolvimento de sua pesquisa, resolvia de modo exemplar um caso particular: portanto, sem renúncia a "conhecer" Arnaldo, a competir, até o fim, com os textos incompletos que refletem, de algum modo, a sua experiência, sem nenhuma hesitação ou dúvida ou espanto sobre a validade do "estudo da história" como obra e instrumento, ao lado da inteligência humana, mas para dar-lhe força, autonomia e significado reais, com a noção exata dos seus limites e das suas possibilidades enquanto circunstância[4].

A análise, a crítica, o confronto dos depoimentos, a própria "combinação" entre testemunhos diferentes são componentes que não podem ser eliminados – eu quase acrescentaria: são uma tendência irresistível – na atividade do estudioso de história, esteja ele engajado na reconstituição de uma experiência individual ou de contextos e de acontecimentos de longo prazo. Existe em cada depoimento único – a referência aos testemunhos "narrativos", neste caso bastante relevante, não deve impedir a identificação, entre a enorme variedade, de uma circunstância comum a algumas pessoas – a superposição e o cruzamento de elementos (estruturas mentais e "culturas" de longa duração, fatores mais propriamente pessoais, desejos conscientes, registros de diversas reações a acontecimentos externos, e assim por diante) que somente uma análise atenta, com divisões, comparações e novas "combinações" que daí advêm, permite compreender com exatidão. Mas tais análises e tais "combinações" não podem repousar sobre critérios arbitrários, nem responder apenas à inteligência e à capacidade de aprofundamento e de reconstituição do estudioso. A percepção precisa da natureza, da profundidade e do lugar exato desses depoimentos exclusivos no contexto mais amplo de uma história da qual, preliminarmente, somente a existência não pode ser colocada em dúvida, constitui um ponto crítico para seu uso ponderado na reconstituição e na narrativa: a condição necessária, eu acrescentaria, para poder observar, sobre o fundo cinza de uma realidade muitas vezes de outro modo não definível em suas particularidades, os pontos iluminados daquilo que nos resta da complexa experiência dos homens do passado: o cinza não deixa de ser cinza, mas sem ele também aqueles pontos iluminados perderiam sua luz e seu significado, assim como, graças àqueles pontos iluminados, o próprio cinza ganha outra profundidade e uma tonalidade diversa.

Em relação ao "caso Arnaldo", é completamente diferente a situação documental sobre a experiência religiosa de Francisco, as origens franciscanas e o desenvolvimento da ordem: uma situação privilegiada pelo número e pela quantidade de depoimentos, seja do próprio Francisco, seja de biógrafos e cronistas das primeiras décadas de existência da ordem[5]. Mas é real a possibilidade de compreender e apreciar minuciosamente o núcleo essencial da sua mensagem e da experiência originária da primeira fraternidade cristã, assim como a sua "tradução" e a sua história subsequente. No entanto, os perigos de um procedimento precipitadamente combinatório também estão bem presentes aqui. Existem opiniões e convenções implícitas, equivocadas e enganadoras que continuam a agir prodigamente na historiografia franciscana, provocando incongruências interpretativas de grande alcance. Uma ótica bastante comum impõe constantemente, no conjunto dos textos de uma personalidade única como Francisco, uma uniformidade de inspiração e uma concordância/coerência de enunciação, exceto onde haja explícita revisão ou negação ou desmentido de si mesmos. Os escritos de Francisco giram em torno dos trinta ou pouco mais. Alguns – é desnecessário lembrar – são textos de enorme importância, e o conjunto é sem dúvida considerável e significativo, sobretudo quando comparado a outros contextos documentais. Entretanto, no final das contas, comparado à sua vida como um todo, trata-se de bem pouco: poucos feixes de luz sobre breves momentos de duas longas décadas que não encontram outras expressões e evidências imediatas. Somente um incurável otimismo historiográfico pode achar que eles correspondem às nossas necessidades de conhecimento e interpretação, todos bem ligados entre si, todos reciprocamente elucidativos, todos uma expressão igualmente ponderada e fundamentada: desvios, mudanças, desistências fugazes ligadas à rotina irrepetível de uma situação não são admitidos quando se reconstitui um "ideal", para parafrasear o título de um livro famoso. A curiosa pretensão de que uma operação providencial presida a seleção dos materiais documentais figura, muitas vezes, entre as convenções tácitas dos estudiosos de história. Os critérios simplificadores, unificantes e combinatórios que disso derivam não são facilmente reversíveis. Mas a difícil possibilidade de se demonstrar a presença da contradição, do desvio, da mudança de opinião, comprovada pelas dificuldades de certas leituras forçadas de Sabatier[6], não autoriza atitudes e critérios absurdos, mas que se reflita sobre a experiência cotidiana e que se olhe com um pouco de atenção para o caráter dos mesmos depoimentos. Em suma, cada relíquia do passado é expressão de algo – como cada texto é tradução e reflexo de sentimentos, atitudes, situações que devem ser, de vez em quando, determinadas –, mas nem tudo isso que se denomina "algo" tem a mesma importância na economia de uma experiência religiosa e de uma vida. Sob esse ponto de vista, o problema crítico preliminar que se coloca para poder explicar critérios de leitura e de organização dos materiais que não consistem em uma mera justaposição ou somatória de enunciados diversos, assumidos como complementares entre si, está em avaliar a possibilidade de estabelecer uma hierarquia entre os vários textos que chegaram até nós: no sentido de identificar o texto ou os textos que, com maior certeza no que diz respeito aos outros, ou melhor, com maior respeito aos outros, oferecem um conjunto de enunciações, juízos, atitudes e propostas que, com toda a evidência, se qualificam como característicos e expressivos não de um momento particular, mas do núcleo essencial e constitutivo de uma experiência geral.

Se tais considerações são válidas, sobretudo, para os escritos de uma personalidade única como Francisco, os riscos de distorções e incongruências ficam ainda mais evidentes quando se quer mecanicamente fazer que se harmonizem e concordem textos de origem profundamente diversa, como diversas são, na realidade, as *Vidas* de Francisco e, em geral, as antologias que conservam a memória de alguns acontecimentos ou momentos de sua vida. A seleção e a desigual apresentação de suas palavras e de episódios que lhe dizem respeito são fatos incontestáveis. Essa seleção e essa apresentação desigual, decorrentes de uma multiplicidade de leituras interpretativas daquela experiência única, tornam impossível uma recuperação, dispensando a identificação dos critérios, dos esquemas mentais, das exigências pessoais ou gerais, que orientaram aquela seleção e aquela apresentação.

Sobre as características gerais de tais depoimentos, profundamente diversas, bastarão poucos sinais: de fato, são coisas já assentadas e muito conhecidas, ainda que, depois, nem sempre se leve em consideração o uso concreto que se faz de cada um dos materiais individualmente, a fim de reconstruir a experiência religiosa de Francisco e a história das primeiras décadas da ordem. Alguns aspectos ficam muito evidentes: as diversas *Vidas* e as diversas coleções de materiais sobre a vida de Francisco nascem de situações diversas da ordem e de incumbências diversas, e tentam responder a diferentes questões e exigências[7]. Esse elementar dado de partida já orienta os fatos num determinado sentido, coloca-os dentro de esquemas complexos que tendem a configurá-los diversamente. Assim, o empenho penitencial de Francisco na reconstrução de igrejas vai se transformando, progressivamente, em "figura" de uma obra mais vasta[8], paralelamente ao aumento da consciência sobre o papel, sempre de maior relevo, desenvolvido pela ordem na reforma da instituição eclesiástica e na organização da vida religiosa das massas, uma consciência que, por sua vez, "produz" declarações, episódios e momentos cada vez mais precisos e explícitos[9]. No contexto global da *historia salutis* [história de salvação], a santidade de Francisco e o desenvolvimento da ordem vão aos poucos adquirindo profundidade e consistência: interpretação histórica e leitura teológica formam um bloco unitário que descobre, ilumina e explica o sentido último de um acontecimento que não podia deixar de permanecer em grande parte obscuro e incompreensível a todos os seus espectadores diretos e protagonistas. Só gradualmente Deus revela suas intenções; é pelos frutos que se conhece Sua obra. Isso faz que seja absolutamente óbvio que a segunda ou a terceira geração franciscana, assim como as seguintes, sintam-se muito mais e melhor capacitadas para interpretar e compreender a vida de Francisco e o sentido da sua obra do que as pessoas que tinham vivido ao seu lado; e que reivindicar o *status* de testemunha direta e companheiro assíduo do santo – o *nos qui cum eo fuimus* [nós que com ele estivemos] – não pareça suficiente à maioria para corrigir ou mudar uma linha e uma orientação cujo papel providencial resultava, de maneira cada vez mais patente, na vida da Igreja. O privilégio do contato direto com a santidade, no qual não se propõe uma nova ótica de leitura, não arranha a certeza de um crescimento positivo que atesta por si só a presença da intervenção direta de Deus. A estatura e a santidade dos méritos pessoais, que podem ter brilhado mais nas origens pobres e obscuras da ordem, não desmentem ou invalidam um progresso geral que tem no número, nas adesões, na expansão da atividade pastoral e na influência exercida a marca do próprio reconhecimento. Os fatos estão ali, por assim dizer, comuns a uns e a outros, mas só na sua tosca materialidade assim se apresentam: porque a variedade dos critérios com que são lidos e apresentados muda profundamente sua orientação e seu significado. A fissura fica clara: ao privilégio das origens, que se transforma em pedra de toque para fazer um juízo do próprio presente (mas também para reconstruir o passado como sua antítese pontual e polêmica), se contrapõe à lei providencial de um desenvolvimento que encontra na história da Igreja o seu modelo de autoridade[10].

Porém, não são apenas tais leituras conscientemente interpretativas, por assim dizer, que entram em jogo na seleção e organização, e, desse modo, também na tradução um tanto deformadora dos materiais históricos. Porque, abaixo dos esquemas interpretativos conscientes, produtos da reflexão histórico-teológica e da própria visão religiosa da vida da Igreja na história, agem, em um nível muito mais subjacente, esquemas e quadros mentais frutos do lento depósito do costume, das tradições culturais, da complexa trama de modos de ser e de sentir que determinam os horizontes antropológicos e configuram a especificidade de comportamentos e de reações, tanto dos indivíduos quanto dos grupos. A leitura e a recepção dos fatos passam por esses esquemas e quadros mentais, e, assim, "cortam-nos" conforme as possibilidades, as oportunidades, as orientações a que estas, de alguma maneira, obrigam àquelas. Os fatos, os juízos, as próprias palavras destinadas à experimentação ou à memória dos testemunhos tendem a ser pensados como possíveis apenas no modo e nos termos sugeridos pelas imagens, pelos estereótipos, pelas convenções e pelos modelos profundamente introjetados na psicologia cultural e emotiva daqueles determinados espectadores. Está aqui o grande, o verdadeiro nó, a verdadeira – eu diria paradoxalmente – "questão franciscana". A convicção e o desejo de Francisco são viver e propor uma experiência religiosa absolutamente original no contexto da tradição religiosa e eclesiástica contemporânea[11]. Mas não se trata apenas de convicção e desejo subjetivos. Francisco – parece-me que é possível dizê-lo e a isso voltarei mais adiante – vive, efetivamente, uma experiência religiosa que, no que tange ao seu núcleo profundo e essencial, não se conecta ou faz referências à tradição eclesiástica de seu tempo. Pessoas de seu tempo e de épocas posteriores também chamaram a atenção para isso, de maneira não muito obscura: sua definição como *novus homo*, que prenuncia uma identificação com Cristo (Francisco como *alter Christus*), exprime isso de modo muito patente, para além dos fanatismos da ordem e das referências exigidas por uma teologia da história extremamente complexa e refinada[12]. É isso que torna fundamental o problema de diferenciar a sua experiência religiosa original das chaves de leitura e das traduções com que ela foi vista, registrada, captada: mas é isso também que torna tal problema mais complicado e difícil.

Apesar das limitações de que lembrei, o único ponto fixo são os escritos de Francisco: somente eles podem dar a partida para uma correta linha de solução desse enredo, de outro modo, inextricável. Claro que não se trata de uma descoberta. A historiografia franciscana, a partir de Sabatier[13], já nos chamou a atenção para isso, de modo um tanto evidente, ainda que nem sempre tenha agido com a coerência lógica e o rigor que tal premissa requer. Que fique bem claro: obviamente, não pretendo que se deva reduzir aos escritos de Francisco a documentação confiável sobre as origens franciscanas, nem que alguém se deva limitar a eles, e somente a eles, para conhecer e estudar os acontecimentos da sua vida e os desdobramentos e implicações da sua mensagem. Existe uma resistência da história a cada leitura e interpretação; existe um "fato" que ocorre e que é passível de ser identificado e descoberto por baixo das diversas óticas com que intérpretes e biógrafos o apreenderam e traduziram. A deformação é sempre parcial, porque a reconstrução, a narrativa, o episódio pontual são inevitavelmente constituídos de materiais preexistentes, que já tiveram vida, consistência e significados próprios, entrelaçados em uma rede de relações e reações em grande parte despedaçada e dispersa e com uma "autonomia" em relação às poucas traduções parciais pelas quais chegaram até nós e que, de algum modo, é reconstituída e novamente proposta. Não é uma operação fácil e nem sempre é possível, certamente. Mas, sem dúvida, não se pode renunciar a ela *a priori*. O que, no entanto, continua a ser um ponto final é que essa obra de recuperação e de restauro dos vários e complexos materiais postos à disposição pelas biografias franciscanas deve ser encaminhada usando em primeiro lugar, como filtro e pedra de toque, os escritos de Francisco: deles saem os critérios e os parâmetros para medir, avaliar e compreender as leituras, as interpretações, as traduções com variados graus de deformação com que a sua experiência e a sua proposta de vida religiosa foram vistas, pensadas, retomadas por contemporâneos e continuadores.

2. O "Testamento" *de Francisco como resumo e reapresentação de sua experiência religiosa.*

Entre os escritos de Francisco, o "Testamento" ocupa um lugar todo especial: se não por outros motivos, é porque é o único escrito que se apresenta como narrativa, apresentação e resumo da sua experiência religiosa em geral, da "conversão" à iminência da morte. Esse fato por si só bastaria para legitimá-lo como ponto de partida, quando se quer identificar a consciência subjetiva que Francisco possuiu de sua trajetória e de sua obra. Creio que a análise do texto ofereça, ainda mais, motivos sólidos para confirmar a validade de tal escolha.

Como se sabe, foi o próprio Francisco que lhe deu uma definição precisa, ao mesmo tempo sugerindo o título que se tornou corrente na tradição manuscrita:

> *Et non dicant fratres: "Haec est alia regula", quia haec est recordatio, admonitio, exhortatio et meum testamentum, quod ego frater Franciscus parvulus facio vobis fratribus meis benedictis propter hoc, ut regulam, quam Domino promisimus, melius catholice observemus* [E que os irmãos não digam: "Esta é outra Regra", porque esta é uma lembrança, um aviso, uma exortação e meu testamento, que eu, irmão Francisco, pequenino, faço para vós, meus abençoados irmãos, por causa disto: para que mais universalmente observemos a Regra que prometemos a Deus][14].

"*Testamentum*", portanto, porque assim o chamou Francisco: mas qual o significado? Uma leitura sugestiva privilegia o molde bíblico: é a "aliança" do novo povo de peregrinos que Francisco quer lembrar e reafirmar, é o pacto especial selado com Deus por ele e por todos os "irmãos" que ele quer recordar pela última vez[15]. É uma hipótese possível. Todavia, inclino-me francamente para o bem mais óbvio e pedestre – "última vontade", "últimas disposições" –, que Francisco, como fundador e com a autoridade que lhe era dada pelo fato de ser o fundador da fraternidade minorítica, acreditou ter deixado aos seus "irmãos". Isso é sugerido pelo caráter interno do texto, com toda a certeza manifestação e reafirmação suprema das próprias opções de vida e das próprias intenções em relação à fraternidade – os verbos *volo* [quero], *nolo* [não quero]* ocorrem onze vezes, duas vezes *praecipio firmiter per obedientiam* [prescrevo com firmeza por meio da obediência], as construções optativas ou de comando são muito abundantes, e o próprio Francisco, aliás, disse que escreveu o texto para que a regra fosse observada *melius catholice* [mais universalmente] –, o que é confirmado por alguns elementos e por algumas circunstâncias externas.

---

* *Nolo* também inicia construções no imperativo negativo singular. (N. T. latim)

Poucos meses antes, em abril/maio de 1226, enquanto ainda estava em Siena, Francisco teve uma grave crise por causa de seu problema de estômago e vomitou sangue a noite inteira. Acreditando que estivesse prestes a morrer, os companheiros lhe pediram que os abençoasse e que deixasse a todos os irmãos *"aliquod memoriale tue voluntatis"* ["alguma memória de tua vontade"]. E foi então que Francisco ditou três pontos da própria vontade, com brevidade, porque, debilitado, era o máximo que podia fazer, prescrevendo a todos os frades, *"in signum memorie mee benedictionis et mei testamenti"* ["em sinal do louvor da minha memória e do meu testamento"], que se amem reciprocamente, que amem e respeitem a pobreza e que sejam sempre fiéis e submissos à hierarquia eclesiástica e ao clero[16]. A correspondência é exata e o significado, inequívoco: ao pedido para que expressasse seus últimos desejos corresponde o ditado de três frases que são definidas precisamente como *testamentum*. Mas não se trata apenas do uso do termo e de seu significado, o qual, no "testamento" ditado em Siena, soa claríssimo. É todo um contexto geral – o pedido por parte dos companheiros para dispor de sua última vontade, a condescendência e a disponibilidade de Francisco em agir nessa direção – que o episódio de Siena demonstra e que volta a se repetir nos meses seguintes. Não são apenas as recordações e os episódios transmitidos principalmente pela tradição dos companheiros que revelam dramaticamente a vontade de Francisco de confirmar e reafirmar diante de todos a fidelidade e a particularidade evangélica da própria escolha de vida. Enfim, onerado pela moléstia, havia se levantado do leito gritando: *"Qui sunt isti qui religionem meam et fratres meos de manibus meis rapuerunt? Si ad generale capitulum venero ego eis ostendam qualem habeam voluntatem"* ["Quem são estes que roubaram de minhas mãos minha religião e meus frades? Se eu for ao Capítulo Geral, eu hei de lhes mostrar qual é minha vontade"][17]. Os termos e o contexto são duramente polêmicos em relação à linha e ao desenvolvimento adotados pela ordem, e, por certo, não se pode excluir que o grupo de companheiros, do qual o episódio claramente deriva, em um momento seguinte à grave crise provocada pelo segundo generalato de Elias, os tenha enfatizado, com a lembrança, os tons e a precisão da referência. Mas não se pode duvidar do fato de que as últimas semanas e os últimos meses de Francisco foram animados pela ânsia de transmitir aos frades os seus últimos desejos, de repetir e reassumir a linha fundamental da própria opção e o exemplo da sua experiência de vida. Ele escreveu isso a Clara, como ela própria comprova na sua regra ("*scripsit nobis ultimam voluntatem suam*" ["escreveu a nós sua última vontade"]), na qual transcreve um texto, muito breve, que, não por acaso, evidentemente, volta a apresentar a mesma tática fundamental do "Testamento" maior: afirmação e definição daquela que foi e é a própria escolha pessoal e convite às pobres senhoras de continuá-la com perseverança:

> *Ego frater Franciscus parvulus volo sequi vitam et paupertatem altissimi Domini nostri Jesu Christi et eius sanctissimae matris et perseverare in ea usque in finem; et rogo vos, dominas meas, et consilium do vobis, ut in ista sanctissima vita et paupertate semper vivatis. Et custodite vos multum, ne doctrina vel consilio alicuius ab ipsa in perpetuum ullatenus recedatis* [Eu, irmão Francisco, pequenino, desejo seguir a vida e a pobreza do Altíssimo Senhor nosso Jesus Cristo e de sua santíssima Mãe e perseverar nela até o fim. E rogo a vós, minhas senhoras, e dou-vos um conselho: que vivais sempre nessa santíssima vida e pobreza. E cuidai bem de vós, para que jamais vos afasteis dessa vida de nenhum modo por meio da doutrina ou do conselho de outrem][18].

É uma tática que chamarei de ensinamento exemplar, no sentido de que apresenta o próprio ser, as próprias escolhas e os próprios atos, como um vivo ponto de referência e modelo para todos aqueles que livremente decidiram viver com ele, Francisco, segundo um método que fica implícito, exatamente nos últimos dias da sua vida, na bênção ao frei Bernardo – depois da sua morte, ministros e frades deverão dar a Bernardo, o primeiro companheiro a abraçar a perfeição evangélica distribuindo todos os seus bens aos pobres, o posto e a função que tinham sido dele, Francisco[19] –, e que uma passagem transmitida pela tradição dos companheiros teoriza como explícita escolha consciente de

Francisco, desde o momento em que a manutenção do governo direto da ordem teria implicado em intervenções autoritárias e repressoras[20]. Seja como for, dos limites históricos dessa última passagem, que não importa aqui discutir, tal diretriz não somente constitui, na realidade, um aspecto específico da opção franciscana – em que as obras e a vida representam sempre a primeira e mais eficaz forma de ensinamento, e o amor recíproco, a primeira resposta às injustiças e ofensas[21] –, mas também, com uma urgência toda própria, mostra-se, a partir de muitos sinais, como característica do último período de vida de Francisco. A ela responde plenamente também o "Testamento", que, por isso, é, por toda a sua primeira parte, a memória e o sumário da própria conversão e experiência religiosa individuais.

Depois, sem dúvida, de abril/maio de 1226, quando foi ditado o assim chamado testamento de Siena[22], todas as testemunhas estão de acordo em situar o "Testamento" nos últimos dias de vida de Francisco, ligando-o estreitamente à sua morte[23]. "*Circa mortem*" ["perto da morte"], "*quasi iam prope mortem*" ["quase já próximo da morte"], "*prope finem vitae suae*" ["próximo do fim de sua vida"], e assim por diante, são os fortes indícios, ainda que não permitam esclarecimentos posteriores. Mas tal determinação cronológica, em realidade, nada nos diz sobre seu amadurecimento.

A tradição dos companheiros, por bons motivos, em parte, atribuível a frei Leão, pareceria querer atestar que também em torno do "Testamento", assim como na redação definitiva da regra, ocorreram momentos de discussão[24]. Francisco tinha mandado colocar "no seu testamento" que todas as casas dos frades deveriam ser feitas de madeira e barro, "*in signum paupertatis sanctae et humilitatis*" ["em sinal de santa pobreza e humildade"], e que as igrejas construídas por eles fossem pequenas. E quis que a primeira a se adequar a essa norma, retornando à forma primitiva, fosse Santa Maria da Porciúncula, berço e modelo da ordem. Mas alguns frades o fizeram ver que, em muitas províncias, a madeira era mais cara do que as pedras. Francisco não queria discutir com eles, porque estava muito doente e, enfim, próximo da morte. Por isso escreveu então no seu testamento a recomendação de não aceitar igrejas e casas que não se coadunassem com a santa pobreza prometida na regra (trata-se da passagem presente no "Testamento" que conhecemos).

A narrativa não é muito clara. Kajetan Esser quis ler ali o depoimento de um "pré-testamento" de Assis, escrito no palácio do bispo, que seria outra coisa, diferente do testamento final, escrito provavelmente na Porciúncula; de outro modo, não se entenderiam as fórmulas: *"Unde tunc B. Franciscus in testamento suo fecit scribi"* ["Daí, então, S. Franciso fez que escrevessem em seu testamento"], e *"Unde scripsit postea in testamento suo"* ["Daí escreveu, posteriormente, em seu testamento"], com que, respectivamente, são introduzidas a determinação de que as casas dos frades deveriam ser construídas em madeira e barro e a citação literal da passagem do testamento que chegou até nós. Dois testamentos, portanto, porque assim querem as referências inequívocas da narrativa leonina[25].

Permanecem, no entanto, muita dúvida e perplexidade diante de uma solução tão categórica. A *Intentio regulae*, como toda essa parte dos materiais dos companheiros em que está inserida essa passagem, é dedicada a mostrar a luta invisível travada dentro da ordem contra a perfeição evangélica e a notar as correções e atenuações a que Francisco foi induzido, na regra e em outros escritos seus, a fim de evitar escândalos e disputas, por pressões e hostilidades de frades e ministros[26]. A *Intentio regulae* se abre com uma declaração explícita nesse sentido, reafirmada ao longo do texto, lembrando que Francisco havia formulado três regras, a última das quais, confirmada pela bula de Honório III, *"multa fuerunt eiecta per ministros contra voluntatem beati Francisci, sicut inferius continetur"* ["muitas foram excluídas pelos ministros contra a vontade do beato Francisco, assim como se sustenta mais abaixo"][27]. Mais adiante, duas passagens confirmam, quase com as mesmas palavras, esse trabalho de correção e de supressão: na primeira, somente[28] com referência à regra, na segunda, logo depois da passagem referente ao testamento, quase a reafirmar – generalizando um episódio que acabou de ser narrado – uma tendência persistente e constante, com referência à regra e *"aliis suis scriptis"* ["a outros escritos seus"][29]. Mas o único caso escrito citado nos materiais que pode ser atribuído ao grupo dos companheiros é a eliminação do versículo Lucas 9,3 (*"Nihil tuleritis in via, neque virgam neque peram neque panem neque peccuniam neque duas tunicas habeatis"* ["Nada leveis para o caminho: nem bordão, nem alforje, nem pão, nem dinheiro; nem deveis ter duas túnicas"]) do contexto da regra[30], enquanto, em outros casos específicos, trata-se apenas de esclarecimentos e ressalvas que Francisco teria desejado introduzir na regra e que não foram considerados oportunos pelos ministros[31]. O caso da determinação de construir casas de barro e madeira poderia retornar entre estes últimos, apesar da ambiguidade da sua fórmula de introdução (que, aliás, refere-se ao costume de Francisco de "ditar" seus escritos, principalmente no período da sua doença), sem precisar pensar em uma dupla redação. E, no fundo, seria estranho que de um "pré-testamento", ditado no palácio do bispo, não restasse outro testemunho mais explícito, se levarmos em consideração a quantidade de particularidades e esclarecimentos que pouco a pouco foram enriquecendo e colorindo as últimas semanas de vida de Francisco, na lembrança e na tradição dos companheiros[32]. É, portanto, mais uma redação que durou todo esse tempo, sujeita a correções e reavaliações que uma passagem do gênero pareceria atestar, mais do que uma dupla redação por si só pouco plausível e, seja como for, de outro modo não documentada. Mas, tanto em um caso como no outro, seria inequívoco o indício de um texto meditado e discutido, ainda que não nos tenha restado qualquer pista de seu amadurecimento interior que não a consistência vigorosa e irrepetível do próprio texto.

No entanto, as circunstâncias de sua elaboração – as últimas semanas, senão os últimos dias de vida de Francisco – fazem menção e evidenciam a solenidade da circunstância. É um aspecto observado por João de Parma, segundo o depoimento de Angelo Clareno, com particular força e precisa percepção da sua importância para a avaliação e interpretação do texto[33]. Seu discurso tem em vista afirmar a necessidade da plena e integral observância do "Testamento" como condição e garantia da plena observância da regra, nas pegadas de uma discussão que as disposições minimizadoras da *"Quo elongati"** evidentemente não estavam aptas a aliviar[34], mas isso não invalida a sua importância. Palavras e pensamentos importantes, portanto, palavras e pensamentos decisivos para esclarecer o espírito e a intenção de Francisco, porque pronunciados na iminência da morte. Mas nem mesmo essa circunstância, na verdade, pode nos dar uma luz sobre o amadurecimento e a gestação daquelas reflexões.

Em seu fundamental trabalho sobre o "Testamento", Kajetan Esser insistiu sutilmente no caráter acidental do texto[35]. Francisco fala dos problemas que o angustiavam naquele momento e esquece, com exceção do último, os três pontos mencionados em Siena, que constituíam, todavia, pontos essenciais do seu programa[36]. O texto é construído segundo um critério de provocação interna, através da qual uma palavra chama, por associação, outro problema[37]: isso impede que se possa falar em uma estrutura pensada e elaborada[38] para o "Testamento", muito menos, portanto, como em direção contrária havia pretendido Sabatier, como "a mais solene manifestação do ideal originário do santo"[39]. Além disso, naquele período, Francisco estava sob a influência de um grupo de frades idealistas, fora da realidade: neles, como aliás nele próprio, estava, para além dos reais perigos que ameaçavam a vida da ordem, uma íntima incompreensão dos problemas e das necessidades advindas do seu desenvolvimento[40]. Francisco tinha uma alma de poeta, olhava maravilhado, como uma criança, o mecanismo que havia colocado em ação, mas cujo desenvolvimento não era capaz de controlar, porque suas qualidades de organizador e líder não estavam à altura de um movimento tão amplo[41]. Por trás da aparentemente asséptica "cientificidade" do discurso de Kajetan Esser vêm à tona os ecos de polêmicas antigas, que vão bem além do explícito apelo de Sabatier. A exatidão das observações individuais e dos esclarecimentos não basta para tornar convincente o conjunto: porque ele é estragado por alguns pressupostos que têm o grave defeito de se tornar verdade histórica indiscutível. A existência da *"Quo elongati"*, com tudo o que a precedeu e a sucedeu no que diz respeito à atitude

---

* Título da bula papal promulgada por Gregório IX em 28 de novembro de 1230. (N. T. latim)

da ordem quanto ao "Testamento", impõe implicitamente um juízo sobre o seu caráter limitado e unilateral. Reproduzem-se, assim, como um dado factual do qual partir, argumentos, juízos e impressões que, nos debates que despedaçaram a ordem no correr do século XIII, foram os de uma das partes em luta: e Francisco virou uma "*natura poetica*" incapaz de compreender as necessidades da vida – como não lembrar o "*frater mi simplizione*" de Ugolino de Óstia[42]? –, e de, por isso, perceber que o modo de vida que ele escolheu correspondia completamente à sua vocação individual, que não podia ser transplantada para outros, conservando a sua inteira pureza, nem, muito menos, tornar-se "bem comum e princípio de vida de uma ordem inteira"[43]. Além disso, Francisco estava gravemente debilitado fisicamente e sob a influência de um grupo de frades que procuravam com o "Testamento" forjar novas armas de guerra, senão dominado por eles: mesmo o óbvio e inocentíssimo – se não se quiser começar a julgar as intenções, o que é realmente muito perigoso em sede historiográfica – "*ad quod recurramus post mortem tuam*" ["a que retornemos depois de tua morte"], que teria acompanhado o pedido de seus companheiros por um "memorial" da sua vontade, foi submetido a uma ameaçadora alusão ao grupo de adversários a ser combatido no futuro. São pressupostos que levam Esser[44] a verdadeiras distorções e mal-entendidos, como quando, para comprovar o caráter acidental do "Testamento", ele menciona que, embora essenciais para o programa franciscano, nele faltam os dois primeiros pontos lembrados no testamento de Siena: caridade recíproca e observância da pobreza; e lhe escapa que esses pontos estão implícitos em toda a organizada explicação do modelo de vida evangélica que constitui a primeira parte do "Testamento", assinalados bem mais concretamente ali do que na rápida enunciação de Siena, porque – estaria eu tentado a dizer –, no "Testamento", encontram-se calcados mais na vivência do que nos preceitos. A mesma "lei da associação", que Böhmer já havia observado como vigente na construção das *Admonitiones* e que Esser, com boa argumentação, demonstra presente também no "Testamento"[45], revela significativos critérios mentais e formais de construção do discurso, mas evidentemente não autoriza concluir algo sobre a maior ou menor importância das coisas ditas, ou da maior ou menor relação de causa e efeito, ou sobre a razão pela qual aquelas coisas, e não outras, foram ditas, como parece sugerir Esser.

Existe uma espécie de salto lógico nas suas conclusões sobre o "caráter" do "Testamento" que é bastante significativo. Para ele, como se viu, é incontestável o fato de que se trata de um "escrito espontâneo de ocasião" (*"spontane Gelegenheitsschrift"*). A sua importância reside no fato de ele representar a última enunciação da vontade de um grande homem, mas, a despeito disso, não a solene manifestação de um ideal originário do santo[46]. O "prejuízo", na verdadeira acepção da palavra, é evidente: e assim torna-se irrelevante o fato de que – fossem quais fossem as solicitações externas e as intenções ocultas que o provocaram ou determinaram – o "Testamento" é, em toda a sua primeira parte, fundamentalmente uma "história", a história sagrada – expressa e entoada a partir do constante retorno do *"Dominus dedit mihi"* ["O Senhor me deu"], *"Dominus revelavit mihi"* ["O Senhor me revelou"] – de uma conversão e de uma opção de vida. É disso que se deve partir; é isso que, em primeiro lugar, se deve analisar, penetrar, entender, antes de se perguntar – e é uma questão duvidosa e "árdua" se pensarmos no momento solene em que o "Testamento" foi ditado e no objetivo explícito que o pôs em movimento: cumprir e fazer cumprir a regra *"melius catholice"* ["mais universalmente"] – se, e em que medida, ele constitui a história "completa" e "fiel", não nos detalhes de indivíduos específicos – e, por isso, é absurdo notar nele a falta de menção de preceitos individuais também importantes da regra[47], a fim de colocar em evidência a suposta unilateralidade – mas na real apresentação do núcleo essencial e das profundas motivações da própria experiência de vida. E se assim é, como creio que seja e como uma comparação com os escritos de Francisco poderá fartamente demonstrar, vai por água abaixo qualquer distinção, abstratamente pretendida por Esser, entre a enunciação da própria vontade última e a solene manifestação do próprio ideal originário; e o "Testamento" sobra efetivamente como o texto base, nunca superestimado demais, do qual se deve partir para estudar e entender as características e motivações pelas quais Francisco subjetivamente pensou e viveu a própria experiência religiosa de conversão e de vida. Isso sem escondê-lo do momento em que foi escrito, e assim procurando captar toda a historicidade pontual das indicações que ele oferece e das preocupações que o estimulam, mas sem perder de vista o fato primordial do seu modo e da sua razão de ser, que é ilustrar e resumir uma opção religiosa para apoio, ajuste e esclarecimento do que já havia sido expresso na regra.

Como se sabe, foram muitas as tentativas de identificar a estrutura interna do "Testamento". Sem entrar no mérito das várias soluções propostas, em grande parte, aliás, analisadas e discutidas por Esser[48], uma observação preliminar parece-me impor-se: a simplicidade do dito do "Testamento", subtraída às reelaborações/sistematizações usuais para os textos maiores de Francisco, constitui um indício probatório de que o texto preservado representa, em essência, o texto de sua viva voz, não necessariamente em solução de continuidade, muito menos sem correções e reconsiderações, mas, em suma, quase nos termos ou nos termos por ele pensados e ditados (e até mesmo, como é mais que provável, imediatamente traduzidos ou adaptados em latim, aliás, bem vulgar): em suma, uma obra deliciosamente pessoal, que não foi seguidamente limada, sistematizada, ordenada[49]. Isso obviamente não exclui a pesquisa de uma estrutura, de uma ordem, de uma "lei interna" de construção, mas torna tal pesquisa irremediavelmente relativa: no sentido de que é arriscado, para não dizer impossível, pretender encontrar uma única chave que explique por que no texto existem aquelas coisas e não outras e por que foram ditas assim, naquela sequência, entrando em jogo na formação de todo texto, e mais do que nunca de um texto tão pessoal, tantos elementos imponderáveis, eliminados e desaparecidos desde o momento em que ele foi definitivamente produzido. Não pretendo lembrar-me somente daquelas "áreas desconhecidas" aos olhos do estudioso de história, que todavia existem, mas destacar, sobretudo, a oportunidade de não pretender considerar exaustivas e definitivas explicações e chaves de leituras que somente na plena consciência de seus limites e de seu caráter incompleto e aproximativo podem se transformar em instrumentos úteis de exegese e de interpretação.

Existe, todavia, um aspecto que se impõe também a uma primeira leitura superficial do "Testamento": toda a sua primeira parte – aquela que, na realidade, é a parte histórico-narrativa – é constituída por uma série de proposições introduzidas pela fórmula "*Dominus dedit mihi*", "*Dominus revelavit mihi*". Os acontecimentos, os ganhos, as convicções fundamentais que acontecem a partir da "conversão", quando a fraternidade se constitui com suas especificidades de vida e de comportamento, são colocados sob o signo da "graça" divina: fruto da graça, eles se configuram como as diversas etapas, os diversos e diversamente articulados momentos daquela que se evidencia, à medida que se desenvolve nas suas características pontuais, como a única e compacta proposta de opção religiosa. A unidade de conteúdo fica assim confirmada e apoiada por um preciso traço diferenciador formal que coloca esse mesmo conteúdo em um plano de opções intangíveis.

Segue-se à parte histórico-narrativa uma série de preceitos particulares: proibido aos irmãos receber igrejas e casas que não correspondam à promessa de pobreza, vivendo nelas como hóspedes e peregrinos[50]; proibido pedir qualquer privilégio à cúria romana, diretamente ou por intermediários, para as igrejas e outros lugares ocupados pelos irmãos, nem para obter a faculdade de pregar, nem para se defender contra eventuais perseguições: quando se lhes for negado abrigo, os irmãos devem fugir para outro lugar para se penitenciarem com a bênção de Deus[51]; finalmente, recomendação urgente de plena e rigorosa obediência ao ministro geral e aos guardiões da ordem – introduzida segundo o costumeiro esquema de apresentar em primeiro lugar a sua opção pessoal ("*Et firmiter volo obedire*" ["E quero firmemente obedecer"]), à qual os outros irmãos são chamados a se adequar ("*Et omnes alii fratres teneantur ita obedire*" ["E que todos os outros irmãos sejam obrigados, assim, a obedecer"]) –, com particular respeito ao cumprimento da regra e da ortodoxia católica: a ordem é vigiar com cuidado eventual transgressor – "*sicut hominem in vinculis die noctuque*" ["assim como um homem dia e noite nos grilhões"] – e entregá-lo ao cardeal de Óstia, "*qui est dominus, protector et corrector totius fraternitatis*" ["que é o senhor, o protetor e o reformador de toda a fraternidade"]. Encerram o "Testamento" a definição do texto, algumas recomendações em relação à sua intangibilidade e a seu cumprimento, e a bênção final.

Se a segunda parte do "Testamento" coloca uma série de interrogações sobre a razão por que são mencionados precisamente aquelas proibições e aqueles preceitos, e não outros, fica claro, todavia, que é sobretudo a primeira parte que oferece algumas pistas essenciais da experiência religiosa de Francisco. Esquematicamente, e seguindo a ordem do texto, parece-me que elas podem ser resumidas nos seguintes pontos:

1) A conversão (expressa pela matriz evangélica *"facere poenitentiam"* ["fazer penitência"]) é caracterizada como uma reversão nos critérios de valores e de julgamentos, evidenciada pela dupla antitética amargo/doce: o início da conversão se manifesta justamente com o fato de o que primeiro parecia amargo se transformar em doçura de corpo e alma[52]. Tal reversão completa, que constitui a premissa para a saída do século (isto é, para assumir um "hábito" e um "status" que fazem de Francisco um "penitente voluntário")[53], encontra os seus pressupostos e concomitantemente a sua materialização no *"facere misericordiam"* ["praticar a misericórdia"] com os leprosos: o encontro misericordioso com o que constituía, naquele contexto cultural e social, a presença mais estranha, irrecuperável e repugnante[54] não representa apenas a oportunidade concreta e palpável para determinar essa reversão, mas evidencia também, exatamente por se tratar de leprosos, o seu radicalismo, a total mudança de ótica – e de consequentes sentimentos e comportamentos – que se ligam à conversão. Trata-se de uma experiência existencial geral, por assim dizer, sem incongruências, que passa por cima da esfera intelectual e emotiva, e que, realizando-se concretamente, exprime e fixa novos valores, novos critérios de julgamento e de comportamento, contrários àqueles até então correntes. A saída da vida secular que daí deriva – *"et postea parum steti et exivi de saeculo"* ["e pouco depois, ergui-me e deixei o mundo"] – sanciona e resume a conquista dessa nova perspectiva. Mas é ela que dá à saída do século o seu sentido profundo e rico de significados, tornando vãs e um

tanto estéreis e abstratas as discussões sobre componentes técnicos tradicionais que estão implícitos na fórmula.[55] A persistência das palavras e a continuidade de uma linguagem consolidada não devem mascarar as transformações e os descolamentos de significado, revelados pela consistência e pela profundidade dos fatos expressos. A saída do século de Francisco é, antes de mais nada, o cerramento visual e material do seu abandono radical de valores, critérios e lógica, próprios do século.

2) A "fé" (que é aceitação, acolhimento, reconhecimento e submissão) nas igrejas, entendida na sua materialidade como lugar de oração a Cristo; a paráfrase da antífona da liturgia da Sexta-Feira Santa, que exemplifica o seu conteúdo, funde o ato de graças a Cristo, que por meio da cruz salvou o mundo, à adoração do Cristo que se concretiza "em todas as igrejas que estão em todo o mundo"[56]. Configura-se, assim, uma espécie de continuidade, como uma oportunidade de memória e reflexão, entre o ato redentor representado pelo sacrifício da cruz e as igrejas que guardam seu signo e sua presença: uma presença e uma continuidade de presença que encontra na eucaristia o seu lugar privilegiado de manifestação e constitui a razão fundamental e específica da segunda profissão de fé que Francisco exprime, paralelamente à primeira, nos confrontos dos sacerdores que vivem "*secundum formam sanctae ecclesiae Romanae*" ["segundo a forma da santa igreja Romana"][57]. A insistência é muito forte: não existe pecado, não existe ignorância, não existe miséria humana que possa oferecer um motivo válido de exceção a essa completa submissão em relação a cada sacerdote separadamente: "E por isso faço o que faço, porque não vejo nada corporalmente neste século do altíssimo filho de Deus, senão o seu santíssimo corpo e o seu santíssimo sangue, que eles recebem e somente eles administram aos outros". A esse eixo essencial se unem também os outros atos de reconhecimento e de veneração, lembrados logo depois, aos instrumentos de culto, às palavras e aos textos da liturgia, aos teólogos e aos pregadores.

Trata-se de duas profissões de fé muito explícitas e claras que, juntas, representam uma solene declaração de obediência ao clero e à hierarquia eclesiástica, tal como está ordenada, disciplinada e organizada pela Igreja de Roma, mas que constituem também, consequentemente, uma minuciosa profissão de ortodoxia. Sob esse ponto de vista, elas se configuram como uma clara resposta, no sentido positivo, a orientações e atitudes constitutivas e características dos movimentos heréticos do seu tempo[58]. Mas, ainda uma vez, segundo uma linha característica de todos os testemunhos da vida religiosa de Francisco, está ausente qualquer explícita referência polêmica ou de condenação nos seus confrontos[59]. A sua inequívoca opção de ortodoxia jamais se traduz, contrariamente à prática então corrente, em controvérsias, anátemas e condenações. É um ponto ao qual voltarei mais à frente porque é essencial para a sua opção e para a sua mensagem.

3) A clara e explícita reivindicação da originalidade e da autonomia da sua vocação e da sua opção de vida por si e por seus companheiros: "E depois que o Senhor me deu os irmãos, ninguém me mostrava o que eu deveria fazer, mas o próprio Altíssimo me revelou que deveria viver *secundum formam sancti evangelii* [segundo a forma do santo evangelho]. E eu, em poucas palavras e com simplicidade, fiz que isso fosse escrito e o senhor papa o confirmou"[60].

Os companheiros chegam, à parte qualquer busca de proselitismo: são fruto de um ato de graça, assim como está fora de qualquer mediação humana a opção de uma vida conduzida segundo o modelo evangélico. A intervenção do papa é uma simples confirmação do propósito escrito de tal opção, uma confirmação evidentemente importante e que Francisco pretende claramente lembrar, mas, ao mesmo tempo, ele a define em seus precisos limites: porque o conteúdo, a escolha de base não está em jogo naquela confirmação, que reafirma apenas publicamente, na vontade de Francisco de consegui-la, a submissão ao clero e à hierarquia romana que ele já havia apresentado como elemento constitutivo da sua vocação.

As frases seguintes dão uma indicação resumida das características de tal opção evangélica[61]: renúncia aos próprios bens em favor dos pobres, disponibilidade de uma túnica para cada irmão, remendada por dentro e por fora, com um cinto e um par de calças. "E não queremos ter mais." Os clérigos recitavam as preces como os outros clérigos, os leigos diziam o "pai-nosso". E todos tinham prazer em permanecer nas igrejas. "E éramos ignorantes e submissos a todos." Todos empregavam o trabalho das próprias mãos – mas Francisco, voltando uma vez mais a usar a tática do ensinamento exemplar, diz: "E eu trabalhava com minhas mãos e quero trabalhar; e quero firmemente que todos os outros irmãos trabalhem em um trabalho honesto, não pelo anseio de receber uma compensação, mas para dar o exemplo e afastar o ócio" – como meio normal de subsistência: somente quando fosse negada uma compensação ao trabalho é que se deveria recorrer à "mesa do Senhor", pedindo esmola de porta em porta.

Nessa rememoração – que também é a repetição de um modelo e de uma tática de presença –, a opção pelo Evangelho se configura claramente como uma opção de lugar, que é também de âmbito social, na parte mais inferior na estrutura de uma sociedade fortemente hierarquizada, uma opção de campo que corresponde à derrubada dos critérios de valores e de comportamento da conversão. O nexo entre esses dois momentos parece estreitíssimo, no sentido de que a *"forma evangelii"*, assim como se desenha na caracterização de Francisco, constitui não apenas o modelo, mas também a tradução, em termos cotidianos e coletivos, da sua opção individual. A saudação de paz, também essa um dom do Senhor, encerra a parte histórico-rememorativa do "Testamento"[62]: uma saudação simples, elementar, que adquire a verdadeira plenitude de seu significado à luz da experiência recém-descrita. Mas também será oportuno retornar a isso depois.

Essa parte do "Testamento" merece uma última observação. Para além da opção pelo modelo evangélico que, como é óbvio, remete ao anúncio do Cristo e à temática do *"Christum sequi"* ["seguir Cristo"] (bandeira da opção franciscana)[63], figuram duas explícitas referências a ele: uma na cruz redentora, outra na eucaristia, como elemento de continuidade da encarnação. São dois pontos de referência que me parecem essenciais na experiência religiosa de Francisco. A posição central que ocupam, para entender o sentido profundo e as motivações da sua opção e da sua mensagem, é dada, com toda a clareza, por uma comparação com outros escritos de Francisco.

3. A reflexão sobre a encarnação

As *Verba admonitionis* são uma reunião de ensinamentos que bem possivelmente remontam àquele que é definido como o período heroico da fraternidade, isto é, aproximadamente entre os anos de 1209 e 1221[64]. Elas se abrem com a advertência de Cristo: "*Ego sum via, veritas et vita; nemo venit ad Patrem nisi per me*" ["Eu sou o caminho, a verdade e a vida; ninguém vem ao Pai senão por mim"] (João 14,6), com os versículos seguintes e com outros que são introduzidos ou parafraseados à guisa de comentário e de explicação (I Timóteo 6,16; João 4,24, 1,18, 6,64)[65]. Servem como introdução ao tema central dessa primeira *admonitio*, constituído pela afirmação de que o primeiro meio, o primeiro ato para chegar a Cristo é reconhecê-lo: para quem o enxergou durante a vida, aceitar sua condição de Filho de Deus, para além da sua humanidade, e para quem o vê sobre o altar, reconhecer o corpo e o sangue de Cristo, além da aparência do pão e do vinho. Mas esse reconhecimento e essa recepção são obras – e por isso sinal – da presença do espírito de Deus nos apóstolos, num determinado período, e em nós, agora.

Aqui também retorna a forte ênfase na relação de continuidade entre encarnação e eucaristia, garantia e expressão de uma presença continuada, que, ao mesmo tempo, requer um compromisso de reconhecimento parecido[66]: não por acaso, o apelo final está em Mateus 28,20: "*Ecce ego vobiscum sum usque ad consummationem saeculi*" ["Eis que eu estou convosco até a consumação dos séculos"]. É a continuação de um fato, mas também de uma escolha e de uma atitude que são próprias e constitutivas do Cristo: e, por isso, constante renascimento de um modelo exemplar, através da eucaristia, "*ecce quotidie humiliat se, sicut quando a regalibus sedibus venit in uterum virginis: quotidie venit ad nos ipse humilis apparens; quotidie descendit de sinu patris super altare in manibus sacerdotis*" ["Eis que ele se humilha todos os dias, assim como quando vem das moradas reais até o útero da virgem: todos os dias ele próprio vem até nós mostrando-se humilde. Todos os dias desce do seio do pai sobre o altar nas mãos do sacerdote"][67].

Para Francisco, a eucaristia é, como escreveu D. Flood, o sacramento do caminho difícil e incompreendido de Jesus Cristo, um caminho de pobreza e de exclusão. Sob esse ponto de vista, Francisco vai bem além da "devoção" à eucaristia que, justamente naqueles anos, a Igreja pedia com particular insistência a seus filhos submissos e fiéis: porque na eucaristia ele revê e reencontra aquela humanidade pobre e submissa que Cristo assumiu com a sua encarnação, a marca das variantes concretas de sua própria escolha[68].

A temática da encarnação foi expressamente transformada no primeiro parágrafo da assim chamada *Epistola ad fideles*[69]. A reflexão de Francisco parte do anúncio do Verbo, feito pelo arcanjo Gabriel. Do útero de Maria recebeu "a verdadeira carne da nossa humanidade e fragilidade", um ato de encarnação que se faz acompanhar da – ou melhor, que enquanto tal comporta a – opção pela pobreza: "*Qui cum dives esset super omnia* (II Cor. 8,9)*, voluit ipse in mundo cum beatissima Virgine, matre sua, eligere paupertatem*" ["Ele que, embora fosse rico sobre todas as coisas (II Cor. 8,9), quis ele próprio escolher a pobreza no mundo com a beatíssima Virgem, sua mãe"][70].

A encarnação encontra a sua realização na Páscoa: na ceia, com a oferta do pão e do vinho – que a perpetuam, na forma de sacramento, até o final dos tempos –, na Paixão e morte, com a completa submissão do Filho à vontade do Pai: "*Pater, fiat voluntas tua, non sicut ego volo, sed sicut tu*" ["Pai, seja feita a tua vontade, não assim como eu quero, mas assim como tu (queres)"]. A "cruz" – o sacrifício da cruz – é sinal e símbolo de tal completa submissão, e o ponto de chegada ao lado da "lógica" que havia guiado a encarnação. Em resumo, a encarnação é o pressuposto não apenas temporal, mas lógico, da cruz. A cruz revela o sentido profundo da encarnação.

O sacrifício e a morte de Cristo se verificam "*pro peccatis nostris*" ["pelos nossos pecados"]. Mas, ao mesmo tempo, aquele sacrifício e aquela morte deixam-nos um exemplo: "*ut sequamur vestigia eius*" ["para que sigamos os passos dele"] (este, um apelo em I Pedro 2,21, que retorna com frequência nos textos de Francisco)[71]. A interpretação tradicional do sacrifício de Cristo como "resgate", como restabelecimento de uma ordem de justiça ferida⁷², funde-se, assim, a um favorecimento do seu valor como exemplo, no sentido forte e denso da lógica e do significado daqueles atos: encarnação, oferta, paixão e morte.

A frase que segue esse núcleo conceitual – *"Et vult ut omnes salvemur per eum"* ["E (ele) quer que todos nos salvemos por meio dele"] – adquire, desse modo, a materialidade toda particular imposta pela *"sequela Christi"* ["obediência a Cristo"]*. O *"per eum"* não lembra só o percurso essencial constituído da sua encarnação e morte, nem apenas a essencialidade da participação no banquete eucarístico, mas também reafirma o convite a qualquer um para trilhar a mesma estrada de Cristo. Daí, nas advertências de Francisco, o constante e insistente apelo ao valor essencial da "vida" e das obras, na representação da *"sequela Christi"*⁷³.

Nessa ênfase do significado profundo e do valor exemplar dos dois momentos por ele sentidos como os mais importantes entre os acontecimentos terrenos do Cristo, encontra-se o núcleo sobre o qual se fundam e se articulam a opção e a proposta de vida de Francisco – o acréscimo é meu –, cuidadosamente experienciadas em circunstâncias, maneiras de ser e de agir e valores da sociedade do seu tempo, segundo aquela linha de concretude histórica sugerida e pedida pela própria lógica da encarnação.

Obediência e pobreza são dois lados da mesma moeda, os dois caminhos pelos quais se exprime uma única escolha de submissão. São os termos com que Francisco volta a propor o sentido profundo da encarnação, de uma maneira de ser e de uma lógica em tudo diferentes das do mundo, invertidos em relação às situações e aos parâmetros correntes, mesmo estando profundamente decaídos na sociedade e na história.

---

* Também traduzida como "caminho de Cristo", a expressão latina *sequela Christi* (de *sequi*, "seguir") passa a significar, nos círculos cristãos, um engajamento na vida monástico-religiosa, sobretudo a partir da Idade Média, diferenciando-se do conceito da imitação (*imitatio*) de Cristo. (N. T. latim)

4. Obediência e pobreza como características essenciais da "sequela Christi"

O termo "obediência" aparece 48 vezes nos escritos de Francisco[74]. Certamente, nesse uso tão amplo existe toda uma série de casos em que a palavra exprime o valor jurídico e normativo próprio da tradição regular: a obediência consiste na renúncia à própria vontade, ou seja, em *"ambulare alieno iudicio et imperio"* ["caminhar sob o juízo e a decisão de outrem"][75]. Mas, já nessa acepção tradicional, a obediência é também símbolo e sinal do abandono da própria vontade nas mãos de Deus, cópia invertida, e por isso salvífica, do ato de rebelião do primeiro homem, segundo uma linha interpretativa que Francisco expõe meticulosamente na segunda das suas *admonitiones*[76]. Seguindo essa ordem de ideias, que já supera muito o quadro jurídico-normativo, a obediência adquire também outro significado pleno, mais amplo e profundo, com um impacto que é ao mesmo tempo interno e público, elucidando-se e concretizando-se posteriormente: para ser coerente consigo mesmo, ela implica uma opção por um estrato na sociedade e comporta também a adoção de uma lógica abrangente, capaz de, sozinha, competir com as diversas contingências da vida.

Essa opção pelo estrato localizado no degrau inferior a qualquer hierarquia de poder, a ser *"minores et subditi omnibus"* ["inferiores e sujeitos a todos"][77] e, consequentemente, a viver também do trabalho das próprias mãos, é a devida tradução da vontade de seguir *"humilitatem et paupertatem Domini nostri Iesu Christi"* ["humildade e pobreza de nosso Senhor Jesus Cristo"][78], a escolha necessária para poder encarnar a mesma postura fundamental de Cristo, nos momentos decisivos de sua vida e que ele continua a propor por meio do mistério da eucaristia. Por isso, os irmãos devem desfrutar *"quando conversantur inter viles et despectas personas, inter pauperes et debiles et leprosos et iuxta viam mendicantes"* ["quando estão no meio de gente vil e desprezada, de pobres e fracos, enfermos e leprosos e mendigos de rua"][79].

Mas, como resultado de um ato voluntário e, ao mesmo tempo, para permanecerem fiéis e coerentes consigo próprios, a obediência, a sujeição e o serviço comportam, intrinsecamente, como seu elemento constitutivo, o amor recíproco, o respeito, a recíproca resignação afetiva e paciente que cada um desejaria por si mesmo. O amor, que é característico de Deus, realiza-se na admissão de uma lógica e uma prática de vida opostas – como oposto era o caminho indicado pelo Cristo – aos costumes e aos valores da sociedade: *"Nec aliquis frater malum faciat vel malum dicat alteri. Immo magis per caritatem spiritus voluntarie serviant et obediant invicem. Et hec est vera et sancta obedientia Domini nostri Iesu Christi"* ["Que nenhum irmão faça mal ou diga o mal a outro. Ao contrário, que seus espíritos sirvam voluntariamente mais por caridade e obedeçam uns aos outros: essa é a verdadeira e santa obediência de nosso Senhor Jesus Cristo"][80].

A coerência com relação a essa escolha implica atitudes e reações precisas. A advertência de Francisco aos irmãos é geral e não comporta exceções: *"non iudicent, non condemnent"* ["não julguem, não condenem"], não considerem o pecado dos outros, mas o próprio[81]. Não é um convite à indiferença, é um convite a considerar-se a si próprio e aos outros segundo uma lógica que coloca o amor como articulador das relações entre os homens:

> *Et caveant omnes fratres tam ministri et servi quam alii, quod propter peccatum alicuius vel malum exemplum non turbentur vel irascantur, quia diabolus propter delictum unius multos vult corrumpere, sed spiritualiter, sicut melius possunt, adiuvent illum qui peccavit, quia "non est sanis opus medicus, sed male habentibus"* [E que todos os irmãos cuidem, tanto ministros e servos quanto os demais, para que não se transtornem ou se enfureçam por causa do pecado de alguém ou do mau exemplo, porque o diabo deseja corromper muitos, porém espiritualmente, por causa do erro de uma só pessoa; da forma que melhor possam, ajudem aquele que pecou, porque "os sãos não precisam de médico, mas sim os doentes"][82].

São preocupações que encontram expressão ainda mais firme e decidida em uma passagem da carta *"ad ministrum"*:

> *Et in hoc volo cognoscere, si tu diligis Dominum et me servum suum et tuum, si feceris istud, scilicet quod non sit aliquis*

frater in mundo, qui peccaverit, quantumcumque potuerit peccare, quod, postquam viderit oculos tuos, numquam recedat sine misericordia tua, si querit misericordiam, et si non quereret misericordiam, tu queras ab eo, si vult misericordiam. Et si millies postea coram oculis tuis peccaret, dilige eum plus quam me ad hoc, ut trahas eum ad Dominum; et semper misearis talibus. Et istud denunties guardianis, quando poteris, quod per te ita firmus es facere [E nisto quero conhecer se amas o Senhor e a mim, seu e teu servo, em que faças isto: ou seja, que não haja nenhum irmão no mundo que, havendo pecado quanto quer que ele tenha sido capaz de pecar, e que, depois de ter visto teus olhos, nunca se afaste de ti sem a tua misericórdia, caso procure a misericórdia, e caso não procure a misericórdia, que tu procures com ele, caso ele queira a misericórdia. E se, mais tarde, ele pecar diante de teus olhos mil vezes, ama-o mais que a mim por isso, para que o leves ao Senhor; e sempre tenhas compaixão por tais coisas. E que tu anuncies isto aos guardiões, quando puderes, que assim, por ti, és capaz de fazer][83].

Tais advertências retornam em uma série de significados e de consequências sempre novos, que repetem, em uma série de inumeráveis variantes, uma única postura fundamental: a misericórdia para com os pecadores e o amor para com os inimigos se fundem com a recusa do exercício de qualquer violência, poder ou domínio sobre os outros, no convite a uma lógica que representa a derrubada e a antítese da lógica dominante nas relações habituais entre as pessoas[84].

Nesse contexto de ideias, solicitações e escolhas se situa o desejo de paz – "*Dominus det tibi pacem*" ["que o Senhor te dê a paz"] – que caracteriza a saudação franciscana. É esse contexto que lhe dá um significado profundo: não é apenas a esperança de menos conflitos e disputas, mas, sobretudo, o desejo de se libertar da lógica do mundo, da posse, do poder, da afirmação de si mesmo, como condição para poder realizar a paz. São o espírito e a proposta que animam os versos do *Cântico das criaturas*, composto por Francisco por ocasião de uma ácida contenda que opunha o podestade e o bispo de Assis. O bispo havia excomungado o podestade, e este havia proibido todos os cidadãos de terem relações comerciais ou negócios com o bispo. Foi nesse contexto que Francisco acrescentou uma nova estrofe ao *Cântico* que havia composto nos meses anteriores; depois, enviou dois irmãos para entoá-lo diante do bispo, do podestade e dos cidadãos, convidados a se reunir no pátio do palácio episcopal:

> Louvado sejas, meu senhor, por aqueles que perdoam
> por teu amor,
> e suportam enfermidades e tribulações.
> Bem-aventurados aqueles que as suportam em paz,
> porque por ti, Altíssimo, serão coroados[85].

Não é uma ingerência com o objetivo de acabar com uma discussão, para examinar os erros e acertos de parte a parte, para sugerir um acordo ou oferecer uma mediação. É a proposta de um jeito diferente de se colocar em relação aos outros, que somente em si mesmo tem a sua força e somente na referência a Cristo, a sua justificação.

Paralelamente a essa ordem de ideias, a obediência comporta também o efeito de saber desistir de julgar com critérios comuns, de sucesso e de proselitismo, a difusão e a afirmação da fé. Existe uma passagem da carta "*ad ministrum*" que é muito esclarecedora pelas extraordinárias afirmações paradoxais e peremptórias:

> *Dico tibi, sicut possum, de facto animae tuae, quod ea quae te impediunt amare Dominum Deum, et quicumque tibi impedimentum fecerit sive fratres sive alii, etiam si te verberarent, omnia debes habere pro gratia. Et ita velis et non aliud. Et hoc sit tibi per veram obedientiam Domini Dei et meam, quia firmiter scio, quod ista est vera obedientia. Et dilige eos qui ista faciunt tibi. Et non velis aliud de eis, nisi quantum Dominus dederit tibi. Et in hoc dilige eos; et non velis quod sint meliores christiani. Et istud sit tibi plus quam eremitorium* [Digo a ti, como posso; de fato, digo à tua alma que as coisas que te impedem de amar o Senhor Deus, e quem quer que te sirva de impedimento, sejam irmãos, sejam outros, ainda que te batam, deves ter tudo pela graça. E assim queiras e não de outro modo. E que tomes isso pela verdadeira e minha obediência ao Senhor Deus, porque bem sei que esta é a verdadeira obediência. E ama aqueles que te fazem essas coisas. E

não queiras outra coisa deles, senão quanto o Senhor te tenha dado. E nisso ama-os; e não queiras que sejam melhores cristãos. E consideres isso mais do que um eremitério][86].

O discurso vai bem além do convite à caridade e à misericórdia: ele representa a aplicação radical e coerente da lógica da cruz. Todas as dificuldades e todos os sofrimentos da vida, todo o mal que se pode sofrer no mundo são colocados sob o signo da graça, potencial causa de uma relação que apenas uma ótica como essa torna possível e fecunda. Não existe nada que deva ou possa ser desejado além e fora das dificuldades dos sofrimentos, ainda que assumam a forma de perseguições e de obstáculos para amar a Deus. Essa é a verdade profunda da *"vera obedientia"* ["verdadeira obediência"]: saber renunciar a qualquer expectativa que vá além dos eventos que acontecem: saber renunciar a controlá-los, modificá-los, corrigi-los; e, assim, na relação humana, saber renunciar a tudo o que não é uma simples atitude de aceitação e de amor gratuito.

Para captar o significado e as motivações reais de tais afirmações, não basta dizer que, para Francisco, "somente quando nos sujeitamos ao mal, podemos [...] demonstrar a força do amor e da obediência"[87]. Porque saber renunciar a desejar que o próximo seja um cristão melhor significa também compreender e afirmar que a continuidade da presença e da ação de Cristo na história pode se dar verdadeiramente por obra de outros homens na vida da sociedade somente no momento em que se é capaz de derrubar qualquer lógica comum de comportamento e de bom senso, privando-se de vontade e de expectativas que não aquelas de repetir, até o fundo de nós mesmos, a renúncia e o amor do Cristo. A encarnação e a cruz são um exemplo e tornam-se exemplo enquanto sugerem uma atitude de absoluta gratuidade – despida de expectativas, queixas, projetos – nas relações com os outros homens e com a história.

Aqui é difícil costurar dois aspectos aparentemente contraditórios: uma maneira de ser, isto é, que é e quer ser uma alternativa radical em relação à prática e aos critérios correntes do mundo, mas que, ao mesmo tempo, se realiza apenas quando sua marca se aprofunda no mundo, aceitando-o, assim, nas suas diversas realidades. O que supera a contradição é a penetração do significado da encarnação de Cristo: a encarnação não existe nem tem sentido sem o mundo e a sociedade, onde se torna real; o *"Christum sequi"* ["seguir Cristo"] responde às mesmas condições, realiza-se plenamente só quando volta a apresentar a postura fundamental inerente à encarnação e, simultaneamente, em termos capazes de competir com as realidades e os problemas do seu tempo. Francisco está plenamente consciente da importância de seu discurso: *"Et istud sit tibi plus quam eremitorium"* ["E consideres isso mais do que um eremitério"] é um convite decisivo, como se Francisco percebesse claramente a reviravolta que acontecia em tal maneira quanto às tradições de espiritualidade do cristianismo ocidental. Mas Francisco igualmente sabe do "caráter extremo" de tal discurso: expresso "até linguisticamente com os muitos demonstrativos que significam exatamente aquilo e nada mais, ou com *"quicumque"* ["quem quer que"], *"etiamsi"* ["ainda que"], *"quantumcumque"* ["quanto quer que"], *"et si millies"* ["e se mil vezes"], cujos significados se resumem a "sim, mesmo se..."[88].

Toda a busca religiosa de Francisco se move sob esse signo da rigorosa fidelidade, historicamente percebida pelas condições e pelos problemas do seu tempo; as devidas prescrições que, no "Testamento", seguem a narrativa histórica da sua conversão e do início da "fraternidade" não são, de modo algum, sob esse ponto de vista, ocasionais: porque querem dar uma resposta a novos problemas que vinham se colocando para a ordem sob a ótica da plena fidelidade à lei da encarnação e do *"Christum sequi"*; segundo o mesmo método e com o mesmo entendimento que haviam caracterizado o crescimento e o progressivo ajustamento da regra, os quais resultam das sucessivas estratificações identificáveis na *Regula non bullata*[*/89]. A recusa de qualquer privilégio, ainda que voltado à pregação e ao desenvolvimento de uma obra pastoral, como a proibição de igrejas e habitações que não fossem pobres, humildes e provisórias – por meio de dois casos concretos que a expansão dos Menores e o apoio a eles dado pela Igreja de Roma vinham

---

* A *Regula non bullata* compõe um primeiro conjunto de regras não aprovadas por um decreto (bula) papal. (N. T. latim)

incitando com urgência, exatamente naqueles anos –, volta a propor o princípio fundamental de que a lógica do evangelho não pode recorrer, por si mesma, a critérios humanos para se afirmar, para testemunhar a própria presença e vitalidade na história; como a validade e a fidelidade de uma presença cristã não podem, por sua vez, ser calculadas segundo os parâmetros correntes do sucesso, do prestígio, do poder.

É o espírito que anima o fragmento *De vera laetitia*, sobretudo na sua redação original[90]. Todos os mestres de Paris entram na ordem; nela entra toda a hierarquia ultramontana*; nela entram também os reis da França e da Inglaterra: não são motivos para uma verdadeira alegria. Os frades andam em meio aos infiéis e convertem todos à fé; Francisco recebe de Deus graça suficiente para curar os enfermos e fazer muitos milagres: nem mesmo aí está a verdadeira alegria. Mas qual é a verdadeira alegria?

> *Redeo de Perusio et de nocte profunda venio huc et est tempus hiemis lutosum et adeo frigidum, quod dondoli aquae frigidae congelatae fiunt ad extremitates tunicae et percutiunt semper crura, et sanguis emanat ex vulneribus talibus. Et totus in luto et frigore et glacie venio ad ostium, et postquam diu pulsavi et vocavi, venit frater et quaerit: Qui est? Ego respondeo: Frater Franciscus. Et ipse dicit: Vade; non est hora decens eundi; non intrabis. Et iterum insistenti respondeat: Vade, tu es unus simplex et idiota; admodo non venis nobis; nos sumus tot et tales, quod non indigemus te. Et ego iterum sto ad ostium et dico: Amore Dei recolligatis me ista nocte. Et ille respondeat: Non faciam. Vade ad locum Cruciferorum et ibi pete. Dico tibi quod si patientiam habuero et non fuero motus, quod hoc est vera laetitia et vera virtus et salus animae* [Retorno de Perúgia e de uma noite profunda e venho para cá. É tempo de um inverno lamacento e tão frio, que as bolhinhas de água fria congelam-se nas extremidades da túnica e sempre batem nas pernas: jorra sangue de tais feridas. E venho até a porta, cheio de lama e frio e gelo; e depois que bati e chamei longamente, o irmão veio e perguntou: "Quem é?" Respondi: "Irmão Francisco". E ele mesmo disse: "Vá embora; não é a hora adequada de vir;

---

* Referente aos partidários da política centralizadora da Igreja católica. (N. T.)

não entrarás". E ao que insisto novamente, ele responde: "Vá embora, tu és só um simplório e ignorante; doravante, não vens a nós; nós somos tantos e tais, que não precisamos de ti". E eu novamente fico à porta e digo: "Pelo amor de Deus, acolhei-me esta noite". E ele responde: "Não. Vá à sede dos Crucíferos* e aí pede". Digo a ti que, se eu tiver paciência e não me comover, que isso é a verdadeira felicidade e a verdadeira virtude e a salvação da alma].

É uma cena exemplar: a dramatização da advertência que Francisco havia dirigido a seus irmãos ao enunciar as condições necessárias para seguir verdadeiramente "*humilitatem et paupertatem Domini nostri Iesu Christi*": "*Et [fratres] debent gaudere, quando conversantur inter viles et despectas personas, inter pauperes et debiles et infirmos et leprosos et iuxta viam mendicantes*" ["a humildade e a pobreza do nosso Senhor Jesus Cristo": "E (os irmãos) devem alegrar-se quando estão no meio de gente vil e desprezada, de pobres e fracos, de enfermos e leprosos e mendigos de rua"][91]. Veladas num apólogo, suas características específicas parecem refletir dilemas e divergências que tinham se manifestado entre os frades, em torno das orientações e das funções da ordem. Isso é sugerido não apenas e não tanto pela explícita repulsa de Francisco enquanto "*simplex et idiota*" ["simples e ignorante"] (porém, mais tarde, na redação dos *Actus* e dos *Fioretti*, Francisco, com uma mudança significativamente tranquilizante, será rejeitado porque não reconhecido pelo porteiro do convento), mas também e sobretudo pela clara oposição entre duas lógicas completamente diferentes de presença e de comportamento para os Menores: o triunfo da fé e da ordem, fruto de uma atividade pastoral e missionária rica em êxitos e conquistas, resulta numa alternativa radical em relação ao caminho do simples testemunho da cruz.

A necessidade que Francisco apresenta é dupla: o ser se funde com o sentir e se torna uma só coisa. A condição de submissão, de precariedade, de absoluta indigência dos meios humanos deve se reconhecer como verdadeira e traduzir-se em uma

---

* Os Crucíferos são uma ordem católica cujos frades levavam consigo um cajado com um crucifixo talhado no topo como insígnia – daí o nome cruciferus: "que carrega a cruz". (N. T. latim)

aceitação paciente e serena, assim como tal aceitação tem necessidade daquela condição para poder avaliar-se, para poder transformar-se verdadeiramente. E, uma vez mais, o caminho do Cristo, no qual existe somente a *"vera laetitia"* [verdadeira alegria"]: é um caminho alternativo e oposto a qualquer sucesso em nome do Cristo. É significativo que toda a primeira parte do fragmento seja compactamente construída sobre exemplos que fazem referência a situações desse tipo, contrariamente ao discurso, como dizer, mais esfarelado, menos atento aos resultados, dos *Actos* e dos *Fioretti*, que apresentam, na linha da *simplicitas* que os caracteriza, uma série de situações onde estão os frades, com suas atitudes, a se destacar de várias maneiras (porque santos, cultos, dotados do dom da profecia, da eloquência etc.)[92].

Nesse contexto de ideias e experiências, o capítulo sobre missões entre os infiéis da *Regula non bullata* adquire o seu verdadeiro significado de alternativa pontual às ideias e às práticas da Cruzada e, ao mesmo tempo, de ocasião privilegiada para reapresentar a experiência do Evangelho, em sua verdade e integridade original: de fato, não por acaso, o primeiro modo de torná-lo concreto é, por obra dos irmãos, fazer-se real entre eles, uma presença cristã, despida de qualquer busca de proselitismo: "*Non faciant lites neque contentiones sed sint subditi omni creaturae propter Deum, et confiteantur se esse christianos*" ["Não criem disputas nem contendas, mas estejam submetidos a toda criatura por causa de Deus, e confessem que são cristãos"][93]. Somente se "virem que pode agradar a Deus" se entregarão a uma obra de pregação e de conversão. E é nesse contexto de ideias que se esclarece plenamente uma afirmação atribuída a Francisco por Tomás de Celano (o fato de ela também ser tal e qual tirada do *Speculum perfectionis** pode levar a supor que se trate de uma das tantas *flores*** entregues a Tomás com o material dos companheiros)[94].

---

*   Obra anônima sobre a vida de São Francisco, escrita por volta de 1318. (N. E.)
** A referência é aos elementos do *Florilégio* (*Fioretti*), termo que, além de designar, na botânica, a coleção de flores (estruturas reprodutivas das plantas), também denomina, no campo da literatura, a antologia, a coletânea de trechos literários. A palavra "antologia" deriva do grego (*anthología*), que significa tanto "a ação de colher flores", quanto a "coleção de trechos literários". (N. T.)

> *Summam vero obedientiam, et in qua nihil haberet caro et sanguis, illam esse credebat qua divina inspiratione inter infideles itur sive ob proximorum lucrum vel martyrii desiderium; hanc vero petere iudicabat Deo multum esse acceptum* [De fato, acreditava que a suma obediência, em que a carne e o sangue nada têm, era aquela de ir entre os fiéis por inspiração divina, seja para proveito dos outros ou pelo desejo do martírio. De fato, pensava que pedi-la era algo muito aceito por Deus].

Como está claro, não se trata de um discurso de Francisco que venha citado textualmente: o biógrafo quer simplesmente um juízo de Francisco, dentro da apresentação que ele faz da sua atitude em relação à obediência. Tais considerações, de fato, fecham um discurso longo e famoso de Francisco, que assimila a atitude do verdadeiro obediente à de um cadáver. É esse discurso que induz o escritor a alguns esclarecimentos posteriores e a acrescentar também, em conclusão, que Francisco considerava que a "*summa obedientia*" consistia em andar entre os infiéis: "obediência suprema" na qual "nem a carne, nem o sangue tomam parte"⁹⁵. A frase relativa é, parece-me, explicativa do atributo de "supremo", dado à obediência que se faz concreta entre os infiéis: entendo que essa seria a suprema obediência, porque nela não pode encontrar em lugar nenhum rasto, nenhuma sombra de prudência ou de cálculo humano, ou seja, com uma alusão àquela "*prudentia carnis*" ["prudência da carne"] para a qual alerta uma passagem da *Regula non bullata*⁹⁶ enquanto contrária a quem sabe suportar "*quascumque animae vel corporis angustias aut tribulationes*" ["todas as angústias ou atribulações da alma ou do corpo"] e sabe escolher a essência, não a aparência da vida religiosa.

O aspecto essencial da afirmação está, portanto, em identificar o ponto culminante da obediência na caminhada entre os fiéis: é esse o elemento caracterizador que justifica sua inscrição na memória, o que afetou o escritor e o induziu a registrá-la porque não é nem óbvia, nem costumeira. O restante do discurso é colocado com bem menos destaque: porque é óbvio que um frade ande entre os infiéis "*divina inspiratione*" ["inspiração divina"] (justamente como prescreve a regra)⁹⁷, assim como são recorrentes na tradição os dois motivos lembrados: "*ob proximorum lucrum vel martyrii desiderium*" ["para proveito do próximo ou pelo desejo do martírio"][98]. Parece-me, assim, que, mais do que constituir a paráfrase de um *logion* de Francisco, essa parte reflita a leitura interpretativa que o escritor dava daquele juízo de Francisco: uma interpretação que assumia alguns elementos do discurso franciscano sobre missões – porque também a conversão e o martírio voltavam, sob as perspectivas de Francisco[99] –, mas deixava de lado ao menos outro essencial, a saber, o da mera presença cristã, humilde e submissa a todos. Além disso, é sob esse ponto de vista que a opção de viver entre os infiéis fica bem clara como ato de "suprema obediência": porque apenas fora de qualquer contexto cristão, e, portanto, de proteção, de garantia, de reconhecimento e de defesa, a completa submissão – precisamente a obediência – pode encontrar a sua mais verdadeira e plena possibilidade de realização. Mas é também à luz de tal perspectiva que depois se esclarecem o nexo entre obediência e pobreza e as próprias motivações da opção pela pobreza, do tipo, das características – quase diria – de pobreza escolhida, determinada dentro das condições históricas da própria época.

No contexto sociopolítico fortemente hierarquizado de uma sociedade em grande medida ainda feudal e cavalheiresca – ou pelo menos que continuava a se referir àqueles valores –, os *obedientes*, por definição, são os pobres; a *obedientia*, a submissão, é uma condição que se tem como objetivo e que faz parte da sua maneira de ser, não questionada, de fato, por periódicos sobressaltos de rebeliões que, sem machucar, tumultuam a estabilidade de um estado considerado natural. Não é por acaso que o vocabulário medieval da pobreza, ao lado de termos que exprimem a miséria material (*famelicus* [esfaimado], *esuriens* [faminto], *mendicus* [mendigo], *pannosus* [esfarrapado], *indigens* [indigente], *inops* [necessitado], *egens* [desprovido]), inclua, em escala muito maior, termos que remetem à fraqueza e à fragilidade física, cultural, jurídica, à falta ou privação de um *status* social e de poder (*peregrinus* [peregrino], *debilis* [fraco], *humilis* [humilde], *orphanus* [órfão], *vidua* [viúva], *exiliatus* [exilado], *captivus* [cativo], *senex* [velho], *aegrotus* [doente], *leprosus* [leproso], *infirmus* [enfermo], *ydiota* [ignorante], *simplex* [simples] etc.)[100]. A variedade e o emaranhado de ligações com que tais termos são apresentados constituem um sintoma convincente da ótica com que se tende a ver e a caracterizar o mundo dos pobres: em primeiro lugar, um mundo privado dos sinais, das garantias, dos instrumentos de poder que são próprios das hierarquias sociais (militares e religiosas) e dos estratos a elas ligados[101].

Todavia, no curso do longo período monástico, a leitura que a cultura e a espiritualidade dos séculos anteriores vinham fazendo da pobreza evangélica como "modelo" tende a ver nela uma "virtude", um *habitus*, que, só eventualmente e em dimensões a serem ainda definidas, "pode" corresponder a uma condição de pobreza material, individual ou coletiva (e, de fato, é em grande parte sobre esse problema que o debate sobre as reformas monásticas entre os séculos XI e XII põe foco)[102]. Tal condição fica, de qualquer modo, como uma espécie de "consequência", uma manifestação oportuna e necessária, através de "atos externos", da realidade profunda de uma atitude interior, um instrumento de santificação própria e uma ocasião para a edificação dos outros; todavia, de algum modo, não comporta uma mudança de posição nas hierarquias sociais que, aliás, diferenciam de modo bem claro, mesmo nas diversas formas de vida que assumem, os "pobres voluntários" dos estratos inferiores e subalternos que constituem a grande jazida de quantos estão ou possam vir a estar em uma condição de miséria, de fraqueza, de precariedade[103].

Por meio de sua opção e de sua prática de vida, Francisco reúne duas situações que estavam substancialmente afastadas tanto no mundo real quanto nas tradições de pensamento e de vida religiosa desenvolvidas anteriormente. Também por isso, sua opção pela pobreza, em seus mínimos detalhes, é uma escolha de esfera social, em razão da vontade de recolocar em discussão, através da própria experiência, a verdadeira realidade do que é ser pobre em uma sociedade como a italiana do século XIII. O *"sicut alii pauperes* [assim como os outros pobres]" e os conceitos similares que se espalham pelos preceitos de Francisco relativos à vida da fraternidade constituem, aliás, um indício evidente desse desejo de identificação[104]. A encarnação se dá na história e precisa da história: assim o *"Christum sequi"* não se dá fora do tempo, mas em circunstâncias concretas e delimitadas. A lógica da encarnação e da cruz comporta a derrubada dos critérios de valor, de juízo, de comportamento, usuais no mundo e na sociedade. Essa derrubada encontra a sua necessária materialização na pobreza, que é concretamente vivida naquele período específico. A opção de Francisco, como suas variantes, baseia-se na percepção das condições necessárias para poder propor, em termos historicamente eficazes e atuais, o significado profundo e exemplar da encarnação de Cristo. Mas essa percepção não se realiza definitivamente nem se fecha no alívio da segurança de uma situação alcançada: ávida de variantes, de execuções concretas, ela deve constantemente confrontar-se com as novas situações apresentadas pelos acontecimentos da história e, vez por outra, ela deve encontrar as respostas adequadas e fiéis à opção pela *"sequela Christi"*, livremente assumida a convite da graça[105]. A fraternidade primitiva trabalhou com esses critérios, fazendo ajustes periódicos nas próprias regras de comportamento, conforme os diferentes problemas e os diferentes acontecimentos que a experiência concreta sugeria; a tais critérios respondem em parte as últimas disposições do "Testamento" sobre a habitação dos frades e os privilégios de cúria, que justamente têm em vista enfrentar e resolver, de acordo com o tipo e o estilo de presença adotados, os novos problemas colocados pela excepcional expansão e pelo "sucesso" eclesiástico da ordem. Reduzir os preceitos a um problema de "boa vizinhança" com o episcopado e com o clero local[106] significa burlar e deturpar o seu significado literal, que é a característica central que os anima: porque eles reafirmam não uma cautela diplomática, mas a realidade geral de precariedade e de submissão comum, despida de garantias e de reconhecimentos especiais, que deve ser a essência e a peculiaridade da fraternidade.

No âmbito do caráter exemplar da experiência de vida de Francisco e do seu próprio ensinamento, ser pobre inclui, portanto, diferentes maneiras de existir, pouco a pouco descobertas e assumidas como peculiaridades historicamente reais de tal condição. Por isso, esse pobre se caracteriza como trabalhador manual, sem posses ou dinheiro, que não dispõe de uma habitação (a não ser temporária e precária), sem garantias e privilégios, sem a possibilidade de recorrer à força ou a instrumentos de pressão ou de coerção, sem peso e prestígio social, sem projetos para o futuro, sem reconhecimentos ou meios aptos a impor a própria presença, as próprias perspectivas, as próprias orientações na vida da sociedade[107].

Cada um desses aspectos está fartamente documentado nos escritos de Francisco. Cada um desses aspectos constitui um desdobramento particular e específico da inigualável *"sequela Christi"* ["obediência a Cristo"]. Cada um deles se articula ao longo de um percurso, aberto por uma intuição/experiência original, que, no entanto, somente nas condições apresentadas pela história, encontra seus meios adequados de expressão. Isso resulta particularmente evidente na proibição de, por qualquer modo, ou por qualquer motivo, se servir de dinheiro, salvo o caso de "manifesta necessidade" dos irmãos enfermos e dos leprosos[108]: uma das interdições consideradas mais paradoxais e abstratas do magistério de Francisco e da experiência da fraternidade primitiva, que, em realidade, sob essa perspectiva, assume o seu preciso significado histórico.

Isso foi observado pelo padre Gratien de Paris, o maior e mais esquecido entre os historiadores do primeiro século franciscano: o *"nolite possidere aurum neque argentum"* ["não tenhais ouro nem prata"] e o *"nolite (...) solliciti esse in crastinum"* ["não (...) vos preocupeis com o amanhã"] certamente se relacionam com o Evangelho; mas, no Evangelho, Francisco também poderia recuperar o Cristo que pagava tributo a César, e Judas, que cuidava das economias comuns aos apóstolos[109]. Não é, portanto, nas entranhas de um estrito literalismo bíblico que essa recusa deve ser lida. Por isso, padre Gratien identifica nessa opção de privação a vontade de imitar especificamente o Cristo abandonado e crucificado[110].

Exata e convincente quanto à motivação geral e subjacente, a explicação carece, todavia, por assim dizer, de aprofundamentos específicos: a rejeição radical ao dinheiro permite, de fato – eu diria que quase exige –, considerações ainda mais específicas.

Recusar dinheiro não constitui apenas a renúncia a um instrumento e a um símbolo de poder, segundo a consciência que Francisco tinha (muitas vezes lembrada pelos estudiosos), pelo fato de ele mesmo ter sido comerciante e filho de comerciantes. Essa atitude deve ser vista também no contexto da relação que ele mantinha com a mendicância e a esmola. A mendicância é um meio de se socorrer caso o trabalho não ofereça uma possibilidade adequada de sustento: então o frade recorrerá à "mesa do Senhor", à esmola, mas dentro desses limites, os limites próprios de todos os pobres mendicantes[111]. Nesse sentido, é significativa uma afirmação atribuída a ele na tradição dos companheiros.

> *Non fui latro unquam, id est de helemosinis, que pauperum sunt hereditas, semper minus accepi, quam me contingeret, ne defraudarentur alii pauperes sorte sua, quia contrarium facere furtum esset* [Nunca fui ladrão, isto é, de esmolas, que são a herança dos pobres; sempre recebi menos do que me cabia, para que outros pobres não fossem privados de sua sorte, porque fazer o contrário seria furto][112].

Naquele momento, o significado indiscutivelmente polêmico que uma afirmação do gênero poderia assumir para frei Leão e para os frades das segunda e terceira gerações franciscanas não anula ou invalida a sua perfeita harmonia com a experiência verdadeira de Francisco, profundamente convencido da necessidade de chegar à essência da "*sequela Christi*" na realidade concreta das condições de vida dos *pauperes*, para poder torná-la eloquente e inteligível aos homens do seu tempo. A drástica exclusão do dinheiro de entre os elementos habituais da esmola comportava a advertência para o perigo de acumulação, intrínseco ao novo regime de maior circulação monetária que vinha se afirmando nas cidades, mas tanto mais acentuado e iminente no momento em que a esmola, de meio de sustento, podia se transformar, segundo o que sugeria toda a tradição monástica e regular, no reconhecimento devido ao caráter santo da opção e da vida[113]. Francisco exclui da sua fraternidade as posses[114] – e, consequentemente, o elemento mais tradicional das "doações" –, impõe limitações precisas na aceitação das ofertas[115] e delas exclui, em princípio, o dinheiro. Em resumo, Francisco identifica e, assim, afasta as oportunidades e os meios que historicamente haviam transformado e transformavam as grandes comunidades regulares em sistemas excepcionalmente dotados de bens e de rendas, e, em seguida, em instituições de potência e peso capazes de levá-los até os vértices das hierarquias sociais. A proibição de aceitar ou utilizar dinheiro direta ou indiretamente significava para Francisco, portanto, evitar particularmente que, naquele contexto urbano da Itália, os próprios sucessos se transformassem em piedosos contra-ataques à sua opção pela pobreza, inerente a um regime cristão, e provocassem, contraditoriamente, seu afastamento do cristianismo, o abandono de uma real condição de pobreza integral.

Não é por acaso, creio, que o *Sacrum commercium sancti Francisci cum domina paupertate* [comércio sagrado de São Francisco com a senhora pobreza], que com tanto frescor e vivacidade propõe a primeira reflexão teológica geral sobre a experiência franciscana das origens, identifique, no processo de doações e de ofertas, desencadeadas nos homens comuns pela santidade da renúncia levada a cabo pelos seguidores do modelo apostólico – a referência é sem dúvida ao monasticismo –, o caminho ao longo do qual gradualmente se efetivaram a traição e o abandono de suas vocações originais[116]. Configurar a pobreza como "mediadora privilegiada da nossa inserção na história da salvação"[117] tem no seu cerne, e também no *Sacrum commercium*, a reflexão sobre a encarnação de Cristo, caracterizada, em sua lógica e em suas variantes, como alternativa aos critérios e às perspectivas preponderantes na história dos homens e das sociedades, irremediavelmente marcada pela queda de Adão[118]. Sob esse ponto de vista, a opção pela pobreza constitui uma alternativa radical aos comportamentos e às linhas de movimento em ação na história. As proibições, os alertas, as advertências, o caráter exemplar de muitos gestos e de muitas atitudes de Francisco explicam-se pela vontade de destacar e tutelar o significado e a atuação de tal escolha. Recusar dinheiro responde à plena consciência de Francisco acerca dos mecanismos e dos valores em vigor na realidade do seu tempo e acerca das características assumidas pelas várias modalidades de vida religiosa: mas, desse modo, ele também afirmava e defendia as características singulares da própria vocação e do próprio testemunho.

5. Fidelidade evangélica e obediência a Roma: a superação de um possível dilema

A afirmação e a defesa da especificidade da própria vocação e do próprio testemunho se evidenciam, em particular, nas relações de Francisco com a Igreja de Roma e com a tradição eclesiástica: elas constituem, diria eu, o grande tema dessas relações.

Completa é a submissão de Francisco a Roma: uma submissão específica e especificamente motivada, que todavia faz parte de uma submissão mais geral, constitutiva e própria da opção dos Menores: no sentido de que, se, por um lado, a submissão à Igreja de Roma – e ao clero que vive *"secundum formam sanctae ecclesiae Romanae"* ["segundo a forma da santa igreja Romana"] – tem seu fundamento no Cristo e no privilégio da eucaristia, por outro lado, tal submissão se situa, mais amplamente, dentro das atitudes exigidas pela *"sequela Christi"*, que tem justamente na pobreza, na obediência e na sujeição, no serviço, no acolhimento dos homens com toda a sua carga de fraquezas e de culpas, na recusa de qualquer afirmação de si mesmo e, assim, de qualquer ato de rebeldia, os seus elementos caracterizadores. Mas tudo isso não exclui, fique claro, o constante e sofrido empenho de Francisco para reafirmar e salvaguardar o caráter original e específico de sua vocação.

Sobre o significado e os termos desse enredo real, mas difícil de decifrar, pesa uma espessa camada de reticências e de silêncios erguida pelas biografias e pelas narrativas franciscanas surgidas nas décadas seguintes à sua morte, tendencialmente relutantes em falar de tensões e problemas que, de algum modo, quebravam o clima, apesar de tudo mítico, das origens. Mas pesa sobre eles também um dilema mal colocado e muito mal resolvido pela moderna historiografia.

Ao "tudo na boa", "tudo bem" da tradição oficial, só raramente interrompido pela admissão, quase à boca pequena, de que, sim, algum problema talvez tenha existido[119], contrapõe-se, ao longo do século XIII, por obra dos "espiritualistas"*, a identificação de

---

* Corrente cujos membros eram também conhecidos como "franciscanos espiritualistas". (N. T.)

uma tentativa endógina de sistemática traição e fuga dos padrões, perpetrada por "ministros" e líderes da ordem[120]: uma identificação que encontra as suas raízes em anotações, ideias e notícias amadurecidas entre os "companheiros"[121], sem, no entanto, nem antes nem depois envolver, exceto de maneira marginal, as relações de Francisco com Roma[122] e, não obstante, mantendo-se entrincheirada na defesa da *Regula bullata* como obra exclusiva – e, por isso, intangível – de Francisco[123]. A tal contraposição corresponde, na historiografia dos últimos noventa anos, um antagonismo não resolvido entre tantos que, de um lado, tendo à frente Sabatier, veem naquela "deslealdade" a sábia liderança da Igreja romana, empenhada, desde a primeira expansão da experiência franciscana, em uma obra de remoção e captura sistemáticas[124] – às quais, cada vez mais fraco, um Francisco cansado e doente consegue se opor –, e, de outro lado, tantos que, em sentido contrário, partindo do desejo de ortodoxia e de obediência de Francisco, veem no desenvolvimento e nos acontecimentos da ordem um fato "natural", não despido, claro, de tensões e contrastes, mas certamente não o suficiente a ponto de cortar sua continuidade e substancial fidelidade em relação à linha original[125]. Ao rebelde ausente, porque cansado, ou ao reformador falido, porque individualmente vencido – vítima, tanto em um como em outro caso, de uma tenaz e insidiosa conspiração –, sobrepõe-se o poeta idealista, por certo um grande homem e um grande santo, mas um pouco abstrato, que, para além da sua ortodoxia, compreende pouco e mal os novos problemas ligados ao crescimento da ordem e às exigências da sua atividade pastoral, e, por isso, nos últimos anos da sua vida, se sente terrivelmente desconfortável[126].

São contrastes e dilemas dos quais não é fácil escapar. Ambas as alternativas carecem de provas convincentes nas fontes; tanto uma alternativa quanto outra está bem intimamente marcada e impressa na historiografia franciscana, a ponto de atrair para si, de vez em quando, quase sem saber, novas pesquisas e interpretações: e o contraste e o dilema tendem a se reproduzir e a se perpetuar, ainda quando a lenta labuta de pesquisa positiva devesse virtualmente colocar os problemas em termos diversos, menos esquemáticos e mais sensatos historicamente.

Eu começaria por um dado amplamente consolidado: não há dúvida de que, no curso da sua transformação em ordem religiosa, a fraternidade atravessou, com Francisco ainda vivo, algumas grandes crises, enquanto ele estava no Oriente, no acampamento dos cruzados[127], e em seguida, ainda após o seu retorno e a renúncia ao generalato, nos meses – melhor, talvez nos anos – em que se discutia acerca do texto definitivo da Regra[128]. As biografias e as narrativas franciscanas falam pouco de tudo isso, mas as pistas – ainda que esparsas, incidentais, dadas quase que por engano – ficam evidentes. Essas crises apresentam um elemento comum de fundo: especificamente a tendência a traduzir a experiência franciscana em termos de tradição monástica ou canonical. Não por acaso, a ordem dos pregadores, surgida naqueles mesmos anos, havia certamente sido induzida, apesar de tantos aspectos que a tornavam um fato novo e original no contexto eclesiástico, a adotar a regra de Santo Agostinho, já feita exatamente pelo movimento dos cônegos regulares[129]. Dentro e fora da ordem, a grande atração parece ser o modelo oferecido pela tradição regular do passado, seja esta monástica ou canonical. Muitas são as indicações disso nas fontes[130]. Mas, sem dúvida, o episódio mais emblemático e explícito é o que se verificou durante um capítulo geral que o narrador chama "as esteiras", na presença do próprio cardeal Ugolino.

O episódio, com numerosas variantes que, no entanto, não retiram a sua essência, figura nos *Verba sancti P. Francisci* atribuídos a frei Leão, na *Compilatio Assisiensis (Legenda perusina)* e no *Speculum perfectionis*[131], também retomado por Ubertino de Casale e por Angelo Clareno[132] e, mais tarde, por Bartolomeu de Pisa[133]: por isso, uma vez mais, a origem parece situar-se naquele precioso conjunto de materiais biográficos franciscanos reunido e elaborado sob a esfera de ação dos "companheiros", ainda que os *Verba*, enquanto tais, tenham sido reunidos e compilados provavelmente em um período posterior ao grande censo promovido por Crescêncio de Iesi[134].

Segundo tal episódio, no capítulo conhecido por "as esteiras", muitos frades doutos e sábios haviam solicitado ao cardeal para que convencesse Francisco a ouvir seus conselhos, que faziam referência a prescrições e critérios sugeridos pelas regras de São Bento de Núrsia, de Santo Agostinho e de São Bernardo. A data do capítulo, como se sabe, é controversa. O Pentecostes de 1222, contudo, é a mais provável[135]. Propostas e solicitações do gênero, aliás, induzem a supor que a discussão girasse, mais do que nunca, em torno do texto definitivo a ser dado à Regra: elemento posterior, este, para reforçar a probabilidade de tal datação. A resposta de Francisco, formulada dramaticamente diante de todo o capítulo, é relatada em forma direta:

> *Fratres mei! Fratres mei! Deus vocavit me per viam simplicitatis et ostendit michi viam simplicitatis. Nolo quod nominetis michi regulam aliquam neque sancti Augustini, nec sancti Bernardi, nec sancti Benedicti. Et dixit Dominus michi quod volebat quod ego essem unus novellus pazzus in mundo; et noluit nos ducere Deus per aliam viam quam per istam scientiam; sed per vestram scientiam et sapientiam Deus vos confundet. Sed confido ego in castaldis Domini, quod per ipsos vos puniet et ad hoc redibitis ad vestrum statum, ad vestrum vituperium, velitis, nolitis* [Meus irmãos! Meus irmãos! Deus chamou-me para o caminho da simplicidade e mostrou-me o caminho da simplicidade. Não quero que nomeeis a mim alguma regra, nem de Santo Agostinho, nem de São Bernardo, nem de São Benedito. E o Senhor me disse que queria que eu fosse um "novel louco"* no mundo. E Deus não quis nos conduzir por outro caminho senão por este conhecimento. Mas, Deus confundir-vos-á por vosso conhecimento e sabedoria. Mas eu confio nos custódios do Senhor, que por meio deles punir-vos-á e vós retornareis a esse vosso estado, ao vosso vitupério, queirais ou não][136].

Entre os muitos *logia* de Francisco conservados pelo material dos companheiros, esse se apresenta com elementos internos de autenticidade muito particulares por sua singular correspondência, no léxico e nos conceitos, com alguns temas importantes específicos da proposta de Francisco, mas também por sua

---

* O termo *pazzus*, sem registro nos dicionários latinos, provém de algum antigo dialeto vulgar e pode também significar "tolo, simplório, desajuizado". (N. T. latim)

extraordinária incisividade e eficácia ao expressá-los. O tema central do *logion* é constituído da forte reivindicação da originalidade e especificidade de sua vocação: o Senhor me chamou "*per viam simplicitatis*" ["para o caminho da simplicidade"] e me mostrou "*viam simplicitatis*" ["o caminho da simplicidade"]; o Senhor me disse "*quod volebat quod ego essem unus novellus pazzus in mundo*" ["que queria que eu fosse um 'novel louco' no mundo"]. São duas afirmações que se esclarecem reciprocamente e que exprimem uma mesma realidade. A "simplicidade", no ensinamento de Francisco, contrapõe-se à "sabedoria do mundo": "*pura sancta simplicitas confundit omnem sapientiam huius mundi et sapientiam corporis*" ["a pura simplicidade santa confunde toda sabedoria desse mundo e a sabedoria do corpo"][137]. É uma palavra-chave da experiência e do ensinamento franciscano: Francisco é "simples"[138], compreende e escreve "simplesmente" as palavras do Senhor[139]; os irmãos devem ser "simples", exatamente porque, nos critérios de juízo e nas maneiras de ser, são totalmente estranhos à "sabedoria" e à "prudência" próprias da vida do século e que usam os instrumentos por ela oferecidos[140]. Mas adotar integralmente um hábito desses, tão contrastante com os hábitos e a sapiência correntes, não pode aparecer aos olhos do mundo senão como loucura e tolice: "*Ex dixit Dominus michi quod volebat quod ego essem unus novellus pazzus in mundo*" ["E o Senhor me disse que queria que eu fosse um 'novel louco' no mundo"]. A frase claramente pretende complementar e explicar o significado da sua escolha fundamental. Francisco deverá ser "um louco" porque, mantendo a coerência com a sua vocação, não poderá fazer qualquer movimento fora ou contra qualquer regra usual de comportamento e de ação. O vulgarismo parece oferecer um indício preciso de autenticidade e, tanto mais, à medida que se afigura inconsciente das alusões paulinas – ou ao menos não preocupado em revelá-las – que parecem percorrer esse trecho: não somente I Coríntios 1,18 e seguintes – a linguagem da cruz que se transforma em "loucura" para aqueles que se perdem e parece "loucura" para a sabedoria do mundo, porque oposta e alternativa a ela –, mas também o "*nos stulti propter Christum*" ["nós, loucos por causa de Cristo"] de I Coríntios 4,10, que confirma a radicalidade da opção que está na base da vida apostólica[141]. É evidente que uma vontade explícita de estabelecer tais ligações teria induzido o escritor a substituir *"pazzus"* com o bem mais claramente ardiloso *"stultus"* da Vulgata; o que evidentemente lhe importava era fazer referência às frases de Francisco como ele as recordava em toda a sua paradoxal acuidade.

Além disso, mesmo que possível e até provável, não sei se Francisco pensava explicitamente em São Paulo: no entanto, o que conta é que toda a ordem de ideias do discurso se move dentro das características fundamentais da *"sequela Christi"*, que é descrita, analisada e proposta no âmbito das reflexões e das experiências de Francisco. Assim, *"pazzus"* porque todos os critérios de presença, de intervenção, de ação e de inserção na história são demolidos e subvertidos em relação às regras em vigor. Mas o texto diz *"unus novellus pazzus"*. E *"novellus"* é também um vulgarismo: traduzi-lo como "novo", *"nouveau"*, como fazem Bigaroni e Vorreux[142], parece banal; traduzi-lo como *"new-born"*, como faz Brooke[143], parece-me infiel (*"a new-born simpleton"* parece querer sugerir um campo da infância, inconsciente e simplório que, bem ao contrário, trai a profundidade consistente da imagem); traduzi-lo como *"jeune"*, como propõe Desbonnets[144], não parece de todo justificado nem convence plenamente na boca de um homem que tinha mais ou menos quarenta anos; compreenderia muito mais *"novel"*, no sentido de "nunca antes visto", como a despertar enorme impressão; mas não se deve esquecer que "novel se diz também de uma pessoa ou coisa que tem semelhanças com outra pessoa ou coisa"*/[145], e, nesse sentido, *"novel"* poderia aludir mais uma vez ao tema da *"sequela Christi"*: *"novel* louco" Francisco, porque volta a apresentar a "loucura" de Cristo e dos apóstolos, a lógica da cruz.

Essas são as premissas para recusar as regras da tradição monástica e canonical, mesmo que antigas e veneráveis: aliás, uma recusa que por certo não esperava essa passagem dos *Verba*

---

* O original *"novello"* refere-se a um sentido bem específico, que remete a "novo", a renovação de características já encontradas em pessoas ou coisas do passado, como em "o novel [novo] Dante Alighieri" ou "novel autor/novéis autores". (N. T.)

para encontrar uma documentação explícita[146]. Assim, não faz sentido contrapor a tais declarações a constante obediência – e a vontade de obediência – de Francisco à Igreja de Roma, um fato tão indiscutível quanto indiscutível é o compromisso pelo qual padeceu para salvaguardar a originalidade e a singularidade da sua vocação, que tem e deseja ter como sua base exclusiva, como sua Regra exclusiva, o Evangelho: "vida" exatamente como era dito e repetido, com uma inusitada admissão do termo para introduzir indicações e disposições de comportamento, no texto da Regra da fraternidade[147].

Afirmação e defesa da originalidade da própria vocação e obediência e submissão a Roma são duas atitudes que, uma e outra, fazem referência, para além de qualquer motivação particular, à única opção que tem seu fundamento no Cristo e na decisão de segui-lo com plena fidelidade. Isso, todavia, não significa que não se tratasse de duas posturas que podiam entrar em conflito: isso era demonstrado pela experiência histórica dos movimentos evangélicos e pauperísticos, então em pleno desenvolvimento.

Não creio que o problema possa ser resolvido com uma mera referência ao desejo de ortodoxia de Francisco; tratava-se quase de uma salvaguarda colocada ao lado da sua experiência evangélica. Suponho que deva ser enfatizada uma insuficiência da linguagem para destacar e exprimir determinadas realidades. O "desejo" de algo não implica ainda a certeza ou a possibilidade de sua realização: enquanto a experiência de Francisco se realiza com intensidade e se situa a um nível de profundidade existencial suficiente para, entre aquelas duas posturas, estabelecer nexos bem mais íntimos e coerentes, falar de "desejo de ortodoxia" não permite uma compreensão.

Está aqui, creio, um dos nós interpretativos fundamentais dos acontecimentos históricos envolvendo Francisco, isso que os torna irrevogavelmente diferentes dos movimentos evangélicos que progressivamente transbordaram na rebelião e na heresia: no sentido de que qualquer "rebelião" de tipo herético ou heterodoxo teria comportado a negação radical da sua opção pela "*sequela Christi*", que ele havia aprendido, praticado e proposto[148]. E não tanto porque Roma era Roma, mas, antes de tudo, porque uma "rebelião" implicava, enquanto tal, a reapropriação de instrumentos, desejos, perspectivas, presunções e direitos – de lógicas e de programas de intervenção e de poder – que entravam radicalmente em choque com a opção evangélica, à qual, precisamente, se sabia chamado de tal modo a defender.

Em uma contradição apenas aparente, a opção evangélica, para não se desfigurar, deveria renunciar a tudo o que não fosse a continuação de sua própria existência, simplesmente apresentando-se e reapresentando-se como tal, na plenitude da sua realidade de experiência vivida e de seu significado como "sinal", como alternativa radical à prática do mundo; por isso, deveria renunciar a qualquer defesa, contestação, refutação que tivessem em vista perpetuá-la e garanti-la, recorrendo a instrumentos que não eram os seus.

Esse é o enredo essencial, só aparentemente contraditório, da relação de Francisco com Roma, mas também a razão das dificuldades de ser aceita e compreendida de fato: uma experiência religiosa profundamente inserida e impressa no âmago da sociedade, mas, ao mesmo tempo, por assim dizer, totalmente encerrada em si mesma, que apenas em si mesma procurava a própria razão de existir e a própria eficácia na história, sem expectativas que não as que repousassem sobre a sua total gratuidade e sobre a absoluta renúncia a se servir de meios e instrumentos oferecidos pela sensatez humana: uma experiência assim colidia inevitavelmente com tradições, mentalidades e práticas consolidadas que queriam conduzir e dirigir os homens no caminho da história e para a salvação, recorrendo às modalidades organizativas oferecidas pela experiência e pelos modelos da vida em associação. Era uma incongruência não só precursora de possíveis contrastes, mas também, e sobretudo, de fáceis desajustes produzidos na linha da fraternidade, de mal-entendidos praticamente involuntários e de leituras cativantes.

Por mais contraditório que possa parecer, não existe leitura talvez mais sutilmente deformadora da experiência religiosa de Francisco do que aquela que tem em vista uma vontade e um propósito de reforma da Igreja e, consequentemente, de renovação da atividade pastoral e da vida cristã da sociedade, ainda que tenha sido justamente sobre essa linha que algumas das melhores forças da cúria romana e do franciscanismo tenham se empenhado desde a primeira expansão da ordem e, depois, nos anos e nas décadas seguintes à sua morte[149]. A pregação, o anúncio do Cristo fiador da salvação, o convite para seguir os preceitos que, expressos e condensados na legislação eclesiástica, são, sem dúvida, um elemento constitutivo da fraternidade franciscana: os próprios escritos de Francisco conservam indícios e traços significativos disso[150]. Mas tal pregação está estreitamente encarnada e inervada na "vida" de sujeição e de serviço da primeira fraternidade, está unida a ela como uma só coisa; é, por assim dizer, uma consequência, uma expansão dela, e, por isso, não pode esperar, postular, pretender, impor resultados tangíveis, sem contrastar com o significado profundo daquele posicionamento e daquela opção[151]. É um anúncio e um apelo que competem à graça fazer frutificar e aos homens, receber como quiserem e puderem. Não existe nela confronto direto de homens e estruturas, como não existem programas que levem além da definição do próprio caminho: um caminho ao longo do qual só a graça de Deus chamou Francisco e os seus[152]. A ele e à sua fraternidade compete o compromisso de reapresentar, de regenerar na história a vida de Cristo; esposos, irmãos e mães dele, na medida em que seguirão seu exemplo:

> *Sponsi sumus, quando Spiritu sancto coniungitur fidelis anima Iesu Christo. Fratres enim sumus, quando facimus voluntatem Patris eius qui est in caelo; matres, quando portamus eum in corde et corpore nostro per amorem et puram et sinceram conscientiam; parturimus eum per sanctam operationem, quae lucere debet aliis in exemplum* [Esposos somos quando, pelo Espírito Santo, a alma do fiel junta-se a Jesus Cristo. Irmãos, então, somos quando fazemos a vontade de seu Pai que está no céu. Mães, quando carregamo-lo no coração e em nosso peito pelo amor e pela consciência pura e sincera. Damos à luz pela santa operação, que deve iluminar os outros com o exemplo][153].

Um tema tradicional da espiritualidade patrística e medieval[154] adquire, na perspectiva de Francisco, uma concretude toda própria por configurar-se como resultado de uma experiência individual e coletiva implementada nas entranhas da sociedade, através da identificação com os últimos dos seus membros. Mas é essa identificação, com sua dúplice referência (Cristo e os pobres, ou melhor, os pobres por vontade de se identificarem com Cristo), que impede e bloqueia propósitos que vão além dela. A falta de planejamento de Francisco nos embates da Igreja e da sociedade deriva dessa identificação. Por isso é inútil perguntar-se – historiograficamente arbitrário, eu diria – o que Francisco pensava do seu posicionamento, bem como do seu futuro: porque significa colocar um problema que escapa ao âmbito dentro do qual ele havia escolhido conscientemente agir.

A força da proposta cristã de Francisco – repetida, entoada, reiterada de todo modo e em qualquer circunstância – está apenas em si mesma, em ser de fato presente na história, sem, todavia, esperar de si resultados, sucessos ou êxitos concretamente mensuráveis e definíveis em feitos históricos. Existem em tal atitude, sem dúvida, o desejo e o empenho de se abandonar inteiramente a Deus: o homem só pode produzir miséria e pecado por si mesmo[155]. O homem pode gerar frutos do bem somente quando consegue fazer integralmente de si mesmo um instrumento nas mãos de Deus. Mas isso só é possível se ele é capaz de refazer o caminho de Cristo, justamente um homem que havia deixado aos homens um exemplo de vida: um caminho que tem a pobreza como característica essencial e a cruz como destino. Daí a percepção – sugerida e mediada pelo exemplo de Cristo e que me parece fundamental na experiência religiosa de Francisco – de que a ação dos homens que querem ser instrumentos da obra de Deus na história, segundo o modelo indicado por Cristo, não pode recorrer, se não quiser se descaracterizar, aos modos e às formas habituais do agir humano; e que, por isso, não pode se traduzir em ações, estruturas, modos de organização que recorram à prudência e à sabedoria elaboradas a partir da experiência histórica e social dos seres humanos. São duas condições ao mesmo tempo presentes, historicamente, mas situadas em uma bifurcação não solúvel de fato no tempo histórico. A vida de Cristo tem em si os "novos sinais do Céu e da Terra, que são importantes e preciosos aos olhos de Deus e que muitos religiosos e outros homens reputam sem valor"[156]. São esses "sinais" que Francisco e a sua fraternidade recuperam e repropõem no contexto da sociedade: mas aceitando até o fim a sua função profunda e a sua condição essencial, que é ser e permanecer assim até o fim dos tempos. Francisco não esconde de si – muitíssimas pistas sugerem isso – que as deficiências na vida cristã da Igreja e da sociedade do seu tempo são pesadas e graves. Mas não se propõe outra coisa a não ser reconstruir – através da sua "vida" e da dos seus – um sinal e uma referência: porque qualquer outro projeto poderia ter se deixado levar, de alguma maneira, por lógicas diversas e estranhas àquela da cruz[157].

Não acho, todavia, que se possa encher de fórmulas e ditos racionais para explicar e compreender o nexo que, na experiência religiosa de Francisco, liga estreitamente a fidelidade à própria vocação evangélica e à obediência a Roma. O dilema entre essas duas fidelidades, que os acontecimentos da ordem nos seus últimos seis ou sete anos de vida vinham apresentando a Francisco com intensidade crescente, não encontra a sua solução em um plano intelectual, mas na experiência da encarnação e da cruz revivida até o fim em si mesmo.

Na verdade, sabemos muito pouco desses últimos anos de Francisco e não me parece possível ir além de hipóteses e de aventuras interpretativas. Mas as confissões e os "fatos" que as fontes, apesar de tudo, deixam transparecer são relevantes e importantes demais para que se possa deixá-los de parte: Francisco fugia da vista dos frades[158], Francisco sofreu por dois anos uma "grande tentação"[159], Francisco recebeu sobre o Monte Alverne os estigmas de Cristo[160]. São atitudes, situações e eventos que as fontes não inserem em um contexto histórico, no conjunto de acontecimentos e problemas, de experiências e dificuldades que constituíram a trama real dos últimos anos de vida de Francisco, misturando-se com a história da ordem e com as funções e direções que a Igreja de Roma vinha, discretamente, mas cada vez com maior consistência, sugerindo e impondo. Quando não se trata de confissões completamente incidentais, o contexto daqueles eventos permanece exclusivamente edificante: quer lembrar e iluminar *a posteriori* a grandeza da santidade de Francisco, não suas raízes históricas, existenciais, humanas. Por isso, seu resgate não pode ir além de hipótese interpretativa. É difícil, além disso, não pensar que a "grande tentação" – teria durado não menos que dois anos, o que não é pouca coisa em uma história religiosa que soma cerca de vinte anos – se situe nos últimos anos da vida de Francisco e nas tensões e nos sucessos que acompanharam a redação definitiva da Regra: e a "grande tentação" seria então – a interpretação, embora arriscada, não me parece evitável – a da "rebelião", da reafirmação do próprio ideal original em termos de contestação direta da linha que Roma e os ministros estavam impondo à ordem. Mas também os estigmas de Alverne – em primeiro lugar selo e sinal, não creio que se possa esquecer disso, de um terrível sofrimento espiritual e físico – colocam-se, cronologicamente, dentro desse mesmo evento, a ratificar o sentido profundo da sua proposta cristã e dos termos e das variantes com que, pouco a pouco, a colocou em prática. A "cruz" é a alternativa real e oposta à luta, à ruptura e à rebelião, é o sinal e a condição da autêntica "*sequela Christi*".

Depois de marcado com os estigmas, Francisco escreveu de próprio punho os *Laudes Domini Dei altissimi* [Louvores a Deus altíssimo][161]: o único comentário, se assim se pode dizer, as únicas palavras de Francisco que podem ser diretamente ligadas àquele evento. É um texto inteiramente bíblico-litúrgico, que é invocação, exaltação e ato de fé, juntos, na infinita grandeza, potência e vontade salvífica de Deus. Na bênção a frei Leão, escrita por Francisco do outro lado do mesmo pergaminho, estão reproduzidos os termos da bênção que Arão e seus filhos tinham sido convidados a usar para os filhos de Israel (Números 6,24-26):

> *Benedicat tibi Dominus et custodiat te; ostendat faciem suam tibi et misereatur tui. Convertat vultum suum ad te et det tibi pacem. Dominus benedicat, frater Leo, te* [Que Deus te abençoe e te guarde; que mostre Sua face para ti e tenha

misericórdia de ti. Que dirija Seu rosto para ti e te dê a paz. Que o Senhor te abençoe, irmão Leão][162].

É uma bênção que se encerra reapresentando a saudação franciscana: a saudação que caracteriza e resume a relação a ser instaurada com os homens e a história. Mas aqui ela é explicitamente justificada e sustentada pela manifestação da graça e do mistério do Senhor. A paz é o resultado e a consequência de tal manifestação. Mas esse nexo constitui também o sintoma, parece-me possível dizer, de que os estigmas do monte Alverne representam o acolhimento real dos dilemas, das dúvidas e das dificuldades que haviam angustiado Francisco nos anos anteriores, o ponto final daquela linha da encarnação que tem a história dos homens como sua condição e seu teatro, mas que sabe não poder recorrer a seus instrumentos para ser eficaz historicamente. Um *unicum*, se diz e se continuará a dizer, que não poderia ser exportado ou perpetuado de fato. Tal condição, aliás, já residia na vontade que animava e guiava a sua experiência, um desejo de ser, apenas, de existir assim, sem outras demandas ou expectativas. O problema histórico de Francisco, como das tradições que perpetuarão a sua memória e a da ordem que continuará a se referir ao seu ensinamento, está exatamente aqui, passa por essa condição. Os episódios da sua vida, como o seu ensinamento, os quais foram reunidos, narrados, construídos pelos biógrafos, são relidos, resgatados e verificados através desse filtro: com a dupla intenção de recuperar, de uma parte, naquilo que for possível, a profundidade de atos, fatos e ditos, apresentados e narrados sob a ótica, a cultura e as ideias sobre as quais existia a pressão de outras exigências e de outras tradições consolidadas e, de outra parte, de ajustar e compreender ao longo de quais esquemas e coordenadas mentais, através de quais inadequações e deturpações aquele modelo de vida pôde se transformar em patrimônio e referência comum de uma instituição que, por séculos, constituía então parte integrante da organização e da direção da sociedade[163].

NOTAS

1. Cf. Frugoni, *Arnaldo da Brescia*, op. cit., p. VII-X (nova ed., Torino, 1989, p. XXI-XXIV).
2. Ibid., p. IX.
3. Ibid., *passim*: mas conferir também id., *La fortuna di Arnaldo da Brescia*, em "Annali della Scuola Normale Superiore di Pisa", s. II, XXIV (1955), p. 146 e segs. e 156 e segs., e id., *"Filii Arnaldi" (per l'interpretazione di un passo di Ottone Morena)*, em "Bullettino dell'Istituto storico italiano per il Medio Evo e Archivio Muratoriano", 70 (1958), p. 521-4.
4. Sobre tais orientações historiográficas de Frugoni escrevi mais extensamente em *Gli incontri nel Medioevo di Arsenio Frugoni*, em "Studi medievali", s. III, XXIV (1983), p. 469-86. Além disso, cf. os ótimos reparos genéricos de G. Sergi, *Arsenio Frugoni e la storiografia del restauro*, introdução à nova ed. de *Arnaldo da Brescia*, op. cit., p. VII-XX.
5. Para os escritos de Francisco, cf. K. Esser, *Die Opuscula des hl. Franziskus von Assisi* ("Spicilegium Bonaventurianum", XIII), nova ed. crítica, Quaracchi, 1976 (mas, no texto que se segue, com frequência farei referência, salvo aviso em contrário, à edição menor: *Opuscula sancti patris Francisci Assisiensis* ["Bibliotheca franciscana ascetica medii aevi", XII], denuo edidit iuxta cod. mss. C. Esser, Quaracchi, 1978). Para as principais biografias e acervo de memórias das origens que serão citados paulatinamente, cf. T. Desbonnets – D. Vorreux, *Saint François d'Assise. Documents, écrits et premières biographies*, Paris, 1968, 1599 p., e *Fonti francescane. Scritti e biografie di san Francesco d'Assisi. Cronache e altre testimonianze del primo secolo francescano. Scritti e biografie de santa Chiara d'Assisi*, Padova, 1980, 2.827 p.; veja-se também a reunião de textos com ótima introdução e curadoria de C. Gennaro, *Francesco d'Assisi* ("Dipartimento di scienze religiose", 17), Brescia, 1982, 226 p. Indispensáveis para qualquer pesquisa franciscana os índices alfabético-remissivos dos escritos de Francisco e das biografias e coleções sucessivas publicadas por J.-F. Godet e G. Mailleux nos cinco volumes do "Corpus des sources franciscaines", Cetedoc, Louvain, 1974-8.
6. Cf., por exemplo, P. Sabatier, *Vie de S. François d'Assise*, Paris, 1898 20, p. 298 e segs., onde determinadas afirmações de Francisco a respeito da obediência são vistas, erroneamente, como indício de grave crise, quase um esforço de convencer a si mesmo da necessidade de seguir outra linha – submissa e obediente – de vida religiosa, com relação à "liberdade evangélica" das origens.

7. Cf. as introduções prepostas por Desbonnets e Vorreux, *Saint François d'Assise*, op. cit., na tradução de várias biografias; Stanislao da Campagnola, *Le origini francescane come problema storiografico*, Perúgia, 1974, p. 17 e segs., e id., *Francesco d'Assisi nei suoi scritti e nelle sue biografie dei secoli XIII-XIV*, Assis, 1977, p. 67 e segs.

8. Cf., I Cel., 9, 18, 21; II Cel., 10, 11, 13, 14; *Leg. III soc.*, 13, 21, 24, 60; *Leg. mai.*, II, 1, 7, 8. Para a tradição dos penitentes construtores no século XII, cf. P. Alphandéry, *La Chrétienté et l'idée de croisade*, II, *Recommencements nécessaires (XIIe-XIIIe siécles)*, Paris, 1959, p. 136 e segs.

9. Cf., por exemplo, I Cel., 37 e 62, *Leg. III soc.*, 60 (que de diferentes maneiras resumiu o "sucesso" das campanhas de pregação de Francisco em termos de triunfo da Igreja e da ortodoxia); II Cel.; *Leg. III soc.*, 51; *Leg. mai. III*, 10 (sonho de Inocêncio III: cf. a esse respeito Miccoli, *La storia religiosa*, op. cit., p. 743); *Scripta*, 103, p. 270, II Cel. 141 (juízo do bispo de Terni sobre o papel de Francisco na Igreja). Para muitos, outras referências a respeito cf., apesar do aparato claramente combinatório e concordístico, K. Esser, *Sancta-mater ecclesia romana. Die Kirchenfrömmigkeit des hl. Franziskus von Assisi*, em *Sentire ecclesiam. Das Bewusstsein von der Kirche als gestaltende Kraft der Frömmigkeit*, organizados por J. Danielou e H. Vorgrimler, Freiburg-Basileia-Viena, 1961, em particular p. 237 e segs. (trad. it., Roma, 1964, I, p. 365-413).

10. Cf. G. Miccoli, *De alcuni passi de san Bonaventura sullo sviluppo dell'ordine francescano*, em "Studi medievali", s. III, XI (1970), p. 381-95.

11. Cf., em particular *Test.*, p. 310: "*Et postquam Dominus dedit mihi de fratribus, nemo ostendebat mihi quid deberem facere, sed ipse Altissimus revelavit mihi quod deberem vivere secundum formam sancti evangelii*" ["E depois que Deus me deu os irmãos, ninguém me mostrava o que eu deveria fazer, mas o próprio Altíssimo revelou a mim por que eu deveria viver segundo a forma do santo evangelho"]. Mas vejam-se também as páginas seguintes. Referem-se justamente à importância da convicção de Francisco de viver a própria opção de vida como "livre dom de Deus", sem outras mediações neste plano, D. V. Lapsanski, *Perfectio evangelica. Eine begriffsgeschichtliche Untersuchung im frühfranziskanischen Schrifttum* ("Veröffentlichungen des Grabmann-Institutes", 22), Munique-Paderborn-Viena, 1974, p. 46 e seg.

12. Cf. numerosas referências em Stanislao da Campagnola, *L'angelo del sesto sigillo e l"alter Christus"*, Roma, 1971, p. 127 e segs., 186 e segs., 199 e segs. Mas cf. também K. Esser, *Homo alterius saeculi. Endzeitliche Heilswirklichkeit*

im Leben des hl. Franziskus, em "Wissenschaft und Weisheit", 20 (1957), em especial p. 186 e segs.

13. Cf. E. Grau, *Die neue Bewertung der Schriften des hl. Franziskus von Assisi seit den letzten 80 Jahren*, em *San Francesco nella ricerca storica degli ultimi ottanta anni*, Todi, 1971, "Convegni del Centro di studi sulla spiritualità medievale", IX, p. 35 e segs., e R. Manselli, *Paul Sabatier e la "questione francescana"*, em *La "questione francescana" dal Sabatier ad oggi*, Assis, 1974, p. 64 e segs.

14. *Test.*, p. 315.

15. Assim A. van Corstanje, *Un peuple de pélerins. Essai d'interprétation biblique Du testament de Sant François*, Paris, 1964, p. 13 e segs., e, em referência a tal interpretação, entre outros, D. Vorreux, em Desbonnets – Vorreux, *Saint François d'Assise*, op. cit., p. 104, nota 1.

16. *Scripta*, 17, p. 116 e segs. (*Compilatio*, 59, p. 150 e segs.).

17. II Cel., 188 (= *Compilatio*, 44, p. 96); *Spec. perf.*, 41.

18. *Ultima voluntas scripta s. Clarae*, p. 318.

19. *Benedictio fr. Bernardo data*, p. 319 e seg.; cf. *Scripta*, 107, p. 274 e segs. (*Compilatio*, 12, p. 32 e segs.); sobre esse episódio, veja-se R. Manselli, *L'ultima decisione di san Francesco. Bernardo di Quitavalle e la benedizione di san Francesco morente*, em "Bullettino dell'Istituto storico italiano per Il Medio Evo e Archivio Muratoriano", 78 (1967), p. 137-53.

20. *Scripta*, 76, p. 220; cf. também 87, p. 238 (*Compilatio*, 106, p. 322; 112, p. 350). Para Francisco *"forma et exemplum omnium fratrum"* ["forma e exemplo de todos os irmãos"] nas histórias ligadas de várias maneiras à tradição dos companheiros, cf., também, *Scripta*, 2, p. 90; 41, p. 160; 85, p. 236; 92, p. 250 e segs. (*Compilatio*, 50, p. 112; 82, p. 228; 111, p. 344 e segs; 117, p. 370). Para as perícopes que carregam a fórmula distintiva *"Nos qui cume eo fuimus"*, cf. R. Manselli, *"Nos qui cum eo fuimus". Contributo alla questione francescana* ("Bibliotheca seraphico-capuccina", 28), Roma, 1980, p. 83 e segs., 113 e segs., 148 e segs., 192 e segs., 204 e segs.

21. Cf. *RegNB*, XVII, p. 271 e segs.; *Adm.*, IX, p. 69; XIV, p. 72 e segs.; *ExpPat*, p. 160 e segs. Mas veja-se também *Adm.*, VI, p. 67; VII, p. 68; XX, p. 76; XXI, p. 76 e segs.; *EpFid I*, p. 109; *EpFid II*, p. 122 e segs. e 128; *EpOrd*, p. 148; *Fragm.*, I, p. 169.

22. Cf. K. Esser, *Das Testament des heiligen Franziskus von Assisi. Eine Untersuchung über seine Echtheit und seine Bedeutung* ("Vorreformationsgeschichtliche Forschungen", 15), Münster, 1949, p. 108 e segs.

23. 23 Cf. ibid., p. 107-15.
24. *Intentio regulae*, 14-15, em L. Lemmens, *Documenta antiqua franciscana*, Quaracchi, 1901, I, p. 97 e segs. (= *Scripta*, 77, p. 220 e segs.; *Compilatio*, 106, p. 322 e segs.). Sobre o problema da autoria leonina dessa narrativa, geralmente aceita, e o fato de ser parte ou não dos materiais enviados pelos "companheiros" a Crescêncio de Iesi, em 1246, bem mais controverso, cf. uma revisão das várias posições em E. Pásztor, *Gli scritti leonini*, em *La "questione francescana"*, op. cit., p. 210-2. Convincentemente, Desbonnets tende a achar que fazem parte, em *Saint François d'Assise*, op. cit., p. 866 e segs. Sobre o episódio, cf. Manselli, *"Nos qui cum eo fuimus"*, op. cit., p. 192 e segs.
25. Cf. Esser, *Das Testament*, op. cit., p. 11 e segs., 109 e segs. Está de acordo com tal interpretação, mas conjecturando, com base em *Compilatio*, 56, p. 130, (*Scripta*, 9, p. 102), sobre a existência de um "testamento" posterior consagrado à Porciúncula, R. Manselli, *Dal Testamento ai testamenti di san Francesco*, em "Collectanea franciscana", 46 (1976), p. 121-9.
26. *Intentio regulae*, op. cit., 4 e 16, p. 86 e 98 e seg. (= *Scripta*, 68, p. 206; 77, p. 220 e segs.; *Compilatio*, 101, p. 300 e segs.; 106, p. 324).
27. *Intentio regulae*, op. cit., p. 83.
28. *Intentio regulae*, op. cit., 4, p. 86 (= *Scripta*, 68, p. 206; *Compilatio*, 101, p. 300 e segs.).
29. *Intentio regulae*, op. cit., 16, p. 98 e seg. (= *Scripta*, 77, p. 220 e segs.; *Compilatio*, 106, p. 324).
30. *Intentio regulae*, op. cit., 6, p. 88 (= *Scripta*, 69, p. 208; *Compilatio*, 102, p. 304).
31. *Scripta*, 80, p. 226 e segs. (*Compilatio*, 108, p. 332 e segs.); cf. também II Cel., 193, em que, no entanto, a não inclusão de uma advertência de Francisco na regra se justifica por sua prévia aprovação.
32. *Scripta*, 9-10, p. 102; 14, p. 112; 59, p. 190 e segs.; 64-67, p. 198 e segs.; 75-77, p. 216 e seg.; 98-101, p. 260 e segs.; 107-10, p. 274 e segs.; 117, p. 290; *Compilatio*, 4-8, p. 6 e segs.; 12-14, p. 32 e segs.; 22, p. 62 e segs.; 42-44, p. 90 e segs.; 56, p. 130 e segs.; 57, p. 142; 96, p. 278 e segs.; 99-101, p. 290 e segs.; 106, p. 319 e segs.
33. Angelo Clareno, *Chronicon seu historia septem tribulationum ordinis minorum*, organizados por A. Ghinato, Roma, 1959, I, p. 112 e segs.; cf. também F. Ehrle, *Die "historia tribulationum ordinis minorum" des fr. Angelus de Clarino*, em "Archiv für Literatur- und Kirchengeschichte des Mittelalters", II, (1886), p. 274 e segs.

34. Cf. H. Grundmann, *Die Bulle "Quo elongati" Papst Gregors IX.*, em "*Archivum Franciscanum Hitoricum*", LIV (1961), p. 3-25. Sobre o desenvolvimento da ordem e os debates que se seguiram são fundamentais as páginas de P. Gratien de Paris, *Histoire de la fondation et de l'évolution de l'ordre des Frères Mineurs au XIIIe siècle*, Paris-Gembloux, 1928, p. 111 e segs. (reimpressão com atualização bibliográfica organizada por M. d'Alatri e S. Gieben, em "Bibliotheca seraphico-capuccina", 29, Roma, 1982).
35. Esser, *Das Testament*, op. cit., p. 129 e seg. (mas cf. também p. 115).
36. Ibid., p. 130.
37. Ibid., p. 125 e segs.
38. Ibid., p. 125 e 128.
39. Ibid., p. 130.
40. Ibid., p. 120 e segs.
41. Ibid., p. 120.
42. *Scripta*, 61, p. 194; *Compilatio*, 97, p. 284.
43. Esser, *Das Testament*, op. cit., p. 120.
44. Ibid., p. 122 (e p. 117 e 10, nota 7).
45. Cf. H. Böhmer, *Analekten zur Geschichte des Franziskus von Assisi*, Tübingen/Leipzig, 1904, p. XLII e segs.; Esser, *Das Testament*, op. cit., p. 125 e segs.
46. Ibid., p. 129 e seg.
47. Cf. ibid., p. 124 e segs.: Esser pretende, sobretudo, contestar a tese de A. Stroick, que estabelecia uma estreita ligação entre a estrutura da *Regula Bullata* e o "Testamento"; porém, deduz erroneamente a inexistência de tal ligação, comprovada pelo fato de que alguns pontos fundamentais da regra estão ausentes, a falta de uma verdadeira estrutura de pensamento no "Testamento". Em realidade, é o problema da relação regra/"Testamento" estar mal colocado, no momento em que se estabelece em termos de presença ou ausência de preceitos: porque, de todo modo, o "Testamento" não pretende ser um substituto da regra, ele é lido e seguido junto a ela, é um instrumento para cumpri-la com maior fidelidade.
48. Esser, *Das Testament*, op. cit., p. 123 e segs. (outras referências na p. 1 e segs.).
49. Ibid., p. 118.
50. *Test.*, p. 312: "*Caveant sibi fratres, ut ecclesias, habitacula paupercula et omnia, quae pro ipsis construuntur, penitus non recipiant, nisi essent, sicut decet sanctam paupertatem, quam in regula promisimus, semper ibi*

hospitantes sicut advenae et peregrini" ["Cuidem os irmãos que não recebam, de modo algum, as igrejas, as moradas pobrezinhas e tudo que é construído para eles, se não forem como convém à santa pobreza, que prometemos na Regra, se hospedando sempre aí como forasteiros e peregrinos"].

51. Ibid., p. 312 e segs.: *"Praecipio firmiter per obedientiam fratribus universis, quod ubicumque sunt, non audeant petere aliquam litteram in curia Romana per se neque per interpositam personam, neque pro ecclesia neque pro alio loco neque sub specie praedicationis neque pro persecutione suorum corporum; sed ubicumque non fuerint reccepti, fugiant in aliam terram ad faciendam poenitentiam cum benedictione Dei"* ["Prescrevo com firmeza a todos os irmãos por obediência que, onde quer que estejam, não ousem pedir para si algum documento na cúria romana, nem por si nem por um intermediário, nem para a igreja nem para outro lugar, nem sob a aparência da pregação nem pela perseguição de seus corpos. Mas, onde quer que não tenham sido recebidos, fujam para outra terra para fazer penitência com a bênção de Deus"].

52. Ibid., p. 307 e segs.: *"Dominus ita dedit mihi fratri Francisco incipere faciendi poenitentiam: quia, cum essem in peccatis, nimis mihi videbatur amarum videre leprosos. Et ipse Dominus conduxit me inter illos et feci misericordiam cum illis. Et recedente me ab ipsis, id quod videbatur mihi amarum, conversum fuit mihi in dulcedinem animi et corporis; et postea parum steti et exivi de saeculo"* ["O Senhor assim ordenou a mim, irmão Francisco, que começasse a fazer a penitência: porque, ainda que estivesse em pecado, parecia-me amargo demais olhar para os leprosos. E o próprio Senhor conduziu-me entre eles e pratiquei com eles a misericórdia. E tendo me afastado deles, isso que me parecia amargo converteu-se para mim em doçura da alma e do corpo. E pouco depois, ergui-me e deixei o mundo"]. Sobre o retorno de tal dupla antitética amargo-doce, cf. *EpFid II*, p. 125: "*Corpori dulce est facere peccatum et amarum servire Deo* [para o corpo, doce é pecar e amargo servir a Deus]" (parecido com *EpFid I*, p. 111). A analogia, recordada por Vorreux (em Desbonnets – Vorreux, *Saint François d'Assise*, op. cit., p. 104, nota 5), com o sermão de Montefeltro – *"*Tanto é o bem que espero, que em toda pena eu me deleito" (*Delle sacre istimate di santo Francesco e delle loro considerazioni*, I, em *Fonti francescane*, cit., p. 1578) –, não me parece pertinente nem convincente porque privilegia a componente ascética, de automortificação tendo em vista o júbilo celeste final, que, na passagem do "Testamento", fica totalmente implícita, ou, pelo menos, em segundo plano.

53. Cf. sobre isso G. G. Meersseman, *Dossier de l'ordre de la pénitence au XIIe siècle ("Spicilegium Friburgense" 7)*, Freiburg, 1961, p. 1 e segs.

54. Cf. as atentas indicações de M. L. Mazzi, *Salute e società nel Medioevo*, Florença, 1978, p. 52 e segs. e 88. Vejam-se também as observações de J. Le Goff, *La civiltà dell'Occidente medioevale*, Florença, 1969, p. 372 e segs. Uma ótima elaboração dos múltiplos aspectos do problema de mudança da sensibilidade entre os séculos XII e XIII é apresentada por G. De Sandre Gasparini, *Introduzione a Le carte dei lebbrosi di Verona tra XII e XIII secolo*, organizado por A. Rossi Saccomani ("Fonti per la storia della Terraferma veneta", 4, Padova, 1989, p. V-XXX).

55. Para uma revisão das diversas interpretações cf. R. Koper, *Das Weltverständnis des hl. Franziskus von Assisi. Eine Untersuchung über das "Exivi de saeculo"* ("Franziskanische Forschungen", 14), Werl, 1959, p. 9-13 (apesar de algumas sistematizações forçadas, cf. também p. 83 e segs., sobre a "fé" de Francisco, e p. 110 e segs., sobre sua concepção da *"vita saeculi"*).

56. *Test.*, p. 308: *"Et Dominus dedit mihi talem fidem in ecclesiis, ut ita simpliciter orarem et dicerem: Adoramus te, Domine Jesu Christe et ad omnes ecclesias tuas, quae sunt in toto mundo, et benedicimus tibi, quia per sanctam crucem tuam redimisti mundum"* ["E o Senhor te deu tal fé nas igrejas que eu simplesmente orava e dizia assim: 'te adoramos, Senhor Jesus Cristo e a todas as tuas igrejas, que estão no mundo inteiro, e te bendizemos, porque redimiste o mundo pela tua santa cruz'"]. Sobre a presença de tal oração no ensinamento de Francisco, cf. I Cel., 45. Trata-se de uma antífona da liturgia da Sexta-Feira Santa, já testemunhada por Gregório Magno (*Liber responsalis*, *"In exaltatione sanctae crucis"*, em *PL*, LXXVIII, c. 804A). Sobre a devoção à cruz em Francisco cf. O. von Rieden (O. Schmucki), *Das Leiden Christi im Leben des hl. Franziskus von Assisi. Eine quellenvergleichende Untersuchung im Lichte der zeitgenössischen Passionsfrömmigkeit*, em "Collectanea franciscana", 30 (1960), p. 14 e segs.

57. *Test.*, p. 308 e segs.: *"Postea Dominus dedit mihi et dat tantam fidem in sacerdotibus qui vivunt secundum formam sanctae ecclesiae Romanae propter ordinem ipsorum, quod si facerent mihi persecutionem volo recurrere ad ipsos. Et si haberem tantam sapientiam, quantam Salomon habuit, et invenirem pauperculos sacerdotes huius saeculi, in parochiis quibus morantur, nolo praedicare ultra voluntatem ipsorum. Et ipsos et omnes alios volo timere, amare et honorare sicut meos dominos. Et nolo in ipsis considerare peccatum, quia Filium Dei discerno in ipsis, et domini mei*

sunt. Et (hoc) propter hoc facio, quia nihil video corporaliter in hoc saeculo de ipso altissmo Filio Dei, nisi sanctissimum corpus et sanctissimum sanguinem suum, quod ipsi recipiunt et ipsi soli aliis ministrant. (...). Et omnes theologos et qui ministrant sanctissima verba divina, debemus honorare et venerari, sicut qui ministrant nobis spiritum et vitam" ["Depois disso, Deus me deu e dá tamanha fé nos sacerdotes que vivem segundo a forma da igreja romana, que, caso me persigam, por causa de sua ordem, desejo correr de volta a eles próprios. E se eu tivesse tanta sabedoria quanto teve Salomão, e encontrasse sacerdotes bem pobres deste século, nas paróquias a que se dedicam, não queria pregar além de sua própria vontade. E desejo temer, amar e honrar a eles mesmos e a outros como meus senhores. E não quero observar neles o pecado, porque percebo o Filho de Deus neles, e são meus senhores. E, por causa (disso), faço isso, porque neste século nada vejo corporalmente do próprio altíssimo Filho de Deus senão o santíssimo corpo e seu mais sagrado sangue, que eles recebem e apenas eles ministram com os demais. (...) E todos os teólogos e os que ministram as mais sagradas palavras divinas devemos honrar e venerar, assim como os que ministram a nós o espírito e a vida"]. São considerações comuns nos escritos de Francisco: cf. *Adm.*, XXVI, p. 80; *EpCler I* e *II*, p. 97 e segs; *EpCust I*, p. 102 e seg.; *EpFid II*, p. 119 e seg.; *EpOrd*, p. 140 e seg. Sobre a devoção de Francisco à eucaristia cf. K. Esser, *Missarum sacramenta. Die Eucharistielehre des hl. Franziskus von Assisi*, em "*Wissenschaft und Weisheit*", 23 (1960), p. 81-108. D. E. Flood insiste efetivamente sobre a centralidade da eucaristia como "sinal" da mudança de vida proposta e implementada por Francisco, em *Frère François et le mouvement franciscain*, Paris, 1983, p. 139 e segs.

58. Cf. Esser, *Das Testament*, cit. p. 149 e segs. Como bem observa K. Esser, não apenas o reconhecimento dos sacerdotes pecadores configura-se em contraste com os movimentos heréticos contemporâneos: também a fé/aceitação das igrejas na/da sua materialidade assume tal caráter justamente pela sua costumeira rejeição por parte daqueles mesmos movimentos: cf., para alguns exemplos, I. von Döllinger, *Beiträge zur Sektengeschichte des Mittelalters*, Darmstadt, 1968, II, p. 168 ("*Et ut dicebat, cor hominis est ecclesia Dei, sed ecclesia materialis nihil valebat*" ["E como (ele) dizia, o coração do homem é a igreja de Deus, mas a igreja física de nada valia"]); Gonnet, *Enchiridion fontium Valdensium*, op. cit., p. 86 e segs.

59. Cf. K. Esser, *Der hl. Franziskus und die religiösen Bewegungen seiner Zeit*, em *San Francesco nella ricerca storica*, op. cit., p. 122 e seg. O fato de os

destinatários implícitos de tais afirmações puderem ser também membros da mesma Ordem dos Menores, como oportunamente lembra G. G. Merlo (*Tensioni religiose agli inizi del Duecento*, Torre Pellice, 1984, p. 36), não invalida tal observação.

60. *Test.*, p. 310. A leitura de R. Manselli força arbitrariamente o subentendido, não posteriormente penetrável, de tal reivindicação, além de vislumbrar a constatação "dolorosa" de uma ausência da hierarquia eclesiástica no orientar inicialmente a pequena *fraternitas* (cf. R. Manselli, *La religion populaire au moyen âge*, Montreal/Paris, 1975, p. 200 e seg., e Id., *S. Francesco d'Assisi*, Roma, 1980, p. 86 e seg.).

61. *Test.*, p. 310 e seg.: "*Et illi qui veniebant ad recipiendam vitam (istam), omnia quae habere poterant dabant pauperibus; et erant contenti tunica una, intus et foris repeciata, cum cingulo et braccis. Et nolebamus plus habere. Officium dicebamus clerici secundum alios clericos, laici dicebant: Pater noster; et satis libenter manebamus in ecclesiis. Et eramus idiotae et subditi omnibus. Et ego manibus meis laborabam et volo laborare; et omnes alii fratres firmiter volo quod laborent de laboritio, quod pertinet ad honestatem. Qui nesciunt discant, non propter cupiditatem recipiendi pretium laboris sed propter exemplum et ad repellendam otiositatem. Et quando non daretur nobis pretium laboris, recurramus ad mensam Domini, petendo eleemosynam ostiatim*" ["E aqueles que vinham para acolher essa vida, davam tudo que tinham aos pobres. E contentavam-se com uma túnica, remendada por dentro e por fora, com cinta e bragas. E não queríamos mais ter. Recitávamos os clérigos a prece qual os outros clérigos, os laicos diziam o 'pai-nosso'. E bastante voluntariamente permanecíamos nas igrejas. E éramos ignorantes e submissos a todos. E eu trabalhava com as minhas mãos e quero trabalhar. E quero firmemente que todos os outros irmãos trabalhem um trabalho, que tenha relação com a honestidade. Os que não sabem, que aprendam: não por causa do desejo de receber uma compensação pelo trabalho, mas por causa do exemplo e para afastar a ociosidade. E quando não nos derem uma compensação pelo trabalho, recorramos à mesa do Senhor, pedindo esmola de porta em porta"].

62. Ibid., p. 311 e seg.: "*Salutationem mihi Dominus revelavit ut diceremus: Dominus det tibi pacem*" ["O Senhor revelou-me a salvação para que disséssemos: que Deus te dê a paz"]. Cf. *RegNB*, p. 266 e seg.; *RegB*, III, p. 230. Para a grande quantidade de provas nas biografias e nas outras fontes franciscanas cf. Esser, *Das Testament*, op. cit. p. 67 e seg. e 171 e seg.

63. O tema se apresenta como modelo, citação ou alusão a I Pedro 2,21 ("*In hoc enim vocati estis; quia et Christus passus est pro nobis vobis relinquens exemplum, ut sequamini vestigia eius*" ["Pois, para isso fostes chamados; porque também Cristo sofreu por nós, deixando a vós o exemplo, para que sigais os passos dele"]; cf. a esse respeito Optatus van Asseldonk, *Le lettere di san Pietro negli scritti di san Francesco*, em "Collectanea franciscana", 48 (1978), p. 67-76. Sobre os diversos temas da "*sequela Christi*", cf. L. Hardick – E. Grau, *Die Nachfolge Christi*, em *Die Schriften des heiligen Franziskus von Assisi*, Werl, 1980, p. 249 e segs.

64. Cf. as pertinentes observações de D. Vorreux, em Desbonnets – Vorreux, *Saint François d'Assise*, op. cit., p. 35.

65. *Adm.*, I, p. 59 e segs. Sobre sua autenticidade e sobre grandes semelhanças e analogias com o *Tractatus de corpore Domini* (*PL*, CLXXXII, c. 1150), cf. E. Grau, *Zur Authentizität der ersten Admonitio des heiligen Franziskus*, em "Franziskanische Studien", 52 (1970), p. 120-36. Uma revisão das interpretações propostas em G. P. Freeman, "*Usquequo gravi corde?*". *Zur Deutung der 1. Ermahnung des Franziskus*, em "Laurentianum", 29 (1988), p. 386-415; para uma sugestiva leitura sua cf. Id., *Zur Interpretationsgeschichte der 1. Ermahnung*, em "Wissenschaft und Weisheit", 51 (1988), p. 123-43.

66. Sobre esse aspecto, cf. N. Nguyen-Van-Khanh, *Gesù Cristo nel pensiero di san Francesco secondo i soui scritti*, trad. it., Milão, 1984, p. 219 e segs.

67. *Adm.*, I, p. 61. Conceito análogo em *EpOrd*, p. 144: "*Totus homo paveat, totus mundus contremiscat, et caelum exultet, quando super altare in manibus sacerdotis est Christus, Filius Dei vivi. O admiranda altitudo, et stupenda dignatio! O humilitas sublimis! O sublimitas humilis, quod Dominus universitatis, Deus et Dei Filius, sic se humiliat, ut pro nostra salute sub modica panis formula se abscondat. Videte, fratres humilitatem Dei... Nihil ergo de vobis retineatis vobis, ut totos vos recipiat qui se vobis exhibet totum*" ["Que o homem todo se aterrorize, que o mundo inteiro estremeça, e o céu exulte quando Cristo, Filho do Deus vivo, está sobre o altar, nas mãos do sacerdote. Ó admirável altura e estupenda estima! Ó humildade sublime! Ó sublimidade humilde, porque o Deus do universo, Deus e o Filho de Deus, de tal modo se humilha que se esconde sob a módica fórmula do pão para nossa salvação. Vede, irmãos, a humildade de Deus... Portanto, nada de vós conservais para vós, para que ele, que se exibe a vós por inteiro, receba todos vós"]. Cf. também *supra*, nota 57.

68. Flood, *Frère François*, op. cit., p. 142.

69. *EpFid II*, p. 115 e segs. Para os destinatários e o alcance de tal carta, ainda controversos, cf. K. Esser, *La lettera di San Francesco ai fedeli*, em *L'ordine della penitenza di san Francesco d'Assisi nel secolo XIII* (Atas da Convenção de Estudos Franciscanos, Assis, 3-5 de julho de 1972), Roma, 1973, p. 65-78, e, sobretudo, T. Desbonnets, *La lettre à tous le fidèles de François d'Assise*, em *I frati minori e il terzo ordine. Problemi e discussioni storiografiche*, "Convenção do Centro de estudos sobre a espiritualidade medieval", XXIII, Todi, 1985, p. 53-76. Para as relações entre ela e *RegNB* cf. R. Pazzelli, *Le somiglianze di idee e di fraseologia tra la "Lettera ai fedeli" e la "Regola non bollata" come ipotesi di datazione*, em *"Analecta tertii ordinis regularis sancti Francisci"*, XXI (1989), p. 213-34. Para a temática da encarnação em Francisco, cf., em particular, W. Busenbender, *Der Heilige der Inkarnation. Zur Frömmigkeit des hl. Franziskus von Assisi*, em "Wissenschaft und Weisheit", 15 (1952), p. 1-15, e W. Dettloff, *Die Geistigkeit des hl. Franziskus in der Theologie der Franziskaner*, ivi, 19 (1956), em particular p. 208 e seg.

70. *EpFid II*, p. 115 e seg.

71. Cf. *supra*, nota 63. Veja-se também Desbonnets, *La lettre*, op. cit., p. 63 e segs.

72. Cf., por exemplo, as argumentações de Pietro Lombardo, *Sententiae in IV libris distinctae*, liber III, dist. XVIII, cap. V, 2, e dist. XX, cap. V, 1 ("Spicilegium Bonaventurianum", V), Quaracchi, 1981, p. 116 e seg. e 128. Para a elaboração, em particular patrística, de tal linha interpretativa, cf. A. Michel, *Incarnation*, em *Dictionnaire de théologie catholique*, VII, Paris, 1923, cc. 1478 e seg.

73. Cf., por exemplo, *Adm.*, VI, p. 67; IX, p. 69; *RegNB*, VII, p. 254; XI, p. 263; XVII, p. 261. Mas veja-se também mais adiante. Sobre o tema do Cristo, caminho para se chegar ao Pai, com especial referência a esses passos das *Adm.*, I, e de *EpFid II*, cf. Lapsanski, *Perfectio evangelica*, op. cit., p. 49 e segs.

74. Cf. J.-F. Godet – G. Mailleux, *Opuscula sancti Francisci. Scripta sanctae Clarae* ("Corpus des sources franciscaines", V), Cetedoc, Louvain, 1976, p. 8 e 165. Sobre o conceito de obediência em Francisco cf., em particular, K. Esser, *Bindung zur Freiheit. Die Gehorsamauffassung des hl. Franziskus von Assisi*, em "Wissenschfat und Weisheit", 15 (1952), p. 161-73; L. Hardick – E. Grau, *Der Gehorsam*, em *Die Schriften*, op. cit., p. 271-86 (na p. 271, nota 1, referências aos outros ensaios de K. Esser sobre o tema). Importante em relação à contribuição de K.-V. Selge, *Rechtsgestalt und Idee der frühen Gemeinschaft des Franz von Assisi*, em *Erneuerung der Einen Kirche*, organizados por J. Lell, Göttingen, 1966, em particular p. 11 e segs.: à obediência entendida como fidelidade à *"vita evangelii"* de Francisco vem,

progressivamente, colocando-se ao lado um conceito de obediência hierarquicamente inspirado que, sob a influência de Roma e da tradição regular, tem em vista disciplinar as relações internas do grupo e corresponde à introdução de um ordenamento jurídico na vida da *fraternitas*, no curso da sua transformação em *ordo* e *religio*.

75. Cf. *Sancti Benedicti Regula*, organizados por G. Penco, Florença, 1958, V, p. 46. Para a concepção beneditina da obediência cf. A. de Vogüé, *La communauté et l'abbé dans la règle de saint Benoît*, Bruges, 1961, p. 207-88.
76. *Adm.*, II, p. 62 e segs.
77. *RegNB*, VII, p. 253.
78. Ibid., IV, p. 258.
79. Ibid.
80. Ibid., V, p. 252.
81. Ibid., XI, p. 264. Na mesma linha, *RegB*, II, p. 229: "*Quos (fratres) moneo et exhortor, ne despiciant neque iudicent homines, quos vident mollibus vestimentis et coloratis indutos, uti cibis et potibus delicatis, sed magis unusquisque iudicet et despiciat semetipsum*" ["Aos (irmãos) exorto e advirto, que não desprezem nem julguem os homens, porque os veem iludidos com roupas licenciosas e coloridas, a consumir comidas e bebidas refinadas, porém que cada um mais julgue e despreze a si próprio"]. Cf. as advertências atribuídas a Francisco por *Leg. III soc.*, 58, p. 132: "*Sicut pacem annuntiatis ore, sic in cordibus vestris et amplius habeatis. Nullus per vos provocetur ad iram vel scandalum, sed omnes per mansuetudinem vestram ad pacem, benignitatem et concordiam provocentur. Nam ad hoc vocati sumus ut vulneratos curemus, alligemus confractos et erroneos revocemus. Multi enim videntur nobis esse membra diaboli qui adhuc discipuli Christi erunt*" ["Assim como anunciais com a boca a paz, assim também a tendes mais amplamente em vossos corações. Que ninguém provoque, por meio de vós, a ira ou o escândalo, mas que todos provoquem, por meio de vossa mansidão, a paz, a bondade e a concórdia. Pois a isto fomos chamados: que curemos os feridos, firmemos os alquebrados e chamemos de volta os que estão perdidos. Pois, para nós, muitos parecem ser membros do diabo os quais, até então, eram discípulos de Cristo"].
82. *RegNB*, V, p. 251. Sobre o modelo conjunto de Mateus 9,12 e de Marcos 2,17 cf., também, *EpMin*, p. 134, e *Fragm.*, II, p. 175.
83. *EpMin*, p. 133. Para uma exegese de toda a primeira parte da carta, cf. E. Auerbach, *Mimesis. Il realismo nella letteratura occidentale* ("PBE", 49), Turim, 1981.9, I, p. 181 e segs.

84. Trata-se de uma temática desenvolvida a partir de múltiplos pontos de vista, seja no que diz respeito às relações internas à *religio* (cf. particularmente todas as passagens relativas aos "serviços dos ministros": *RegNB*, IV, V, VI, p. 249, 251, 253), seja nas relativas às relações exteriores: cf., por exemplo, sobre o amor aos inimigos, *Adm.*, IX, p. 69; *EpFid II*, p. 120; *ExpPat*, p. 160 e segs.; *Fragm.*, I, p. 164; *RegNB*, XXII, p. 279; *RegB*, X, p. 236.

85. *CantSol*, p. 85. Para as circunstâncias da sua composição cf. *Scripta*, 44, p. 166 e segs. (*Compilatio*, 84, p. 238 e segs.); cf, com respeito às considerações de E. Lecler, *Le cantique des créatures ou les symboles de l'union. Une analyse de Saint François d'Assise*, Paris, 1970, p. 192 e segs. Sobre o anúncio de paz cf. O. Schmucki, *San Francesco messaggero di pace nel suo tempo*, em "Studi e ricerche francescane", V, (1976), p. 215-32.

86. *EpMin*, p. 132 e segs. É significativo da dificuldade de interpretar e, portanto, de aceitar a passagem que ainda Desbonnets – Vorreux, *Saint François d'Assise*, op. cit., p. 138, se atenham ao ensinamento equivocado da edição de Lemmens (Quaracchi, 1903; Quaracchi, 1949, p. 108): "*Ut velis quod sint meliores christiani*" ["que queiras que os cristãos sejam melhores"], insustentável à luz da tradição manuscrita. Deve-se afirmar, todavia, que a nova edição do *Saint François d'Assise*, de 1981, apresenta o ensinamento corrigido, assim como a ótima edição-tradução dos escritos de Francisco, organizados por T. Matura e J.-F. Godet, bem como de Desbonnets e Vorreux (cf. Francisco de Assis, Écrits ["Sources chrétiennes", 285], Paris, 1981, p. 262 e seg.).

87. Auerbach, *Mimesis*, op. cit., p. 183.

88. Ibid.

89. Fundamental a esse respeito D. E. Flood, *Die Regula non bullata der Minderbrüder* (Franziskanische Forschungen", 19), Werl 1967, p. 168. Ótima síntese com fins de divulgação em D. E. Flood, W. van Dijk, T. Matura, *La naissance d'un charisme. Une lecture de la première règle de François d'Assise*, Paris, 1973, p. 189.

90. Editado originalmente por B. Bughetti, *Analecta de S. Francisco Assisiensi saeculo XIV ante medium collecta (e cod. Florentino C. 9.2878)*, em "Archivum Franciscanum Historicum", XX (1927), p. 107 e segs. (agora, nos *Opuscula*, organizados por Esser, p. 324 e segs.). Uma ampla e hábil análise sua, em parte coincidente com o que vem a seguir, é oferecida por O. van Asseldonk, *La nostra unica speranza nella croce del Signore secondo gli scritti di Francesco d'Assisi*, em *La lettera e lo spirito*, Roma, 1985, II, p. 453 e segs. Para uma leitura estrutural, cf. E. Castillo, *Lectura*

estructural de la "verdadera alegría", em "Laurentianum", 29 (1988), p. 534-49, que, além disso, não me parece deixar uma contribuição específica à penetração do texto.

91. *RegNB*, IX, p. 258.
92. Cf. *Actus beati Francisci et sociorum eius* ("Collection d'études et de documents", IV), organizados por P. Sabatier, Paris, 1902, cap. VII, p. 24 e segs.; *I Fioretti di san Francesco*, cap. VIII, em *Fonti francescane*, op. cit., p. 1471 e segs. C. Gennaro afasta-se da costumeira leitura da passagem em chave ascética em *Francesco uomo di preghiera*, em "Servitium", nov.-dez., 1980, p. 99 e seg., que, no abandono e na pobreza radical, identifica muito mais a descoberta das raízes de uma relação real do homem com Cristo. Uma alusão às referências implícitas nos confrontos que dividiam a ordem, presentes no apólogo, em R. Manselli, *La spiritualità del francescanesimo nel Medio Evo* em *San Francesco*, Atas das conferências "lincei", 68, Roma, 1985, p. 9; e mais amplamente em van Asseldonk, *La nostra unica speranza*, op. cit., p. 455 e segs.
93. *RegNB*, XVI, p. 268. Para a citação de 1 Pedro 2,13 cf. van Asseldonk, *Le lettere di san Pietro*, op. cit., p. 70 e segs. Destaquei o caráter de alternativa e superação em relação às ideias e à prática da Cruzada presente na proposta franciscana em *Dal pellegrinaggio alla conquista: povertà e ricchezza nelle prime crociate*, em *Povertà e ricchezza*, op. cit., p. 77 e segs. Mas, a esse respeito, cf. também o extenso e esclarecedor ensaio de F. Cardini, "*Nella presenza del Soldan superba. Bernardo, Francesco, Bonaventura e il superamento dell'idea di crociata*", em "Studi francescani", LXXI (1974), p. 199-250. Pelo contrário, duvidosa me parece a ligação entre o capítulo sobre as missões da *RegNB* e as ideias do IV Concílio de Latrão sugerida por Flood, *Die Regula non bullata*, op. cit., p. 129. O caráter hipotético de cada datação por demais precisa não afeta, portanto, a sua profunda correspondência com as ideias constitutivas da *fraternitas* original. Para uma ampla e detalhada interpretação cf. L. Lehmann, *Prinzipien franziskanischer Mission nach den frühen Quellen*, em *Francescanesimo e profezia*, organização de E. Covi, Roma, 1985, em especial p. 114-35.
94. II Cel., 152; *Spec. perf.*, 48.
95. A referência é a Mateus 16,17 (que retorna, com o mesmo significado, também em II Cel., 157).
96. *RegNB*, XVII, p. 272 e seg.; cf. também *Fragm.*, I, p. 169.
97. *RegB*, XII, 237.

98. Cf. para algumas referências I.-H Dalmais, *Evangélisation et mission jusqu'au 15e siècle*, em *Dictionnaire de Spiritualité*, X, *Mission et missions*, Paris, 1980, cc. 1371 e segs., e o meu *Chiesa gregoriana*, op. cit., p. 246 e seg. e nota 53. Para a ligação "*sequela Christi*" – missão-martírio-reforma –, cf. algumas indicações em W. Berges, *Reform und Ostmission im 12. Jahrhundert*, em *Heidenmission und Kreuzzugsgedanke in der deutschen Ostpolitik des Mittelalters*, organizados por H. Beumann, Darmstadt, 1963, p. 321 e segs.

99. Cf. I Cel., 56; II Cel, 30; *Leg. mai.*, IX, 5. Mas cf. também Giordano di Giano, *Chronica*, 8, em *Analecta franciscana*, I, Quaracchi, 1885, p. 3 ("*Unusquisque de sua et non de aliena passione glorietur*").

100. Cf., em particular, M. Mollat, *En guise de préface: les problèmes de la pauvreté*, em Études, op. cit., p. 11 e segs, e id., *Les pauvres au Moyen Âge. Étude sociale*, Paris, 1978, p. 11 e segs.

101. Tal emaranhado está presente, como é óbvio, também no vocabulário de Francisco: cf., por exemplo, *RegNB*, IX, p. 258.

102. Cf. Leclercq, *La crise du monachisme aux XIe et XIIe siècle*, cit., p. 19-42; Manselli, *Evangelismo e povertà*, op. cit., p. 31 e segs.; Bligny, *Monachisme et pauvreté au XIIe siècle*, op. cit., em particular p. 105 e segs.

103. A tradição monástica, em todos os seus matizes, é a esse respeito muito clara: cf., em especial, sobre o desenvolvimento e a organização dessas temáticas, Duby, *Les trois ordres*, op. cit.

104. Cf. *RegEr*, p. 297; *RegNB*, II, VII e IX, p. 244, 254 e 259. Sobre o fundamento cristológico de tal identificação com os pobres cf., também, além dos textos citados acima, *Fragm.*, I, p. 173 e seg., *Fragm.*, II, p. 178 e seg. Significativo de um salto de íntima compreensão, que encontra uma cansativa expressão na detecção de uma realidade aparentemente contratditória, o juízo de I Cel., 83, sobre Francisco: "*sanctior inter sanctos, inter peccatores quasi unus ex illis*" ["mais santo entre os santos, entre os pecadores quase um dentre eles"]. Nessa mesma linha, ao mesmo tempo evangélica (ref. a Lucas 10,8) e correspondente à escolha de uma condição social, é interpretado, parece-me, o preceito de *RegNB* de comer aquilo de que se pode dispor, limitando às sextas-feiras, no Advento e na "interminável" Quaresma, os períodos de jejum, exceto, porém, em tempo de necessidade (cf. *RegNB*, III e IX, p. 248 e 260; veja-se também, sobre um episódio significativo a esse respeito, Giordano di Giano, *Chronica*, op. cit., 12, p. 4 e seg.).

105. Nesse sentido de uma conquista e de uma adequação sempre nova, também se entende a afirmação que se lhe atribui em I Cel., 103: "*Incipiamus, fratres, servire Domino Deo, quia hucusque vix vel parum in nullo profecimus*" ["Comecemos a servir ao Senhor Deus, irmãos, porque, até aqui, dificilmente ou quase nada progredimos"]. A esse respeito, veja-se, neste mesmo volume, p. 77 e segs.

106. Cf. referências nesse sentido em Esser, *Das Testament*, op. cit., p. 175 e segs.

107. Sobre os diversos aspectos e as diferentes maneiras de se manifestar da concepção pauperística de Francisco, cf. id., *Mysterium paupertatis. Die Armutsauffassung des hl. Franziskus von Assisi*, em "Wissenschaft und Weisheit", 14 (1951), p. 177-89; e id., *Die Armutsauffassung des hl. Franziskus*, em *Poverty in the Middle Ages* ("Franziskanische Forschungen", 27), organizados por D. E. Flood, Werl, 1975, p. 60-70. Uma boa referência resumida está em L. Hardick - E. Grau, *Die Armut*, em *Die Schriften*, op. cit., p. 257-72. Ainda que em uma perspectiva totalmente diversa, cf., sobre ideias iniciais e sugestões dadas em particular quanto ao dinheiro e ao trabalho, J. Le Goff, *Franciscanisme et modèles culturels du XIIIe siècle*, "Società internazionale di studi francescani", Atas da VIII conferência internacional, Assis, 1981, p. 95 e segs.

108. Cf., em particular, *RegNB*, VIII, p. 255 e segs. (veja-se também *RegB*, IV, p. 230 e seg.). Sobre esse aspecto do ensinamento franciscano cf., ainda que nem sempre convincente nos seus detalhamentos, L. Hardick, "*Pecunia et denarii*". *Untersuchungen zum Geldverbot in den Regeln der Minderbrüder*, em "Franziskanische Studien", 40 (1958), p. 193 e segs., e, sobretudo, Flood, *Frère François*, op. cit., em particular, p. 25 e segs.

109. P. Gratien, *Saint François d'Assise. Sa personnalité, sa spiritualité*, Paris, 1944³, p. 60 e seg.

110. Ibid.

111. *RegNB*, VII, p. 253 e segs.; *Test.*, p. 311.

112. *Scripta*, 111, p. 284 (= *Compilatio*, 15, p. 48); *Spec. perf.*, 12. Sobre a atribuição a frei Leão, mas em anos posteriores à compilação, feita por Crescêncio de Iesi, dos *Verba S. P. Francisci*, em que tais afirmações encontram-se inseridas, cf., mais adiante, nota 134. Mas conceitos análogos, ainda que dispostos de modo diverso, figuram também em II Cel., 87, o que faria pensar em um *logion* já presente naquela compilação. Cf. sobre tais passagens, neste volume, p. 247.

113. Na base de tal conduta, pode-se identificar a transposição para as comunidades monásticas e clericais do convite paulino (Romanos 15,25-27) para

socorrer a comunidade dos santos de Jerusalém, por todo o pensamento monástico e canonical, que era seu protótipo e modelo (cf., por exemplo, Agostinho, *De opere monachorum*, cap. XVI, em *PL*, XL, cc. 562 e seg.). Cf. sobre a bem difundida sistematização apresentada pelo Pseudo-Isidoro, Miccoli, *Chiesa gregoriana*, op. cit., p. 241 e segs.

114. Cf. *RegNB*, VII, p. 254 e seg.; *RegB*, VI, p. 231; *Test.*, p. 312.

115. Cf., a respeito da insistência de Francisco sobre a modéstia dos favores e das esmolas a receber, *RegNB*, IX, p. 258 e seg.; *RegB*, V, p. 231.

116. *Sacrum commercium Sancti Francisci cum domina paupertate*, n. 42 e segs., Quaracchi, 1929, p. 58 e segs.

117. Nesse sentido, Desbonnets, em Desbonnets – Vorreux, *Saint François d'Assise*, op. cit., p. 1397.

118. *Sacrum commercium*, op. cit., n. 25-31, p. 48 e segs.

119. Cf. as referências e considerações que apresentei em *Di alcuni passi di san Bonaventura*, op. cit., p. 381-95, e em *Bonaventura e Francesco*, em *San Bonaventura francescano* ("Convegni del Centro di studi sulla spiritualità medievale", XIV), Todi, 1974, p. 49-73 (e agora neste volume, p. 263 e segs.); id., *La storia religiosa*, op. cit., p. 745 e segs.

120. Cf. Miccoli, *Di alcuni passi di san Bonaventura*, op. cit., p. 395, nota 40; as relações contidas no livro *Chi erano gli spirituali*, "Società internazionale di studi francescani", Atas da III Conferência Internacional, Assis, 1976, e A. Gattucci, *Per una rilettura dello spiritualismo francescano. Note introduttive*, em "Picenum seraphicum", XI (1974), p. 76-189.

121. Extremamente útil, sob esse ponto de vista, o material reunido e analisado por Manselli, "*Nos qui cum eo fiumus*", op. cit., *passim*. Cf., também, para uma reflexão sobre esse problema, II Cel., Miccoli, *Di alcuni passi di san Bonaventura*, op. cit., p. 386 e segs.

122. Com efeito, o único caso de intervenção direta romana para modificar ou atenuar a regra é aquele lembrado por Angelo Clareno, *Expositio regulae fratrum minorum*, organizados por L. Oliger, Quaracchi, 1912, p. 204 e segs., enquanto, em geral, para tudo o que diz respeito ao período das origens da ordem, Roma é apresentada como mal-informada ou enganada pelas manobras dos "ministros".

123. O texto mais significativo a respeito está em *Scripta*, 113, p. 284 e segs. (*Compilatio*, 17, p. 50 e segs.), presente também nos *Verba S. P. Francisci*, 4, em Lemmens, *Documenta*, op. cit., p. 101 e segs. (sobre *Verba* cf. a nota 134 mais adiante).

124. Cf., em particular, Sabatier, *Vie de S. François d'Assise*, cit., p. 225 e segs., 275 e segs. e *passim*. Veja-se também Stanislao da Campagnola, *Le origini francescane*, op. cit., p. 173 e segs.

125. Cf., a esse respeito, as observações e referências ibid., p. 186 e segs. e 219 e segs.

126. Cf., por exemplo, dentro de destaques e de observações bastante difusas, Esser, *Das Testament*, op. cit., p. 120 e *passim*, Piat, *Saint François d'Assise*, cit., p. 238 e segs. Sobre isso, cf. também as remissões e observações de Gattucci, *Per una rilettura dello spiritualismo francescano*, op. cit., p. 79, nota 12.

127. Cf. Giordano di Giano, *Chronica*, op. cit., 11-15, p. 4 e segs.

128. As alusões são esparsas e esporádicas, mas significativas: cf. II Cel., 209; *Scripta*, 112, 113, 115, p. 284 e segs., 288 (*Compilatio*, 16, 17, 20, p. 48 e segs., 50 e segs., 60); cf. Gratien, *Histoire de la fondation*, op. cit., p. 96 e segs., e Miccoli, *La storia religiosa*, op. cit., p. 751 e segs. Uma ótima síntese geral sobre o desenvolvimento do projeto primitivo de Francisco e sobre a evolução da *fraternitas* em ordem religiosa é dada por T. Desbonnets, *De l'intuition à l'institution. Les franciscains*, Paris, 1983, 187 p.HHhhh

129. Cf. M.-H. Vicaire, *Histoire de saint Dominique*, II, *Au coeur de l'Église*, Paris, 1957, p. 33 e segs. (mas cf., particularmente, na p. 40, o significativo testemunho de Umberto di Romans).

130. Sobre as tendências de Roma a esse respeito, cf. K.-V. Selge, *Franz von Assisi und Hugolino von Ostia*, em *San Francesco nella ricerca storica*, op. cit., p. 175 e segs. e 183 e segs.; id., *Franz von Assisi und die römische Kurie*, em "Zeitschrift für Theologie und Kierche", 67 (1970), em especial p. 135 e segs. Resume muito bem a questão J. Gribomont, *L'Expositio d'Ange Clareno sur la règle des frères mineurs et la tradition monastique primitive*, em *Letture delle fonti francescane attraverso i secoli: il 1400*, Roma, 1981, p. 389 e segs. Uma boa reconstrução geral das relações de Francisco com Roma e da sua postura em relação a isso está em P. Zerbi, *San Francesco d'Assisi e la Chiesa Romana*, em *Francesco d'Assisi nell'ottavo centenario della nascita* [São Francisco de Assis no oitavo centenário de nascimento], Milão, 1983, p. 75-104.

131. Cf. *Verba*, cit., 5, p. 103 e seg., *Scripta*, 114, p. 288 (*Compilatio*, 18, p. 54 e segs.); *Spec. perf.*, 68, p. 194 e segs.

132. *Arbor vitae crucifixae Iesu*, livro V, cap. VII, reimpressão anastática da edição de Veneza, de 1485, organizada por C. T. Davis, Turim, 1961, p. 450 (com modificações significativas); *Expositio regulae fratrum minorum*,

op. cit., p. 128 e seg. e 209 e seg.; e, com maior elaboração, *Chronicon seu historia septem tribulationum*, cit., p. 39 e segs.

133. *De conformitate vitae beati Francisci ad vitam domini Iesu*, liber I, fructus XII, pars II, em *Analecta franciscana*, IV, Quaracchi, 1906, p. 585 e seg.

134. Sobre os *Verba*, cf. as ponderadas considerações de R. B. Brooke, *Introduction a Scripta*, op. cit., p. 57-66, e as posteriores considerações de E. Pásztor, *Frate Leone testimone di san Francescco*, em "Collectanea franciscana", 50 (1980), em especial p. 41 e segs.

135. Cf. R. B. Brooke, *Early Franciscan Government, Elias to Bonaventura*, Cambridge, 1959, p. 286 e segs.

136. 136 *Scripta*, 114, p. 288 (*Compilatio*, 18, p. 56 e segs.).

137. *SalVirt*, p. 302 e segs.

138. *Test.*, p. 313; *De vera et perfecta laetitia*, p. 325.

139. *Test.*, p. 308, 310, 316.

140. *EpFid II*, p. 121; *EpOrd*, p. 138; *RegNB*, XVI, p. 268.

141. A inspiração paulina dessa passagem é revelada por Sabatier, *Le Speculum perfectionis*, op. cit., I, p. 197, nota d. Não considera o trecho sob esse ponto de vista E. Pásztor, *San Francesco e il cardinale Ugolino nella "questione francescana"*, em "Collectanea franciscana", 46 (1976), p. 234 e seg., e id. *Frate Leone testimone*, op. cit., p. 61 e seg. Para a história da tradição desse tema, cf. T. Špidlík – F. Vandenbroucke, *"Fous pour le Christ"*, em *Dictionnaire de Spiritualité*, Paris, 1963, V, cc. 752-770 (em c. 764, Vandenbroucke lembra Francisco, mas não essa declaração dos *Verba*).

142. Cf., respectivamente, Bigaroni, em *Compilatio*, op. cit., p. 57 ("nuova follia" [nova loucura]), e Vorreux, em Desbonnets – Vorreux, *Saint François d'Assise*, op. cit., p. 987.

143. *Scripta*, op. cit., p. 289.

144. *François contesté*, em "Évangile aujourd'hui. Revue de spiritualité franciscaine", 108 (dez. 1980), p. 46 e segs. e nota 2.

145. N. Tommaseo – B. Bellini, *Dizionario della lingua italiana*, XIII, p. 66; cf. também S. Battaglia, *Grande dizionario della lingua italiana*, XI, p. 608: "Novel [...] que renova ou reproduz em si os caracteres, as características, os traços sobretudo morais, psicológicos, intelectuais, físicos, de qualquer personagem célebre da história [...] que se comporta de modo análogo, quem assumiu ou assume as atitudes".

146. Cf., por exemplo, I Cel., 33; II Cel., 188.

147. Cf. *RegNB*, prol., p. 241 e segs.: *"Haec est vita evangelii Jesu Christi, quam frater Franciscus petiit a domino papa concedi et confirmari sibi"* ["Essa é a vida do evangelho de Jesus Cristo, que o irmão Francisco pediu que fosse concedida e confirmada pelo senhor papa"]. Sobre o caráter concreto da reflexão e da experiência de Francisco insiste justamente Lapsanski, *Perfectio evangelica*, op. cit., p. 57 e seg. e 240.

148. E é exatamente no contexto de uma acentuada preocupação sobre ortodoxia e submissão que se explicam, creio, as severas disposições – tão incomuns na linguagem franciscana – do *Test.*, p. 313 e segs., no que diz respeito aos irmãos que se desviavam da observância da regra ou da ortodoxia. Mas, sobre isso, cf. as pertinentes observações de Selge, *Rechtsgestalt und Idee*, cit., em particular p. 21 e seg., e as mais articuladas considerações de Merlo, *Tensioni religiose*, op. cit., p. 11 e segs; veja-se também, neste mesmo volume, p. 199.

149. Cf. Gratien, *Histoire de la fondation*, op. cit., p. 109 e segs., e Miccoli, *La storia religiosa*, op. cit., p. 761 e segs.

150. *EpCust I*, p. 103; *EpCust II*, p. 106; *EpFid I*, p. 112; *EpFid II*, p. 115 e 128; *EpOrd*, p. 139 e seg., além, naturalmente, das rigorosas normas sobre pregação contidas nas regras (*RegNB*, XVII, p. 271 e segs.; XXI, p. 277 e seg.; *Fragm.*, I, p. 171; *RegB*, IX, p. 234). Ótimos esclarecimentos em J.-F. Godet, *Le rôle de la prédication dans l'évolution de l'Ordre des Frères Mineurs d'après les écrits de saint François*, em "Franziskanische Studien", 59 (1977), p. 53-64.

151. Mistura significativa desse aparato original com "leituras" e sobreposições posteriores, ligadas à realidade transformada da vida e das experiências da ordem, é o conjunto de discursos que a tradição dos companheiros atribui a Francisco sobre o problema da relação pregação-oração-trabalho-serviço etc. (cf., em particular, *Scripta*, 71, 210 e segs. = *Compilatio*, 103, p. 308 e segs.). Veja-se, também, neste mesmo volume, p. 248 e segs.

152. Ao lado das clássicas passagens do "Testamento", o tema da "graça", de Deus como fonte única do bem (do bem que cada homem faz), é bastante frequente e de grande destaque nos escritos de Francisco: cf., por exemplo, *Adm.*, VII, p. 68; XII, p. 71; XVII, p. 74; *EpOrd*, p. 141 (*"omnis voluntas, quantum adiuvat gratia, ad Deum dirigatur"* ["que toda vontade seja dirigida para Deus, quanto a graça ajude"]), p. 143 (*"promitto haec firmiter custodire, sicut dederit mihi gratiam Deus"* ["prometo proteger essas coisas firmemente, assim como Deus concedeu-me a graça"]),

p. 149 (toda a oração final, centrada nesse tema); *RegNB*, XVII, p. 273 e segs.; XXIII, p. 291 e seg.

153. *EpFid II*, p. 122 e seg.
154. Sobre a divulgação patrística e medieval desse tema cf. as referências bibliográficas e as remissões de Vorreux em Desbonnets – Vorreux, *Saint François d'Assise*, op. cit., p. 119, nota 12.
155. Cf., por exemplo, *RegNB*, XXII, p. 279 e seg. (é um tema estreitamente ligado ao da graça, cf. *supra*, nota 152).
156. *EpCust I*, p. 102.
157. Significativas, a esse respeito – sinal de uma consciência, mas também de uma linha –, as recomendações aos irmãos para não considerarem os pecados e os defeitos dos outros, dos clérigos, sobretudo, mas também dos outros homens em geral, não se preocuparem com eles, perdoarem etc.: cf. *Adm.*, XXVI, p. 80; *EpFid II*, p. 119; *EpMin*, p. 133 e seg.; *Fragm.*, I, p. 171; *Fragm.*, II, p. 175; *RegB*, VII, p. 233; *RegNB*, V, p. 251; XI, p. 263 e seg.; XXI, p. 278; *Test.*, p. 308 e seg. Cf. também *supra*, nota 81.
158. II Cel., 157.
159. *Scripta*, 21, p. 124 (*Compilatio*, 63, p. 160 e segs.). Cf. também II Cel., 155. Sobre essa cf., em particular, ainda que em outra chave interpretativa em relação àquela aqui proposta, O. Englebert, *Via de Saint François d'Assise*, Paris, 1956, p. 324 e segs. (trad. it., Milão, 1968, p. 253 e segs.).
160. Sobre os estigmas e as fontes que falam deles cf. Sabatier, *Vie de S. François*, op. cit., p. 330 e segs. (e p. 401 e segs. para a sua autenticidade), e O. Schmucki, *De sancti Francisci Assisiensis stigmatum susceptione. Disquisitio historico-critica luce testimoniorum saeculi XIII*, em "Collectanea franciscana", 33 (1963), p. 210-66, 392-422, ivi, 34 (1964), p. 5-63, 241-338.
161. *Opuscula*, p. 90 e segs. Cf. sobre isso D. Lapsanski, *The Autographs on the "Chartula" of St. Francis of Assisi*, em "Archivum Franciscanum Historicum", 67 (1974), p. 18-33, e R. Rusconi, *Cultura e scrittura in Francesco d'Assisi: a proposito degli autografi*, em *Actes du colloque franciscain de Bonifacio*, 20-21 de setembro de 1982, p. 52-9.
162. *Opuscula*, p. 91 e segs. Cf. Lapsanski, *The Autographs*, op. cit., p. 33-7, e para a sua origem litúrgica, J. P. van Dijk, *Saint Francis' Blessing*, em "Archivum Franciscanum Historicum", 47 (1954), p. 199-201 (mas vejam--se a respeito as observações de Rusconi, *Cultura e scrittura*, op. cit., p. 54).

163. Apesar da ótica, do aparato e da perspectiva profundamente diferentes, alguns destaques e observações de C. Leonardi, *L'eredità di Francesco d'Assisi*, em *Francesco d'Assisi. Documenti e Archivi. Codici e Biblioteche. Miniature*, Milão, 1983, p. 111-5, estão essencialmente de acordo com a interpretação das páginas anteriores.

A "descoberta" do Evangelho
como "forma vitae" nas biografias franciscanas: as aporias de uma memória histórica em apuros

A memória histórica dos Menores conservou uma dupla versão do encontro de Francisco com os versículos evangélicos que teriam marcado para ele a descoberta da *"forma vitae"* ["forma de vida"], a qual, a partir de então, seria também a sua. O patriarca de uma é Tomás de Celano, na *Vita Prima*, e o de outra é o Anônimo de Perúgia[1.]

Tomás de Celano situa o ocorrido na capela da Porciúncula no final do período em que, depois da "conversão" e ainda vestindo o hábito de eremita, Francisco se dedicou a reparar algumas igrejas em mau estado ou semidestruídas do condado de Assis. Segundo Tomás, um dia, durante uma missa, ele ouviu lerem uma passagem do Evangelho que narra sobre como o Senhor enviou os discípulos para pregar. Tendo compreendido somente em parte aquelas palavras, ao final da missa, pediu humildemente ao sacerdote que lhe as explicasse. O sacerdote esclareceu tudo cuidadosamente, e foi assim que Francisco ouviu que os discípulos de Cristo não devem "*aurum sive argentum seu pecuniam possidere, non peram, non sacculum, non panem, non virgam in via portare, non calceamenta, non duas tunicas habere, sed regnum Dei et poenitentiam praedicare*" ["ter ouro ou prata ou dinheiro, nem carregar alforje ao longo do caminho, nem sacola, nem pão, nem bordão; nem ter calçados, nem duas túnicas, mas pregar o reino de Deus e a penitência"][2].

Na narrativa de Tomás, as explicações do sacerdote são apresentadas como uma mistura dos três evangelhos sinóticos: a proibição do ouro, da prata, do dinheiro e do alforje está em Mateus, 10,9-10; a proibição da bolsa está em Lucas, 10,4, apenas; a do pão, em Marcos 6,8 e em Lucas 9,3; o bordão, os calçados e as duas túnicas são proibidas em Mateus, 10,10, mas na ordem inversa; o bordão e a túnica também aparecem em Lucas 9,3 e os calçados, em Lucas 10,43.

A reação de alegria de Francisco foi imediata: "Isso é o que eu quero, isso é o que eu busco, isso, com todas as fibras do coração, anseio fazer". Logo tirou os calçados, depôs o bordão, e, "*una tunica contentus*" ["contente com uma só túnica"], substituiu o cinto por uma simples corda.

Parece bem evidente que Tomás não sentiu que poderia indicar exatamente de qual passagem do Evangelho Francisco tinha efetivamente ouvido a leitura: colocado, como Tomás pretendia, no meio de uma missa, não poderia tratar-se somente de um texto entre os numerosos dos Evangelhos sinóticos que narram o envio dos discípulos em missão. Mas, introduzindo dois momentos seguidos na assimilação do significado do trecho evangélico por parte de Francisco, ele pode evitar pronunciar-se: Francisco não teria compreendido bem o que havia ouvido e, por isso, com a liturgia concluída, teria se voltado para o sacerdote em busca de uma explicação que, como acontece, pode tranquilamente fazer referência a todos os três Evangelhos, diferentes nos detalhes, mas iguais na essência. Em resumo, Tomás evita habilmente a dificuldade de uma missa que deseja falada e ouvida sem saber qual e sem conhecer adequadamente o Evangelho do dia, motivando a "descoberta" de Francisco em cima da interpretação do sacerdote: de tal maneira pode construir um *collage* de citações que incluem elementos de todos os Evangelhos sinóticos, sem especificar de qual trecho Francisco havia, de fato, ouvido a leitura.

Portanto, uma primeira conclusão impõe-se como absolutamente óbvia: Tomás era pouco informado ou não considerava plenamente confiáveis suas próprias informações. Mesmo assim, como veremos, não se encontra aqui a principal razão da sua construção em dois períodos. De todo modo, desse episódio, centrado em uma ação litúrgica e orientada pelo ensinamento de um sacerdote, ele pretende fazer ressurgir a opção definitiva de Francisco. Assim, é a essa circunstância que ele liga a adoção de um novo hábito de sua parte. Mas, sempre atento a identificar figuras e significados presentes nos fatos e nos gestos que falam do original percurso religioso de Francisco, insiste no valor simbólico da nova vestimenta por ele assumida: em forma de cruz, para afastar as fantasias diabólicas, de tecido grosseiro, para nela crucificar a carne com seus vícios e pecados, pobre e deselegante, a ponto de não poder ser desejada pelo mundo[4].

Tomás, assim, é o primeiro de uma série a ver no hábito dos franciscanos, devidamente explicado em suas características particulares, o símbolo e o emblema de uma opção de vida[5]. Mas esquece o essencial, provavelmente porque ele próprio já não tinha consciência disso: ou seja, que aquelas vestes que Francisco usou não eram nem queriam ser uma divisa; representavam exatamente o oposto. Abdicou de uma veste (segundo Tomás, aquela do eremita ou do penitente público, que, assim, o ligava a uma categoria social bem definida, respeitada e protegida) para assumir um hábito bastante comum e ordinário, que o assimilava à grande massa dos *laboratores* e que, assim, o deixava sem qualquer sinal que o beneficiasse com garantias e privilégios privativos de uma opção religiosa[6]. Não é o único anacronismo nem a única incoerência dentro da história de Tomás. Veremos melhor essa questão daqui a pouco. Aqui, basta notar, no entanto, que essa sua narrativa será repetida sem variações substanciais por todos os biógrafos seguintes.

Juliano de Spira não tem novos detalhes a acrescentar. Estranhamente, elimina a referência explícita à Porciúncula e, fora isso, limita-se a deixar a história da *Vita prima* mais densa e compacta. Porém, não percebendo as razões que poderiam ter levado Tomás a remover da explicação do sacerdote a citação explícita das palavras do Evangelho, ele as traz sem dúvida para a leitura que teria sido feita ao longo da missa[7]. Mas mantém o *collage* montado por Tomás sobre os três Evangelhos sinóticos e, assim, sugere um texto que é impossível de ser lido – e ouvido por Francisco – nos termos por ele expostos[8]. A *Legenda trium sociorum** faz uma cópia clara de Juliano de Spira, sem introduzir modificações importantes[9]. Não assim Boaventura[10]. Ele se serve nesse caso tanto da *Vita prima* quanto de Juliano (fazendo, porém, da Porciúncula o local da missa) e parece ter percebido as imprecisões e aporias presentes na história apresentada por suas fontes. Primeiramente, ele introduz uma particularidade inédita: a missa que Francisco teria ouvido seria a dos apóstolos. A essa altura, é inevitável perguntar: trata-se da evolução habitual de uma história, que, por assim dizer, cresce sobre si mesma, sempre com novos detalhes, prenhe de um significado que se quer mais amplo e profundo, ainda que à custa da verdade histórica, como sugere Desbonnets[11], ou estamos lidando com um dado real, que Boaventura teria obtido de algum testemunho que não foi mais bem esclarecido? Não me parece restarem dúvidas. Rejeitada como absurda a ideia de que mais de cinquenta anos depois do ocorrido ainda fosse possível algum depoimento capaz de lembrar com exatidão de qual missa se tratava, só restaria pensar em um detalhe narrado pelo próprio Francisco e ressurgido apenas no momento da compilação de Boaventura. Mas é bem pouco provável pensar que o depositário ou os depositários, diretos ou indiretos, desses detalhes tivessem esperado Boaventura para cavoucar as próprias lembranças, deixando, todavia, circular as versões anteriores com suas lacunas e imprecisões. O desejo de Boaventura de destacar a íntima harmonia da opção franciscana com a letra e o espírito da missão apostólica[12] fornece, todavia, uma razão suficiente para explicar por que ele achou que deveria colocar justamente durante a "missa dos apóstolos" a descoberta de Francisco quanto à sua vocação definitiva.

Aliás, a própria construção do discurso de Boaventura denuncia uma incerteza persistente de sua parte sobre a exata localização temporal do episódio. Ele, assim como Tomás, introduz a história com um "*die quadam*" ["em um certo dia"], revelando assim que, tanto quanto sua fonte, não é capaz de oferecer indicações cronológicas mais precisas. Mas tal incapacidade pareceria contraditória

---

* A "Legenda dos três companheiros" é a biografia não oficial mais importante de São Francisco de Assis. (N. E.)

em relação à segurança com que, pelo contrário, pretende afirmar que a missa ouvida por Francisco seria aquela dos apóstolos, mostrando ainda acreditar, nas linhas seguintes, que a passagem lida naquela ocasião tinha sido aquela de Mateus[13]: o detalhamento de tais notícias, se realmente correspondem aos fatos, teria, com efeito, permitido que ele facilmente fixasse a data exata do episódio, mas, dado o seu desinteresse por questões muito miúdas de datação e cronologia, não lhe ocorreu pelo menos evitar uma abertura tão vaga e incerta como "*die quadam*" na sua história.

Mas justamente a introdução de Mateus 10,9-10 como único trecho evangélico de referência abre, na verdade, uma nova contradição na sua narrativa. Boaventura claramente tinha percebido que as indicações sobre as características da missão apostólica, tal como estavam descritas pelos biógrafos anteriores, não correspondiam a um texto preciso e, por isso, não poderiam ter sido objeto de uma leitura como a que havia sido feita por Juliano. Não achou, todavia, que deveria seguir Tomás na sua construção em dois períodos e eliminou a explicação dada à parte pelo sacerdote. Depois de tantas décadas, ficam enfraquecidas as presumíveis razões de "política eclesiástica" que poderiam ter induzido Tomás, como se verá, a colocar a escolha de Francisco em um contexto litúrgico e magisterial bem definido, pode ter-lhe parecido indecoroso apresentar um Francisco incapaz de compreender por si mesmo um trecho do Evangelho, e restringiu-se apenas ao texto de Mateus, acompanhando-o na ordem das indicações que Francisco teria ouvido. Não se deu conta, porém, de que tal restauro entrava em contradição com sua referência anterior à missa dos apóstolos. De fato, segundo os usos locais, que repetiam os usos romanos, as únicas missas dos apóstolos que previam uma leitura dos versículos da missão apostólica se davam na festa de São Lucas (18 de outubro) e na de São Marcos (25 de abril). Mas, em tais ocasiões, o trecho lido era Lucas 10,1-9, que contém somente as proibições quanto ao alforje, à bolsa e às sandálias[14]. A hipótese dos bolandistas, desenvolvida sobre a base de um tardio livro de orações de Spira, de que se tratava da festa de São Matias (24 de fevereiro), não se sustenta face à constatação de que na região romana o Evangelho lido naquele dia era Mateus 11,25-30[15]. Assim, toda tentativa de determinar a data do episódio, com base nos esclarecimentos e nas correções de Boaventura, parece destinada ao fracasso. E os ajustes de Boaventura se confirmam como fruto de motivações ideológico-literárias, não de uma consciência mais precisa dos fatos.

Além disso, não me parece que se possa parar por aqui. Afinal, a narrativa de Boaventura constitui uma tentativa sem êxito de organizar e tornar mais coerente e precisa uma história a que não faltavam lacunas e estranhezas. E são precisamente as razões disso que foram aprofundadas. Mas sem esquecer que incertezas, lacunas e aporias remontam à *Vita prima* de Tomás. Com efeito, é ele quem oferece o único testemunho original do episódio, no sentido de que os biógrafos que vieram depois trabalharam exclusivamente sobre o seu relato, sem poder acrescentar a ele novos elementos reais de conhecimento: consequentemente, nesse caso, apenas testemunhos sobre si mesmo e sobre a própria maneira de trabalhar ou, no máximo, sobre preocupações e sensibilidades presentes na ordem, mas não sobre Francisco e as circunstâncias de sua escolha, exceto que talvez não careça de algum significado o fato de que eles não soubessem dizer nada a mais do que aquilo que Tomás já havia relatado.

Todavia, antes de procurar seguir adiante nesse caminho, é oportuno examinar a outra versão, registrada na memória histórica da ordem, sobre o encontro de Francisco com os versículos do Evangelho que estariam na origem da sua *"forma vitae"*. Testemunha original dela é o texto do chamado Anônimo de Perúgia. Trata-se, como é sabido, de uma compilação, talvez atribuída a um frei João, companheiro de Egídio e amigo de Bernardo, dois dos primeiros seguidores de Francisco, e que muito provavelmente remonta ao período entre março de 1240 e agosto de 1241[16]. Depois de ter recordado sucintamente algumas etapas da conversão de Francisco (culminada na renúncia a todos os seus bens diante do bispo de Assis) e de ter relembrado que, objeto do escárnio e do desprezo de muitos de seus conterrâneos, vivia na capela de São Damião, por ele mesmo reformada, o Anônimo prossegue sua narrativa com a chegada dos dois primeiros companheiros.

Dois homens de Assis, Bernardo e Pedro, "*videntes (...) haec et audientes*" ["que veem (...) e ouvem essas coisas"], inspirados por Deus, foram até Francisco e, com simplicidade, lhe manifestaram sua decisão de ficar com ele e fazer o que ele fazia, ao mesmo tempo que lhe perguntavam o que deveriam fazer "*de rebus suis*" ["com seus bens"]. Francisco ficou feliz com a chegada deles e com suas intenções ("*de adventu et voto eorum*" ["com a chegada e com o voto deles"]), mas se submeteu ao que o Senhor lhes teria sugerido: "*Eamus et a Domino consilium requiramus*" ["Dirijamo-nos e peçamos um conselho ao Senhor"]. Dirigiram-se, assim, a uma igreja não especificada de Assis e, após uma breve oração, pediram a um sacerdote presente para lhes mostrar o Evangelho[17]. Fizeram que ele o abrisse primeiro, "*quia ipsi adhuc bene legere nesciebant*" ["porque eles mesmos não sabiam, até então, ler bem"], detalha o Anônimo, e, de repente, deram com a passagem em que estava escrito: "*Si vis perfectus esse, vade et vende omnia quae habes, et da pauperibus, et habebis thesaurum in caelo*" ["Se queres ser perfeito, vai, vende todas as coisas que tens, dá aos pobres, e terás um tesouro no céu"] (Mateus 19,21). Folhearam o livro uma segunda vez e encontraram a passagem de Mateus 16,24: "*Qui vult venire post me, abneget semetipsum et tollat crucem suam et sequatur me*" ["Quem quiser vir após mim, que negue a si mesmo, tome a sua cruz e me siga"]. Folhearam uma terceira vez e leram o trecho de Lucas 9,3: "*Nihil tuleritis in via, neque virgam, neque peram, neque panem, neque pecuniam, neque duas tunicas habeatis*" ["Nada leveis para o caminho, nem bordão, nem alforje, nem pão, nem dinheiro, nem deveis ter duas túnicas"]. Deleitaram-se muito ao ouvir isso e exclamaram: "Eis o que desejávamos, eis o que procurávamos". E Francisco acrescentou: "Esta será a nossa regra". Depois, convidou Bernardo e Pedro a andarem e agirem conforme o conselho do Senhor que haviam acabado de ouvir[18].

A narrativa é simples e linear: da parte de Francisco, parece claramente comprovar o recurso à prática, há muito tida como suspeita para a hierarquia, das "*sortes sanctorum*" ["sortes dos santos"]*, à qual, porém, leigos e sacerdotes continuavam a recorrer[19]. Isso é comprovado tranquilamente e sem conflitos íntimos, porque quem escrevia evidentemente não era tão especialista em cânones a ponto de ter de tentar justificar ou explicar algo de que até Francisco fazia uso. Esse recurso é posto em prática diante do novo problema proposto a Francisco pela chegada de alguns companheiros. Ele já tem amadurecido para si uma postura e uma opção fundamental, mas não sabe como se portar na nova situação. A tríplice consulta do Evangelho – feita talvez nem tão por acaso, se se levar em consideração a ajuda pedida ao sacerdote, cujos termos não estão totalmente claros – oferece-lhe a resposta que buscava e lhe indica o modelo que o pequeno grupo deverá assumir. Para o Anônimo, trata-se do episódio culminante de um longo percurso, o momento de fusão entre a experiência amadurecida de Francisco e a nova circunstância em que o havia lançado a chegada de alguns companheiros.

Se compararmos a narrativa de Tomás com essa do Anônimo, não me parecem existir dúvidas: a despeito das profundas diferenças entre os dois textos, trata-se de duas versões diferentes de um mesmo acontecimento, ou seja, da "descoberta" de um núcleo de frases do Evangelho que exprimem, e ao mesmo tempo justificam, a opção franciscana original, dando assim vida àquele modo de ser e de agir que será o da fraternidade primitiva[20]; uma descoberta que, para Tomás, teve Francisco como único e até então solitário protagonista, enquanto, para o Anônimo, aconteceu depois da chegada dos primeiros companheiros e na companhia deles. Que se trata de um único acontecimento elaborado de duas maneiras diferentes no âmbito literário já está comprovado pelo fato de que a reação ao encontro com os versículos do Evangelho é a mesma nas duas narrativas. "*Hoc est (...) quod volo, hoc est quod quaero, hoc totis medullis cordis facere concupisco*" ["Isso é (...) o que quero, isso é o que busco, isso desejo fazer de todo o íntimo de meu coração"], exclama Francisco, depois da

---

* Prática divinatória, popularizada na Idade Média, em que uma passagem das Escrituras ou de outros textos religiosos é sorteada e, em seguida, interpretada como vontade divina associada à vida de um fiel ou de um grupo. Essa prática foi condenada por vários Concílios da Igreja. (N. T. latim)

explicação do sacerdote, na história de Tomás. *"Ecce quod desiderabamus, ecce quod quaerabamus"* ["Eis o que desejávamos, eis o que buscávamos"], segundo o Anônimo, é o que Francisco e seus dois companheiros afirmam depois da terceira abertura do Evangelho, enquanto Francisco esclarece: *"Haec erit regula nostra"* ["Essa será a nossa regra"].

Portanto, à narrativa de Tomás, passados mais de dez anos, contrapõe-se a do Anônimo, que evidentemente se baseou em lembranças de alguns companheiros de Francisco (o próprio espaço que ele deu às figuras de Bernardo e de Egídio confirma um hábito de vida genericamente recordado no prólogo)[21]. Mas em que medida esse paralelo foi consciente e voluntário? Ou, em outras palavras, até que ponto a narrativa de Tomás (ou de Juliano) era conhecida e estava presente para o Anônimo, enquanto ele escrevia a sua?

Em linhas gerais, é muito provável, para não dizer certo, que ele sabia da *Vita prima* de Tomás: como demonstrou Beguin, aqui e ali, mesmo em uma narração no geral muito concisa, ele parece querer corrigi-la, precisando melhor as circunstâncias e os detalhes de alguns episódios[22]. Mas talvez seja uma passagem da sua história que pode fornecer mais alguns pormenores a esse respeito. Depois de ter narrado muito brevemente a renúncia aos próprios bens feita por Francisco *"coram episcopo"* ["em frente ao bispo"], o Anônimo fica extremamente resistente em fornecer detalhes precisos. Quase como se comentasse o acontecimento anterior, faz o inverso e enfatiza, recorrendo copiosamente a referências bíblicas, o fato de que o Francisco pobre e desprezado, que retornava a São Damião trajando uma *"veste vilissima et despecta"* ["roupa vilíssima e desdenhada"], foi contemplado por Deus com grandes dons[23]. Parece claro que o Anônimo quer destacar que, a partir daquela renúncia e sob o signo da graça, teve início uma maturação religiosa mais profunda de Francisco: um lento amadurecimento em cujo interior o Anônimo não sabe ou não tem a intenção de recordar determinados fatos externos. Mas o quadro que ele nos dá desse novo Francisco é sutilmente alusivo aos versículos da "missão apostólica":

> *Duxit illum Dominus per viam rectam et artam, quoniam non aurum, non argentum, non pecuniam, non aliquam rem voluit possidere, sed in humilitate, paupertate et simplicitate cordis sui Dominum est secutus. Nudis pedibus ambulans, contemptibili habitu indutus erat, zona quoque vilissima cingebatur* [O Senhor conduziu-o por uma via reta e estreita, porque ele não quis possuir nem ouro, nem prata, nem dinheiro, nem bem algum, mas seguiu o Senhor na humildade, pobreza e simplicidade de seu coração. Andando com pés descalços, vestia-se com um hábito desprezível, e também cingia-se com um cinto muitíssimo vil][24].

A referência a Mateus 10,9 é evidente, mas ela, junto com a descrição de seu vestuário (com os pés nus, com uma pobre veste, cingida aos quadris por um mísero cinto e, portanto, bem distante do hábito eremítico cogitado pelos primeiros biógrafos), parece fazer uma alusão implícita também ao episódio da missa da Porciúncula, narrado por Tomás: como se o Anônimo, relembrando os versículos de Mateus sobre a missão apostólica e as roupas de Francisco (que, aliás, são aquelas que, segundo Tomás, ele teria vestido depois de ter ouvido a explicação do sacerdote), quisesse sugerir uma aproximação entre as suas palavras e aquele episódio, sem, no entanto, citá-lo ou lembrá-lo explicitamente. Se ele não estivesse se preparando para narrar, poucas linhas abaixo, a tríplice abertura do Evangelho em uma igrejinha de Assis – o episódio que, para ele, constitui o momento do encontro de Francisco e de seus companheiros com os versículos do Evangelho que darão uma expressão exata às suas vocações –, seria possível pensar também em uma referência inócua, conduzida em termos implícitos como se para acelerar a narrativa, evitando deter-se em coisas que já eram de conhecimento geral. Pelo contrário, dá, assim, todos os sinais de querer ser muito mais uma correção e um desmentido de Tomás, sem, obviamente, mencioná-lo: como se o Anônimo quisesse dizer que sim, que Francisco havia começado a se mover como os apóstolos, a ser e a se vestir como eles, mas não porque já tivesse encontrado aqueles textos do Evangelho que o farão plenamente consciente daquilo que deverá ser a sua vida; depois da renúncia aos próprios bens e da consequente opção pela pobreza, ele enveredou por aquele caminho sob o signo da graça de Deus, mas não foi na Porciúncula nem durante uma missa que, para o Anônimo, ele fez sua descoberta definitiva. Com esse sutil jogo de alusões e de lembranças implícitas, o Anônimo parece não só querer relatar exclusivamente o processo de um lento e pessoal amadurecimento interior daquilo que em Tomás é expresso em uma cena precisamente circunscrita, mas também parece querer negar qualquer legitimidade à narrativa de Tomás. Portanto, duas versões diferentes de um único episódio, as quais, no entanto, mantêm, diante dos versículos do Evangelho, a mesma reação de alegria, como uma iluminação finalmente alcançada. Com toda certeza, como observou Desbonnets, este aspecto da descoberta, da revelação, do encontro de um projeto ainda obscuramente intuído com as fórmulas que o manifestam e o articulam em comportamentos coerentes, constitui o elemento comum a diversas histórias sobre aquilo que foi sentido como o acontecimento fundador da ordem franciscana[25]. Para Desbonnets, todavia, fica impossível decidir por uma ou outra das duas tradições: de fato, não por acaso, a *Legenda trium sociorum,* Tomás de Celano na *Vita seconda* e Boaventura encontrarão uma solução para o problema somente ao colocar as duas narrativas lado a lado, com uma manobra de manipulação concordística que, como se verá melhor daqui a pouco, tem como o seu fundamento quase que exclusivo os textos sobre os quais intervém, com base em critérios de coerência e de lógica interna, sem o apoio, se não de todo secundário e marginal, de novos testemunhos, orais ou escritos.

Não acho, todavia, que se deva necessariamente parar em tais constatações. É difícil pensar que a presença de duas versões diferentes da "descoberta" dos próprios temas inspiradores, na memória histórica das primeiras décadas da ordem, não tenha outra razão de ser que não as incertezas, as lacunas ou a falta de informações dos primeiros biógrafos. São muitas as alterações, as reticências, as omissões intencionais em relação aos acontecimentos da primeira comunidade franciscana para que não se suspeite, também nesse caso, de uma intervenção voluntária com intenções bem definidas, de opções não casuais a favor de uma ou de outra versão. A manobra concordística tentada pelos *Socii*, sugerida pelo próprio Tomás na *Vita seconda*, e aceita e definitivamente imposta por Boaventura, é o provável indício do propósito intencional de eliminar da composição discrepâncias, contradições e tensões na memória histórica dos Menores. Aliás, é de se esperar que se considerasse inoportuno permitir que duas versões tão divergentes continuassem a circular em torno do ato fundador da ordem. Daí a necessidade de transformar as duas versões antagônicas de um único fato em dois episódios diferentes, colocando as duas narrativas lado a lado. Mas, para fazer isso, não se podia deixar de intervir pesadamente sobre a história do Anônimo, com alterações e modificações importantes, que comprovam a consciência da impossibilidade de apresentar, ao mesmo tempo, os dois episódios, mantendo-os em sua forma original. Por isso, todos os três eliminaram as exclamações da alegre descoberta que o Anônimo tinha colocado depois das três consultas ao Evangelho, conferindo ao episódio, dessa maneira, um alcance completamente diferente. Mas, no restante, seguiram por caminhos em parte diferentes.

Os *Socii*, que, com certeza, conheciam o texto do Anônimo, colocaram a tríplice consulta ao Evangelho no encerramento de um longo capítulo que se abre com Francisco, durante uma missa, ouvindo os versículos sobre a missão apostólica[26]. Desde então, ele se transformou em *"evangelicae perfectionis annunciator"* ["mensageiro da perfeição evangélica"] e começou a pregar em público a penitência. Sobre essa parte, os *Socii* parecem ter presente, sobretudo, a história de Juliano de Spira, inserindo nela alguns detalhes inéditos em relação à conversão de Bernardo – o primeiro a chegar a Francisco, dois anos após a sua conversão – e outros mais claramente simbólicos e miraculosos, como a antecipação da obra de Francisco feita por um homem que, anos antes, havia passado por Assis desejando a todos *"pax et bonum! pax et bonum!"* ["a paz e o bem! a paz e o bem!"], quase um prenúncio da saudação de Francisco *"Dominus det tibi pacem"* ["Que o Senhor te dê a paz"] que, como ele próprio atestará mais tarde – observam os *Socii* numa clara alusão ao "Testamento" –, lhe tinha sido revelada por Deus; uma antecipação singular e misteriosa, porque o homem, depois da conversão de Francisco, havia desaparecido, repetindo assim a relação que havia unido João Batista a Cristo[27].

De todo modo, na narrativa dos *Socii*, é Bernardo o protagonista de toda a segunda parte do capítulo. Ele tinha manifestado a Francisco o propósito de devolver todos os seus bens a Deus, de quem os havia ganhado, ao mesmo tempo que lhe pedia um conselho sobre a melhor maneira de fazê-lo[28]. E, na manhã seguinte, Francisco havia proposto ir a uma igreja "*et per evangeliorum codicem cognoscemus quomodo Dominus discipulos suos docuit*" ["e, por meio do livro dos evangelhos, conheceremos de que modo o Senhor ensinou seus discípulos"]. Em relação ao Anônimo, tudo já fica claro e cristalino, porque a consulta ao Evangelho deve servir somente para indicar as modalidades da renúncia. Pela manhã, Pedro juntou-se a eles, "*qui etiam cupiebat fieri frater*" ["que também desejava se tornar um irmão"], explicam os *Socii*, introduzindo inesperadamente um terceiro personagem, como para respeitar, ao que parece, a realidade de um acontecimento que sabiam ter tido a participação daqueles três protagonistas, mas, dessa maneira, também revelando a desajeitada manipulação operada sobre a narrativa original. Oferecem, então, uma pista ausente no Anônimo: para eles, a igreja para onde os três se dirigiram era a de São Nicolau, na praça de Assis. É um detalhe inédito que, por ser despido de significados especiais, até poderia ser considerado autêntico, comprovando, em tal caso, a persistente presença de uma tradição (ainda oral?) de informações e notícias sobre aqueles fatos de anos distantes. Mas a tendência constante de esclarecer, identificar e especificar lugares, itinerários e circunstâncias da vida do próprio herói, na tradição hagiográfica, torna qualquer conclusão a respeito inevitavelmente incerta. Uma vez na igreja, juntos rogaram a Deus "*ut in prima libri apertione voluntatem suam eis ostendere dignaretur*" ["que, ao abrir o primeiro livro, Ele se dignasse a lhes mostrar sua vontade"]. Os *Socii* eliminam, assim, a figura do sacerdote, que, no Anônimo, ajudava Francisco e seus companheiros em sua busca e, quase confirmando que o objetivo era apenas encontrar indicações que funcionassem bem em um ato já definido e decidido (mas também provavelmente para retirar ao episódio as características que o aproximavam da prática das ["*sortes dos santos*"] então pouco aceita pela hierarquia), esclarecem que essa oração tornou-se necessária pelo fato de que eles eram "*simplices (...) et nesciebant invenire verbum evangelii de renuntiatione saeculi*" ["inocentes (...) e não sabiam encontrar uma palavra do evangelho sobre a renúncia do mundo"]. Seguem-se na história as três aberturas do Evangelho, com a leitura das três passagens indicadas pelo Anônimo, ainda que sua ordem de leitura tenha sido ligeiramente modificada: e se a primeira (Mateus 19,21) responde em cheio ao problema de Bernardo, as outras duas (Lucas 9,3 e Mateus 16,24) vão bem além da questão circunscrita que, segundo a *Legenda*, Francisco pretendia propor ao Senhor, instaurando, assim, como que uma desproporção, uma inadequação interna na narrativa, que revela a tentativa dos *Socii* de diminuir a importância do texto do Anônimo. E aqui também, preocupados em retirar daqueles atos qualquer traço que por qualquer modo pudesse entrar em atrito com as normas da disciplina eclesiástica, eles tiveram o cuidado de mencionar que Francisco havia desejado buscar três vezes uma confirmação do conselho do Senhor porque era devoto da Trindade ("*verus cultor Trinitatis*" ["verdadeiro devoto da Trindade"]); e, a fim de enfatizar que, em todo caso, para Francisco, tratava-se de algo que ele já havia amadurecido e decidido previamente com total clareza, acrescentaram também que, a cada abertura de livro, ele havia agradecido a Deus "pela confirmação divinamente dada três vezes seguidas para o propósito e a pretensão já antes por ele concebidos"[29]. Na *Legenda*, os dois companheiros, depois da primeira oração que juntos fizeram na igreja, permanecem calados. Depois das três leituras, apenas Francisco permanece falando, dizendo-lhes: "Irmãos, esta é nossa vida e nossa Regra e a de todos aqueles que quiserem se unir à nossa companhia. Ide, portanto, e fazei como ouvistes"[30].

São afirmações e concepções de grande compromisso que, no Anônimo, de modo abreviado, encerram a "descoberta" conjunta do modelo evangélico que Francisco e os dois companheiros haviam feito, após as três consultas ao livro, mas que aqui, na história dos *Socii*, ficam totalmente destoantes em relação à parte anterior: porque, para eles, Francisco e seus dois companheiros não tinham ido à igreja para fazer uma consulta ao Senhor sobre como deveriam viver juntos, mas apenas para saber como Bernardo deveria se desfazer dos seus bens. Uma vez mais, uma inadequação dentro da história denuncia as adaptações e manipulações que o episódio sofreu por obra dos *Socii*: uma incongruência que remete à versão original do Anônimo, ainda que nada nos diga a respeito da efetiva realidade dos fatos.

Bernardo e Pedro fizeram como Francisco havia dito e assumiram o hábito que ele, "pouco tempo antes, havia vestido, depois de ter deixado o hábito eremítico". Desde então, viveram juntos "segundo o modelo do santo Evangelho que o Senhor lhes havia mostrado". Por isso, concluíram os *Socii*, e o beato Francisco pôde dizer no seu "Testamento": "*Ipse Dominus mihi revelavit ut deberem vivere secundum formam sancti evangelii*" ["O próprio Senhor se revelou a mim para que eu me obrigasse a viver segundo a forma do santo evangelho"].

A citação e a remissão são significativas. A passagem do "Testamento" encerra um capítulo. Pretende manifestar, de modo sucinto, um itinerário vocacional completo, que, para os *Socii*, parte da "descoberta" solitária que Francisco faz dos versículos da "missão apostólica", com o consequente abandono do hábito eremítico para vestir o que será o símbolo da sua nova condição, e termina com a chegada dos primeiros companheiros e a escolha do modelo do Evangelho como sua norma de vida em comum, depois das três leituras feitas na igreja de São Nicolau. A citação final da frase do "Testamento" parece querer sugerir que, para os *Socii*, aquilo que vem antes simplesmente articula no tempo e no espaço o que vem depois: em experiências, episódios e encontros que constituem, por assim dizer, a sua tradução em termos narrativos.

Mas me parece que a remissão ao "Testamento" é, para nós, também o indício de algo mais. O fato de que os *Socii* tivessem presente aquela passagem realmente pode explicar por que eles acharam que deveriam conservar intactas algumas partes da narrativa do Anônimo, apesar das incongruências e das desconformidades internas que a sua manipulação parcial acabava por originar.

No "Testamento", Francisco havia dito que a *"forma sancti evangelii"* ["forma do santo evangelho"] lhe fora indicada pelo Senhor, depois da chegada dos primeiros irmãos. Tal afirmação, que os *Socii* evidentemente tinham bem presente mesmo sem citá-la integralmente, deu-lhes a oportunidade de manter da história original a frase final de Francisco, que indicava a sua regra nas três passagens do Evangelho recém-lido. Nem todas as incongruências da nova composição ficaram, assim, eliminadas, mas ao menos se evitava entrar em explícita contradição com as afirmações do "Testamento", cuja exata datação vinha significativamente removida (*"Et postquam Dominus dedit michi de fratribus"* ["E depois que o Senhor deu a mim os irmãos"])[31].

Em resumo, os *Socii* pareciam perceber claramente que alguma coisa não funcionava no conjunto de suas fontes. O prestígio dos primeiros biógrafos faz que eles aceitem o episódio da missa (mas, seguindo Juliano, são vagos quanto à igreja onde ela aconteceu), assim como o testemunho do próprio Francisco e o que sabiam através do Anônimo (e talvez até por conta própria ou de outras fontes, caso se possa considerar um indício nesse sentido a identificação da igreja visitada como a de São Nicolau) não lhes permitem desprezar a história das três consultas ao Evangelho: por isso, tentam uma manobra concordística, quase escrupulosa, ao procurar preservar o máximo possível os diversos detalhes das duas versões, mas que, por suas distorções e contradições internas, não podem esconder os vestígios das interferências.

Em *Vita seconda*, Tomás é muito mais decidido[32]. Essa parte de sua biografia se apresenta claramente como uma mera integração/sistematização – e talvez uma retomada parcial – do que já havia escrito em *Vita prima*. Assim, omite o episódio em que se ouve a missa na Porciúncula, ainda que claramente continue a admiti-lo[33], e apresenta a história das três aberturas do Evangelho atribuída apenas à conversão de Bernardo. A operação simplificadora *a posteriori* é óbvia: isso é sugerido pelo próprio título do capítulo (*"De expropriatione fratris Bernardi"* ["Da renúncia de frei Bernardo aos bens"]), pelo fato de ele, juntamente com Francisco, ser o único protagonista, e pelo próprio ritmo da narrativa. Fica, assim, eliminada qualquer "descoberta" do Evangelho como "*forma vitae*", mas também fica extinta qualquer alusão de Francisco à Regra.

Bernardo, que pretendia seguir o exemplo de Francisco, volta-se a ele para pedir um conselho: "O que deve fazer com os bens proporcionados pelo Senhor quem não mais quer possuí-los?". "Devolver ao senhor de quem os havia recebido", responde Francisco. E Bernardo, para ele: "Tudo o que eu tenho veio de Deus. Segundo o teu conselho, estou pronto a devolver-Lhe tudo". "Se quiseres confirmar com os fatos o que disseste", responde-lhe Francisco, "vamos à igreja e, tomando o livro do Evangelho, peçamos um conselho a Cristo". Desse modo, dirigiram-se a uma igreja e, depois de uma devotada oração, abriram o livro do Evangelho, "*disponentes id facere quod consilii primum occurrat*" ["dispondo-se a fazer isso para que se apresente o primeiro conselho"]. O primeiro versículo encontrado foi, como sempre, Mateus 19,21. Abriram o livro uma segunda vez e encontraram Lucas 9,3. Na terceira, Mateus 16,24 (ou Lucas 9,23). A conclusão de Tomás é direta e reta, em plena consonância com o tema restritivo que havia atribuído ao capítulo: "Sem hesitação, Bernardo cumpre tudo, sem transgredir nem mesmo uma vírgula desse conselho".

Não é fácil escapar dos nós dessa composição de Tomás. Com efeito, nada nos diz que ele tenha tido diante de si o texto do Anônimo. A rigor, é possível, portanto, que ele tenha trabalhado sobre uma versão já modificada do episódio original. Todavia, Tomás escreve depois do Capítulo de Gênova, em um clima de enumeração sistemática das memórias sobre a vida de Francisco, e pôde se valer da colaboração de alguns companheiros do santo[34]. Parece razoável pensar que todos os textos anteriores que diziam respeito a Francisco e aos primeiros passos da ordem tenham sido colocados à sua disposição: portanto, isso também deveria ter acontecido com o texto do Anônimo[35]. O mesmo, e com mais fortes razões, se pode dizer da *Legenda trium sociorum* [Legenda dos três companheiros], se, como creio, são aceitas, por sua estrutura e datação, as pesquisas conclusivas de Desbonnets[36]. Que Tomás a tenha tido consigo momentaneamente o sugere, aliás, também o fato de que o diálogo entre Bernardo e Francisco parece calcado nela, assim como a ordem da leitura dos versículos repete a inversão introduzida pela *Legenda* em relação ao Anônimo. No entanto, são numerosos os pontos em que elas diferem. Poderia surpreender, antes de mais nada, que Tomás, contrariamente aos *Socii*, não sente a necessidade de, de alguma maneira, justificar Francisco pela tríplice consulta ao Evangelho: mas nisso ele é coerente consigo mesmo porque, já na *Vita prima*, sem vacilar, ele havia constatado o recurso de Francisco a tal prática[37]. Diria que são outras, e bem mais substanciais, as diferenças que contam: de fato, não só ele produz uma narrativa bem mais sucinta, mas deixa estranhamente vago o nome da igreja visitada por Francisco e Bernardo, livra-se definitivamente de Pedro (que, além disso, já na *Legenda*, havia assumido um papel totalmente secundário) e, depois da leitura das três passagens do Evangelho, elimina a frase de Francisco que peremptoriamente fazia delas a sua Regra e a de seus seguidores. Para pensar que não são diferenças propositais e conscientemente introduzidas por Tomás, seria necessário supor que ele não conhecia a *Legenda*. Mas as convincentes conclusões de Desbonnets tornam essa hipótese insustentável[38]. Todavia, o fato de, algumas décadas mais tarde, Boaventura, justamente referindo-se à tríplice consulta ao Evangelho, ter sentido a necessidade, como se verá, de ressuscitar alguns detalhes ausentes da *Vita seconda* parece indicar que ele considerou aquelas omissões inaceitáveis e arbitrárias, estranhas à tradição histórica da ordem. Tudo leva a crer, portanto, que Tomás julga precisar modificar e atenuar uma história que se lhe apresentava muito mais rica de detalhes. O problema, desse modo, é buscar entender por que ele se comportou assim.

Uma consideração preliminar me parece evidente: nessa parte da *Vita seconda*, Tomás se limita a oferecer uma série de episódios esparsos, de fato independentes uns dos outros, que não figuram ou figuravam, diferentemente, na *Vita prima*[39]. Logo, contrariamente aos *Socii*, ele não tinha o problema de inserir o episódio da consulta aos Evangelhos em uma narrativa global, harmônica e coerente em suas partes. Isso sem dúvida tornou mais fácil para ele o trabalho de montagem, ainda que não tenha explicado o porquê. Uma explicação pode ser tentada partindo-se da hipótese do duplo conhecimento que ele tinha tanto do texto do Anônimo quanto dos ajustes tentados pelos *Socii*: uns ajustes que continuavam a dar ao episódio da tríplice consulta ao Evangelho um peso importante na história da ordem – naquela ocasião, de fato, tinham sido selecionados os elementos fundamentais da Regra –, mesmo dele retirando o caráter de versão alternativa à presença na missa da Porciúncula. Mas em tais ajustes, como se viu, permaneciam presentes elementos contraditórios e desequilíbrios que, deixando transparecer aspectos da versão original, denunciavam o trabalho de manipulação realizado. Assim, Tomás decididamente trilhou o caminho de uma posterior redução do significado e do alcance do episódio. Examinados sob esse ponto de vista, todos os seus cortes soam coerentes e oportunos: não especifica o nome da igreja porque pretende sugerir que não é assim tão importante lembrá-lo e livra-se de Pedro para que fique bem claro que se tratava apenas da conversão de Bernardo, mas também porque, de tal modo, pode tranquilamente eliminar a referência de Francisco à Regra: se o fato de estarem em três criava, por assim dizer, um embrião de comunidade, sugerindo consequentemente a oportunidade de escolher logo uma norma comum (segundo o velho princípio do direito: *"tres faciunt collegium"* ["três compõem uma irmandade"]), isso já ficava inútil e sem sentido, desde que se tratasse apenas de Bernardo.

Portanto, a opção pelo episódio da Porciúncula, que teve em Tomás o seu primeiro divulgador, é claríssima: as escolhas fundamentais foram feitas então por Francisco, e a elas Bernardo limitou-se a se adequar. A Regra e um problema de Regra virão mais tarde, como a *Vita prima* já havia relatado[40]. Mas, uma vez que o episódio da tríplice consulta ao Evangelho circulava graças ao Anônimo e em termos que se mostravam alternativos ao episódio da missa na Porciúncula, não se poderia deixar de registrá-lo, tendo, porém, o cuidado de eliminar qualquer vestígio que fizesse dele uma versão diferente e substitutiva do encontro de Francisco com os versículos do Evangelho, que ofereceram o modelo de vida para ele e os seus.

Boaventura não seguiu Tomás nesse caminho, mas preferiu reintroduzir, com uns tantos ajustes, alguns dos detalhes constantes da *Legenda trium sociorum*. Ele colocou o episódio das três consultas ao Evangelho em um capítulo intitulado *"De institutione religionis et approbatione regulae"* ["Sobre a formação da Ordem e a aprovação da Regra"][41]. O capítulo se abre com a leitura do Evangelho da "missa dos apóstolos" na Porciúncula, que se torna, assim, o momento decisivo da opção evangélica de Francisco. Então ele continua, calcado em Juliano e, sobretudo, na *Vita prima*, com uma breve notícia sobre sua pregação penitencial e sobre a saudação que constantemente o acompanhava, para rapidamente chegar à conversão de Bernardo que, segundo o seu exemplo, decidido a desprezar o mundo, foi até Francisco atrás de um conselho[42]. Francisco, "repleto da consolação do Espírito Santo por ter concebido seu primeiro filho", respondeu-lhe que tal conselho deveria ser pedido a Deus[43] – e assim escrevendo Boaventura dá uma nova e mais firme coerência interna à narrativa que segue: é o conjunto das decisões de Bernardo que, de fato, é submetido ao conselho do Senhor.

Nas linhas seguintes, Boaventura parece combinar ao mesmo tempo a história dos *Socii* com a da *Vita seconda*, da qual, além disso, claramente se afasta, a não ser pelo fato de que ele também faz de Bernardo o único protagonista, ao lado de Francisco. Dirigiram-se, então, à igreja de São Nicolau e, depois de uma oração, Francisco, devoto da Trindade (*"cultor Trinitatis"*), abriu por três vezes o livro do Evangelho "pedindo a Deus que confirmasse com um tríplice testemunho o santo propósito de Bernardo". A primeira passagem encontrada foi, como sempre, Mateus 19,21, depois Lucas 9,3 e, enfim, Mateus 16,24. "Esta, disse Francisco, é a nossa vida e a nossa Regra, e de todos aqueles que quiserem se unir à nossa companhia. Vai, portanto, se quiseres ser perfeito, e faça o que ouvistes." A narrativa prossegue então com a chegada de outros irmãos, até que, vendo crescer seu número, Francisco *"scripsit sibi et fratribus suis simplicibus verbis formulam vitae"* ["escreveu para si e para seus irmãos, com palavras simples, a fórmula da vida"][44]. O capítulo finalmente se encerra com sua ida a Roma e com a aprovação da regra por parte do papa.

Aqui também não é fácil de explicar a razão das reconstituições introduzidas por Boaventura em relação aos drásticos recortes de Tomás. Se, como é possível, ele não conhecia a narrativa do

Anônimo, mas somente a *Legenda* e Tomás, pode-se até pensar que não tenha percebido completamente as razões subliminares que tinham produzido tantas exclusões, contradições e divergências entre as duas histórias; e que, assim, decidiu ressuscitar alguns detalhes presentes na *Legenda* simplesmente porque lhe parecia mais completa de informações. Omitiu a referência explícita ao "Testamento" que figurava nela, mas justamente o "Testamento" pode ter-lhe dado a ideia de ressuscitar, em relação a Tomás, a frase de Francisco que identificava nos versículos do Evangelho recém-lidos a sua regra e a dos seus. Mas não reintroduziu a figura de Pedro que, ausente em Tomás, ficava na *Legenda* como mera ruína da história do Anônimo.

Assim, Boaventura registra e organiza definitivamente os dois episódios em uma narrativa conjunta, sem avisar mais de todas as dificuldades e ajustes forçados – ao menos é o que parece – que haviam acompanhado o encontro que ele promoveu entre os textos: é o ponto de chegada de um longo processo que se apresenta ao final com um resultado literariamente plausível. Como tal, foi recebido e apropriado por toda a historiografia[45]. Mas são o seu duplo ponto de partida e o seu acidentado percurso a revelar as adaptações forçadas, as incoerências e as manipulações, tornando inaceitável a justaposição final dos textos: o que parece fruto de um ajuste literário, inspirado pela necessidade de tornar coerente e uniforme em suas referências a própria memória histórica, por certo, não corresponde, todavia, a uma aquisição mais rica e completa de informações sobre os fatos realmente ocorridos.

Incompatíveis entre si, as duas versões não podem, assim, figurar juntas em uma história das origens franciscanas que não pretenda repetir as fantasias, os mal-entendidos, as invenções piedosas, as analogias figurativas variadamente introduzidas ou registradas em grande quantidade pelos primeiros biógrafos. Não creio, todavia, que esta seja a única conclusão possível. Se não se quiser reduzir a história à percepção que tiveram os seus protagonistas, ou à representação que pouco a pouco ofereceram, não se pode deixar de perguntar qual delas se mostra como mais confiável e parecida com o real desenrolar dos fatos e das situações: reflexo apenas fragmentário e parcial, e muitas vezes mascarado e deformado, na memória histórica apresentada, mas também com uma multiplicidade de refrações e vestígios que oferecem pretextos que não se podem deixar de lado em uma tentativa de restauro parcial.

Será conveniente, por isso, retornar ao ponto de partida: nas primeiras décadas da ordem, duas eram as versões da "descoberta" feita por Francisco dos versículos do Evangelho que teriam dado solução à sua busca de um modelo de vida, do qual ele já intuíra, como claramente afirma no "Testamento", os critérios básicos, sem ter encontrado ainda as variantes concretas de sua tradução cotidiana[46]. Essa busca certamente se desdobrou ao longo de alguns anos: três, desde a sua "conversão", esclarece Tomás[47], mas eu não ousaria considerar tal número correto por causa das suas referências simbólicas por demais evidentes. De todo modo, foi um percurso que, certamente, ocupou alguns anos; provavelmente, vários anos, a se considerar também os atormentados e obscuros anos da crise que precedeu a sua renúncia aos próprios bens. Reduzido no "Testamento" a algumas etapas fundamentais, ele foi reconstruído pelos primeiros biógrafos, da maneira como podiam e sabiam, combinando gradualmente vários elementos.

Ao que parece, eles vieram a saber bem pouco por meio de histórias e memórias alheias, as quais, aliás, não parecem primar por sua precisão. E, todavia, como poderia ser diferente? Alguma coisa, talvez, poderia ter origem no próprio Francisco, se alguma vez falou disso com outras pessoas que mais tarde poderiam, portanto, dar seu testemunho, embora, como é óbvio, terrivelmente sujeito ao risco da deformação mitificante e devota por anos tão especiais de busca e de graça. Alguma coisa poderia ter origem na memória daqueles que, vinte ou trinta anos depois, ainda lembravam o escândalo daquele jovem comerciante que havia rompido com o padre para se entregar a uma vida que, então, para a maioria, pareceu estranha e maluca: mas quais e quantos detalhes precisos poderiam ainda ser lembrados, sobretudo daqueles anos em que ficou fora do alcance dos olhares, em seguida à renúncia "*coram episcopo*", quando Francisco, minguada a curiosidade inicial de seus conterrâneos, reaparecerá somente de vez em quando e misturado a outros pobres, figuras insignificantes para a maioria e indignas de atenção?

Certamente, muito mais lhes foi sugerido pela tradição hagiográfica, frequentemente indiferente à realidade histórica dos fatos e das situações, ou, quando menos, levada a neles privilegiar, adaptando-os e enfeitando-os consequentemente, os aspectos pedagógicos e os significados profundos. Retomando e explicando melhor a *Vita prima*, Boaventura escreveu cristalinamente:

> Justamente por disposição da Providência divina, que em tudo o dirigia, o servo de Cristo havia feito a restauração material de três igrejas, antes de fundar a ordem e de se entregar à pregação do Evangelho. De tal modo ele não apenas tinha realizado um harmonioso progresso espiritual, elevando-se da realidade sensível à inteligível, dos menores aos maiores, mas tinha também, com uma obra tangível, mostrado e prefigurado simbolicamente a sua missão futura. De fato, assim como foram reparados os três edifícios sob a direção desse homem santo, a Igreja seria renovada de três maneiras: segundo a forma de vida, segundo a Regra e segundo a doutrina de Cristo por ele propostas, e uma tríplice milícia de eleitos teria celebrado seus triunfos. E nós, agora, constatamos que assim aconteceu[48].

A reforma de uma ou mais igrejas (mas, de fato, somente a de São Damião parece certa), a que Francisco, conforme um uso penitencial, parece ter-se dedicado por certo tempo, na *Vita prima* já se transforma em reforma de "três" igrejas[49], mesmo quando da segunda Tomás não podia citar sequer o nome, enquanto a terceira, a Porciúncula, é enfiada ali à força, porque tudo leva a crer que, na verdade, Francisco somente se ocupou dela mais tarde, com a *fraternitas* já em ação. Mas era necessário que as igrejas reformadas fossem três porque só assim Tomás poderia preparar aquela série de analogias e de correspondências numéricas a que ele se mostra constantemente atento e sensível e sobre as quais os seus sucessores constituíram escancaradas análises figurativas[50]. Critérios já habituais na leitura da história e da tradição hagiográfica impelem a redesenhar e a repetir atos e episódios do passado segundo os significados guardados e escondidos que o presente lhes pode atribuir. E outro ainda soma a veneração crescente por um santo que parecia cada vez maior, indicando com exatidão circunstâncias, identificando lugares, construindo novas palavras e novos episódios, aumentando progressivamente a presença do milagre[51]. Na *Vita prima*, uma segunda igreja reformada por Francisco servia a Tomás para poder fazer da Porciúncula a terceira, onde o Senhor teria manifestado a Francisco a sua vocação, realizando assim a fundação da ordem: uma necessidade originada em múltiplas razões, que Tomás não pretende, aliás, prover de posteriores indicações e que revela facilmente todo o seu artifício. Mas, algumas décadas depois, ela já é identificada como a igrejinha de São Pedro[52], dentro dos muros de Assis, porque era óbvio demais que a piedade dos frades e dos fiéis multiplicasse os lugares em que se poderia praticar a própria devoção.

Do período de vida de Francisco, depois de renunciar aos próprios bens, resta bem pouco, de fato, e nem os biógrafos escondem que sabem efetivamente pouco: uma estadia em São Damião e o trabalho para restaurá-la; outra estadia, lembrada quase por acaso, em um monastério (talvez San Verecondo), como ajudante de cozinha dos monges[53]; seu périplo por Assis e áreas rurais, com algumas incursões em cidades próximas; e o cuidado com os leprosos. É de se pensar – e, no fundo, isso, com as mesmas incertezas e com a variedade de indícios, parece sugerir as poucas lembranças que nos restaram daqueles anos – que Francisco não tinha ainda encontrado o seu caminho com total clareza, mesmo que, lenta e secretamente, ele tenha amadurecido seus pressupostos básicos. Não por acaso, a "descoberta" da sua *"forma vitae"* em alguns versículos do Evangelho encerra tal período: Francisco a realizou solitariamente, como, segundo Tomás, continuarão a repetir todas as suas biografias, ou depois da chegada dos primeiros companheiros, como afirma o Anônimo?

A narrativa de Tomás, que ademais é a única fonte realmente disponível do episódio da Porciúncula, é, por muitas razões, altamente suspeita (em parte, já vimos, e veremos melhor daqui a pouco). Mas, antes, é oportuno nos voltarmos para o único escrito que nos diz algo daqueles anos, ou seja, para o "Testamento" do próprio Francisco.

O "Testamento", de fato, também nos dá uma breve, mas essencial reconstrução daquele seu primeiro percurso[54]. Em três

Basílica Maior – Construída entre os séculos XV e XVI. Santuário de La Verna.

Gruta "O leito de São Francisco". Santuário de La Verna.

Erguido sobre uma rocha, o Santuário de La Verna é um lugar de fé, prece e devoção a São Francisco.

Construída no ano 853, a igreja de Santa Maria della Vittorina é famosa por ter sido o local do encontro entre Francisco e o lobo de Gubbio.

Com autorização do bispo Beato Villano, a igreja Santa Maria della Vittorina serviu como instalação franciscana em 1213.

Esta escultura em bronze retrata o encontro entre Francisco e o lobo de Gubbio.

Palácio dos Consoli, símbolo de Gubbio, considerada segunda capital franciscana por ter acolhido Francisco após sua renúncia aos bens mundanos.

A Basílica de São Francisco de Assis, na região da Umbria, é patrimônio da humanidade.

Em 1230, os restos de São Francisco foram sepultados na basílica construída em seu nome. Desde então, a Basílica de São Francisco de Assis passou a ser etapa fundamental para peregrinos em viagem a Roma.

Vista do Monte Subásio, de onde é possível admirar as cidades de Spoleto, Trevi, Spello, Perugia e Assis.

Francisco enfrentou o cativeiro num cárcere construído por seu pai num cubículo debaixo da escada da sua própria casa.

Escultura em bronze na entrada do eremitério dos Carceri no monte Subásio.

Detalhe de Afresco. Eremitério dos Carceri.

Gruta de São Francisco. Eremitério dos Carceri. O nome "Carceri" é uma referência às grutas que eram utilizadas como celas eremíticas.

Escultura em bronze no bosque do eremitério dos Carceri.

A catedral de Santa Maria Assunta (com fachada em estilo românico) abriga carta manuscrita por Francisco. Spoleto.

Ponte das Torres (aqueduto do século XIII) e Fortaleza Rocca Albornoziana. Spoleto.

Escultura em bronze junto à escadaria de acesso ao eremitério de Greccio.

Capela da Natividade – Construída na gruta onde Francisco encenou o primeiro presépio em 1223. Eremitério de Greccio.

Eremitério de Greccio – Escavado numa rocha do monte Lacerone.

Dormitório de São Francisco.
Eremitério de Greccio.

Dormitório de São Boaventura. Eremitério de Greccio.

Detalhe de Afresco. Eremitério de Greccio.

Pintura do século XVI na igreja de São Francisco. Eremitério de Greccio.

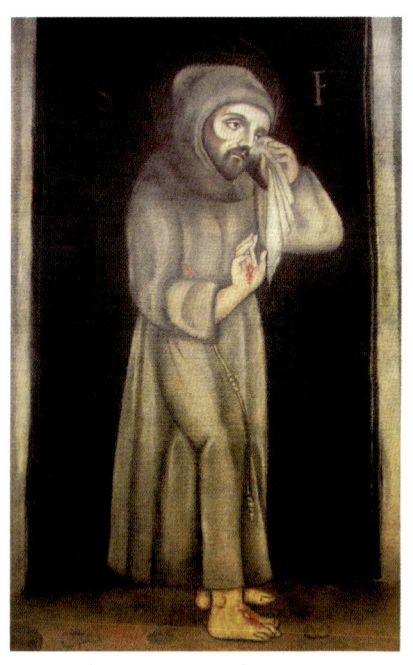

Cópia de um retrato de São Francisco do século XIV. Eremitério de Greccio.

Escultura em madeira na igreja de São Miguel Arcanjo. Greccio.

Igreja de São Francisco. Eremitério de Greccio.

Em Fonte Colombo, Francisco deu forma definitiva à Regra dos Frades Menores.

Em Fonte Colombo, Francisco foi cauterizado com ferro em brasa na tentativa de curar uma doença nos olhos.

Encosta no verdejante monte Rainiero. Eremitério de Fonte Colombo.

Altar lateral na igreja de São Fabiano. Eremitério de Santa Maria della Floresta.

Estátua de São Francisco no pórtico do eremitério de Santa Maria della Floresta.

Vale de Rieti – Nas montanhas que circundam o vale estão quatro significativos santuários franciscanos: Greccio, Fonte Colombo, La Floresta e Poggio Bustone.

Eremitério de San Giacomo. Poggio Bustone.

O eremitério de San Giacomo está a uma altura de 1.019 metros na encosta de uma montanha rochosa.

momentos fundamentais, Francisco declama as etapas que o levaram à fundação da *fraternitas* minorítica: os resultados do seu encontro com os leprosos exprimem a derrubada radical de todos os critérios de julgamento e de comportamento que é o fundamento da sua retirada do mundo; a dupla declaração de fé – nas igrejas, guardiãs da cruz de Cristo, e nos sacerdotes, únicos depositários do privilégio da eucaristia e, por isso, mediadores necessários da continuidade da presença de Cristo na história – manifesta o seu desejo de uma firme base ortodoxa, ratificando ao mesmo tempo a diferença profunda da sua escolha em relação aos movimentos evangélicos de seu tempo, que se colocavam em posição de ruptura com a instituição eclesiástica; e existe enfim a chegada dos primeiros irmãos, também essa uma dádiva do Senhor, que, colocando a necessidade de maneira ainda que embrionária de organização, pede a busca de um modelo em que se inspirar. Tal etapa é recordada por ele assim:

> *Et postquam Dominus dedit mihi de fratribus, nemo ostendebat mihi quid deberem facere, sed ipse Altissimus revelavit mihi, quod deberem vivere secundum formam sancti evangelii. Et ego paucis verbis et simpliciter feci scribi et dominus papa confirmavit mihi* [E depois que Deus me deu os irmãos, ninguém me mostrava o que eu deveria fazer, mas o próprio Altíssimo revelou a mim por que eu deveria viver segundo a forma do santo evangelho. E, com poucas palavras e de modo simples, eu fiz que escrevessem e o senhor papa me ratificou][55].

No "Testamento" segue então a lembrança da vida da primeira fraternidade: prévia distribuição dos próprios bens aos pobres, assunção de uma túnica pobre – a sua descrição corresponde às vestes dos trabalhadores comuns, com as calças, porque a itinerância estava prevista para todos os irmãos –, orações, renúncia à cultura e sujeição, trabalho manual e eventual mendicância, saudação de paz para todos[56].

O testemunho do "Testamento" parece, portanto, muito claro: a escolha do Evangelho como a própria "*forma vitae*" torna-se concreta para Francisco apenas depois da chegada dos primeiros companheiros. Então, e somente então, sem conselhos ou mediações de outras pessoas (eu diria que é uma constatação e uma reivindicação da originalidade da própria escolha)⁵⁷, Francisco obteve a indicação do Senhor (em Francisco, "revelar" transforma-se no *Officium passionis*, no sentido de "mostrar", "manifestar"⁵⁸, e parece-me que o seu significado é esse também, nessa passagem do "Testamento"). São palavras que fazem uma clara referência a um momento singular e privilegiado, e correspondem particularmente a um episódio narrado pelo Anônimo⁵⁹: tanto por sua colocação no percurso religioso de Francisco, do modo como ele quis lembrá-lo – depois da chegada dos primeiros irmãos –, quanto por seus conteúdos essenciais. O *"ipse Altissimus revelavit mihi"* ["o próprio Altíssimo me revelou"] com que Francisco expressa a intervenção de Deus na sua "descoberta" do Evangelho tem correlação exata na resposta que, segundo o Anônimo, Francisco buscou e obteve, recorrendo à prática das *"sortes sanctorum"*: uma indicação elucidativa e esclarecedora alcançada por meio de um recurso confiante na consulta à palavra de Deus, segundo o que uma prática devocional arraigada lhe sugeria. Que se tratasse de uma prática frequente, combatida pela hierarquia, constitui um indício posterior determinante da considerável autenticidade do episódio, e confirma, uma vez mais, a presença e a persistência, na cultura de Francisco, de posturas e formas devocionais que respeitam as origens decididamente "laicas", estranhas às advertências e às preocupações da cultura eclesiástica, de sua formação e de sua experiência religiosa⁶⁰.

Os três versículos encontrados em tal circunstância não são mencionados explicitamente no "Testamento". Mas estão, significativamente, em posição privilegiada na *Regula non bullata*: Mateus 19,21 e Mateus 16,24 no capítulo I⁶¹, caracterizando os traços fundamentais do *"Christum sequi"*; Lucas 9,3 (unidos a outros fragmentos de versículos da "missão apostólica", sacados dos outros sinóticos), no cap. XIV⁶², que regula as maneiras como os irmãos devem andar pelo mundo. Esse é, com efeito, outro aspecto que não pode ser negligenciado: o conjunto das referências evangélicas proposto pelo Anônimo parece mais adequado a fundar as características essenciais da *"forma vitae"* do franciscanismo primitivo e mais fielmente corresponde às suas orientações gerais do que os versículos isolados da "missão apostólica" citados por Tomás.

A história do Anônimo, que, aliás, já em si mesma apresenta elementos relevantes de autenticidade, encontra, portanto, uma confirmação oportuna nas afirmações do "Testamento". Negá-la leva a um turbilhão de hipóteses que carecem de qualquer apoio documental[63] que não o relativo silêncio de todas as fontes sobre a totalidade dos anos vividos por Francisco em lenta e secreta maturação. Mas não se vê, como a narrativa de Tomás pretende demonstrar, de que maneira poderia fazer parte disso uma "descoberta" que necessariamente levaria a excluir ou redimensionar drasticamente a seguinte, que, pelo contrário, tem no "Testamento" uma importância central e exclusiva.

Se a confrontação entre os três ("Testamento", *Vita prima* e o Anônimo) nos dá razões de sobra para julgar historicamente improvável a narrativa de Tomás, não está aqui, todavia, o único elemento que nos leva a essa conclusão. Com efeito, também do ponto de vista interno à própria narrativa, ela é altamente suspeita. Não se trata apenas das imprecisões e da falta de informações de Tomás, muito evidentes, que a sua própria elaboração traz à tona. Porque a maneira como ele situou o episódio da Porciúncula e a condição em que se achava Francisco – vestido com um hábito de eremita (mas Tomás, prudentemente, escreve: "*Quasi eremiticum ferens habitum*" ["quase carregando um hábito eremita"], com uma cautela que desaparecerá na tradição subsequente)[64] – parece fruto de uma construção toda própria, completamente arbitrária e em descompasso com a realidade das coisas.

Na verdade, as biografias parecem contraditórias e confusas a respeito das primeiras relações de Francisco com a Porciúncula. Provavelmente, não se trata apenas de falta de informações precisas. Existe nelas uma dificuldade real de relembrar uma condição – falo da sua itinerância, só ocasionalmente interrompida por momentos temporários de estabilidade, em lugares provisórios e sempre sujeitos a mudança[65] – tão diferente então em relação ao tempo em que são escritas. Uma vez mais, Tomás, na condição de primeiro biógrafo oficial, influencia o futuro: porque é ele quem quer que a Porciúncula seja restaurada por Francisco nos anos de solidão e é ele novamente quem faz dela o lugar em que Francisco teria ouvido, durante uma missa, os versículos do Evangelho sobre a "missão apostólica"; e, por isso, ela também é o lugar – o que será confirmado outra vez na *Vita seconda*[66] – em que a ordem minorítica teve início. A elaboração das décadas seguintes e a devoção toda especial com que os guardiães da Regra cercaram a capela, de alguma maneira transformada em bandeira de sua difícil fidelidade às origens[67], fizeram dessas "prerrogativas" da Porciúncula elementos inapagáveis da história da ordem, consagrados mais tarde na *Legenda maior*, de Boaventura.

Mas, com toda certeza, as contas não batem se prestarmos só um pouquinho de atenção aos testemunhos lacunosos e esparsos que, aqui e ali, transpiram das mesmas biografias e das primeiras memórias da ordem sobre a solitária atividade de Francisco e sobre as primeiras moradas provisórias da fraternidade. Todavia, Juliano de Spira, apesar de repetir fielmente Tomás quanto à reforma das três igrejas (entre as quais justamente a Porciúncula), para poder deixar esplendidamente explícitas as já bem óbvias considerações histórico-figurativas[68], não a nomeia explicitamente como o lugar em que Francisco teria ouvido a missa (uma omissão estranha, que pareceria atestar, no mínimo, dúvidas de alguma importância sobre tal localização), para mencioná-la de novo só mais adiante, quando o pequeno grupo de irmãos se transferiu, abandonando o casebre de Rivotorto que ficara pequeno[69].

Por sua conta, o Anônimo dá indicações completamente diferentes. Para ele, Francisco reformou somente São Damião[70], enquanto a Porciúncula aparece na sua história apenas depois da conversão de Bernardo e Pedro. Os três não tinham um lugar para ficar e, por isso, partiram e encontraram uma pequena igreja pobre e quase abandonada ("*ecclesiam quandam pauperculam quasi derelictam*" ["certa igreja pobrezinha quase abandonada"]) que se chamava Santa Maria da Porciúncula. E lá fizeram uma cabana, onde viviam juntos[71]: portanto, seria possível dizer que a capela foi um achado quase fortuito e que não deixa transparecer sinal algum de que Francisco a frequentasse anteriormente.

Essencialmente análogo é o testemunho da *Legenda*, ainda que o estabelecimento dos três na Porciúncula pareça configurar-se como uma opção meticulosa de Francisco, muito mais do que um acontecimento quase casual[72]. Mas o que conta mais no caso dos *Socii* é o fato de eles, não listando a Porciúncula entre as igrejas reformadas por Francisco, nem fazendo dela o lugar da missa em que ele teria ouvido os versículos da "missão apostólica", mostrarem com toda a evidência o desejo de desmentir e corrigir implicitamente a bem conhecida por eles *Vita prima*, de Tomás: um desmentido tanto mais significativo quanto mais evidente a tendência da *Legenda* – como, aliás, antes havia sido a do Anônimo – a fazer da Porciúncula "um perfeito ponto de referência do primeiro grupo franciscano"[73].

Seu desmentido não foi recepcionado pela historiografia franciscana posterior, mais do que nunca necessitada de poder contar, desde o início da ordem, com lugares bem demarcados de referência e devoção. Mas retalhos de memórias das origens oferecem, em contextos e anotações marginais que não têm a intenção de tratar da questão, indícios posteriores que confirmam tal desmentido. A primeira instalação do grupo, ainda depois da viagem a Roma, oscila constantemente entre Rivotorto e a Porciúncula, deixando bem mais evidente a itinerância do testemunho penitencial, livre nos seus movimentos e disponível somente mediante uma estabilidade provisória e precária[74]. Ainda que as perícopes que se colocam sob o sinal dos companheiros de Francisco (*"nos qui cum eo fuimus"* ["nós que com ele estivemos"]) possam estar deformadas pelos anos e pelos cruzamentos de memórias e de mensagens contraditórias, não pode ser ignorado o fato de a Porciúncula aparecer como aquisição do grupo somente depois de ele ter atingido alguma consistência, e após uma procura trabalhosa, feita junto aos cônegos de São Rufino e ao bispo de Assis, ir parar nos monges de São Bento do monte Subásio, que justamente a cederam ao *"beato Francisco et fratribus suis (...) pro magis paupercula ecclesia quam haberent"* ["São Francisco e a seus irmãos (...) pela igreja mais pobrezinha que tinham"][75]. Assim, nada faz pensar em relações especiais e privilegiadas que Francisco ou seus primeiros companheiros tivessem já mantido com a capela, ainda que isso não exclua sua provisória permanência nas vizinhanças. Outrossim, nada permite pensar em um trabalho de restauro realizado previamente por Francisco, se essa mesma perícope totalmente incidental nos informa que foram os frades que, de algum modo, a recuperaram, deixando-a em condições de ser frequentada pelos fiéis[76].

A história de Tomás que coloca a Porciúncula como restaurada apenas por Francisco e, assim, desde então, como lugar habitual de celebração da liturgia, provavelmente não é conciliável com essas notícias esparsas e revela-se, portanto, também quanto a isso, completamente improvável. Também não parecem gozar de mais confiabilidade suas informações sobre o hábito eremítico que Francisco teria trajado antes de ouvir os versículos da missão apostólica: um esforço de sistematização posterior de sua parte (que, aliás, o próprio "quase" com que ele acompanha a sua afirmação sugere), provavelmente para poder assinalar melhor a clara distinção da opção definitiva de Francisco em relação à tradição monástica, mas também para assim inscri-la em uma linha de continuidade/evolução, em relação àquela mesma tradição.

Também sobre isso as notícias dos biógrafos são confusas e incertas, devido à dificuldade patente de lembrar detalhes de costumes então abandonados, e, portanto, distantes dos sinais e diferenciais típicos de uma escolha religiosa, como a ordem vinha decididamente assumindo nas décadas seguintes, e conforme os quais se ia fornecendo quase o contexto inteiro de seu dia a dia. No entanto, também sobre isso observações e detalhes disponibilizados de modo totalmente casual comprovam com suficiente clareza qual era a realidade da situação.

Todos os biógrafos são unânimes em lembrar a renúncia de Francisco à sua condição e aos próprios bens, feita diante do bispo de Assis e simbolicamente expressa pela devolução de suas vestes. Mas nada disso que então contam leva a pensar em uma espécie de imediata investidura de um hábito que, de alguma maneira, remetesse à sua opção religiosa. Tomás diz que Francisco vestia trapos, obrigado a procurar para si, em Gubbio, junto a um amigo, uma "*tunicula*" para se cobrir[77]. Mais adiante, esclarecerá, sem no entanto procurar dar mais detalhes, que Francisco, depois de ter reformado São Damião, trocou de hábito[78], mas parece muito evidente que tal esclarecimento serve para que Tomás o possa apresentar, poucas linhas abaixo, na véspera de sua "descoberta", *"quasi eremiticum ferens habitum"* ["quase carregando um hábito eremita"]. Como de costume, os biógrafos posteriores o seguem, com exceção do Anônimo, que traz uma apresentação mais plausível de Francisco, com os pés nus, trajando um hábito miserável, com a cintura cingida por um cinto de baixo valor[79], e informa que esse hábito será usado mais tarde por seus primeiros companheiros[80] – não exatamente como uma divisa, mas como a roupa dos camponeses pobres ou dos trabalhadores manuais –, e com exceção também de Boaventura, que, mesmo aceitando, como se viu, toda a cena da missa, com a consequente aceitação da parte de Francisco de um hábito compatível com os versículos ouvidos, cala-se sobre o hábito eremítico que ele teria anteriormente trajado. Para Boaventura, depois da grande cena do despojamento total de Francisco, foi-lhe dado, por ordem do bispo, um "casaco pobre e vil de um camponês" que ele, usando um tijolo que estava à mão, marcou com o sinal de uma cruz[81]: um particular que permite a Boaventura destacar as costumeiras ligações alegóricas e, ao mesmo tempo, deixar mais oportuna e pertinente a irônica saudação que um grupo de salteadores irá dirigir mais tarde a Francisco, chamando-o de *"rusticus"*[82].

Creio que seria inútil tentar tirar conclusões confiáveis a partir de um conjunto de indícios tão heterogêneos. Parece-me evidente, todavia, que aquilo que pressionava Tomás era o desejo de arranjar as coisas de modo que Francisco, ouvidos os versículos da "missão apostólica", pudesse vestir, pela primeira vez, o hábito que será o da ordem; por isso, era-lhe útil introduzir uma veste parecida com a dos eremitas, que Francisco pudesse abandonar, com o detalhe dos calçados, do bordão e do cinto, uns e outros por ele substituídos por artefatos correspondentes à sua vocação: mas, para Tomás, sempre em um contexto de "hábitos religiosos", de "divisas", que caracterizam e fazem a separação em relação aos outros, que era o que Francisco havia cuidadosamente evitado, embora com uma opção que, na nova situação da ordem, isso não pudesse mais ser plenamente percebido.

A grande cena imaginada por Tomás não resiste, assim, a uma análise mais densa dos seus elementos, partindo-se em pedacinhos isolados[83]; mas também deixa transparecer as prováveis intenções que o levaram a construí-la desse jeito, segundo as sugestões que a tradição hagiográfica lhe oferecia[84], sobre um núcleo autêntico de memórias do qual o "Testamento" é a prova principal. Em toda a primeira parte da *Vita prima*, Tomás está claramente condicionado por duas ordens de preocupação: fazer de Francisco, antes da conversão, um personagem típico de uma sociedade corrupta e cristã apenas no nome e, ao mesmo tempo, mostrar no novo Francisco, tocado pela graça, o homem destinado a se mover pela salvação e conversão dos outros e pela renovação da Igreja e da vida cristã, ancorando todavia sua obra, desde o princípio, em uma total sujeição à hierarquia eclesiástica, num sutil e constante contraponto que a torna inteiramente estranha e alternativa aos movimentos heréticos de seu tempo. Francisco é o dom que Deus entrega à sociedade para salvá-la da "epidemia mortífera" que a tinha invadido[85], mas também é justamente o homem que, depois de ter vendido tecidos e cavalo em Foligno, entra na igreja de São Damião, cambaleante por causa da idade avançada e repleto de "temor reverencial", beija com grande fé as mãos consagradas do pobre sacerdote que encontra[86], e, mais tarde, dispõe-se a reformar o edifício, para mostrar claramente que a sua será uma obra de restauração da antiga e verdadeira Igreja que, sem minar seus fundamentos, sobre estes simplesmente ele edifica[87].

A cena da Porciúncula corresponde a essas mesmas preocupações e reveste-se de um significado análogo. De fato, Tomás, limitando a descoberta de Francisco apenas aos versículos da sua vocação apostólica, sublinha e enfatiza mais o papel fundamentalmente missionário da sua ação. Além disso, insere a "revelação" de Francisco em um contexto litúrgico preciso, faz de um sacerdote o intermediário que lhe explica o significado e o valor dos versículos recém-ouvidos, e, situando toda a cena na Porciúncula, a transforma em berço da ordem, de tal modo que a coloca sob o signo e a especial proteção da Virgem, a quem a igrejinha era dedicada. Assim, desde o princípio, a opção dos Menores se coloca no cerne de momentos e de aspectos relevantes da vida da Igreja, que, mesmo em relação à vocação e à obra de Francisco, conserva intacto o seu papel essencial de mediadora dos instrumentos de salvação entre Deus e os homens.

Todavia, não é fácil dizer se com tal construção também existia, da parte de Tomás, a vontade de corrigir e de substituir, eliminando da história da ordem, um episódio como o que será mais tarde registrado pelo Anônimo. De fato, não sabemos se era do seu conhecimento, ainda que pareça improvável que um evento assim não tivesse deixado memória, mesmo que muito além do círculo restrito a seus protagonistas, individualmente considerados. Todavia, se a substancial autenticidade da história do Anônimo é aceita, a exclamação de Francisco (que na versão de Tomás ratifica a descoberta da própria *"forma vitae"* depois de ter ouvido as explicações do sacerdote sobre os versículos da "missão apostólica") configura-se como um vestígio – o único – do acontecimento original e, sendo assim, presumivelmente, é um sintoma de que ele a conhecesse. Um conhecimento que poderia talvez transparecer também dos termos com que, na *Vita prima*, Tomás apresenta a conversão de Bernardo, que, para ele, contudo, não foi o primeiro, mas o segundo dos seguidores de Francisco.

Depois da opção feita na Porciúncula, Francisco dedicou-se a pregar a todos a penitência[88]. A conversão de Bernardo também foi fruto dessa atividade apostólica. Ele havia ficado profundamente impressionado com a vida levada por Francisco (e o quadro que Tomás nos pinta faz referência, em seu convencionalismo, a um ritmo de vida monástica – *"videbat eum tota nocte orantem, rarissime dormientem, laudantem Deum et gloriosam Virginem matrem eius"* ["via-o orando a noite inteira, rarissimamente dormindo, louvando a Deus e a gloriosa Virgem mãe Dele"] –, evidenciando uma vez mais o condicionamento exercido sobre ele por seus modelos hagiográficos, mas confirmando também a dificuldade de representar, vinte anos depois, as características originais e originárias da opção – e da "santidade" – franciscana). Apressou-se então a vender todas as suas coisas, "distribuindo-as aos pobres e não aos próprios parentes". Assumindo a bandeira de uma vida mais perfeita, ele aplicou, como observa Tomás, o conselho do santo Evangelho: "Se quiseres ser perfeito etc."[89].

A citação de Mateus 19,21, feita em um discurso sem desfiaduras e como referência óbvia, coroa a apresentação da chegada de Bernardo; mas não se pode esquecer de que o mesmo versículo foi o primeiro a ser encontrado no curso das três consultas ao Evangelho narradas pelo Anônimo, o que deu à escolha de Bernardo (e de Pedro) um alcance que estava bem além deles próprios. Tal abordagem, com efeito, também é sugerida a partir do quanto o próprio Tomás sente a necessidade de acrescentar, após uma breve referência à vida de Bernardo na ordem: isto é, "a sua conversão a Deus constituiu um modelo para aqueles que quisessem se converter, na venda das próprias posses e na doação aos pobres"[90]. É uma afirmação do seu discurso que fica sem motivações. Nem óbvia, nem previsível, é uma constatação que lembra, implicitamente, pelo resultado trazido à luz, uma disposição da Regra, mas que também parece aludir obscuramente ao fato de a chegada de Bernardo – e de Pedro – estar de fato ligada à identificação dos primeiros traços normativos da *"forma vitae"* franciscana: a verdadeira razão que autorizou Tomás a dizer que as modalidades da renúncia de Bernardo tornaram-se o modelo para o futuro.

Se esse conjunto de considerações e indícios pode permitir formular hipóteses minimamente fundamentadas sobre a ciência de Tomás acerca das principais características do episódio narrado pelo Anônimo, seria forçoso concluir que a sua opção de excluí-lo da biografia de Francisco foi consciente e voluntária. Mas, nesse ponto, o discurso torna-se totalmente hipotético sobre as razões que poderiam tê-lo inspirado. A própria centralidade do episódio no percurso de Francisco e na história da ordem pode ter aconselhado Tomás a configurá-lo em termos mais escrupulosamente situados dentro das formas cultuais oficiais, eliminando aqueles aspectos de devoção e de costumes populares, que poderiam ser julgados indecentes e dúbios para um momento tão solene e decisivo. Aquele recurso às *"sortes sanctorum"* que ele aceitará em outro contexto da vida de Francisco, inteiramente pessoal e confirmado pouco depois pelo aparecimento dos estigmas[91], pode ter-lhe parecido menos adequado e apropriado, se usado para fundar toda a vida da ordem, e mais suscetível de atrair críticas, suspeitas e ironias sobre suas origens e suas inclinações.

Mas talvez outras motivações, mais internas ao seu esquema hagiográfico-interpretativo, também podem ter impelido Tomás na sua construção. Toda a primeira parte da sua biografia está empenhada em esboçar na vida de Francisco a intervenção e a obra da graça, que gradualmente o guia e o predispõe à sua escolha religiosa. É a história de um ascendente percurso individual de perfeição admiravelmente orientado por Deus e pelas necessidades dos homens e da sua Igreja[92]. O caminho da perfeição pessoal de Francisco tem, de fato, nos desenhos divinos, uma função universal de renovação e de salvação, mas nem por isso é, para Tomás, menos deliciosamente pessoal. Não por acaso, uma fórmula típica da tradição monástico-eremita caracteriza o seu ingresso nesse universo, depois da renúncia aos bens paternos[93], e uma cláusula fundamental do modelo de santidade repete quase com as mesmas palavras o modo de ser de Francisco tanto no início como no fim do seu itinerário: somente a carne se erguia como uma parede entre ele e Deus[94]. Em harmonia com essa introdução, também no momento da descoberta de sua missão de salvação Francisco deveria estar só. É um chamado, e reciprocamente uma resposta, que para Tomás diz respeito somente a ele. Ele também vai confirmar isso poucos parágrafos adiante, quando ao grupo inicial de irmãos de retorno a Roma seria colocada a questão de se deveriam viver entre os homens ou se entregar à vida solitária: Francisco sabia que tinha sido enviado a fim de ganhar para Deus as almas que o diabo procurava Lhe usurpar e, por isso, escolheu viver não somente para si, mas para aquele que havia morrido por todos[95]. A cena da Porciúncula encerra e completa a obra de Deus em Francisco, porque lhe mostra sua missão como novo anunciador do Evangelho. A pregação que ele imediatamente inicia resulta na chegada dos primeiros companheiros[96]. Assim, a ordem se configura como primeiro fruto de sua missão apostólica, mas nitidamente separada do percurso pessoal de santidade de Francisco, com características muito próprias em todas as suas etapas fundamentais.

Com o episódio da missa na Porciúncula, Tomás oferece, portanto, uma lúcida – e, sob alguns aspectos, definitiva – interpretação da *novitas* franciscana, fixando-a dentro de limites bem precisos e respondendo indiretamente aos críticos e detratores que, tudo leva a crer, já então existiam – como continuariam a existir depois – em meio à hierarquia e ao clero[97]. Por isso, de modo totalmente arbitrário, ele cria uma cena articulada e complexa, falseando a história dos fatos e das situações, mas nem por isso ilude ou falseia o espírito mais profundo da opção de Francisco que ele pretendia assim deixar evidente: no entanto, ele simplifica e empobrece seu alcance e seu significado global, reduzidos ao binômio ortodoxia/obra de reforma da vida cristã, que, enfatizado graças à cena da Porciúncula, relega a segundo plano a leitura autônoma e original que Francisco vinha amadurecendo (e continuou a amadurecer) dos termos concretos, historicamente em harmonia com as circunstâncias do seu tempo, requisitados pela "*vita evangelii*" ["vida do Evangelho"] e pela "*sequela Christi*". Porém, é oportuno lembrar, isso não é em princípio fruto de uma vontade consciente sua. As constantes transformações existenciais e culturais que o próprio desenvolvimento da ordem havia nele introduzido levavam inevitavelmente a esse resultado. Quando Tomás escreveu a *Vita prima*, uma mudança essencial na vida da ordem, então não mais reversível, havia enfim acontecido. Ele é a sua primeira expressão significativa e ponderada. Está aqui, parece-me, o nó fundamental do seu testemunho histórico, e a premissa, junto aos termos em que, ainda não plenamente livre, subsiste uma "questão franciscana".

NOTAS

1. Respectivamente I Cel., 22, e *AP*, 10a.-11a. Cf. sobre isso Desbonnets, *De l'intuition à l'institution*, op. cit., p. 10-6, que enfatiza com muita eficácia a duplicidade de tal tradição. Não leva em consideração essa duplicidade e, por isso, não evidencia todas as diferenças e mudanças das diversas e sucessivas versões, W. Egger, "*Als der Herr mir Brüder schenkte...*". *Anwendung von Redaktionskritik und Textortenbestimmung auf die franziskanischen Berufungsgeschichten*, em "Laurentianum", 29 (1988, p. 550-63; o mesmo acontece com B. P.

van Leeuwen – G. C. P. Voorvelt, *La Perfection evangélique révélée à Saint François*, em "Franziskanische Studien", 72 (1990), p. 30-46, que privilegiam, mas não sem confusões e inexatidões, a versão da tríplice consulta do Evangelho.

2. I Cel., 22.
3. Cf. também Desbonnets, *De l'intiution*, op. cit., p. 13.
4. I Cel., 22.
5. Em especial, sobre o tema do hábito em forma de cruz, cf. III Cel., 2; *Leg. mai.*, prologus, 2. Sobre o caráter simbólico do hábito franciscano, cf. Schmucki, *Das Leiden Christi*, op. cit., p. 353-6, e F. Sonst, *Symbolgehalt und Zeugniskraft des Ordenskleides*, em *Zeugnis von Christus*, com organização de L. Hardick, Werl, 1966, p. 35-51.
6. Cf. Desbonnets, *De l'intiution*, op. cit., p. 11 e segs., e 28 e segs.; F. Cardini, *Francesco d'Assisi*, Milão, 1989, p. 104 e segs.
7. Iul., 15: "*Audiens autem die quadam inter missarum solemnia ea quae Christus in Evangelio missis ad praedicandum discipulis loquitur, ne videlicet aurum vel argentum possideant, ne peram in via vel sacculum, ne virgam vel panem portent, ne calceamenta vel duas tunicas habeant, intelligensque haec eadem postmodum plenius ab ipso presbytero*" ["Mas, ouvindo em um certo dia, entre as solenidades das missas, as coisas que Cristo diz, no Evangelho, aos apóstolos enviados a pregar, para que, na verdade, não possuam ouro nem prata, nem carreguem alforje ao longo do caminho, nem sacola, nem bordão, nem pão, nem tenham calçados ou duas túnicas, e compreendendo essas mesmas coisas mais plenamente, pouco depois, pelo próprio presbítero"].
8. À parte algumas mínimas modificações internas, somente a proibição relacionada ao dinheiro é eliminada do pasticho de Tomás.
9. *Leg. III soc.*, 25.
10. *Leg. mai.*, III, 1.
11. Desbonnets, *De l'intuition*, op. cit., p. 12.
12. Cf., em particular, *Leg. mai.*, III, 7; IX, 8; XII, 1-2 e 12. Para uma síntese eficiente, cf. J. G. Bougerol, *Francesco e Bonaventura. La Legenda major*, Vicenza, 1984, p. 55 e segs. Interessantes observações sobre o tema das imitações dos apóstolos por parte dos Menores, na obra de Boaventura em J. Châtillon, *Nudum Christum nudus sequere. Notes sur les origines et la signification du thème de la nudité spirituelle dans les écrits de Saint Bonaventure*, em *S. Bonaventura 1274-1974*, IV, Quaracchi, 1974, em particular p. 740-72.

13. A citação de Boaventura está, de fato, limitada à proibição de Mateus 10,9-10: "*Dum enim die quodam Missam de apostolis devotus audiret, perlectum est Evangelium illud, in quo Christus discipulis ad praedicandum mittendis formam tribuit evangelicam in vivendo, ne videlicet possideant aurum vel argentum, nec in zonis pecuniam, nec peram in via, neque duas tunicas habeant, nec calceamenta deferant, neque virgam*" ["Em um certo dia, pois, enquanto ouvia, devoto, a Missa sobre os apóstolos, leu-se aquele Evangelho em que Cristo imputou a seus discípulos, que seriam enviados a pregar a forma envangélica de viver, que não possuíssem, na verdade, ouro ou prata, nem dinheiro na bolsa à cintura, nem um alforje ao longo do caminho, nem tivessem duas túnicas, nem carregassem calçados, nem um bordão"] (*Leg. mai.*, III, 1). Cf. também Desbonnets, *De l'intuition*, op. cit., p. 13.

14. Ibid., p. 13 e segs.

15. Ibid. Cf. também Ilarino da Milano, *Un prefrancescanesimo nell'evangelismo di S. Stefano di Muret istitutore di Grandmont?*, em *Miscellanea Melchor de Pobladura* ("Bibliotheca seraphico-capuccina", I, 24), Roma, 1964, p. 89, e, na revisão de Ilarino da Milano e de Stanislao da Campagnola, J. Jørgensen, *San Francesco d'Assisi*, nova edição organizada pela Universidade dos estudos de Perúgia, Assis, 1968, p. 151, nota 30.

16. Cf., sobre a primazia de *AP* em relação a *Leg. III soc.* e sobre o autor, L. Di Fonzo, *L'Anonimo pegurino tra le fonti francescane del secolo XIII. Rapporti letterari e testo critico*, em "Miscellanea francescana", 72 (1972), p. 160 e seg. e *passim*, e 396 e segs.; sobre a data de produção P.-B Beguin, *L'Anonyme de Pérouse. Un témoin de la fraternité franciscaine primitive*, Paris, 1979, p. 18 e segs., baseado fundamentalmente no trabalho de T. Desbonnets, *La Legende des trois compagnons. Nouvelles recherches sur la généalogie des biographies primitives de saint François*, em "Archivum Franciscanum Historicum", 65 (1972), p. 90-106, e id., *Legenda trium sociorum. Edition critique*, ivi, 67, (1974), p. 77-88. Aliás, a análise que segue oferece, se não estou enganado, uma confirmação da validade de tais determinações.

17. *AP*, 10b (Di Fonzo, *L'Anonimo perugino*, op. cit., p. 439 e segs.; Beguin, *L'Anonyme de Pérouse*, op. cit., p. 38): "*Abierunt igitur ad quandam civitatis eiusdem Ecclesiam, et intrantes in eam positis genibus humiliter in oratione dixerunt: 'Domine Deus, Pater gloriae, rogamus te ut per tuam misericordiam ostendas nobis quid facere debeamus'. Expleta autem oratione dixerunt sacerdoti eiusdem Ecclesiae, qui ibidem praesens erat: 'Domine, ostendas nobis Evangelium Domini nostri Iesu Christi'*" ["Portanto, saíram em direção a alguma Igreja da mesma cidade e, entrando nela de joelhos humildemente disseram em oração: 'Senhor Deus, Pai da glória, rogamos a

ti que mostres a nós, por meio de tua misericórdia, o que devamos fazer.' Completada a oração, disseram ao sacerdote da mesma igreja que estava ali presente: 'Senhor, mostres a nós o Evangelho de nosso Senhor Jesus Cristo'"]. Como é sabido, em 1914, Michele Faloci Pulignani pensou ter identificado em um missal originário de Assis, atualmente conservado em Baltimore, na Walters Art Gallery, o Evangelho consultado por Francisco. Para um exame atento de toda a questão e uma análise cuidadosa do manuscrito, cf. G. C. P. Voorvelt – B. P. van Leeuwen, *L'evangéliaire de Baltimore. Etude critique sur le missel que saint François aurait consulté*, em "Collectanea Franciscana", 59 (1989), p. 261-321. Sua conclusão é duvidosa, mesmo considerando a opinião de quem acha tal identificação mais provável do que a contrária. Resta, todavia, o fato de a passagem de Mateus 19,21 não estar presente no missal (ainda que nele esteja Marcos 10,21); que, com toda a probabilidade, o manuscrito é originário do *scriptorium* abadesco de São Nicola di Campolungo, na diocese de Assis, e que, em todo caso, a sua transferência para a igreja de São Nicola "*iuxta plateam civitatis*" ["ao lado da praça pública da cidade"] (para onde, segundo *Leg. III soc.*, VIII, 28, teriam ido Francisco e seus companheiros), na verdade, seja lá o que for que pensem os egrégios autores, estaria inteiramente ainda por ser comprovada.

18. *AP*, 11a (Di Fonzo, *L'Anonimo perugino*, op. cit., p. 440; Beguin, *L'Anonyme de Pérouse*, cit., p. 38 e seg.).

19. Cf. R. Manselli, *S. Francesco d'Assisi*, Roma, 1980, p. 87 e seg.; Desbonnets, *De l'intuition*, cit., p. 15; O. Schmucki, *La "forma di vita secondo il vangelo" gradatamente scoperta da S. Francesco d'Assisi*, em "L'Italia Francescana", 59 (1984), p. 350. Mas L. Wadding, *Annales Minorum*, I, Quaracchi, 1931.3, p. 58 e seg., já havia atentado para o problema, mesmo procurando inocentar Francisco. Para tal prática cf. H. Leclercq, *Sortes sanctorum*, em F. Cabrol – H. Leclercq, *Dictionnaire d'archéologie chrétienne et de liturgie*, Paris, 1951, XV, cc. 1590-92. Voorvelt e van Leeuwen, em *L'evangéliaire*, op. cit., p. 264 e seg. e nota 10, entendem fazer uma distinção clara entre "*sortes biblicae*" (oráculo divino proveniente de uma leitura litúrgica que podia ser efetuada por até três vezes), praticada em função da salvação da alma, e as "*sortes sanctorum*" ou "*apostolorum*", reunião de respostas oraculares dotadas de um número de três dígitos, aos quais se chegava jogando três dados: essa seleção é que foi afetada pelas proibições da hierarquia, porque, contrariamente às "*sortes biblicae*" às quais recorriam vários santos e muitos outros, as "*sortes sanctorum*" "*etaient employés non en fonction du salut de l'âme, mais pour prédire l'avenir et pour autres divinations*" ["eram

utilizadas não na salvação da alma, mas em prever o futuro e outras adivinhações"]. A distinção me parece abstrata, ligada demais a um raciocínio do tipo: uma prática tão largamente presente na vida dos santos não pode estar em contradição com as normas emanadas da hierarquia eclesiástica. Mas, como se sabe, até os juízos de Deus eram proibidos, ou, em todo caso, vistos com suspeita pelos cânones, contudo não faltaram prelados e futuros santos que se viram envolvidos nisso. Sobretudo, resta o fato de que suspeitas e proibições também eram manifestadas em relação a tais consultas do Evangelho: cf., por exemplo, Graziano, *Decretum*, p. II, c. XXVI, qu. II. cap. 3, ed. Friedbert, c. 1021, que cita a carta de Agostinho "ad Januarium" (LV, 37, em *PL*, 33, c. 222), categórico ao considerar suspeita tal prática: "*Hii, qui de paginis evangelicis sortes legunt, etsi optandum est ut id potius faciant quam ad demonia consulenda concurrant, tamen ista michi displicet consuetudo*" ["Essas pessoas que tiram a sorte nas páginas do Evangelho, embora seja preferível que façam isso a que combatam as consultas aos demônios, no entanto, este costume me desagrada"]. Para o costume de Francisco de buscar na abertura dos Evangelhos indicações sobre o que fazer cf. I Cel., 92-93 (cf. neste mesmo volume p. 213); *Scripta*, 73, p. 214 (= *Compilatio*, 104, p. 314): "*Postea dixit ei beatus Franciscus: 'Frater, ego similiter temptatus fui habere libros, sed ut de hoc cognoscerem Domini volumptatem, tuli librum ubi erant Evangelia Domini scripta et oravi Dominum ut in prima libri apertione suam voluntatem de iis michi ostendere dignaretur. Et oratione finita in prima apertione libri occurrit michi illud verbum sancti Evangelii: "Vobis datum est nosse mysterium regni Dei, ceteris autem in parabolis"*" ["Depois disso, disse-lhe São Francisco: 'Irmão, igualmente eu fui tentado a possuir livros, mas conheci a vontade do Senhor acerca disso, peguei um livro em que estavam escritos os Evangelhos do Senhor e orei ao Senhor para que, ao abrir o primeiro livro, Ele se dignasse a me mostrar sua vontade acerca desses livros. Terminada a oração, ao abrir o primeiro livro apareceu a mim aquela palavra do santo Evangelho: "A vós é dado conhecer o mistério do reino de Deus, mas aos demais em parábola""].

20. Desbonnets, *De l'intuition*, op. cit., p. 14.
21. *AP*, 2 (Di Fonzo, *L'Anonimo perugino*, op. cit., p. 435; Beguin, *L'Anonyme de Pérouse*, op. cit., p. 26): "*Quoniam servi Domini non debent ignorare viam et doctrinam sanctorum virorum, per quam ad Deum valeant pervenire, ideo ad honorem Dei et aedificationem legentium et audientium, ego qui actus eorum vidi, verba audivi, quorum etiam discipulus fui, aliqua de actibus beatissimi Patris nostri Francisci et aliquorum fratrum qui venerunt*

in principio Religionis narravi et compilavi" ["Porque os servos do Senhor não devem ignorar o caminho e a doutrina dos santos homens, pela qual conseguem chegar até Deus, portanto até a honra de Deus e a edificação dos que leem e ouvem; *eu, que vi as ações deles, ouvi suas palavras, e ainda fui discípulo deles,* narrei e compilei outras ações de nosso Pai, São Francisco, e de outros irmãos que vieram no princípio da Ordem"].

22. Beguin, *L'Anonyme de Pérouse*, op. cit., p. 109 e segs.
23. *AP*, 8c (Di Fonzo, *L'Anonimo perugino*, op. cit., p. 438 e seg.; Beguin, *L'Anonyme de Pérouse*, op. cit., p. 34 e seg.): "*Quem rebus iam vacuum temporalibus, indutum veste vilissima et despecta, revertentem ad dictam Ecclesiam moraturum pauperem et despectum, replens eum Spiritu suo sancto, posuit in ore eius verbum vitae, ut praedicaret et annuntiaret inter gentes iudicium et misericordiam, poenam et gloriam, et ut mandata Dei quae oblivioni tradiderant ad memoriam revocarent. Constituit eum Dominus principem super multitudinem gentium, quam per ipsum Deus de universo mundo congregavit in unum*" ["Enchendo-o com seu Espírito Santo - a ele que estava prestes a viver como pobre e desprezado, já vazio de coisas temporâneas, vestido com uma roupa vilíssima e desdenhada, voltando-se para a referida Igreja - colocou na boca dele a palavra da vida, para que pregasse e anunciasse entre os povos o juízo e a misericórdia, a pena e a glória, e para que chamassem de volta à memória os mandamentos de Deus, entregues ao esquecimento. O Senhor instituiu-o príncipe sobre a multidão dos povos, que, por meio dele mesmo, Deus, a partir de todo o mundo, reuniu em um só"].
24. *AP*, 8d (Di Fonzo, *L'Anonimo perugino*, cit., p. 439; Beguin, *L'Anonyme de Pérouse*, op. cit., p. 36).
25. Desbonnets, *De l'intuition*, op. cit., p. 14.
26. *Leg. III, soc.*, VIII, 25-29 ("*Qualiter auditis et intellectis consiliis Christi in Evangelio, statim mutavit habitum exteriorem et induit novum habitum perfectionis interius et exterius*" ["Assim que foram ouvidos e compreendidos os planos de Cristo no Evangelho, imediatamente mudou de hábito exterior e vestiu-se com o novo hábito da perfeição, interna e externamente"]).
27. Ibid., VIII, 26.
28. Ibid., VIII, 28: "*Cui* (Francisco), *inter alia, dixit dominus Bernardus: 'Si quis a domino suo haberet multa vel pauca quae tenuisset per multos annos et nollet ea amplius retinere, quid de ipsis agere posset quod melius esset?'. Beatus Franciscus respondit quod ea domino suo deberet reddere a quo eadem recepisset. Et dominus Bernardus ait: 'Ergo, frater, omnia mea bona*

temporalia volo erogare amore Domini mei qui contulit ea mihi, sicut tibi videbitur melius expedire'" ["A ele (*Francisco*), entre outras coisas, disse o senhor Bernardo: 'Se alguém possuísse muitas ou poucas coisas de seu senhor e as tivesse guardado por muitos anos e não quisesse ficar com essas coisas por mais tempo, o que poderia fazer acerca dessas mesmas coisas para que fosse melhor?' São Francisco respondeu que deveria devolvê-las ao seu senhor de quem havia recebido as mesmas coisas. E o senhor Bernardo disse: 'Portanto, irmão, todos os meus bens temporais quero retribuir pelo amor de meu Senhor que mos conferiu, conforme a ti parecerá melhor se desembaraçar'"].

29. Ibid., VIII, 29: "*Beatus ergo Franciscus, in qualibet apertione libri gratiis Deo exhibitis pro confirmatione sui propositi et desiderii dudum concepti tertio divinitus sibi exhibita et monstrata*" ["São Francisco, portanto, abrindo o livro em qualquer lugar, com as graças exibidas por Deus em prol da confirmação de seu propósito e desejo, concebidos há pouco, três vezes exibida e apresentada a ele por inspiração divina"].

30. Ibid.: "*Fratres, haec est vita et regula nostra et omnium qui voluerint nostrae societati coniungi. Ite igitur, et sicut audistis implete*" ["Irmãos, esta é a nossa vida e a nossa Regra e a de todos os que quiserem se unir à nossa companhia. Ide, pois, e realizai conforme ouvistes"].

31. *Test.*, p. 310.

32. II Cel., 15.

33. Cf. II Cel., 18: "*In ea [ecclesia] Minorum ordo principium sumpsit*" ["Nesta (igreja), a ordem dos Menores começou"]. É o que parece escapar a F. de Beer, *La conversion de saint François selon Thomas de Celano*, Paris, 1963, p. 236-40, que oferece, assim, uma interpretação defasada do episódio.

34. Cf., entre tantos, Stanislao da Campagnola, *Francesco d'Assisi*, op. cit., p. 81 e segs.; D. Vorreux, em Desbonnets – Vorreux, *Saint François d'Assise*, cit., p. 205 e segs.

35. Cf. Beguin, *L'Anonyme de Pérouse*, op. cit., p. 196 e seg.

36. Cf., em especial, Desbonnets, *La Légende des trois compagnons*, op. cit., p. 66-106.

37. I Cel., 92-93. Cf., neste mesmo volume, p. 213.

38. Observações importantes a respeito já em S. Cavallin, *La question Franciscain comme problème philologique*, em "Eranos", LII (1954), em particular p. 262 e segs. Cf. também Beguin, *L'Anonyme de Pérouse*, op. cit., p. 196-225.

39. Depois de se despojar diante do bispo (II Cel., 12), o que encontra um perfeito paralelo em I Cel., 15, seguem-se alguns episódios sobre a vida de mendicância levada por Francisco durante a sua estada em São Damião.
40. Tomás fala sobre isso depois que os irmãos haviam atingido o número de 12 (I Cel., 32): *"Videns beatus Franciscus quod Dominus Deus quotidie augeret numerum in idipsum, scripsit sibi et fratribus suis, habitis et futuris, simpliciter et paucis verbis, vitae formam et regulam, sancti Evangelii praecipue sermonibus utens, ad cuius perfectionem solummodo inhiabat. Pauca tamen alia inseruit, quae omnino ad conversationis sanctae usum necessario imminebant"* ["São Francisco, vendo que o Senhor Deus aí aumentava cotidianamente o próprio número, escreveu para si e para seus irmãos, aos que tinha e aos futuros, com poucas palavras e de modo simples, a forma e a regra da vida, usando sobretudo os discursos do santo Evangelho, cuja perfeição ele unicamente admirava. Poucas outras coisas, contudo, inseriu que eram eminentemente necessárias ao uso da santa convivência"]. Para essa e outras passagens de Tomás a respeito da primeira regra, cf. Flood, *Die Regula non bullata*, op. cit., p. 144-7.
41. *Leg. mai.*, III.
42. Ibid., III, 3: *"Hic [Bernardus] servi Dei sanctitate comperta, ipsius exemplo disponens perfecte contemnere mundum, ab eodem, qualiter id perficeret, consilium requisivit"* ["Esse (Bernardo), descoberta a santidade do servo de Deus, resolvendo, com o exemplo do próprio, desprezar completamente o mundo, buscou um conselho dele, de modo que alcançasse isso"].
43. Ibid.: *"Quo audito, Dei famulus pro primae prolis conceptu sancti Spiritus consolatione repletus: 'A Deo est', inquit, 'hoc consilium requirendum'"* ["Ouvido isso, o servo de Deus, cheio da consolação do Espírito Santo por ter concebido seu primeiro filho, disse: 'Esse conselho deve ser pedido a Deus'"].
44. Ibid., III, 8.
45. Cf., a mero título de exemplo, no interior de uma literatura vastíssima: Wadding, *Annales Minorum*, op. cit., I, p. 50 e 57 e seg.; Sabatier, *Vie de S. François*, op. cit., p. 78 e seg. e 84 e seg.; Jørgensen, *San Francesco d'Assisi*, op. cit., p. 150 e segs. e 159 e seg.; Englebert, *Vie de Saint François*, op. cit., p. 83 e segs. e 88 e segs.; Manselli, *S. Francesco d'Assisi*, op. cit., p. 79 e segs. e 87 e segs. Apenas Cardini, *Francesco d'Assisi*, op. cit., p. 102 e segs., fala das duas versões de um único fato.
46. Cf., neste mesmo volume, p. 67 e segs.
47. I Cel., 21.

48. *Leg. mai.*, II, 8: "*Divinae namque providentiae nutu, qua Christi servus dirigebatur in omnibus, tres materiales erexit ecclesias, antequam, Ordinem inchoans, Evangelium praedicaret, ut non solum a sensibilibus ad intelligibilia, a minoribus ad maiora ordinato progressu conscenderet, verum etiam, ut quid esset facturus in posterum, sensibili foris opere mysterialiter praesignaret. Nam instar reparatae triplicis fabricae ipsius sancti viri ducatu, secundum datam ab eo formam, regulam et doctrinam Christi triformiter renovanda erat Ecclesia trinaque triumphatura militia salvandorum, sicut et nunc cernimus esse completum*" ["Então, por disposição da divina Providência, que em tudo o dirigia, o servo de Cristo erigiu materialmente três igrejas, antes de pregar o Evangelho ao começar a ordem, de modo que ele não só ascendesse das coisas sensíveis às inteligíveis por meio de um ordenado progresso, das coisas menores às maiores, mas de modo que também marcasse misteriosamente de antemão o que fosse fazer no futuro, com uma obra exteriormente sensível. Pois, assim como as três edificações foram renovadas pela liderança desse homem santo, a Igreja seria renovada de três formas: segundo a forma dada por ele, segundo a Regra e segundo a doutrina de Cristo; e um exército triplo dos eleitos estaria prestes a triunfar. Assim, agora discernimos que tal se deu"].

49. I Cel., 18 e 21.

50. Cf., por exemplo, já Iul.,14: "*Non hoc arbitror absque dignioris rei mysterio gestum, quod videlicet iste sanctus tres ecclesias supradictas erexit; at illud nimirum nutu Dei praevio per hoc existimo figuratum, quod et ipse vir simplex mirabiliter adimplevit, qui tres celebres Ordines, de quibus suo loco vel breviter tangendum est, inchoans, ipsos ad perfectionis statum vita verboque provexit*" ["Não penso que isso foi feito sem o mistério da coisa mais digna, porque, é claro, este santo erigiu as três igrejas supracitadas. Mas aquilo, por certo, sob a anuência prévia de Deus, eu suponho, por isso, figurado, que também um homem simples maravilhosamente realizou, o qual – começando três ordens célebres, acerca das quais deve-se tocar em seu lugar mesmo brevemente – carreou as próprias ordens a um estado de perfeição com sua vida e sua palavra"].

51. Sobre o progressivo crescimento do milagre em alguns episódios narrados por Tomás em ambas as *Vidas* (encontro com o leproso, reconstrução de São Damião), cf. o que destaquei em *La "conversione" di San Francesco secondo Tommaso da Celano*, em "Studi medievali", s. III, V (1964), p. 784 e segs.

52. *Leg. mai.*, II, 7.

53. I Cel., 16.

54. *Test.*, p. 307-10. Para uma análise mais detalhada, cf., neste mesmo volume, p. 67 e segs.
55. *Test.*, p. 310.
56. Ibid., p. 310-2. Sobre o hábito original da *fraternitas* como elemento de assimilação de Francisco e dos seus aos *laboratores* cf. Desbonnets, *De l'intuition*, op. cit., p. 12, e Cardini, *Francesco d'Assisi*, op. cit., p. 104 e seg.
57. Cf., neste mesmo volume, p. 71 e nota 60.
58. *Off. Pass.*, IX, 3, p. 208: "*Notum fecit Dominus salutare suum – in conspectu gentium revelavit iustitiam suam*" ["O Senhor fez saudar seu conhecido – revelou sua justiça à vista dos povos"]". Assim também M. Conti, *Sinai-Fonte Colombo: il peso di una analogia nell'interpretazione della Regola francescana*, em "Antonianum", 52 (1978), p. 54 e seg.
59. É o que também destaca Desbonnets, *De l'intuition*, op. cit., p. 20 e seg., que, todavia, não acredita poder ir além de tal constatação.
60. Sobre esses aspectos, cf. a importante contribuição de A. Bartoli Langeli, *Le radici culturali della "popolarità" francescana*, em *Il Francescanesimo e il teatro medievale* ("Biblioteca della Miscellanea storica della Valdelsa", 6), Atas da convenção nacional de Estudos (San Miniato, 8-10 de outubro de 1982), Castelfiorentino, 1984, p. 41-58.
61. Esser, *Opuscula*, p. 242.
62. Ibid., p. 266.
63. Cf. Desbonnets, *De l'intuition*, cit., p. 20 e seg.
64. I Cel., 21; Iul. 15 ("*habitum adhuc eremiticum tunc temporis habuit*" ["teve um hábito eremita até o momento, outrora mundano"]); Enrico Abricense, *Legenda S. Francisci versificata*, V, 4-5, em *Analecta franciscana*, Quaracchi, 1926-41, X, p. 434; *Leg. III, soc.*, VIII, 25: "*Beatus (...) Franciscus (...) habitum heremiticum portabat*" ["São (...) Francisco (...) carregava seu hábito eremita"].
65. Cf. L. Pellegrini, *Insediamenti francescani nell'Italia del Duecento*, Roma, 1984, p. 17 e segs. e 39 e segs.; Flood, *Frère François*, op. cit., p. 59 e segs.
66. 66 II Cel., 18.
67. Sobre isso, é significativa a posição que a Porciúncula assume nas perícopes da fórmula que lhe dão autenticidade: "*Nos qui cum eo fuimus*": cf., Manselli, "*Nos qui cum eo fuimus*", op. cit., em particular, p. 94 e segs.
68. Veja-se, *supra*, nota 50.
69. Iul., 26.

70. *AP*, 7d (Di Fonzo, *L'Anonimo perugino*, op. cit., p. 438; Beguin, *L'Anonyme de Pérouse*, op. cit., p. 34).

71. *AP*, 14b (Di Fonzo, *L'Anonimo perugino*, op. cit., p. 441; Beguin, *L'Anonyme de Pérouse*, op. cit., p. 44).

72. *Leg. III, soc.*, IX, 32: "*Vir autem Dei Franciscus duobus [...] fratribus sociatus, cum non haberet hospicium ubi cum eis maneret, simul cum ipis ad quamdam pauperculam ecclesiam derelictam se transtulit, quae Sancta Maria de Portiuncula dicebatur, et fecerunt ibi unam domunculam in qua aliquando pariter moraretur*" ["Um homem de Deus, porém, Francisco junto a dois irmãos, quando não tinha alojamento onde permanecer com eles, transferiu-se logo com eles para uma certa igreja pobrezinha abandonada, que era chamada de Santa Maria da Porciúncula, e fizeram aí um casebre em que, às vezes, ele igualmente se demorava"].

73. Pellegrini, *Insediamenti francescani*, op. cit., p. 23.

74. Sobre as várias indicações das fontes, cf. ibid., p. 22 e segs.

75. *Scripta*, 8, p. 100 (= *Compilatio*, 56, p. 126).

76. Ibid. (p. 130): "*Unde postquam fratres ceperunt reparare illam, dicebant homines et mulieres illius provincie. 'Eamus ad Sanctam Mariam de Angelis*" ["Daí que, depois que os irmãos começaram a repará-la, homens e mulheres diziam à província dele: iremos à Santa Maria dos Anjos"].

77. I Cel., 16.

78. Ibid., 21: "*Interea sanctus Dei, mutato habito et praedicta ecclesia [scil. Sancti Damiani] reparata*" ["Enquanto isso, o santo de Deus, com o hábito mudado e a predita igreja (i.e., de São Damião) reparada"].

79. *AP*, 9a (Di Fonzo, *L'Anonimo perugino*, op. cit., p. 439; Beguin, *L'Anonyme de Pérouse*, op. cit., p. 36).

80. *AP*, 14a (Di Fonzo, *L'Anonimo perugino*, op. cit., p. 441; Beguin, *L'Anonyme de Pérouse*, op. cit., p. 42).

81. *Leg. mai.*, II, 4.

82. Ibid., II, 5.

83. Conclusão semelhante, ainda que seguindo uma linha de raciocínio em parte diferente, em D. E. Flood, *Die Verwendung der Franziskusgeschichte*, em "Wissenschaft und Weisheit", 46 (1983), p. 150 e seg.

84. Antônio também ouve em uma igreja, no dia do Senhor, alguns versículos do Evangelho (Mateus 19,21), que supõe lidos para ele e que o induzem a se desfazer dos seus bens (Atanasio, V*ita S. Antonii*, 2, em *PG*, 36, cc. 841-842C; cf. também 3, cc. 843/844A; cf. também *Vitae Patrum*, I, 2, em *PL*, 73,

c. 127). A esse respeito, cf. também van Leeuwen – Voorvelt, *La Perfection évangélique*, op. cit., p. 33 e segs. Já ao padre Bihl, editor da *Vita prima* nos *Analecta franciscana*, não tinha escapado o nexo entre as duas cenas (X, p. 70, nota 14). Sobre o valor de "protótipo emblemático da cena da *Vita S. Antonii*, cf. R. Grégoire, *Manuale di agiologia. Introduzione alla letteratura agiografica*, Fabriano, 1987, p. 262 e seg. Sobre o extenso uso da tradição hagiográfica feito por Tomás, chamou a atenção, na sua época, N. Tamassia, *S. Francesco d'Assisi e la sua leggenda*, Pádova-Verona, 1906, em particular p. 31 e segs., pretendendo assim retirar qualquer valor testemunhal da sua obra. Para uma aproximação mais equilibrada, que, aliás, não por acaso, baseia-se no trabalho de Tamassia, cf. a detalhada análise de S. Clasen, *Vom Franziskus der Legende zum Franziskus der Geschichte*, em "Wissenschaft und Weisheit", 29, (1966), p. 15-29.

85. I Cel., 8.
86. Ibid., 9.
87. Ibid., 18. O tema do papel missionário e reformador de Francisco, solidamente ancorado na fé da Igreja de Roma, é amplamente retomado e desenvolvido por Tomás também na sequência: cf., em particular, ibid., 36-37, 62 e 89-90.
88. Ibid., 23.
89. Ibid., 23.
90. Ibid.: "*Eius (...) ad Deum conversio forma extitit convertendis in venditione possessionum et elargitione pauperum*" ["Sua (...) conversão a Deus resultou em um modelo de conversão, na venda de suas posses e na prodigalidade com os pobres"].
91. Ibid., 92-93. Cf. sobre isso, neste mesmo volume, p. 231.
92. Cf. também ibid., 5 (como comentário do sonho das armas): "*Et quidem pulchre satis primo de armis fit mentio, et opportune multum arma traduntur contra fortem armatum militi pugnaturo, ut quasi alter David in nomine Domini Dei exercituum ab inveterato inimicorum opprobrio liberet Israelem*" ["E realmente fez-se a menção, de modo suficientemente belo, acerca das armas primeiro; e, muito oportunamente, as armas são trazidas para um cavaleiro prestes a lutar contra um bravo homem armado, como se quase um outro Davi em nome do Senhor Deus liberasse Jerusalém da antiga vergonha dos exércitos inimigos"]. Sobre o sonho das armas nas biografias franciscanas, cf. F. Cardini, *S. Francesco e il sogno delle armi*, em "Studi francescani", 77 (1980), p. 15-28.

93. I Cel., 15: *"Ecce iam nudus cum nudo luctatur"* ["Eis que um homem despido já luta com um despido"]. Sobre tal fórmula, variante significativa da mais conhecida e difundida *"nudus nudum Christum sequi* [um homem despido a seguir Cristo despido"], e sua presença em textos da Alta Idade Média, cf. M. Bernards, *Nudus nudum Christum sequi*, em "Wissenschaft und Weisheit", 14 (1951), p. 149 e seg., e R. Grégoire, *L'adage ascétique "nudus nudum Christum sequi"*, em *Studi storici in onore di Ottorino Bertolini*, Pisa, 1972, I, p. 407 e seg. Pistas dos percursos simbólicos e dos valores expressivos (de luta suprema com o diabo) que estão nas suas raízes são identificáveis, como me aponta Vincenza Zangara, na *Passio Perpetuae*, 10 (organização de A. A. R. Bastiaensen, em *Atti e Passioni dei martiri*, Fondazione Lorenzo Valla, 1987, p. 128 e segs.), e em Agostinho, *In Joannis evangelium*, XXXIII, 3, *PL*, 35, c. 1648.

94. I Cel. 15: *"Solus carnis paries ipsum a divina visione interim (separabat)"* ["Só uma parede de carne (separava) a si próprio da visão divina naquele momento"]; e ibid., 103 *"solus carnis paries inter se et Deum interim (separabat)"* ["Só uma parede de carne (havia) entre ele e Deus naquele momento"]. Cf. De Beer sobre isso, *La conversion de saint François*, cit., p. 95, e E. Pásztor, *Tommaso da Celano e la Vita Prima: problemi chiusi, problemi aperti*, em *Tommaso da Celano e la sua opera di biografo di S. Francesco*, Celano, 1985, p. 69. Sobre as raízes monásticas, eremíticas de tais temáticas, cf. Clasen, *Vom Franziskus der Legende*, op. cit., p. 15 e segs.

95. I Cel., 35: *"Conferebant pariter, veri cultores iustitiae, utrum inter homines conversari deberent, an ad loca solitaria se conferre. Sed sanctus Franciscus, qui non de industria propria confidebat, sed sancta oratione omnia praeveniebat negotia, elegit non sibi vivere soli, sed ei qui pro omnibus mortuus est, sciens se ad hoc missum ut Deo animas lucraretur quas diabolus conabatur auferre"* ["Os verdadeiros cultores da justiça discutiam juntos se deviam viver entre os homens ou rumar para locais solitários. Mas São Francisco, que não confiava em seu próprio zelo, mas que antecipava todos os negócios com a santa oração, escolheu não viver sozinho consigo, mas com aquele que está morto para todos, ciente de que foi enviado para isso, para que ganhasse para Deus as almas que o diabo tentava roubar"].

96. Ibid., cap. X, 23-25 (*"De preaedicatione Evangelii et annuntiatione pacis et sex primorum fratrum conversione"* ["Sobre a pregação do Evangelho, a anunciação da paz e a conversão dos seis primeiros irmãos"]).

97. Cf., aliás, as alusões bastante explícitas de I Cel., 74. À necessidade de enfrentar e responder aos adversários eclesiásticos da nova ordem, Clasen (*Vom Franziskus der Legende*, op. cit., p. 27 e seg.) faz a ligação entre o modelo hagiográfico protomonástico escolhido por Tomás para a *Vita prima*.

Da hagiografia à história:
considerações sobre as primeiras biografias franciscanas como fontes históricas

1. Entre tradições hagiográficas e questão histórica

Como gênero literário, as biografias franciscanas apresentam uma dupla característica. São e pretendem ser biografia, ou seja, história da vida de seus heróis, amarrando-se assim a modelos então amplamente presentes e ativos na cultura medieval. Suas costumeiras afirmações de que se fundamentam em declarações provadas e seguras, em testemunhos de autoridade e confiáveis, não constituem apenas uma mera formalidade: respondem a preocupações, a métodos e a critérios de trabalho, há muito tempo praticados[1]. A constatação, absolutamente óbvia e legítima, de que o seu conceito de confiabilidade, autoridade e veracidade histórica é, por várias razões, diferente do nosso, de que tem como pressuposto uma "hierarquia de verdade" para revelar e mostrar, nos acontecimentos da história, de modo tal a não privilegiar, em relação à individualidade concreta das obras dos homens, o fio secreto da presença e da intervenção de Deus, não altera o fato de que essas biografias pretendiam descrever e narrar fatos e eventos cuja característica básica era fazer parte de experiências e situações "verdadeiras", e como tais, portanto, foram lidas e aceitas por seu público. Mas as biografias franciscanas são, além disso, a vida de um santo, e, mais, de um santo que progressivamente será enxergado dentro de parâmetros de uma grandeza inusitada e excepcional. Sob esse ponto de vista, para todos os efeitos, inscrevem-se na tradição hagiográfica; seus autores se inspiram em um modelo, repetem esquemas e procedimentos narrativos, partilham preocupações e propósitos que claramente se referem àquela tradição.

Que fique claro que não se trata de duas características tidas como antitéticas ou em contradição entre si. No século XIII, por um tempo, reconectando-se aos modelos dos séculos IV e V, a narrativa hagiográfica pretende ser história e se construir como história, com seus critérios e testemunhos convincentes, mesmo recorrendo ainda, copiosamente, a imagens, figuras e cenas sugeridas e consagradas pela tradição[2]. História sacra e humana ao mesmo tempo, porque história da obra de Deus na vida de um homem, o gênero hagiográfico determina os esquemas de construção do texto e a escolha dos episódios e dos acontecimentos que se supõem dignos de serem narrados. No âmbito de suas informações, as preferências do biógrafo recaem mais sobre determinados aspectos do que sobre outros, com um claro favorecimento de tudo aquilo que pode ser pedagogicamente eficaz para seus leitores, edificar-lhes o espírito, instruí-los e atrair seu interesse, orientar e disciplinar seus comportamentos. Por isso, o interesse do escritor não se volta para a reconstrução do percurso existencial e humano do santo, para as conjunturas e circunstâncias, senão enquanto imediatamente traduzíveis em termos exemplares e edificantes, porque manifestação, expressão e objetivo final (por vezes em toda a sua misteriosa grandeza) da obra de Deus nele. Daí o caráter de *"speculum perfectionis"* ["espelho da perfeição"] ou de *"speculum virtutum"* ["espelho da virtude"] que, em maior ou menor medida, as biografias franciscanas constantemente apresentam, e daí também a possibilidade de um trabalho de coleta e de compilação que se limite a apresentar como *flores* e *exempla* episódios únicos da vida de Francisco, abstraindo qualquer preocupação com uma história geral.

Sem dúvida, no conjunto dos materiais que dizem respeito à vida de Francisco, *flores* e *exempla* assim se constroem e se apresentam porque respondem, em primeiro lugar, à exigência de recuperar para a memória escrita episódios, frases e situações negligenciados nas primeiras biografias, porque têm as lacunas das primeiras biografias como seu ponto de referência. Não por acaso, sua primeira compilação em massa se verificou logo depois das decisões do Capítulo de Gênova de 1244, quando, em vista da montagem de uma nova biografia de Francisco, fez-se um esforço para um amplo levantamento dos episódios de sua vida não registrados nas biografias anteriores[3]. Mas essa recuperação se dá dessa maneira também porque o que mais conta é alargar a esfera do que é exemplar, é multiplicar o quadro dos atos, dos gestos, das reações e das palavras para poder obter os próprios modelos de comportamento.

Aliás, isso não era um fato novo na prática homilética e na literatura pedagógica e edificante, que estavam então havia várias décadas teorizando sobre a conveniência de conceder um espaço adequado para o *exemplum* – breve relato moral que se encerra em si mesmo –, cujas apresentação e reunião eram consideradas necessárias a fim de que não perecessem pelo esquecimento "*ea (...) quae posteris esse poterant ad aedificationem*" ["as coisas (...) que possam existir para a edificação dos pósteros"]. Significativamente, seguindo essa ordem de ideias, na metade da década de 1220, Cesário de Heisterbach havia aberto o seu *Dialogus miraculorum* com a citação joanina "*Colligite fragmenta ne pereant*" ["Recolhei as sobras para que nada se perca"] (João 6,12), cruzando o caráter sistemático da organização tratadística sobre grandes temas da vida cristã e do progresso religioso do homem com a riqueza e a variedade dos episódios chamados a ilustrar e a explicar seu significado e alcance para o iniciantes[4]. A analogia não deve ser levada muito adiante. Mas, além dos motivos particulares que aconselhavam integrar e recuperar situações e momentos da vida de Francisco, creio que não se deva negligenciar essa tendência maior a organizar pelos *exempla* a pregação e o ensino endereçados a grandes multidões.

Em relação à vida de Francisco, todavia, tal recuperação adquiria uma urgência e um significado totalmente específicos e particulares, na medida em que a ordem, que da sua obra era o fruto mais visível, não podia deixar de continuar a se referir a ele como o próprio inspirador, como o santo que qualquer frade deveria mirar como o seu próprio modelo ideal. É um aspecto que insiste em fazer suas aparições em todas as biografias, mas, sobretudo, nos materiais que podem ser atribuídos ao grupo dos "companheiros" e particularmente nas histórias e nos episódios autenticados pelo "*nos qui cum eo fuimus*" ["nós que estávamos com ele"], que, desse modo, queria frisar a autoridade e a autenticidade do próprio testemunho, como tal, ouvido e, logo em seguida, transmitido[5].

Sob esse ponto de vista, toda a intensa luta de reelaboração biográfica e de ampliação da plataforma de informações e de exemplos, no que diz respeito à vida de Francisco, se inseria claramente na dilaceração e nos conflitos que marcavam cada vez mais profundamente a vida da ordem, tanto internamente quanto nas relações com os diversos ramos da instituição eclesiástica[6]; nascia das necessidades e das perguntas de um presente que procurava buscar no passado as próprias respostas: respostas sobre posicionamentos a assumir, mas também sobre a razão do próprio dilaceramento, das próprias dificuldades. Com efeito, não surpreende a insistência com que, já nos materiais reunidos sob a iniciativa do Capítulo de Gênova, retorna a questão do silêncio de Francisco em relação a desvios e distorções que se teriam verificado na ordem já nos últimos anos de sua vida, raiz e premissa dos abusos que aos apaixonados zeladores da observância rigorosa da regra pareciam então indubitavelmente sobressair-se[7]. Em suma, tal situação pedia uma recuperação da própria memória histórica, um empenho de reflexão e de ponderação que não deixou de repercutir nos textos pouco a pouco transcritos e reunidos e sobre novas compilações de biografias que daí derivaram.

Instrumentos de discussões e de lutas e frutos dos contrastes em curso, são escritos que, portanto, por suas próprias características, filtram e reconstroem a memória do passado à luz das condições, dos problemas e dos posicionamentos do seu presente: os riscos do anacronismo, da distorção ou da manipulação interessada perseguem constantemente as características e a consistência de seus testemunhos. Não se pode, todavia, reduzir esses produtos a essa única dimensão, que remete às evoluções e mudanças surgidas na vida e na situação da ordem. No momento exato em que se propõem a encontrar e a mostrar, em um fato histórico bem delimitado, as razões e as justificativas das próprias posições ideais – mas também, não raro, das próprias divisões e dificuldades –, eles se submetem a um tipo de filtro e de condição que não encontra paralelo no passado do cristianismo ocidental: porque fazem do percurso histórico de um homem a pedra de toque e o referencial decisivo para julgar a si mesmo e a própria condição.

Em resumo, cada vez em maior quantidade, existem neles, na pesquisa e na reconstrução dos fatos e dos momentos considerados essenciais daquela história, uma intensidade de participação, uma questão de verdade, uma ânsia de mostrar, explicar e compreender sem paralelos na produção historiográfica e biográfica daqueles séculos. As reticências e zonas de sombra, embora existam, não invalidam esse aspecto que continua a ser essencial neles. Quero dizer que, de algum modo, naqueles textos a história se torna um problema real, e a sua reconstrução e o juízo sobre ela um elemento peculiar da árdua batalha de reescritura, de correção e de pesquisa. Na multiplicidade dos filtros e das tramas a que os acontecimentos da vida de Francisco estiveram sujeitos naquele período, esse problema mais propriamente de história – de memória, reconstrução e captação dos acontecimentos, e de perguntas sobre o porquê, o valor e o significado deles – nunca esteve totalmente superado e arquivado, continua presente e operante como elemento significativo de todos aqueles textos, aspecto e razão indispensáveis de sua proliferação e reação: daquela constante interação entre relato escrito e memória oral que solicita sua produção, mas também da obra de revisão, correção e esclarecimento que sustenta e justifica seu diálogo a distância.

Por isso, julgo abstrata e equivocada a proposta apresentada na época por Kajetan Esser de privilegiar, para a história das origens franciscanas, os testemunhos exteriores à ordem, considerando os escritos produzidos internamente, condicionados e deformados irremediavelmente por dilacerações e contrastes[8]: abstrata, porque presume nos observadores externos uma objetividade de informação e uma capacidade de penetração e compreensão do fenômeno originário franciscano que são, na verdade, constantemente questionadas por seus julgamentos e interpretações; equivocada, porque, nas fontes históricas, conjectura a possibilidade de uma assepsia absolutamente inexistente, sem se dar conta de que o profundo e frequentemente antagônico envolvimento dos autores franciscanos com a história que pretendiam reconstruir e narrar constitui a força do seu testemunho histórico, bem mais relevante e rico de implicações do que os testemunhos muitas vezes distantes e alheios dos observadores externos[9]. Quero dizer, em suma, que justamente as cisões e os problemas que dividiam a ordem, juntamente com a necessidade de todos terem, quisessem ou não, como parâmetro a vida e o exemplo de Francisco, são razão e causa não só do constante risco da deformação por interesse, aliás nunca ausente em testemunhos de acontecimentos históricos, mas também da variedade de narrativas, testemunhos e episódios, do encontro/choque de constantes e novos esclarecimentos e correções sobre eventos específicos, que abrem novas perspectivas, apresentam situações e sugerem pistas de investigação e pesquisa, de outro modo totalmente impossíveis de serem apresentadas. O oprimido, pungente confronto entre a experiência de Francisco e a nova situação da ordem, ao mesmo tempo que é motivo de divisão e de polêmica interna, também oferece a oportunidade para um esforço de memória, de aprofundamento e de esclarecimento daquela experiência, que não pode ser subestimada.

A *Legenda maior*, de Boaventura, e os critérios que presidiram sua elaboração tentaram liberar a ordem desse problema. As decisões do Capítulo de Paris de 1266 de considerá-la a única biografia autorizada e oficial, ordenando a destruição de todas as *Legendae* anteriores, pretenderam apoiar essa operação em um ato de força que fechasse o circuito entre o passado e o presente, interrompendo um confronto que resultava mortal para o desenvolvimento harmônico da ordem e totalmente insustentável com os instrumentos críticos à sua disposição[10]. Como se sabe, foi uma tentativa completamente fracassada (em todo caso, dez anos mais tarde, o trabalho de compilação dos testemunhos e do material biográfico sobre Francisco foi oficialmente retomado)[11], por mais que tenha sido catastrófica para o estado, as condições e a própria natureza da nossa documentação. A drástica interrupção ocorrida na leitura e na transmissão dos materiais escritos facilitou posteriormente o crescimento das deturpações mitificadoras, dando mais livre curso a todas as fantasias e motivações subjetivas veiculadas pela memória oral. A legenda do "Grande Perdão" de Assis nasce nesse contexto[12], como nesse contexto ganharam novo impulso os aspectos miraculosos e maravilhosos que entrelaçaram algumas narrativas dos *Actus* e do *Florilégio*, mas também a *Historia septem tribulationum* [História das sete tribulações], de Ângelo Clareno[13].

À obra do tempo, que removia para uma esfera cada vez mais mítica a memória fascinante das origens, acrescentou-se, assim, a ação violenta do homem. As decisões do Capítulo de Paris e a escolha da *Legenda maior* como único texto biográfico ao qual fazer referência determinaram uma interrupção irreparável na transmissão dos textos e, portanto, nas próprias possibilidades de, sobre uma tradição variada e recortada, avaliar e comparar a verdadeira imagem de Francisco. Não resta dúvida de que o trabalho intenso do final do século XIII, como o das décadas seguintes, trouxe à luz memórias únicas e episódios que revelam traços de uma tradição mais antiga, que refletem e conservam fragmentos de história menos distorcidos pelo uso crescente do maravilhoso ou pelas intervenções interessadas naquilo em que não estão interessadas certas narrativas escritas nas primeiras décadas da ordem[14]. E, todavia, é a esse mesmo trabalho que devemos o resgate e a transcrição de boa parte do que nos sobrou dos materiais anteriores a Boaventura. Uma pesquisa sobre Francisco e as origens franciscanas não pode deixar de levar isso em consideração.

As biografias e os materiais anteriores a Boaventura continuam a ser, portanto, o campo privilegiado, ainda que não exclusivo, para se chegar a informações e notícias sobre a vida de Francisco e sobre as origens e as orientações da fraternidade primitiva e da ordem. Documento de si próprio e do destino de uma memória e de um culto, os escritos franciscanos de Boaventura e a ampla produção que os tem por trás só raramente estão em condições de oferecer por si algo da história do próprio passado e, por isso, não podem constituir um caminho eficaz para o conhecimento dele. Abrem a temporada das "compilações", preciosas a nós como veículos de memória e de textos mais antigos, que, no entanto, em geral, não são suficientemente capazes de elaborar, por conta própria, documentos ou informações importantes sobre aquela história.

O conjunto de textos disponíveis para a história de Francisco e das origens franciscanas é igualmente significativo e, poderia dizer, enfim se encontra firmemente estabelecido na posição cronológica de suas partes, consideradas individualmente e nas suas relações mútuas. Deixando de lado os escritos destinados a usos litúrgicos, geralmente mera redução de biografias maiores, as duas *Vitas* de Tomás de Celano, a de Juliano de Spira, o Anônimo de Perúgia e a *Legenda trium sociorum*, a extensa compilação de *flores* e de *exempla* atribuíveis ao Capítulo de Gênova e que se coloca, com algumas exceções, sob a marca dos "companheiros" de Francisco e em particular de Frei Leão, constituem um conjunto único para a história da vida e da experiência religiosa de um homem da baixa Idade Média[15]. Se a tudo isso se acrescentam as duas preciosas *Chronache* de Giordano di Giano e de Tomás de Eccleston, os testemunhos exteriores à ordem e, sobretudo, os escritos do próprio Francisco, documento único e insubstituível sobre suas orientações e seus sentimentos, não acho que possa sobrar muito espaço para atitudes de ceticismo e de renúncia sobre nossas possibilidades de conhecer não apenas os traços essenciais daquela experiência, mas também, pelo menos, alguns dos acontecimentos e das modalidades em que ele se expressou, se afirmou e se modificou, até dar vida à ordem religiosa mais numerosa e difundida da cristandade da baixa Idade Média[16].

A façanha, extremamente árdua, para não dizer impossível para a maior parte dos personagens das *Legendae* hagiográficas, de passar da hagiografia à história, não precluiu, portanto, para a vida de Francisco. Isso é permitido pela qualidade, pela quantidade e pelas características dos materiais disponíveis, embora não se possa abstrair a natureza composta de cada texto, individualmente considerado, nem se pretenda atribuir-lhes um caráter objetivo de informação e de narrativa absolutamente estranho às suas possibilidades e capacidades. O reconhecimento de sua validade e importância não dispensa, em suma, o esforço crítico de desmontagem sistemática de todos os testemunhos individuais, do empenho de neles peneirar e distinguir as diversas, complexas e articuladas motivações que os produziram naqueles termos específicos: um trabalho de compreensão paciente, inevitavelmente variado em suas possibilidades e em seus resultados, que, sobretudo, constitui a premissa insuprimível para poder conseguir algum resultado criticamente confiável. Em muitos aspectos, trata-se de um trabalho ainda no início. Gostaria de acrescentar aqui, às indicações e sugestões detalhadas já fornecidas em outras partes deste livro, alguns elementos posteriores de caráter mais geral, sem a pretensão de proceder a uma análise e a um levantamento sistemático das possíveis "recuperações" permitidas por tais materiais para a história de Francisco e das origens franciscanas, mas com a intenção de esclarecer, por meio da identificação da natureza e das características de qualquer desses textos, alguns critérios e algumas pistas para poder proceder a tal recuperação.

2. A "Vita prima" de Tomás de Celano: as dificuldades de uma interpretação geral

Os diversos critérios e os múltiplos condicionamentos que orientaram Tomás de Celano na elaboração das suas duas *Vitas* de Francisco têm sido amplamente reconhecidos e trazidos à luz pela historiografia[17]. Francis de Beer, em especial, nos deu uma contribuição importante sobre isso, analisando minuciosamente as duas histórias diferentes da conversão de Francisco, apresentadas vinte anos depois de Tomás[18]: duas histórias completamente diferentes, mas também sólidas e uniformes na sua estrutura, e que, portanto, assim consideradas, renunciam a tratar os vários episódios narrados por Tomás como fragmentos separados, a fim de usá-los como peças para construir um mosaico novo e mais completo da vida de Francisco (contrariamente, portanto, ao que muitos dos seus modernos biógrafos também continuam a fazer, e frequentemente com as combinações mais absurdas possíveis). O mérito principal de De Beer e a novidade da sua contribuição crítica consistem precisamente em ter tomado as duas histórias da conversão, cada qual como um todo coerente, obra de um "escritor" que tem coisas específicas a dizer através de uma linha progressiva de representação, pela qual as referências internas tornam-se contínuas e densas, e as alusões e as correspondências, numerosas e conscientes.

O dado central do qual ele parte é de uma clareza absoluta até para o mais distraído dos leitores: a estrutura da história da conversão é, nas duas *Vitas*, exatamente oposta. A primeira apresenta um percurso da conversão de Francisco que se poderia definir como do tipo agostiniano (ênfase na decadência do pecador para melhor exaltar a soberania e a ação repentina da graça), através do qual se assiste a um claro salto qualitativo de uma vida condenável para uma vida santa, vindo a conversão a constituir, portanto, uma mudança violenta de direção e de perspectiva. Em sentido contrário, na segunda, tudo parece desde o início orientado e disposto na direção da santidade: a ascensão é gradual e segura, sem soluções bruscas, mas em uma progressiva submissão de Francisco à vontade de Cristo. O que De Beer é levado a sublinhar não é, portanto, a complementaridade de uma em relação à outra – contrariamente ao que o próprio Tomás sugere no prólogo da *Vita seconda* e que continua a ser mencionado na moderna historiografia[19] –, mas muito mais a recuperação, na *Vita seconda*, em um contexto e conforme uma perspectiva completamente diferente, de toda uma série de episódios que já tinham encontrado lugar na *Vita* anterior. É uma nova abordagem, correspondente a dados e análises reais: daí os resultados que De Beer obtinha. Mas também é uma abordagem que não carece de desvios forçados quando almeja a exclusividade, perdendo de vista outros aspectos da situação[20]. Tomás não mente quando afirma que a *Vita seconda*, no que diz respeito à conversão de Francisco, é complementar em relação à primeira. À parte a estrutura totalmente diferente do processo de conversão, a *Vita seconda* também se propõe a, bem claramente, oferecer novas informações e a integração daquelas já conhecidas e em circulação, sem, porém, negá-las ou desmenti-las, mas, pelo contrário, continuando claramente a presumir sua existência[21]: sob esse ponto de vista, pode-se dizer que a *Vita seconda* não pretende, de fato, substituir a *Vita prima*, mas apenas completá-la e corrigi-la. Além disso, se minuciosa é a identificação das duas estruturas diversas que, nas duas *Vitas*, suportam e caracterizam o itinerário de conversão de Francisco, o mesmo não se pode dizer quanto ao claro contraste – na verdade, duas "leituras" completamente diferentes entre si – que ele supõe poder identificar na instalação do discurso e na interpretação da figura de Francisco dada nas duas *Vitas*. Escapa-lhe, assim, o fato de que a *Vita seconda*, à parte a "estrutura" narrativa totalmente diferente, representa uma sistematização mais orgânica e convincente de toda uma série de episódios e passagens da história de conversão do que a primeira[22]; e, ao mesmo tempo, escapa-lhe que as múltiplas e sutis formas de influência que o curso dos anos e o desenvolvimento da ordem exercem sobre a narrativa de Tomás não podem absolutamente se restringir à situação diversa em que se acha a ordem e ao diverso significado que, em relação a ela, a experiência religiosa de Francisco viria a assumir. A "restituição" da ordem a Roma, a entrega a Roma da sua direção e da tutela de sua integridade, que para De Beer constitui uma preocupação fundamental da *Vita seconda* (a bula *Ordinem vestrum*, de Inocêncio IV, que afirmava a propriedade da Igreja sobre todos os bens dos frades menores é de dois anos antes), não constitui um tema novo, sugerido ou imposto pela nova situação, mas já está amplamente presente na *Vita prima*. As observações fortemente encomiásticas para o cardeal Ugolino, que acompanhavam o seu desenvolvimento – homenagem ao papa em exercício, mas também à pessoa autorizada e autoritária que encomendou a obra –, não permitem, por certo, apagar seu significado[23]. Pelo contrário, a *Vita prima*, apesar de, em termos gerais, manter o próprio discurso a respeito disso quase sem referências fáticas, propõe considerações e formula juízos não apenas historicamente preciosos para determinar o papel desempenhado por Ugolino (e por Roma) no desenvolvimento da ordem como também mais significativos nas suas referências à realidade das coisas do que a *Vita seconda*.

Tomás fala da relação entre Francisco e Ugolino em dois lugares diferentes da *Vita prima*. Primeiro, seu discurso se inicia a partir da ilustração das características da pregação de Francisco (e são observações preciosas, e praticamente únicas nas fontes biográficas, para poder perceber os elementos de radical novidade que ela vem a representar na prática da pregação da época)[24]. Nesse contexto, ele insere a história de um sermão feito por Francisco diante de Honório III e do colégio dos cardeais, um sermão que Ugolino teria facilitado, mesmo temeroso de que a *simplicitas* de Francisco pudesse se tornar objeto de desprezo, porque, observa Tomás, ocupando o lugar de pai de toda a família franciscana, não apenas a glória do santo mas também sua infâmia recaíam sobre ele[25]. Sobre essa constatação sutilmente alusiva às lutas e aos conflitos que dividiam a hierarquia segundo a postura que deveria ser assumida em relação aos movimentos evangélicos, Tomás inicia uma digressão que tem o objetivo de ilustrar as relações de Ugolino com Francisco e a ordem dos Menores: relação de plena confiança filial à qual Francisco se abandonava completamente, a ponto de, em relação à ordem, ser Ugolino quem realizava o ofício e desempenhava o trabalho de pastor, ainda que em nome de Francisco: este identificava o que era necessário fazer, mas era o cardeal quem providenciava a realização das tarefas[26].

Parece que Tomás quer desmentir a si próprio em poucas linhas: depois de ter destacado o efetivo papel de governo desempenhado por Ugolino em relação ao papel meramente formal de Francisco, ele apresenta um Ugolino quase como um simples executor das recomendações de Francisco. Na realidade, com essa construção equilibrada sobre duas condições, opostas apenas em aparência, Tomás pretende enfatizar ao máximo a íntima e profunda sintonia entre ambos, como confirmará longamente, poucos parágrafos adiante, fazendo de Ugolino um frade menor no anseio, devoto e submisso a Francisco[27], assim como aqui Francisco parece devoto e submisso a ele; no entanto, Tomás também pretende apresentar a obra desenvolvida por Ugolino em relação à ordem como fruto da vontade e da plena aquiescência de Francisco: obra de proteção, frente aos múltiplos ataques que ameaçavam a jovem fundação, mas igualmente de verdadeiro governo em relação ao seu regime interno. Bendito o dia em que o santo se entregou a tão venerável senhor, exclama Tomás[28], e, para ele, aquele dia remontava justamente ao encontro entre Ugolino e Francisco, ocorrido em

Florença, enquanto este se dirigia para a França: uma viagem que Ugolino havia decididamente desaconselhado. Ao ver a sua benevolência, Francisco foi tomado de imensa alegria e, prostrando-se a seus pés, *"se ipsum et fratres suos devoto ei animo tradidit et commisit"* ["a ele entregou e confiou seus irmãos e a si próprio com ânimo devoto"][29].

Trata-se de um acontecimento situado com toda a certeza no verão de 1217[30] e ao qual Tomás pretende ligar a escolha de Francisco de entregar a si próprio e a ordem à supervisão e à proteção do cardeal. Poucos parágrafos adiante, no contexto dos tratamentos a que Francisco se submeteu a conselho de Ugolino, Tomás iniciará uma segunda digressão, destinada a mostrar o espírito franciscano do cardeal e a contar como Honório III, a pedido de Francisco, o nomeou *"corrector et protector"* ["reformador e defensor"] de toda a ordem. Tomás coloca essa digressão na altura da narrativa dos últimos dois anos de vida de Francisco, uma colocação nada óbvia, que talvez, como se verá, não carece de uma referência significativa e precisa. Aqui, no entanto, interessa observar outro aspecto.

Tomás articula em duas narrativas diferentes a reconstrução que faz da relação entre Francisco e Ugolino, em referência a dois momentos distintos da vida de Francisco (sua ida a Roma e a consequente nomeação de Ugolino como cardeal protetor da ordem, deve certamente ser situada quando de seu retorno do Oriente e, portanto, "bem provavelmente, ao longo da primavera de 1220")[31], dois momentos porém que, no entendimento de Tomás, referem-se a um mesmo acontecimento (a assunção, da parte de Ugolino, de uma espécie de autoridade suprema sobre a ordem), ainda que tenha se traduzido em períodos e, portanto, em episódios distintos. E são dois porque, de tal modo, Tomás pôde trazer à luz que a escolha de Honório, institucionalizada em uma determinada função e feita a pedido de Francisco, foi, na verdade, precedida de uma livre escolha sua, informal mas nem por isso menos decisiva e essencial para a vida da ordem. Parece-me bem evidente que Tomás confunde propositalmente situações e circunstâncias, antecipando em alguns anos a relação e a função institucional de Ugolino em relação a Francisco e à ordem, para remetê-las a uma decisão autônoma de Francisco, de modo que assim também o livrava das fortes influências exercidas pelas gravíssimas tensões, vindas à tona durante a sua ausência da Itália, e das quais Giordano di Giano nos preserva um parcial mas inequívoco testemunho[32] daquelas tensões, das quais só se podem apreciar, pelo menos em parte, o sentido e o alcance.

Então, pela primeira vez, enfrentaram-se explicitamente duas tendências opostas em relação à direção a dar à então numerosa e difusa *fraternitas*: uma, orientada a desenvolvê-la, mantendo as características fundamentais da proposta originária, pouco a pouco traduzida e explicada nas disposições e nas indicações que se acumularam ao redor da primitiva *"forma vitae"* e da qual a assim chamada *Regula non bullata* conserva muitos traços[33]; a outra, decididamente dirigida a modelá-la em termos de uma ordem religiosa, certamente nova na sua estrutura e por sua capacidade de presença apostólica, mas que, para permitir uma maior eficácia à própria obra pastoral, não poderia também deixar de se referir à sabedoria institucional e organizacional oferecida pela tradição consolidada regular. Dar uma consistência precisa a tais tendências é quase impossível. Claro que ao lado de Francisco também ficaram outros irmãos: mas os poucos nomes, que pouco ou nada podem fazer, nos dão a dimensão desse grupo. Aliás, aqueles que Giordano chama *"fratres seniores"* ["irmãos mais velhos"][34], homens importantes e de peso devido à experiência, ao prestígio e à autoridade, aos quais até mesmo o próprio Francisco havia recorrido e recorria para garantir a condução e o governo cotidianos da comunidade.

Trata-se de uma divisão fundamental e que os anos seguintes não conseguirão recompor. As suas raízes residem no próprio caráter paradoxal e não convencional da proposta de Francisco, em muitos aspectos estranha e, por isso, dificilmente assimilável à mentalidade e à prática existencial que a tradição eclesiástica havia concebido como opções de vida religiosa. O desejo de seguir os dogmas, isto é, de agir com submissão e obediência à Igreja de Roma era parte integrante e constitutiva daquela proposta. Impediu, então, qualquer rompimento rumoroso. Mas não impediu as tensões e as divisões ligadas ao processo de integração da nova experiência aos quadros da instituição eclesiástica, assimilando, assim, termos e variações daquela tradição que tinham ficado essencialmente estranhos ao seu nascimento, às suas orientações originais e às suas expectativas[35].

Foi uma integração desejada por Roma, pela parte da cúria que admirava Francisco e pretendia protegê-lo de suspeitos e ataques – que não eram poucos[36] –, mas foi uma integração imposta também, por assim dizer, pela necessidade das coisas. Tais comportamentos, práticas e condições de vida, que poderiam ser aceitos por um pequeno grupo, tornavam-se insustentáveis e inadmissíveis quando se tratava de centenas e milhares de homens. Não creio, porém, que a esse respeito possamos nos restringir a recordar a lógica intrínseca ao desenvolvimento de grupos específicos dentro de uma sociedade global, que não pode deixar de neles imprimir as próprias características fundamentais, nem que seja suficiente lembrar a inevitabilidade do surgimento do direito no momento em que a intuição do fundador é compartilhada por outros, tornando necessários recursos temporais, regras de admissão, normas determinadas e definidas para todos os membros e clareza de gestão[37].

A especificidade da proposta de Francisco e da experiência vivida pela fraternidade originária estava na sua profunda e total imersão na vida cotidiana da sociedade ao redor, ainda que assumindo para si critérios, valores e comportamentos radicalmente alternativos em decorrência disso. O que era insustentável e incompreensível, quer dizer, o que "provocava" a Igreja e a sociedade de seu tempo era justamente a aparente contradição gerada por esse seu duplo modo de se colocar, tão profundamente diferente do que a tradição e a cultura eclesiástica exigiam dos cultores da perfeição cristã, mas também tão distante do que a sociedade civil esperava de quem devia diariamente promover a preparação para uma vida religiosa e moral equilibrada e sensata[38]. A "provocação alternativa" estava toda ela nas coisas, na maneira pobre, humilde e submissa de ser, a qual, no entanto, só assim descobria o sentido da própria presença na história. Em Francisco e no grupo inicial de seguidores, inexiste qualquer proposta de reforma eclesiástica, ou de contestação, ou de subversão eclesial ou social. Tudo o que desejam é ser um pequeno marco testemunhal do Evangelho, nas pegadas do *"Christum sequi"*, despido de expectativas, intenções e esperanças que não as que se dirigirem à persistente fidelidade dessa opção, deixando à obra da graça a obtenção de eventuais frutos[39]. O fato de, gradativamente, o campo de sua presença se abrir para fronteiras cada vez maiores, até atravessar os Alpes, correspondia ao empenho de levar o próprio testemunho para o coração da sociedade, com tal dimensão universal que fazia do "mundo" o seu "claustro", sem, no entanto, pretender modificar seu modo de ser e suas expectativas. Era uma postura que, aos olhos de todos os que viam com preocupação as carências morais e pastorais da hierarquia e do clero e as necessidades do povo fiel, não podia aparentar uma isenção de responsabilidade, uma dispersão de energias e de forças que bem poderiam ter sido usadas para outras coisas[40].

O problema se colocou, dentro e em torno dos Menores, no momento em que, no espaço de uma década, graças a um crescente e inesperado recrutamento, o pequeno núcleo inicial transformou-se em um núcleo relevante do ponto de vista da sua quantidade e qualidade. Havia muito, a reflexão relativa à teologia e aos cânones tinha fixado características, funções e critérios bem precisos nas relações entre o clero e os cristãos laicos, entre a opção religiosa e a vida civil, a fim de que uma proposta como a de Francisco pudesse tranquilamente subsistir e se perpetuar sob essas novas condições. O crescimento numérico dos Menores requer atenção, questionamentos e exigências que repercutem internamente, reclama uma intensidade diferente de intervenção e de aplicação, postula um cuidado na formação e um papel pastoral de mestres e guias espirituais, cujo modo de entender o *"Christum sequi"* de Francisco era de todo estranho. Assim, a extraordinária expansão da pequena *fraternitas* das origens, aos olhos de todos os que chamavam a atenção para a gravidade da situação religiosa e eclesiástica, esboça a possibilidade de ter à disposição uma nova e grande ordem para a reforma e a renovação da vida cristã (e, ao lado dos personagens influentes da cúria, eram provavelmente muitos a sentir isso, entre os que haviam escolhido integrar suas fileiras), mas uma ordem que, para poder funcionar de modo eficaz nesse sentido, não podia deixar de se reinventar, nas suas relações internas e na sua relação com os fiéis, segundo os comportamentos, as condições e as características que deveriam distinguir e separar os que eram chamados a instruir e a dirigir dos que deveriam ouvir e obedecer.

Essas questões e esses contrastes começaram a tomar sua forma final ao longo da viagem de Francisco ao Oriente e caracterizaram os debates em torno da regra dos anos seguintes. Para além das incertezas, das decepções, dos momentos relativamente longos de caos e desalento que deixam pistas apagadas nas fontes biográficas[41], para além do próprio fato de que, do alcance e das consequências de certas mudanças em relação à sua opção originária, ele e os que sentiam como ele somente aos poucos iriam tomando consciência, no curso de um processo em tantos aspectos imperceptivelmente exigido pela pressão de acontecimentos e de situações que ultrapassavam a sua vontade, para além de tudo isso, Francisco não se negou a reafirmar as características básicas do seu *propositum*, mas renunciou a qualquer posição de força: suas exonerações do cargo de ministro geral são evidentes indícios disso[42]. Mas também o pedido a Roma de um cardeal que fosse *"corrector et protector"* ["reformador e defensor"] da ordem como um todo está no centro de tais tensões e contrastes: isso é sugerido pelas próprias circunstâncias em que esse pedido tomou forma[43].

A necessidade de poder lançar mão de um interlocutor mais acessível e seguro no âmbito da cúria romana, com que Giordano motiva o pedido de Francisco[44], explica em parte o objetivo que ele pretendia atingir, mas não as razões que o moveram. Nesse emaranhado de situações e contrastes, difícil de desembaraçar, que vinham chegando a um resultado, uma figura como a de um cardeal *"corrector et protector totius fraternitatis"* ["reformador e defensor de toda a fraternidade"] parece delinear-se como a de uma autoridade referencial externa, capaz de oferecer proteção contra os ataques alheios, mas, ao mesmo tempo, de exercer controle e resolver conflitos internos da ordem, eximindo e, de algum modo, desencorajando os frades de atos de força e de riscos de abusos recíprocos.

O papel que Francisco lhes atribui no "Testamento" parece confirmar isso, porque, por obra dos ministros, a ele seriam entregues os frades que não observassem a regra ou "não fossem católicos"[45]. Sinal de preocupação suprema[46] – é o único caso, nos escritos de Francisco, em que, mesmo que temporária, é prevista uma ação coercitiva nos conflitos dos frades pelas mãos de outros frades –, tal disposição comprova também como Francisco tinha a intenção de colocar fora da ordem a jurisdição para os conflitos mais graves que fossem aparecendo, ao mesmo tempo que instituía uma espécie de válvula de escape que eximisse os frades do uso de instrumentos que, em princípio, deveriam ser estranhos a eles.

Subsequente ao retorno de Francisco à Itália para enfrentar as inovações introduzidas pelos "*fratres seniores*" na vida da ordem, misturado à sua renúncia ao cargo de ministro geral, o pedido de um "cardeal protetor", em tais circunstâncias, surge ditado por intenções semelhantes. A renúncia de Francisco não visa perseguir e tornar a mostrar a sua própria via de presença e de ação, mas impedir qualquer discórdia, qualquer violência, todo uso da força entre os frades. Ele renuncia a qualquer ato pessoal de autoridade não para se entregar a uma arbitragem externa – mesmo diante de Ugolino, Francisco reafirmará o sentido profundo da opção exclusiva para a qual se sentia chamado[47] –, mas para encontrar na autoridade de Roma a garantia e a salvaguarda de um tipo de relação interna que via perigosamente ameaçada.

A lenta e cansativa passagem da *Regula prima* para a *Regula bullata* e o profundo deslocamento geral que, desse modo, foi consagrado na vida da ordem mostram que o papel desempenhado por Roma naquelas circunstâncias, se garantiu a unidade e impediu as rupturas irreparáveis, também favoreceu todos os que consideravam oportuna e inevitável uma gradual evolução sua segundo alguns modelos e critérios sugeridos pela tradição regular. Não se tratou apenas do sentido e do alcance de determinadas maneiras de ser, que na experiência originária dos Menores constituíam sua manifestação específica, e que na *Regula bullata* já tendem a se resolver em maneiras de sentir, em opções de asceses edificantes[48], mas também de uma modificação radical no próprio modo de se controlar e de se organizar em relação à própria opção ideal e à tradução de seu cotidiano em acontecimentos e experiências concretas.

As pesquisas de Flood oferecem uma contribuição importante sobre isso[49]. A partir de uma linha de fidelidade dinâmica, constantemente empenhada em readequar e reajustar as próprias normas de comportamento à luz dos problemas e das experiências que a vida em meio aos homens colocava para, assim, poder corresponder melhor à própria opção evangélica, passa-se, com a *Regula bullata*, para prescrições e normas fixadas de uma vez por todas, justamente segundo o modelo de toda a tradição regular. Era a premissa para uma transformação antropológica e existencial de fundamental importância na vida do grupo: o fértil conflito de experiências, que os capítulos eram chamados a examinar e a traduzir sempre em novas disposições, atentos a responder com inteligente fidelidade ao próprio propósito de levar o testemunho concreto do Evangelho entre os homens, é substituído pela referência estática a uma disciplina não suscetível de correções e, por isso mesmo, necessitada da autoridade certa e definida a que recorrer.

Claro que não é possível estabelecer se, e em que medida, Francisco compreendeu profundamente o alcance e as consequências dessa transformação para a vida e as orientações dos Menores. O fato de ele ter escrito o "Testamento" da maneira como escreveu, introduzindo novas indicações e prescrições para toda a ordem, segundo o método que havia conduzido a dilatação da *Regula prima*[50], de todo modo comprova que ele não fechou os olhos a certas carências da *Regula bullata*. A ambígua obscuridade com que as biografias encobriram as circunstâncias da sua gênese e as discussões que a precederam[51] não apagaram completamente as tensões e os conflitos que acompanharam a sua adoção. As semanas de Verna*, os estigmas, a "solidão" dos últimos anos de Francisco, assim como o sobressalto final do "Testamento", têm nesse conjunto de acontecimentos as suas raízes históricas. Mas também comprovam, em sua própria dramaticidade dolorosa, que uma transformação fundamental na condição existencial diária dos Menores já tinha, enfim, em muitos aspectos, acontecido:

---

* Referência a Chiusi della Verna, comuna italiana onde está situado o Santuario della Verna, que serviu de retiro a São Francisco de Assis e onde ele recebeu os estigmas de Cristo. (N. T.)

a vida e o modelo das origens que Francisco apresenta no seu "Testamento" pertencem fatalmente ao passado, estão além da força, tão paradoxal e dolorosamente emblemática, com que ele pretende trazer de volta para si e para os outros também no presente. A transformação, na qual o lento encaminhar-se de situações de fato se cruzava e se sobrepunha com vontade precisa e consciente de trabalhar nesse sentido, é tal que vai constituir a principal membrana deformante da reconstrução que das origens franciscanas e dos eventos decisivos dos anos 1220 oferecerá a memória da ordem (o que, entre outros, torna histórica e totalmente incabível, em muitos aspectos, uma caracterização dos conflitos que continuarão a dilacerar os Menores em termos de uma maior ou menor fidelidade a Francisco e à sua opção originária)[52].

Voltando a Tomás, já na *Vita prima*, ele oferece um exemplo evidente de tal situação. É provável que do conjunto dos fatos ocorridos nos anos 1220 ele saiba muito mais do que não diz explicitamente ou não deixa transpirar na sua narrativa, mas é igualmente provável que quase lhe escape, ao menos em parte, o alcance real do conflito detonado durante a ausência de Francisco da Itália e, por isso, também das intenções que moveram e animaram os seus atos seguintes.

Quando Tomás escreve, a linha do empenho pastoral, de guia, ensinamento, educação e formação na sociedade prevalece claramente – no mínimo, em princípio, se não sempre, de fato – sobre a do mero testemunho evangélico, entre os pobres e os marginalizados, em uma vida de trabalho, de humilde submissão e de serviço. A sua biografia de Francisco reflete e ao mesmo tempo contribui para reforçar tal tendência. Se é possível atribuir um caráter simbólico ao percurso de Egídio, então é nas ermidas que o remorso da vida das origens encontra o seu refúgio[53], e não se trata de uma distorção dos Menores, da que se expressava na linha vencedora, em relação à primitiva opção franciscana.

Tomás parte, portanto, dessa situação de fato e organiza sua narrativa da trajetória religiosa de Francisco segundo a perspectiva da fundação de uma ordem religiosa que será decisiva para a renovação da vida cristã na sociedade. É apenas sob esses episódios únicos, da maneira como são apresentados por ele, em certas considerações marginais e em certas confissões de dificuldade e de impotência para dar conta adequadamente da figura religiosa de Francisco, que podem ser intuídos e identificados alguns aspectos relevantes daquela que foi, nas origens – e, até o fim, na vontade de Francisco –, uma experiência diferentemente vivida e diferentemente orientada[54]. A impossibilidade de reduzir maneiras de ser, atos e gestos únicos de Francisco, registrados por Tomás, ao esquema interpretativo por ele oferecido, se por um lado comprova a "resistência" da "história" à manipulação ideológica ou então interessada[55], abrindo brechas preciosas e inusitadas sobre uma vivência religiosa e humana de outro modo não recuperável, por outro lado não invalida – nem é o que Tomás pretende, evidentemente – aquele tipo de relação da ordem com a Igreja e a sociedade que, com relação às origens, tirava completamente do lugar suas orientações, seus comportamentos e fins: enfatiza a magnitude da *novitas* franciscana, mas já inteiramente sob o ponto de vista dos critérios e das coordenadas básicas da tradição eclesiástica. Em suma, restam em Tomás fragmentos, retalhos, pistas reais de uma experiência e de maneiras de ser que aquele tempo presente da ordem já havia excluído para a grande maioria, se é que não havia ainda completamente superado e eliminado: mas sobram como notas e avulsos de toda a história das opções, das reflexões, das ponderações das quais tinham sido a manifestação e o fruto coerente, quase sem a consistência e a profundidade histórica que os tinham feito existirem desse modo, na história de Tomás, mesmo que, talvez ao menos em parte, por outras razões, não tenha sido diferente com o conjunto dos acontecimentos que antecederam e acompanharam o pedido a Roma de um "cardeal protetor", e com os atormentados e discutidos anos que foram os últimos da vida de Francisco. Mas, a essa altura, ao lado da dificuldade de recordar e compreender as regras reais do que estava em jogo, talvez tenham pesado mais, cruzando-se entre si, as reticências conscientes de Tomás e de seus próprios testemunhos mais importantes: porque eram tantas coisas, que era um pouco inconveniente e desagradável recordar, justo no momento em que se desejava exaltar a grandeza da santidade de Francisco e, indiretamente, portanto, a própria ordem à qual ele havia dado à luz.

Tomás fala aqui e acolá, bem pouco e por cima, do contexto real em que Ugolino se tornou "cardeal protetor", e, como se viu, teve, entre outros, o cuidado de estruturar a narrativa em dois episódios diferentes que visam acentuar a total autonomia da escolha de Francisco: a sua ida a Roma "*causa religionis poscente*" ["reivindicando a causa da religião"], as muitas hostilidades de que a ordem era objeto, as crescentes dificuldades e tensões que acompanhavam a sua evolução. E até isso é dito para poder concluir que Ugolino tinha razão sobre tudo[56]. O estereótipo do panegírico não deve, porém, induzir que se leiam assim até mesmo as genéricas e por si só bem pouco claras notícias que o precedem. A falta de esclarecimentos e detalhes, mais do que atenuar, reforça bastante a sua importância, confirmando sua historicidade: foram hostilidades e conflitos radicais, e isso Tomás não cansa de indicar (na *Vita seconda*, ele o fará de maneira um pouco mais explícita e usando mais palavras, mas sem oferecer, assim, muitos elementos novos)[57], ainda que as imagens e os termos a que ele recorre se refiram à maldade dos outros e à sua própria fragilidade, sugerindo, por isso, uma chave interpretativa extremamente simplificante, que é fruto ao mesmo tempo da técnica narrativa do hagiógrafo, das reticências preocupadas do apologista e, provavelmente, também da dificuldade de mostrar o rumo real das coisas por parte de quem vivia então segundo perspectivas de presença e ação cada vez mais inseridas organicamente na instituição eclesiástica. E, quanto ao resto, quanto aos detalhes daqueles acontecimentos, Tomás deve ter pensado que quem, a partir de suas referências genéricas, já sabia também conseguia entender tudo muito bem, enquanto – era óbvio – era conveniente, para quem não sabia, continuar a ignorar circunstâncias e tensões desagradáveis.

Em resumo, Tomás parece pressupor e postular dois planos de leitura, capazes de agradar os leitores mais informados, mas também de proteger a "inocência" dos menos avisados, evitando explicitar e ilustrar momentos e pormenores escabrosos. Não é a única passagem da sua biografia na qual ele parece recorrer a tal expediente. Aqui e ali, a partir da aparência talvez apenas edificante, determinados indícios sugerem uma análoga chave de leitura[58]. E o sugerem, sobretudo, os capítulos que ele dedica aos dois últimos anos de vida de Francisco, em tantos aspectos contraditórios e fortemente alusivos a realidades e situações difíceis, só especificadas marginalmente.

Tomás amarra essa parte da sua narrativa a uma estrutura complexa, com toda a certeza muito bem pensada, que chega, com uma série de abordagens sucessivas, à narração de poucos episódios e à ilustração de algumas situações de importância e magnitude diversas. Qualquer tentativa de examinar e avaliar o sentido e o alcance das suas informações não pode resolver o problema preliminar das razões e do significado desse elaborado aparato.

Enunciado no prólogo geral, o seu propósito de narrar, na segunda parte da obra, os *gesta* dos últimos dois anos da vida de Francisco[59], é parcialmente corrigido na introdução dessa segunda parte, na qual ele indica precisamente não só tê-los compilado com brevidade ("*breviter*"), "*prout potuimus recte scire*" ["conforme pudemos conhecer com retidão"], mas também a sua atual intenção de se limitar apenas àquelas "*quae necessario magis occurrunt (...) ut qui plus his dicere cupiunt, quid addant semper valeant invenire*" ["que mais forçosamente vêm à cabeça (...), para que os que desejam dizer mais isso, que acrescentem constantemente aquilo que consigam descobrir"][60]. Poderia parecer apenas um chiste, embora nada óbvio para um "biógrafo oficial" – "escrevo apenas as poucas coisas que, de fato, não se podem omitir, para poder deixar, a quantos o queiram, algo para contar" –, mas, para além da argúcia de quem quer se fazer estimado também pelas imagens e pelos conceitos aos quais sabe recorrer, Tomás provavelmente pretende, sobretudo, advertir seus leitores de que muitas mais são as coisas que ele já sabe e que, no entanto, não achou necessário contar em detalhes. E isso explica os juízos e as afirmações de caráter geral dessa segunda parte, que adquirem uma densidade bem diferente, caso se pressuponha que são formulados numa referência implícita a toda uma série de acontecimentos, fatos e episódios que não ficam especificados, mas que aqueles que já sabiam podiam vê-los sutilmente resgatados em poucas frases alusivas colocadas lado a lado, como veremos, segundo uma interpretação convincente e tranquilizadora.

A reticência apressada de Tomás coloca um obstáculo insuperável a um conhecimento preciso das coisas, porque, na verdade, entre os biógrafos seguintes, não existiu quem realmente quisesse contar aqueles últimos anos da vida de Francisco. Mas se Tomás é comedido, para não dizer avarento, nos detalhes, reticente e esquivo o suficiente para impedir um conhecimento estreito daqueles acontecimentos, em contrapartida ele não deixa de oferecer, com singular explicitação, o quadro geral da situação e do clima que marcaram seu desenvolvimento: o fato de que não fique adequadamente circunstanciado em episódios e protagonistas que expliquem e justifiquem suas características não autoriza a ignorar ou subestimar seu significado de testemunho histórico consciente e voluntário, embora reduzido e depurado, contendo apenas os resultados exemplares.

Mas, antes de entrar no mérito daqueles anos, Tomás executa outra operação aparentemente inusitada. Ou seja, ele dá poucas e rápidas pistas de um breve compêndio das etapas da vida de Francisco, ou melhor, do significado que ela teve para a Igreja e a sociedade de seu tempo e no contexto global da história da salvação: uma espécie de epílogo que une as peças e revela o sentido profundo de tudo o que aconteceu, uma verdadeira "conclusão" que Tomás sente a necessidade de escrever bem antes de concluir sua narrativa[61].

Seu tema central é a extraordinária renovação da vida cristã por obra de Francisco: "*novus*", "*novitas*", "inovar", "renovar" retornam em múltiplas e insistentes combinações ao tecer suas frases. É uma "novidade" de anúncio e de conversão que se concretiza através de uma "ordem nova", mas seguindo o "costume antigo", uma novidade que tem uma resposta para todos os homens e para todas as necessidades. "*Novus evangelista*", Francisco "ilustra com luz ainda mais clara a perfeição dos primeiros santos". Uma grandeza – a sua – que é atestada pelos sinais da Paixão de Cristo, que ele levou consigo, "*ac si in cruce cum Dei Filio pependisset*" ["como se na cruz, com o Filho de Deus, ele tivesse pendido"][62].

É o único privilégio dos estigmas que encerra e sanciona a exaltação de Francisco: "É inútil insistir em acrescentar outro em louvor dele – dirá Tomás logo depois –, desde o instante em que a sua glória vem Daquele que é a glória de todos, manancial e esplendor inesgotáveis, Daquele que dá o prêmio da luz"[63]. É a chave de leitura que ele dá para os estigmas, por outro lado óbvia e possível somente em uma obra que antes de mais nada quer ser hagiográfica – a apresentação da vida de um santo – e, pelos estigmas, transforma a vida de um santo único e incomparável, de modo tal que somente em Cristo ele encontra a própria referência. Tomás não pretende, porém, revelar assim todo o sentido daqueles sinais de sofrimento e Paixão. Sugere que foram manifestação do amor que ligava Francisco a Cristo (eles indicam a "*praerogativae dilectionis (...) maiestatem*" ["majestade da prerrogativa da escolha"]), mas paralelamente nota seu caráter de marca da realidade não plenamente atingível ("*sacramentum hoc magnum est*" ["grande é este sacramento"], repete com Efésios 5,32): "Esconde-se nela um arcano desenho e um venerando mistério, que cremos seja do conhecimento apenas de Deus e que através do santo foi manifestada apenas em parte", afirma Tomás[64], excluindo de sua parte, assim, qualquer pesquisa posterior de outros e diferentes significados.

Somente depois de ter assim proposto o sentido geral, apostólico e salvífico da vida de Francisco, e ter mostrado a estatura inigualável de sua santidade, chancelada pelo mistério dos estigmas, Tomás retoma o fio da narrativa. Mas não acho irrelevante o fato de ele ter considerado necessário dar tal enquadramento, antes de se pôr a narrar sumariamente alguns acontecimentos dos últimos anos daquela vida. É como se, assim, Tomás quisesse reafirmar preliminarmente alguns pontos centrais de interpretação e juízo, oferecer um símbolo genérico, à luz do qual concomitantemente lesse os acontecimentos que se preparava para narrar. Tomás, como já destaquei, economiza detalhes em relação a tais acontecimentos. Mas, como veremos, não pode se eximir de recordar todos em termos de dor, sofrimento, dificuldade, desilusão e constrastes, porque evidentemente tinham sido assim e havia muitos para recordá-los. E é de se pensar que esse é o caráter deles, se bem que genérica e frequentemente apenas lembrado por Tomás de modo figurado, a dar um impulso para, com aquele enquadramento, blindar e colocar em guarda, por assim dizer, os seus leitores: como quem diz que aqueles últimos anos difíceis, de sofrimentos misteriosos, de retiro solitário e de conflitos amargos não poderiam de algum modo colocar em discussão a reconstrução e a interpretação que ele havia dado do que Francisco era e tinha querido ser para a Igreja e a sociedade.

A essa primeira chave de leitura, válida para todo o percurso religioso de Francisco, ele acrescenta logo depois uma segunda, em referência a esse último período apenas: um indício posterior, parece-me, do cuidado com que pretende guiar e orientar o leitor, mas também do seu empenho em formular e propor uma interpretação geral, estruturada e aceitável para fatos e acontecimentos conhecidos certamente de muitos, e cuja própria característica deveria ter virado objeto de comentários, discussões, recriminações e surpresas, de narrativas e juízos nem sempre coincidentes.

Esse é um aspecto que complica posteriormente qualquer análise das biografias franciscanas e, em particular, dessa primeira de Tomás: mais ou menos próximas dos fatos narrados, elas se voltam a um público que, ao menos em parte, já dispunha de uma memória própria, que sabia ou pretendia saber, e no qual funcionava um circuito de discussão e transmissão oral inevitavelmente incontrolável. A função delas, portanto, não foi apenas a de organizar e transmitir uma lembrança e promover um culto, mas também de intervir nessa matéria indefinida e interagir com muitos que, igualmente, tinham sido protagonistas, testemunhas e participantes de muitos daqueles acontecimentos. O fato de esses interlocutores serem para nós quase desconhecidos e essencialmente não terem voz não elimina sua existência, ainda que impeça a determinação de sua consistência e de seu peso. O fato de as brincadeiras sobre a discussão e o diálogo que as biografias embaralharam terem ficado imprecisas e indistintas quanto a seus detalhes não autoriza ignorar que a memória escrita estava então interagindo constantemente com a memória oral. As influências recíprocas não são identificáveis com precisão: mas isso não as torna menos reais, presença para nós irremediavelmente impalpável e subterrânea, que, no entanto, faz parte do quadro em que aquelas biografias se inseriam.

A outra chave específica de interpretação e de leitura dos últimos anos de vida de Francisco é dada por Tomás através de um episódio do qual não diz a data ou o lugar em que ocorreu[65]. A indeterminação temporal e espacial da narrativa acentua seu caráter de preâmbulo de tudo o que viria a acontecer depois. Ele conta, assim, que um dia, como tinha costume de fazer, Francisco havia se retirado com poucos companheiros para um eremitério, a fim de se restabelecer em oração e contemplação, longe dos homens, das fadigas e das distrações de sua atividade apostólica. E ali, depois de certo tempo, pronto a tudo suportar para se ajustar cada vez melhor à vontade divina, veio-lhe o desejo de saber "que coisa dele e nele poderia agradar mais ao eterno rei". Pegando o livro dos Evangelhos e colocando-o sobre o altar, orou humildemente ao Senhor para que lhe mostrasse, *"in prima libri aperitione"* ["no primeiro abrir do livro"], "o que seria mais apropriado fazer para poder concluir com perfeição o que já havia iniciado com simplicidade e devoção"[66]. Assim procedendo, seguia o exemplo de outros santos, precisa e oportunamente Tomás, que sem dúvida conhecia a desconfiança da hierarquia em relação ao uso de tais práticas, mas também era animado por seus modelos hagiográficos a não considerar indecoroso o recurso que delas fazia Francisco[67]. Aberto o Evangelho, encontrou uma passagem que falava da paixão de Cristo, *"et id solum quod tribulationem eum passurum denuntiabat"* ["e só isso que denunciava a tribulação que ele suportará"][68]. Em dúvida se aquilo havia ocorrido por acaso, repetiu a operação outras duas vezes *"et idem vel simile scriptum invenit"* ["e descobriu o mesmo ou um texto semelhante"][69]. Compreendeu, assim, que o esperavam muitas tribulações, muito sofrimento e muitas batalhas, antes de poder entrar no reino de Deus. Não se alarmou com isso, nem desanimou frente às lutas que o aguardavam. Permaneceu tranquilo e feliz, razão pela qual, conclui Tomás, mereceu ser agraciado com uma revelação ainda maior[70].

É exatamente o prenúncio dos estigmas e da visão seráfica que o acompanha, narradas por Tomás no parágrafo seguinte, mas não é somente aos estigmas que o anúncio triplo do Evangelho se refere: dá o sentido, a razão e o enredo básico dos últimos anos da vida de Francisco. Tomás, como bom hagiógrafo, os descreve como anos de provas supremas, cada vez mais duras e difíceis, reservados por Deus a Francisco em vista da obtenção de uma recompensa maior, mas ao mesmo tempo deixa um inequívoco testemunho de seu caráter geral. Apaga ou atenua suas raízes históricas, inevitavelmente secundárias, sob a ótica por ele assumida, em relação às razões sobrenaturais que lhe fizeram assim, sem, no entanto, privar por isso totalmente o seu discurso daqueles elementos de informação que o tornam precioso para o estudo das origens franciscanas. Os parágrafos seguintes entoam algumas etapas e ilustram alguns aspectos dessas experiências de dor, de sofrimento e de provações. Constituem a mera exemplificação parcial do que a tríplice abertura do Evangelho havia anunciado.

Os fatos específicos, todavia, não são muitos: a visão do serafim, que deixa no corpo de Francisco as marcas da Paixão de Cristo, manifestação posterior, visível e clamorosa da maneira de ser do seu percurso terreno final[71]; uma enfermidade gravíssima nos olhos, que em algum momento completa na sua carne o que faltava na Paixão de Cristo[72]; os dolorosíssimos e inúteis tratamentos a que foi submetido em Rieti, a pedido do cardeal Ugolino[73] (e aqui Tomás, com um drible cronológico contraditório em relação ao que havia afirmado anteriormente, insere a longa digressão em que conta do pedido de Francisco a Honório III, para entregar Ugolino à ordem, como "pai e senhor", uma digressão nada óbvia, que retoma e complementa um discurso já feito e, voltando a apresentá-lo em tal contexto, parece querer sutilmente fazer uma alusão às circunstâncias amargas e difíceis em que tal pedido havia sido conduzido); a submissão paciente a essas enfermidades, assistido por quatro companheiros, e sua intenção de retornar às origens humildes de sua vida evangélica, a que Tomás associou uma série de advertências e censuras que Francisco havia pronunciado contra os que se mostravam ávidos de honras e de cargos[74]. O retorno a Assis, os últimos e dolorosos sofrimentos físicos, a longa liturgia da morte e os funerais encerram essa segunda parte da biografia[75].

Como se vê, não é muito. Uma comparação superficial e breve entre o que Tomás conta e o que as três aberturas do Evangelho haviam pretendido anunciar levaria a concluir que os sofrimentos físicos produzidos pelos estigmas e enfermidades constituem as tribulações, as angústias e as batalhas que Francisco havia achado que deveria enfrentar antes de concluir seu percurso terreno. Na verdade, não é assim, não obstante o claro predomínio de tais aspectos na sua narrativa. De fato, Tomás não deixa de acrescentar outro aspecto: ainda que principalmente de maneira marginal, quase de passagem, e sempre com características bastante genéricas, figuradas e de sermão, mas que por isso mesmo dão mais a entender do que dizem.

Depois dos estigmas, e observando que poucos puderam vê-los porque Francisco havia reiterado seu compromisso de não manifestar a ninguém o seu segredo, em uma divagação típica do estilo reservado que um homem verdadeiramente espiritual deve manter em relação aos demais, Tomás se deixa conduzir a duas confissões: que a reserva e o isolamento de Francisco dependiam do fato de "ter encontrado pessoas que exteriormente se mostravam de acordo com ele, enquanto interiormente discordavam, que o aplaudiam quando estava presente, mas, pelas costas, zombavam dele", e que essas experiências desagradáveis tinham acabado por fazê-lo enxergar como suspeitas até as pessoas honestas[76].

O comentário de Tomás, embebido em seu costumeiro pessimismo moral sobre o andamento das coisas do mundo – "a malícia busca sempre desacreditar o que é puro, e, uma vez que a mentira é familiar a muitos, acaba-se por não acreditar nem mesmo na sinceridade dos poucos"[77] –, desloca para um plano de considerações gerais sobre a natureza e a psicologia do homem, o que, na verdade, com toda a certeza, tinha sido o resultado de situações muito concretas e palpáveis, e, portanto, relevantes a ponto de marcá-los, mesmo que de modo impreciso. As atitudes e reações a que ele faz referência encontram, de fato, uma explicação somente em um contexto de crítica e de contestação da linha de Francisco, conduzidas sub-repticiamente por quem fingia partilhar de suas escolhas (e então isso envolveu também membros da ordem), uma crítica e uma contestação tão amplas e tenazes que o forçaram a desconfiar até de pessoas que, segundo Tomás, eram honestas. O reconhecimento é significativo. Certamente, faz referência a algo de muito específico e que deveria ser perfeitamente do conhecimento de muitos leitores. Atesta a existência de tensões e de incompreensões que Tomás, ao menos em parte, considera fruto de equívocos. Absolve o comportamento de Francisco, enganado e amargurado pela maldade alheia, mas, ao mesmo tempo, pretende proclamar a inocência daqueles que injustamente haviam ficado sob suspeita. As poucas frases de Tomás não permitem dizer mais: porém, nitidamente, referem-se a acontecimentos e comportamentos manifestados claramente na vida da ordem. Sua evidente dificuldade de se deter em tais aspectos, o modo reticente e retorcido de apresentá-los, a maneira de dizer as coisas pela metade e nas entrelinhas, tudo isso ganha também contornos de testemunho histórico: porque atesta quanto esses fatos vieram à tona dentro e fora da ordem, como se fosse impossível calá-los ou ignorá-los completamente.

Tomás volta a fazer referência a acontecimentos desse tipo também mais adiante, falando das enfermidades e dos sofrimentos físicos de Francisco. O fato de ter falado disso depois de uma apresentação e de um elogio aos quatro companheiros que amorosamente o assistiram naquelas circunstâncias[78] oferece um provável indício sobre a procedência dos variados elementos que tecem sua narrativa. Nesse caso também, no entanto, é evidente sua impossibilidade de calar, como também o seu esforço de oferecer uma apresentação mais branda e suave dos fatos.

Portanto, segundo Tomás, Francisco, embora enfermo e submetido a provações, aspirava sempre a novos desafios, "tarefas ainda maiores a realizar sob a direção de Cristo", e, "apesar dos membros exaustos e do corpo sem forças, esperava triunfar sobre o inimigo em novas batalhas". Por isso, acrescenta Tomás com alguma incongruência, ele desejava ardentemente voltar à humilde condição das origens, esperava reconduzir seu corpo às antigas fadigas, queria retornar para o serviço dos leprosos e ser desprezado como tinha acontecido uma vez; propunha-se a fugir da companhia dos homens e, "despojado de qualquer tratamento e destituído de qualquer preocupação com os outros, não haveria entre ele e Deus nada a não ser o obstáculo da carne"[79]. É nesse contexto que Tomás lembra aquelas extraordinárias palavras de Francisco, tão em conformidade com a sua ótica e o seu estilo, que parecem verdadeiras na essência: *"Incipiamus, fratres, servire Domino Deo, quia hucusque vix vel parum in nullo profecimus"* ["Comecemos a servir ao Senhor Deus, irmãos, porque, até aqui, dificilmente ou quase nada progredimos"].

Poucas vezes como neste caso, lendo Tomás, tem-se a impressão de estar diante de uma série de fragmentos autênticos, que correspondem a propósitos, frases e posturas de Francisco, mas reelaborados em um conjunto que altera seu caráter, manipulando-os segundo perspectivas e intenções que não eram as suas e, por isso, basicamente, sugerindo deles uma leitura deturpada e, ao menos em parte, falsificada. É claro que uma afirmação do gênero parte do pressuposto de que o critério fundamental para avaliar a credibilidade das biografias de Francisco, no que diz respeito não a seus atos individuais, mas a suas escolhas e expectativas fundamentais – as que inspiraram e caracterizaram a linha mestra da sua experiência religiosa –, é dado pelos escritos do próprio Francisco: um pressuposto, aliás, que acho difícil de ser questionado[80]. Mas, nesse caso, já é a contradição interna de apresentar o propósito de Francisco de retornar às condições e às práticas das origens como expressão da sua busca de sempre novas provações e batalhas que nos dá um sintoma da deturpação e da manipulação de Tomás: a realidade de gestos, atos e propósitos de Francisco, fielmente reunidos e registrados em sua materialidade exterior, é situada e disposta segundo uma linha interpretativa de outra matriz e tradição, sob a qual vêm espremidas e reduzidas.

Segundo cânones hagiográficos consolidados, Tomás apresenta a sua compilação sob a perspectiva, correspondente aos seus modelos monástico-ascéticos, da inesgotável busca de uma perfeição maior: justamente porque já é santo, e grande santo, Francisco aspira sempre a novas obras e novas metas. Pouco antes, com outras palavras, Tomás havia expressado o mesmo conceito: sendo o mais perfeito entre os perfeitos, considerava-se imperfeito[81]. Subtraindo-a às contingências e circunstâncias da história, Tomás organiza a experiência de Francisco como um caminho individual de perfeição. Os esquemas hagiográficos que lhe são oferecidos pela tradição orientam a sua reconstrução segundo o modo de sentir e ao longo de uma estrada que o pensamento e a espiritualidade monástica haviam construído e proposto para os seus seguidores, escapando da teia cotidiana da relação com os homens para medir-se exclusivamente nas provações solitárias e supremas da luta com o demônio e da busca de Deus[82].

No mesmo sentido, Tomás lembra e compreende a frase de Francisco – "*Incipiamus, fratres, servire Domino Deo, quia hucusque vix vel parum in nullo profecimus*" –: e se o significado da primeira parte, ao menos no seu valor literal, parece inequívoco, mais dúbio era e é o da segunda, que Tomás justamente parece entender com clareza, com o significado de um progresso insuficiente, até então realizado – "Comecemos, irmãos, a servir ao Senhor Deus, porque, até o momento, pouco ou nada progredimos nesta estrada" –, enquanto, em alusão ao conceito do "servo inútil" definido duas vezes na *Regula prima* como frade menor[83], é mais provável que o próprio Francisco, com a sua "inutilidade" e a dos seus, quisesse motivar a necessidade de "começar a servir": "Comecemos, irmãos, a servir ao Senhor Deus, porque, até o momento, temos sido de bem pouca utilidade" –, sob a ótica daquele empenho de avaliar e readequar a própria opção evangélica aos novos eventos que a vida entre os homens propunha, aquele empenho que havia sido uma saliência distintiva da fraternidade das origens, expressão fundamental de um modo de entender o "*Christum sequi*" como uma "encarnação" constantemente proposta em termos de submissão, pobreza e serviço vividos em meio aos outros. A atração que Francisco pode ter periodicamente provado por certos aspectos da vida monástico-eremítica, que aparece em seus próprios escritos como em algumas memórias biográficas[84], a exigência fortemente sentida de compor o próprio testemunho entre os homens com momentos de oração e de contemplação solitárias, nunca alteram nem desmentem o eixo desta sua opção fundamental: a paixão com que a evoca e a recomenda no "Testamento" lhe dá plena confirmação.

A deformação que Tomás promove em relação a essa maneira de ser de Francisco é clara. Depois de tê-la traduzido, na primeira parte da sua *Legenda*, preponderantemente como uma atividade apostólica de reforma e de renovação da vida cristã, ele a estrutura, para a segunda parte da vida de Francisco, segundo a perspectiva de uma busca ininterrupta e cada vez maior de perfeição. É uma deformação, fruto da sua cultura e dos modelos a que recorre, que ao mesmo tempo se cruzam com preocupações e admoestações originadas em motivos bem mais imediatos e contingentes. De fato, é difícil pensar que a resistência de Tomás a recordar com precisão os detalhes, os conflitos e as tensões internas da ordem seja fruto apenas de um esquema narrativo: tanto que, uma vez mais, também neste caso ele não deixa de evocar aspectos e palavras que remetem necessariamente àqueles conflitos e tensões, e que ele ainda fará referência mais adiante a conflitos e tensões, em torno e no interior da ordem, ao recordar as últimas recomendações de Francisco aos irmãos[85] e ao formular o louvor final a ele, o qual também é uma apaixonada oração[86]. Ao recordar as últimas intenções de Francisco de voltar à vida de origem, ele omite e evita, no entanto, qualquer referência às situações concretas que as havia feito ressurgir com uma força tão dominadora e paradoxal nos últimos anos da sua vida: na história de Tomás, ficam todas no interior do percurso individual de Francisco e da sua irrepetível santidade, privando-as assim de qualquer referência à situação da ordem. Mas, logo depois, quase que para consertar a desistorialização levada a cabo, liga o seu desejo de se retirar do cuidado dos homens para se refugiar em lugares solitários à espera de Deus à sua vontade de oferecer um exemplo a quem, ao contrário dele, aspirasse a funções de direção e de comando. Segundo Tomás, Francisco reconhecia que assumir o governo dos outros era algo bom e bem-vindo a Deus; mas também afirmava que era conveniente que o fizessem apenas aqueles que, em tal ofício, nada buscam para si mesmos, mas em tudo miram apenas a vontade divina, sempre dispostos a abandoná-lo com alegria; e que, numa época de maldade e iniquidade, como a de então, o exercício do governo era perigoso e muito mais valia deixar-se governar[87].

Ao elaborar esse trecho, Tomás se serve de palavras e conceitos que remetem às *Admonitiones* e a algumas passagens da *Regula prima*[88]. Não se pode desconsiderar que ele quisesse lembrar também a renúncia de Francisco ao governo da ordem, insinuando indiretamente as motivações que a haviam determinado. Porém, o que ele mais se vê impelido a mostrar é, sobretudo, um quadro de distorções e desvios morais, mas por obra de indivíduos, sem, contudo, poder se furtar de lembrar, embora obscuramente, que o próprio modo de eles entenderem a ordem se transformava. A trama semântica a que Tomás recorre para descrever essas orientações faz uma referência sutil, por contraste, às intenções de Francisco de voltar às origens, insinuando, assim, o contexto factual de onde tinham vindo, e integrando implicitamente a interpretação que ele próprio já havia dado delas. Francisco se lamentava de que alguns tivessem abandonado as "primeiras obras", esquecendo a antiga simplicidade para seguir novos caminhos. Por isso, ele lastimava aqueles que, depois de terem mirado objetivos elevados, tinham se voltado a coisas torpes e vis, e, de costas para as verdadeiras alegrias, tinham ido atrás de frivolidades e vaidades no âmbito de uma liberdade mal compreendida. Por isso, conclui Tomás, Francisco implorava à divina clemência que libertasse seus filhos e os conservasse na graça que lhes havia dado[89].

A frase final se abre surpreendentemente para um plano geral e revela em Francisco uma ânsia que não parece restrita à condição de poucos. Mais uma vez Tomás se mostra capaz de dizer e não dizer, satisfazendo às exigências de verdade de quem já sabia, sem desorientar com explicações inoportunas os que ignoravam a realidade das coisas ou não aceitavam ver em discussão uma linha de evolução da ordem que se teria revelado irreversível. Para quem recordasse as palavras de Francisco sobre a "verdadeira alegria", não poderia haver dúvida sobre a chave em que esses seus lamentos eram lidos, assim como sobre o alcance real daqueles desvios[90].

A possível arbitrariedade dessa aproximação, a que as "*relictis veris gaudiis*" ["desprezadas as verdadeiras alegrias"], contudo, irresistivelmente se referem, nada tira da multiplicidade dos registros de leitura para a qual Tomás parece constantemente convidar seu público. Nas pregas de uma história solidamente construída em torno de algumas linhas interpretativas fundamentais, pouco a pouco ele introduz elementos, temas, dados de fato novamente disponibilizados segundo outra ótica e outras perspectivas. Biógrafo oficial de um novo grande santo então recém-desaparecido, tendo atrás de si dois patronos do calibre de Gregório IX e Elias, Tomás constrói uma vida para Francisco que, no seu desenrolar e nas suas expectativas, reflete a importância e o papel que a ordem vinha assumindo na vida da Igreja, com todas as profundas alterações que daí advinham na sua organização, na sua prática diária e nos seus próprios critérios de base. É reticente sobre muitas coisas, mas não elimina totalmente as dificuldades, os evitamentos, as tensões que haviam acompanhado o seu percurso. Por dentro de um invólucro geral, correspondente à sua ótica e às exigências político-religiosas do momento, ele oferece referências, *insights* e pistas de uma vivência atormentada e difícil aos mais avisados dos seus leitores. Nessa multiplicidade de registros estão a força do seu testemunho histórico e a sua sabedoria – quero dizer, a sua lealdade – de biógrafo e de escritor. Portanto, para nós, depende de sempre considerar tal multiplicidade de registros a única possibilidade de fazer frutificar plenamente todo o enredo da sua narração, em todos os seus sinuosos percursos e em suas reticências e obscuridades.

3. *Vinte anos depois: critérios, influências e riquezas da nova eflorescência de textos*

Outro é o discurso para a *Vita seconda* como para o conjunto de textos que a circundam. Nos quase vinte anos transcorridos, haviam surgido alguns escritos novos, em especial sobre a juventude de Francisco e sobre as origens e as primeiras experiências da ordem (penso, sobretudo, no Anônimo de Perúgia, para o qual considero plenamente convincente a datação proposta por Desbonnets e Beguin)[91], com a evidente intenção de integrar e corrigir, ao menos em parte, a *Vita prima*, mesmo sem pretender estar à altura de substituí-la na sua interpretação geral (nem serão diferentes os propósitos, e análogos os limites, com que trabalharão os autores da *Legenda trium sociorum* [Legenda dos três companheiros])[92]. A ordem havia posteriormente acentuado aquelas orientações e aqueles traços já delineados nos últimos anos da vida de Francisco, mas tinha atravessado também crises gravíssimas, que culminaram na derrubada de Elias e na afirmação interna definitiva dos "clérigos" e dos "mestres"[93]. Ainda que a maioria esmagadora dos frades parecesse ter entrado na ordem nos últimos anos de vida de Francisco ou mesmo depois de sua morte, é difícil não pensar que o caminho percorrido parecia longo e, ao mesmo tempo, que o passado parecia distante: contudo, só de modo confuso chegava-se a perceber seus contornos, e as próprias razões daquela distância tingiam-se de motivações diversas e contraditórias. Além disso, às novas gerações de frades, que continuavam a olhar para Francisco como seu fundador e modelo, a *Vita prima* devia parecer bastante descarnada de fatos, acontecimentos e exemplos concretos, enquanto ainda continuavam a circular de boca em boca anedotas, episódios e notícias que nela não haviam encontrado menção e que, nas ardentes discussões sobre a ordem e a vida da ordem, se transformavam na oportunidade e no instrumento de posteriores polêmicas e conflitos. A grande reunião de materiais promovida pelo Capítulo de Gênova de 1244, a compilação da *Legenda trium sociorum* e a redação da *Vita seconda*, entregue com o compromisso de usar essas novas conspícuas contribuições a Tomás de Celano, pressupõem, mais do que nunca, esse grande público que lê, fala, discute, conta, comenta e recrimina: mas, em grande parte, já inevitavelmente para além das condições e dos termos dos quais vinte anos antes ainda continuava fresca a memória e, ao menos em parte, presentes as experiências e operantes as motivações.

Na *Vita prima*, quando Tomás constrói e apresenta a sua interpretação das opções e da experiência religiosa de Francisco, e assim registra e traduz em um processo coerente a linha de evolução e de integração na instituição eclesiástica que a ordem havia assumido, provavelmente ele já havia perdido a plena consciência da transformação profunda que tudo aquilo havia comportado em relação às orientações e às expectativas originárias de Francisco e dos seus primeiros companheiros; ficava, no entanto, ao menos em parte, consciente de realidade, situações, momentos que com aquele processo combinavam mal: as suas reticências, as suas omissões, a própria complexidade da sua construção narrativa comprovam claramente isso. Vinte anos depois, não era mais assim: os muitíssimos episódios novos, que vêm à luz graças ao sistemático inventário das antigas memórias, se configuram então muitas vezes como meros fragmentos, estilhaços esparsos de um passado que somente a partir do presente recebe a sua identidade orgânica, a sua profundidade, a direção de seu movimento. A multidão de palavras, atos e gestos de Francisco, que ressurge mais ou menos deformada em tais circunstâncias, justaposta em um conjunto, e cuja única coerência possível é dada pela vontade de reunir e aumentar as memórias extraordinárias e edificantes da vida de quem já se configurava como um "*alter Christus*", fica, na maior parte das vezes, retirada do contexto real de situações, problemas, confrontos, anseios e questões que, pouco a pouco, a tinham determinado e produzido, como os esparsos fragmentos de um quebra-cabeças, cuja imagem de composição tinha faltado.

Isso não é fruto apenas do tipo de compilação então realizado e do ordenamento que Tomás optou por adotar para a maior parte daqueles materiais, organizando-os e reagrupando-os segundo o esquema de um Francisco "*speculum virtutum*", de modo que cada episódio tornava-se a ilustração de um aspecto de uma das suas tantas virtudes, seguindo associações de ordem moral e não histórica; mas é fruto também do fato de as condições e características básicas da vida das origens tenderem então a ser irresistivelmente concebidas e pensadas segundo os critérios, as coordenadas e as orientações do presente. O transformado horizonte existencial dos Menores lê e propõe, à luz da própria situação e segundo as próprias categorias, os retalhos de memória das origens e reflete neles os problemas que os assolam no seu presente.

O árduo trabalho da primeira década da ordem em torno da regra, o processo de adaptação e o método que o havia inspirado e determinado não resultam mais plenamente compreensíveis na nova situação, na qual a *Regula bullata* não constitui um cansativo e discutido ponto de chegada, mas a referência obrigatória e imutável para toda a ordem: e, assim, aquele árduo trabalho se traduz na notícia de que Francisco havia compilado e experimentado mais "Regras" antes de chegar a escrever – ele, e somente ele – a definitiva[94]; nem o zelo apaixonado dos partidários da sua literal e rigorosa observância faz que a entendam mais pelo que tinha sido, fruto de um trabalho a várias mãos e de colaborações múltiplas, mas para nela ver a expressão exclusiva, e por isso intangível, de Francisco e da sua relação privilegiada com Cristo[95]. A vida de convento propõe problemas de disciplina, de organização, de adequação ao tipo de opção pela pobreza que está na base do ofício minorítico; a basílica e o Convento Sagrado, desejados por Elias, simbolizam, em sua grandiosidade triunfante, uma prática e uma condição de vida que parecem perigosamente colocá-la em discussão: e então a Porciúncula, berço da ordem, configura-se na memória como o lugar perfeito para a vida conventual dos frades das origens, e as advertências a esse respeito, colocadas na boca de Francisco, ecoam um tanto improvavelmente as de um santo abade preocupado com que seus monges não se contaminem com os cuidados do mundo[96].

Sobre a base de tais premissas, as diferenças em relação ao passado podem se esboçar apenas em termos de uma evolução necessária e coerente – e será o esquema interpretativo proposto e articulado com grande lucidez por Boaventura[97] – ou na ótica da decadência, de um progressivo e lamentável relaxamento moral em relação ao fervor apostólico e ao rigor ascético dos frades das origens: aquela ótica que caracteriza a *Vita seconda*, de Tomás de Celano, mas que aflora também, como ponto de vista fundamental, em muitas das *flores* passíveis de citação na compilação promovida pelo Capítulo de Gênova[98]. Os debates, as questões, as amarguras e as dores dos últimos anos da vida de Francisco se transformam, assim, na manifestação da sua consciência de que essa parábola já tinha começado e se acentuaria em seguida; os dilemas e as alternativas que haviam dividido a ordem voltam a entrar nesse quadro de progressiva atenuação das virtudes, do valor moral e da observância das Regras por parte dos frades.

A um Francisco completamente tenso no caminho de uma perfeição cada vez maior, que encontra na rigorosa observância da Regra o seu porto seguro, age como um sutil contraponto a surda resistência daqueles que aspiram a adotar estilos e ritmos de vida mais descontraídos e sossegados. A proposta de interpretação já indicada brevemente na *Vita prima*[99] torna-se a chave de leitura geral das suas amarguras e dos conflitos que haviam marcado os seus últimos anos de vida. Vêm à tona gestos, comportamentos, palavras, recomendações que assinalam sua consistência e profundidade. Mas, no geral, a memória das tensões e das divergências do passado perde o sentido e a medida da diversidade (na seguinte ordem: de perspectiva, papel e função que as havia determinado), para se traduzir em uma oposição e em um conflito basicamente solucionado em termos de duas propostas de ascese e de atividade apostólica, que se diferenciam na dosagem e no rigor.

Evangelho, pobreza, obediência, simplicidade, humildade, todos os conceitos-chave da experiência originária de Francisco continuam presentes, mas desenhados e dispostos em um contexto que não mais é constituído pela sociedade dos homens, que não encontra mais na "*conversatio inter pauperes*" ["convivência entre os pobres"] o seu lugar privilegiado de expressão e de verificação, para, pelo contrário, assumir, como suas referências primárias, os problemas da vida e da organização da ordem no contexto da instituição eclesiástica. Enquanto ordem religiosa solidamente instalada e definida nas suas funções, a condição e a estrutura "separadas" dos Menores não são mais suscetíveis de discussão: podem-no ser as características da vida moral dos frades, a abordagem e os métodos pastorais, o rigor ascético e apostólico que os anima. As palavras e os temas continuam os mesmos, mas seu registro e os códigos para decifrá-los e entendê-los mudaram radicalmente. O Evangelho está na Regra, e a interpretação e a observância da Regra constituem o problema central sobre o qual a ordem é chamada a se confrontar: mas justamente como ordem dentro dos padrões, segundo os critérios e recorrendo aos modelos que a tradição eclesiástica havia elaborado para as diversas formas de vida religiosa.

São esses pontos de vista que, com todas as deturpações que se sucedem, presidem e caracterizam o imponente e precioso complexo de textos produzido pela iniciativa do Capítulo de Gênova de 1244. A vontade apaixonada de redescobrir e reapresentar os aspectos negligenciados e esquecidos da vida de Francisco não é suficiente para superar e vencer as deformações do anacronismo que necessariamente aparecem ao pensar a ordem do passado nos termos dos problemas do presente e fazendo referência a eles. Creio que sem estar ciente disso seja impossível enfrentar de modo proveitoso uma análise desses textos para usá-los como fontes, a fim de conhecer a vida de Francisco e os acontecimentos da ordem primitiva.

Raoul Manselli fez um importante trabalho em torno das perícopes caracterizadas pela fórmula *"Nos qui cum eo fuimus"* e demonstrou, de modo convincente, sua precedência em relação às novas produções de Tomás de Celano na *Vita seconda*, assim como o fato de o texto dela oferecer o *Speculum perfectionis* [Espelho da perfeição] permanecer geralmente mais fiel à sua fonte do que Tomás[100]. Mas não consigo concordar com ele em que, pelo fato de privilegiar, acima de tudo, o momento da narrativa, aquelas perícopes "são, do ponto de vista do testemunho histórico, de uma veracidade dificilmente mais fidedigna"[101], nem consigo compartilhar a sua convicção de que se trata de "um testemunho preciso e, ao mesmo tempo, decisivo, para fins de compreensão histórica do santo"[102]. E não só pelo fato de algumas daquelas perícopes apresentarem uma clara tendência a torcer e a ler os fatos narrados em termos miraculosos[103], registrando, por isso, o crescimento da devoção e do culto em torno da figura de Francisco, mas também denunciando de tal maneira as deformações que esse crescimento havia introduzido de maneira natural e completa na memória dos próprios testemunhos oculares do passado. De fato, bem mais substanciais e profundas são as deformações e alterações que elas apresentam em relação à experiência e à mensagem de Francisco. Porque é sempre ainda naquelas perícopes que encontramos o *"labor manuum suarum"* ["esforço das suas mãos"] dos antigos frades, reduzido a mero momento de ascese, ao lado dos castigos infligidos ao corpo *"ultra modum"* ["além do limite"], da abstinência de comida e de bebida, das vigílias e do frio[104], mostrando, assim, que os seus autores haviam perdido a consciência daquilo que ele havia sido na realidade, das condições e do modo de vida do qual tinha sido expressão. E é sempre naquelas perícopes que a angustiante pergunta repetida a respeito da razão pela qual Francisco teria tolerado ou permitido, mesmo que isso lhe tivesse causado sofrimento, supostas formas de relaxamento ou, seja como for, de distanciamento das prescrições da Regra, cedendo assim à obstinação e à má vontade alheia e limitando-se a realizar por conta própria aquilo que era prescrito para todos os frades; é sempre naquelas perícopes que tal pergunta não sabe encontrar outra resposta que não o seu temor do "escândalo"[105], sem que seus autores nem mesmo tenham entrado em contato com a dúvida se, na verdade, sob a ótica de Francisco, à luz das suas experiências e da sua mensagem, a primeira forma de "exemplo" não estivesse justamente naquela "cessão". E é ainda em uma daquelas perícopes que encontramos relatados alguns improváveis discursos de Francisco sobre a Porciúncula e sobre a vida regular que a havia ilustrado em uma época e que deverá ilustrá-la no futuro, em um quadro de ascese, silêncio, clausura e contemplação, de rígida divisão entre frades clérigos e frades laicos[106], que remete a modelos de vida conventual e monástica, por certo não à realidade e às condições do início dos Menores; uma condição, aliás, que, naquela mesma perícope, volta a aparecer em anotações marginais, estranhas à mensagem principal que pretende transmitir e, por isso, tanto mais significativas e convincentes, como quando se recorda a *"pauperculam et parvam casinam coopertam de palea"* ["casebre pobrezinho e pequeno coberto de palha"], que constituía a moradia habitual dos frades residentes junto à igreja[107].

 Desse modo, não pretendo negar a grande importância desses textos, como dos outros advindos da iniciativa do Capítulo de Gênova. Pretendo afirmar apenas que, entre todos os materiais sobre a vida de Francisco, não existem textos privilegiados nem testemunhos com autoridade ou mais autoridade do que outros, que em todos aparece, com maior ou menor evidência, a influência de um deslocamento decisivo então ocorrido nas orientações da ordem e na prática existencial dos Menores, que para todos se coloca o problema do paciente discernimento dos diversos elementos e contribuições pouco a pouco acumulados próximos e em torno de eventual núcleo originário de palavras, episódios e fatos dos quais pretendem dar testemunho.

A abordagem analítica a que tais escritos e materiais devem estar submetidos é, ao menos em parte, diferente do exigido para a *Vita prima*. A questão básica que a *Vita prima* coloca a quem queira usá-la como fonte para a história de Francisco e das origens dos Menores é determinada, de fato, pela interpretação geral que ela pretende oferecer do percurso religioso de Francisco e da função que a ordem, como continuadora da sua obra, é chamada a desenvolver. É esse andaime que oferece os critérios fundamentais de construção da sua narrativa e de seleção dos episódios que a caracterizam, que, aliás, faz contraponto com a necessidade de se confrontar com um ambiente ainda rico de memória e de experiência direta de muitos daqueles acontecimentos, e, portanto, capaz daquele julgamento que é próprio dos testemunhos oculares e ao qual ainda falta a influência de uma versão canonizada dos fatos.

Nos materiais e nos escritos de vinte anos depois, essa interpretação é um dado essencialmente adquirido[108], a que corresponde a então clericalização da ordem com o seguro compromisso pastoral que a ela sucedia. Eles não se dispõem a colocá-la em discussão, a não ser em alguns dos seus êxitos operacionais; nem se dispõem, assim, a oferecer uma interpretação diferente: quero dizer que tal problema está, na verdade, fora do seu horizonte. A crítica que fazem do seu presente contesta, também duramente, modalidades, práticas, posturas da ordem do seu tempo, mas não pretende nem é capaz de mudar suas perspectivas e funções na Igreja e na sociedade. Reunindo novos episódios da vida de Francisco, querem lhe iluminar melhor a santidade, reforçar e estruturar mais adequadamente o próprio modelo e o próprio ponto de referência forçado, dotar-se de instrumentos e de argumentos para superar as dificuldades do próprio presente. Portanto, ganham terreno por fragmentos, episódios deslocados ou, no máximo, reagrupados em torno de um tema central, como fará o próprio Tomás na segunda parte da *Vita seconda*, organizada justamente segundo o esquema de um "*speculum virtutum*". Isso impõe, inevitavelmente, quando se quer tentar situar os diversos elementos dados por esses materiais em um contexto e em uma dimensão histórica reais, uma análise caso a caso, episódio por episódio, uma paciente desmontagem de cada fragmento separadamente, para nele identificar as diversas estratificações e, assim, buscar estimar a consistência histórica na variedade de suas contribuições e referências.

Não é um compromisso que se possa sempre levar a bom termo. Ainda que admitindo que a atitude interior dos testemunhos sobre o protagonista das suas recordações, pela veneração e pelo respeito profundos que o circundavam, fosse fundamentalmente estranha à invenção como um fim em si e completamente desprovida de alguma conexão, mesmo que distante, com eventos realmente ocorridos, permanece, contudo, que tais e tantas são as influências, as projeções, as sugestões diversas inseridas entre aqueles fatos e os que então buscavam recordar e relatar, a ponto de não ser sempre possível, apenas por meio da análise interna, concluir, com identificação segura ou pelo menos provável, por um núcleo originário pertencente realmente à experiência vivida por Francisco. Todavia, nem a mera possibilidade de um episódio permite por si afirmar a veracidade, quando se revelam muito evidentes os problemas, os impulsos, as orientações do presente que o sugeriram naqueles termos, sem por isso oferecer razões posteriores para pensá-la e apoiá-la. Sob esse ponto de vista, muito será preciso desvelar daquilo que há tempos faz parte da história mais conhecida e difundida de Francisco, a que os próprios biógrafos modernos, mesmo aspirando ao rigor crítico e metodológico, muito frequentemente não souberam renunciar.

Não se trata de levantar dúvidas sistemáticas, muito menos de assumir atitudes iconoclastas de desencantado ceticismo apriorístico, mas de aceitar a natureza estruturada e composta dos textos que temos diante de nós, bem como de perceber as condições que os produziram e as múltiplas finalidades a que respondiam. Refutar a mistura, desprovida de mediações críticas, entre linguagem hagiográfica e linguagem historiográfica é fruto do respeito por ambas e corresponde, todavia, à recusa, um tanto quanto enérgica, de considerar a linguagem hagiográfica, completamente e de todo modo, irrecuperável para uma moderna reconstrução histórico-crítica. A disponibilidade onívora da pesquisa histórica de se servir de todos os produtos da história não comporta que deles se possa exigir o que não são capazes de dar. A força da pesquisa histórica positiva está em saber reconhecer os próprios limites, mas também, de sua parte, saber reconhecer a razão da impossibilidade de aceitar, no seu compromisso de investigação e de reconstrução crítica, confusões e contaminações com critérios, linguagens e composições de outra matriz de finalidade diversa.

Para fazer uma análise correta daqueles textos, considerados como um todo e individualmente, uma pergunta preliminar, todavia, é fundamental: por que foram aqueles, e justamente aqueles, os episódios da vida de Francisco a serem então compilados e reunidos? De resto, é uma questão que não pode encontrar uma resposta exaustiva. Dizer que são aqueles porque eram os então lembrados é uma obviedade que pode ser, ao menos em parte, verdadeira, mas que, por certo, não é suficiente. Nem, por certo, é suficiente afirmar que, com aqueles episódios, tratava-se de retomar e esclarecer os momentos decisivos na história da ordem que haviam sido silenciados ou colocados à sombra na *Vita prima* e na produção que se havia seguido: porque sobre a maioria desses momentos o silêncio continua a ser total, ou quebrado apenas por alguma confissão casual. Nem uma palavra, de fato, foi dedicada à crise que se abateu sobre o grupo durante a viagem de Francisco ao Oriente[109], e bem pouco é dito, quando muito quase por acaso, sobre discussões e preocupações que acompanharam a elaboração da *Regula bullata*[110]. A necessidade, mesmo profundamente presente e operante naquelas circunstâncias, de recuperar para a memória histórica coletiva fatos, palavras e comportamentos de Francisco e do passado da ordem não logra derrubar completamente o muro de reticências e de exclusões que se vinha construindo sobre algumas passagens escabrosas daquela história.

A vontade de conhecer e de compreender que requer aquela compilação não oferece, portanto, uma resposta satisfatória sobre a razão dos seus conteúdos e, principalmente, nem serve para esclarecer os critérios e os motivos das escolhas realizadas, do conjunto dos fatos e de memórias então registrados. Funcionou, por certo, o desejo de exaltar os aspectos, cada vez mais entendidos como excepcionais, da santidade de Francisco, de reunir suas manifestações e episódios vistos por sua singularidade, segundo esquemas e variações que lembram, por um lado, determinadas partes do Evangelho[111], e, por outro, remetem – em particular por sua relação com os animais e os elementos naturais – aos antigos modelos das *Vitae patrum* [Vidas dos pais][112]. Mas só uma parte do que foi então escrito responde explicitamente a tal intenção, que, portanto, não basta para explicar as características e o tipo de seleção de muitos dos materiais então reunidos. Creio que uma resposta futura e parcial para essa pergunta possa ser formulada com base na funcionalidade que as palavras e os comportamentos de Francisco assumem no contexto do único episódio em que são lembrados: uma aproximação com os textos que, ao mesmo tempo, oferecerá, como já se notou, alguns critérios para estabelecer os limites de veracidade da própria narrativa.

O conjunto de textos nascidos da iniciativa do Capítulo de Gênova não constitui, por certo, um todo uniforme. Ao lado do grupo das perícopes marcadas pela fórmula "*Nos qui cum eo fuimus*" e dos outros escritos atribuídos a frei Leão[113], sem dúvida existiram outros testemunhos, não necessariamente identificáveis com os *Socii* de Francisco, que enviaram a Crescêncio de Iesi suas lembranças; acredita-se que, no máximo, tais testemunhos ficaram absorvidos e submersos na organização e na adaptação feitas por Tomás na *Vita seconda* e nas sucessivas transcrições e compilações que reuniram indistintamente ao menos uma parte daqueles materiais. Sobram deles, todavia, alguns resquícios. Assim, a narrativa sobre a casa que os frades haviam construído em Bolonha e que Francisco havia ordenado que fosse abandonada imediatamente – por todos ao mesmo tempo, sadios ou doentes – se encerra com uma afirmação que pretende comprovar a condição de testemunha ocular do escritor: "*Testimonium perhibet et scribit haec ille, qui tunc de domu aegrotus eiectus fuit*" ["Deu testemunho e escreveu essas coisas aquele que, então, foi expulso doente de casa"][114]. O mesmo se pode notar do episódio em que Francisco come no mesmo prato de um leproso, para punir-se pelas críticas inicialmente feitas aos frades que o haviam levado para a Porciúncula, que faz em segredo justamente uma declaração parecida: "*Qui scripsit hoc vidit et testimonium perhibuit*" ["Quem escreveu isso viu e deu testemunho"][115]. Com uma fórmula semelhante se encerra uma detalhada ilustração sobre a honra toda especial em que Francisco tinha a mendicância, o "*petere helemosinas amore Domini Dei*" ["pedir esmolas por amor do Senhor Deus"], a ponto de praticá-la pessoalmente, até quando se encontrava à mesa de homens nobres e ricos: "*Qui scripsit vidit multotiens et perhibuit testimonium*" ["Quem escreveu viu muitas vezes e deu testemunho"][116]. Mas claro que não são esses poucos exemplos que podem nos dizer algo sobre a consistência de tais materiais de origens muito variadas.

Não poucos entre esses exemplos, todavia, como a *Vita seconda* que deles derivou, mesmo com diversos matizes e intensidades, apresentam quase explicitamente a intenção comum não apenas de aumentar, como é óbvio, o caráter de Francisco como exemplo, mas de organizá-lo e colocá-lo em evidência, em função de atitudes, maneiras de ser e comportamentos do presente que são vistos com preocupação. Um duplo entendimento aflora como seu fio comum: exaltar Francisco como um espelho de virtudes (que são, portanto, as virtudes que devem caracterizar a vida do frade menor) e denunciar, no comportamento dos frades que o renegam e o contradizem, as razões das dificuldades e da decadência da ordem. Tal entendimento estabelece entre essas duas ordens, de fato, um nexo essencial e condicionante que em tudo parece ser o principal filtro da memória para os acontecimentos e eventos do passado. Nas comparações da vida e da experiência de Francisco, a seleção opera principalmente no sentido de escolher o que se configura como imediatamente ligado a perguntas, comportamentos e questões em ação no presente, mas, por isso, também dá forma à própria recordação e constrói a própria narrativa como uma resposta que é compreendida e recebida pela realidade da ordem contemporânea.

Parece bastante evidente, por exemplo, que os conselhos e as recomendações de Francisco sobre o modo como os frades deveriam se estabelecer em determinada localidade (aceitando receber apenas o terreno suficiente para lhes permitir respeitar a promessa de pobreza[117], solicitando sempre a autorização ao bispo e evitando, em qualquer caso, construir grandes igrejas e grandes casas[118]), por um lado, voltem a se ligar a prescrições da regra e do "Testamento"[119], e, por outro, também se ressintam, na abordagem das questões e na insistência sobre certos detalhes, de experiências e discussões particularmente vivas no presente. A plausibilidade desse conjunto, enquanto óbvia articulação e desenvolvimento de temas que figuram nos escritos de Francisco, não basta para assegurar sua plena autenticidade, enquanto, de todo modo, fica claro que são os problemas que angustiavam a ordem nos anos 1240 que exigem a redescoberta, na memória, das palavras e das frases de Francisco que pudessem respondê-los[120].

Observações análogas sugerem os episódios que resumem e descrevem o comportamento de Francisco em relação aos bispos e ao clero e as suas prescrições a respeito, como a ênfase que o papel dos Menores tinha de colocar "*in adiutorium (...) prelatorum et clericorum sancte matris Ecclesie*" ["em auxílio (...) dos prelados e dos clérigos da Santa Madre Igreja"][121] (mas Tomás falará também de substituição, a se realizar, porém, sem polêmicas e conflitos)[122]. A linha de submissão, veneração e respeito em relação à hierarquia e ao clero, constantemente recomendada por Francisco, se encarrega, assim, de conceitos e esclarecimentos que, por si sós, não entram em contradição com ela (ajuda e substituição, porém, pressupõem uma tendência à assimilação, estranha à experiência das origens e ao sentido profundo da opção franciscana), mas que respondem, em primeiro lugar, aos problemas colocados pela cada vez mais acentuada assunção, por parte da ordem e dos membros da ordem, de funções e tarefas pastorais no contexto da instituição eclesiástica[123].

A incontestabilidade dos motivos que solicitam a repetição de determinados ensinamentos e ditos de Francisco insinua, portanto, a suspeita de uma manipulação, mesmo que parcial e inconsciente, construída sobre a realidade das situações contemporâneas, segundo o processo pelo qual o próprio impulso que provoca a pesquisa e a recuperação de palavras antigas na memória (porque consideradas importantes, ainda atuais e pedagogicamente válidas) tende irresistivelmente – e justamente por isso – a formulá-las e a remodelá-las em procedimentos e com referências adaptadas ao próprio presente.

O mesmo mecanismo de recuperação/adaptação parece caracterizar os episódios que insistem na necessária pobreza, humildade e simplicidade da mesa, sem lugares privilegiados para quem exercesse funções de governo[124]: no sentido de que as recomendações de Francisco a respeito, expiadas em seu espírito profundo, se traduzem em situações e cenas que parecem corresponder a formas avançadas e estáveis de conventualização, as quais é difícil pensar serem já praticadas no início dos anos 1220. São aspectos que se acentuam na construção da *Vita seconda*, na qual talvez Tomás não deixe de atrelar à narrativa de um episódio da vida de Francisco uma tirada explícita e polêmica contra os frades contemporâneos seus que apresentem comportamentos opostos[125].

Além disso, a influência que a realidade do momento frequentemente exerce ao dispor e orientar de determinada maneira a memória de comportamentos e palavras de Francisco é mais articulada e complexa. Não é apenas a urgência de resolver determinados problemas ou de oferecer determinadas indicações que influem naquela representação, mas também, e talvez sobretudo – já o revelamos –, a transformada situação existencial dos Menores, que então os torna incapazes de perceber em seus procedimentos e motivações reais os comportamentos, as práticas, as atitudes das origens. Já se falou da incompreensão que as perícopes, colocadas sob a insígnia *"Nos qui cum eo fuimus"*, mostram para com aquilo que tinha sido numa época o trabalho manual, para com a dificuldade de perceberem os "silêncios" de Francisco em relação aos desvios da ordem, para com o anacronismo com que propõem, em termos e segundo modelos monásticos, a vida da comunidade da Porciúncula[126]. Não é diferente com a relação de Francisco e dos seus com o alimento, uma relação na qual tais textos não conseguem mais distinguir a presença da plena liberdade evangélica que a sua condição de pobres entre os pobres comportava, e frente à qual, portanto, oscilam confusamente entre um quadro de mero autoflagelo e ascese, insistentemente buscados, e situações e episódios nos quais afloram, variadamente justificadas e explicadas, ruínas e memórias de uma postura bem diferente[127].

A presença de tais deturpações inconscientes está, na verdade, amplamente documentada, seja no que sobrou dos materiais solicitados pelo Capítulo de Gênova, seja na *Vita seconda*, de Tomás de Celano. Tanto nesta quanto naqueles, a esmola figura como uma recomendação central do ensinamento de Francisco, pessoalmente praticada com regularidade, a modo de exemplo a ser deixado para todos os frades[128]; nem lhes faltam *insights* de uma reflexão que tem em vista aprofundar o seu significado cristológico e teológico, na linha de afirmações e de conceitos presentes nos mesmos escritos de Francisco[129]. Mas, enfim, desapareceu completamente a memória daquilo que, no pensamento e na experiência de Francisco, tinha sido originalmente um instrumento entre tantos para ser incorporado ao mundo dos pobres, justamente a "mesa do Senhor", "herança e justiça" que lhes é devida, a que todos os irmãos devem e podem recorrer, tanto quanto outros pobres, quando o trabalho não lhes dá o necessário para viver[130]. Nem por isso podem, de fato, ser mais bem compreendidas determinadas afirmações suas, também registradas, sobre seu desejo de não querer se tornar um ladrão, como contraditoriamente acabaria por se transformar se obtivesse para si mais esmola do que o devido, dela privando outros pobres, ou se negasse algo de seu a quem, mais do que ele, tivesse necessidade[131].

São afirmações que correspondem à vontade de Francisco de participar completamente da condição e da vida dos *pauperes*, para assim repetir, de modo plenamente concreto, o caminho que, desde a sua encarnação, tinha sido o de Cristo[132]; afirmações, portanto, que apenas sob tal perspectiva mantêm todo o seu significado e a sua densidade de origem, não mais passíveis de serem percebidos por uma ordem clericalizada e conventualizada. Não por acaso, Tomás de Celano volta a apresentá-las, com uma banalização grosseira, como um dos tantos exemplos da "compaixão" de Francisco pelos pobres[133].

Essa tendência de absorver e de apresentar, em termos de uma pedagogia monástico-clerical, experiências e ensinamentos de Francisco que tinham uma marca bem diferente fica particularmente evidente em um longo trecho das *flores*[134], extraído de II Cel., 164 e 195, que pretende lembrar palavras e considerações suas sobre o caráter da presença e do papel apostólico dos Menores. É uma passagem famosa, na qual seus verdadeiros irmãos se configuram, nas palavras de Francisco, como os "*milites tabule rotunde, qui latitant in desertis et remotis locis, ut diligentius vacent orationi et meditationi, sua et aliorum peccata plorantes, quorum sanctitas a Deo cognoscitur, aliquando a fratribus et hominibus ignoratur*" ["os cavaleiros da távola redonda - que se ocultam nos desertos e em locais distantes, para que permaneçam mais diligentemente livres para a oração e a meditação, lamentando seus pecados e os alheios - cuja santidade é conhecida por Deus, é desconhecida às vezes pelos irmãos e pelos homens"], enquanto são eles, com suas orações, que salvam as almas a muitos. Tal maneira de ser humilde e anônima contrasta com a dos frades que empregam todo o empenho e a confiança na ciência, assim ignorando com a oração a sua vocação, e se exaltam e se envaidecem das suas ações, quando veem que os ouvintes são conduzidos à virtude por sua pregação e se convertem à penitência, pensando que tudo aquilo é obra deles[135].

É um trecho que claramente ecoa dilemas que se apresentaram para o grupo ao longo da sua evolução, com o crescimento do recrutamento e da atenção, da parte de clérigos, prelados e da própria cúria. O escritor os apresenta, construindo um contraste entre quem persegue uma pregação culturalmente aparelhada, concentrada em si mesma e orgulhosa da própria capacidade de conduzir à virtude e converter os outros, e quem, em vez disso, se dispõe humildemente à oração e à penitência em lugares solitários, assim fazendo-se digno de ganhar do Senhor a conversão de muitos: oração e penitência, portanto, como caminho próprio do frade menor, que faz dos termos de uma comparação negativa um impulso pastoral e de pregação que não pode deixar de ser dotado, no entanto, dos instrumentos de cultura que fazem esquecer "*puram et sanctam simplicitatem, orationem sanctam et dominam nostram paupertatem*" ["a pura e santa simplicidade, a santa oração e a nossa senhora pobreza"][136].

É a opção do eremita, vivida por alguns companheiros de Francisco em polêmica com a ordem dos clérigos e dos mestres, triunfante então entre os anos 1230 e 1240. Expressão disso é a trajetória de Egídio, mas também as relações privilegiadas de frei Leão com Clara e as Damianitas oferecem o indício de uma profunda harmonia nessa direção[137]. Não foi, porém, a opção com que Francisco deveria pôr-se à prova ao longo dos anos 1220. O fato real de um choque de perspectivas radicalmente divergentes que a ordem viveu então sofre, na memória dos companheiros (e de frei Leão que, neste caso, provavelmente é seu porta-voz)[138], uma modificação substancial em seus termos, que se traduz em um dilema tradicional na cultura eclesiástica, em conformidade com a radical transformação havida no sistema cultural e na prática existencial dos Menores. A então óbvia realidade de uma ordem religiosa "separada" pode permitir apenas a escolha entre o ocultamento do eremita, modesto e pobre de recursos, e a presença organizada no seio da sociedade para desenvolver uma obra de pregação e de cuidado pastoral, com tudo o que isso implica em termos de igrejas, casas, livros, de meios e de poder coletivamente geridos, segundo as tradições regulares de vida comum, das quais os dominicanos já se haviam apropriado[139].

Mas é precisamente essa realidade de ordem religiosa "separada" que Francisco havia repudiado, porque em contradição com o seu modo de entender o "*Christum sequi*" como testemunho de vida pobre e submissa entre os homens: portanto, a alternativa que então se esboçou não foi entre a "pregação" e a "oração", entre a "vida ativa" e o "eremita", mas entre duas formas radicalmente diferentes de presença na sociedade: uma queria aproveitar o melhor que a tradição eclesiástica havia elaborado a respeito, engajando a nova ordem em uma obra pastoral de apoio e substituição da hierarquia e do clero que parecia extremamente urgente e necessária (nesse sentido, significativo o modelo que desde o início dos anos 1230 será dado da santidade de Antônio, mas o que já se sabe da sua trajetória real dá indícios evidentes de tal tendência)[140], e outra, fiel ao modo de compreender a experiência e a prática do Evangelho, tinha sido da opção originária de Francisco e da fraternidade primitiva.

Uma pálida ideia das circunstâncias reais do choque então vivido se encontra, todavia, na última parte do trecho no qual se alude à exegese que Francisco frequentemente teria exposto, nas conversas com os irmãos e nos capítulos do versículo de I Reg. 2,5: *"Donec sterilis peperit plurimos et que multos habebat filios infirmata est"* ("A estéril deu à luz muitíssimos filhos e aquela que muitos filhos tinha se enfraqueceu"): "dizia que a estéril é o bravo religioso que edifica a si e aos outros com as orações e as virtudes". Mas, depois, mais adiante, ainda esclarece: "Por isso exortava todos os irmãos que fossem ministros e pregadores a não deixar as obras, dizendo-lhes que a prelazia e o ministério e o zelo pela pregação não deveriam, de modo algum, fazê-los abandonar a oração santa e devota, a caminhada pelas esmolas e pelo trabalho manual, como os outros irmãos"[141].

Mesmo desordenados nos nexos profundos que os haviam unido, voltam aqui alguns aspectos reais da vida cotidiana da fraternidade originária, tradução coerente da opção do Evangelho como *"forma vitae"* realizada por Francisco, que a inserção da ordem com funções precisas no quadro da instituição eclesiástica tinha obrigado, se não a abandonar tudo, pelo menos a transformar em – e reduzir a – momentos meramente edificantes de ascese e de mortificação a partir da prática habitual da própria maneira de ser. É a passagem que a ordem viveu na primeira metade dos anos 1220, refletida com clareza na *Regula bullata*, que o "Testamento" procurou em vão corrigir, e além da qual a memória dos próprios companheiros não soube mais ir. O profundo incômodo que sentiam em relação ao posterior desenvolvimento que a ordem havia experimentado, mesmo sem conseguir refutar completamente a sua inspiração básica, encontra refúgio no encobrimento do eremita, única ilha a permitir que permaneçam os pobres e humildes, estranhos aos problemas que o engajamento pastoral nas cidades inevitavelmente implica. Em um e em outro caso, o preço foi o abandono da essência original daquela que havia sido a coerente e compacta proposta de Francisco, de quem apenas simples fragmentos conseguem ainda trazer à tona.

A própria possibilidade de tal constatação é, todavia, uma ratificação do esforço real então realizado para recuperar palavras e comportamentos de Francisco para a memória histórica da ordem e, ao mesmo tempo, confirma, para além das manipulações e dos desentendimentos, a grande importância desses testes para poder enriquecer a história das origens franciscanas com novos elementos de conhecimento. Eles modificam e confundem os acontecimentos do passado, geralmente porque não conseguem fazer diferente, mas seu compromisso de fidelidade e de memória é tão rigoroso a ponto de conservar, apesar de tudo, traços profundos e significativos. Sem eles, saberíamos bem pouco sobre a maneira concreta com que Francisco reagia às questões e às lacerações que agitavam a sociedade e em que termos as abordava: aliás, um aspecto fundamental da experiência franciscana – justamente a vida em primeiro lugar, antes da doutrina –, do qual os escritos de Francisco inevitavelmente preservaram para nós, na sua maior parte, apenas as orientações e os critérios básicos, não os comportamentos em que, pouco a pouco, se traduziram. As alterações e deturpações que acompanham sua narrativa não invalidam, de fato, a carga avassaladora de novidade que embutia: fazem delas o sucesso e a manifestação de santidade excepcional de Francisco, porque não sabem mais pensá-los como prática habitual de um grupo, mas não apagam seus termos e características.

Os autores que se guiam pela proposta "*Nos qui cum eo fuimus*" falam da pacificação operada por Francisco entre o bispo e o podestade de Assis para trazer à luz o seu espírito profético (tudo se passou conforme ele havia previsto) e para destacar que todos o consideraram "um grande milagre atribuído aos méritos do beato Francisco": fazem dele um episódio excepcional, que só a sua santidade pode explicar. Mas não nos impedem, por isso, de, no decorrer dos fatos, captar a aplicação concreta dos critérios da leitura evangélica de Francisco, que não julga, não leva em consideração razões e erros, mas tão somente nos convida a outra lógica de comportamento[142].

Não é diferente com a história da conversão dos ladrões que infestavam as cercanias de Borgo San Sepolcro[143]. Francisco os converte sugerindo aos frades, inseguros quanto a que atitude tomar, um comportamento de disponibilidade afetuosa e de assistência nos enfrentamentos que corresponde aos mesmos critérios. Mas, também neste caso, o narrador, aparentemente fiel no registro dos fatos, não consegue deixar de promovê-los em primeiro lugar como manifestação da santidade de Francisco, capaz de "prever a conversão de homens tão pérfidos e iníquos".

Todavia, nem todos esses materiais e essas reformulações se limitam aos resultados desses esquemas de abordagem e de análise: porque contêm frestas inesperadas e potentes, como registros que parecem mais imediatamente gratuitos de palavras e comportamentos, nos quais o elemento da simples recuperação de uma memória e de uma narrativa, preciosas e grandes porque grande tinha sido quem era o protagonista deles, parece não deixar resíduos evidentes, apenas com o objetivo de causar rapidamente um incômodo. Quando Tomás de Celano informa a resposta negativa de Francisco ao frade que lhe propunha ler trechos seus sobre profetas para aliviá-lo das dores da enfermidade – *"Non pluribus indigeo, fili, scio Christum pauperem crucifixum"* ["De nada mais necessito, filho, conheço Cristo pobre crucificado"][144] –, ele, por certo, sabia citar São Paulo, mas isso não era suficiente para provocar a dúvida sobre a existência de um episódio ou de uma frase, tão pouco harmônica, no conjunto, com os cânones da pedagogia hagiográfica e tão potentemente expressiva das aspirações e da vivência de Francisco.

Não há dúvida de que vários *logia* de Francisco, autênticos em sua essência a ponto de terem sofrido apenas modificações marginais literárias, ficam encravados nas *flores* enviadas a Crescêncio, como na *Legenda trium sociorum* e na *Vita seconda*, de Tomás de Celano. Vários são os critérios para estabelecer ou, pelo menos, conjecturar sua autenticidade, como já me ocorreu notar, examinando de vez em quando algum deles[145]. Sua coerência conceitual, embora resulte dos escritos de Francisco, constitui um indício importante, mas não único nem conclusivo.

As *flores* e Tomás de Celano referem um *logion* de Francisco que constitui uma espécie de variante da parte final do *De vera laetitia*[146]: a situação é diferente, porque a cena se desenrola em um capítulo, mas o ato de repulsa dos frades em relação a Francisco, porquanto *"simplex et idiota"*, é semelhante, e parecida é a reação de serena aceitação proposta, aqui, como peculiaridade do verdadeiro frade menor, lá, como expressão da *"sequela Christi"*. A correspondência de conceitos e posturas sugeriria a autenticidade essencial do *logion*, mas não sem a dúvida sobre tratar-se, nesse caso, de um mero expediente literário. Os contrastes fundamentais entre dois pontos de vista diversos que dividiram a ordem nos últimos anos da vida de Francisco e que se refletem no *De vera laetitia* – a perseguição dos triunfos da fé e da ordem, em contraste com a realização de uma plena "*sequela Christi*"[147] – se explicam, de fato, e se resumem na elaboração das *flores* e de Tomás, num episódio localizado em um capítulo no qual Francisco é repelido pela sua condição. Daí a suspeita de que o *logion* traduza e mascare, recorrendo à menos dilacerante forma do apólogo inspirado em conceitos já expressos por Francisco, um momento de choque pontual efetivamente verificado no curso de um capítulo. Assim, estaria salva a boa consciência de historiador de quem narra, sem, porém, manchar a história da ordem toda com a lembrança explícita de um acontecimento pouco edificante. É só uma dúvida, e não mais que uma dúvida, a qual, todavia, não pode ser deixada de lado.

Mas essas dúvidas não têm razão de ser em relação ao que Francisco coloca diante daqueles que o honravam e o exaltavam como santo: "Ainda não tenho certeza se não devo ter filhos e filhas"[148]. A singularidade do chiste, inimaginável, todavia, fora da ótica específica de Francisco – a ênfase, antes e mais do que sobre sua fraqueza de homem e sua condição de pecador, martela na dependência exclusiva da sua maneira de ser a partir de um dom gratuito de Deus[149] –, depõe a favor da sua autenticidade.

O contexto do *logion* e o próprio *logion* introduzem, todavia, um problema da vivência de Francisco que ultrapassa com folga as certezas dos seus escritos, que parece tê-lo incomodado nos últimos anos da sua vida e sobre o qual as biografias e os materiais biográficos constituem a nossa única fonte explícita: isto é, o problema de ter de conviver com a própria fama de santidade. Não me parece que possa ser contestado que se trate de fatos essencialmente reais, assim como parece real o incômodo de Francisco. Os episódios colecionados sobre isso são numerosos e vão desde formas de uma singular autodenúncia diante de todos, passando pela persistente recusa de manifestações de devoção e veneração nos próprios enfrentamentos, até o elogio com que acompanha cada palavra ou ato de outros que neguem ou reduzam nele virtudes e qualidades particulares[150]. As fontes biográficas, como é óbvio e segundo os cânones da tradição hagiográfica, tratam disso sob o duplo ponto de vista da sua humildade e da sua inesgotável busca de uma perfeição cada vez maior. É a única chave com que o tema figura na *Vita prima*, de Tomás de Celano, e que permanece prevalente até nos materiais biográficos seguintes: Francisco, santo excepcional e único, como o demonstram muitos sinais, é assim tanto mais quanto mais pensa com humildade não sê-lo totalmente e se sente bem distante da perfeição. É um modelo interpretativo largamente usado, que, ao mesmo tempo, pretende ser o resultado fiel de uma pontual introspecção psicológica, porque um santo não pode senão sentir e sentir-se assim, estranho aos mecanismos e às influências habituais dos homens comuns. É um pouco o destino dos santos, ou, ao menos, de muitos santos, que a hagiografia condena a posturas que não podem deixar de ser forçadas, situadas no tênue cume depois do qual, sutil, desponta a hipocrisia. Os biógrafos de Francisco não se furtam completamente a essa lei, a eles imposta por critérios obrigatórios de leitura, mas ainda uma vez lhes subtrai, ao menos em parte, o escrúpulo de fiéis compiladores de episódios, cenas e narrativas do passado.

Um dos episódios mais famosos sobre isso está originalmente incluído em uma perícope[151] que, mesmo sem levar o costumeiro selo dos companheiros ("*Nos qui cum eo fuimus*"), resulta bastante parecida no conteúdo e nos conceitos com a seguinte, que, paradoxalmente, o apresenta[152]. Durante uma Quaresma em um retiro, Francisco havia ingerido alimento feito com banha, uma vez que, em razão da sua enfermidade, não suportava óleo. Pouco depois, denunciou-se ao pregar diante do povo: "Viestes a mim com grande devoção e me crestes um santo homem, mas eu confesso a Deus e a vós que naquele eremitério, durante esta Quaresma, comi alimento feito com banha"[153]. Fazia isso com frequência, acrescentam os *Socii*, porque não queria ocultar dos homens o que era manifesto a Deus. E fazia o mesmo caso sentisse vanglória ou soberba por algum ato seu e, por isso, exigiu também que a sua túnica, que um frade quis forrar com pele de raposa, deixasse ver algumas peças também de fora, para que todos pudessem entender como era por dentro.

São fatos diferentes e de ordem diversa, mal reunidos pelos *Socii* sob um único signo interpretativo. Revelar o movimento interior de vanglória pelo belo gesto realizado ao doar o próprio casaco a uma velhinha[154] não é o mesmo que confessar ter comido banha durante a Quaresma porque precisava. O primeiro é um ato de humildade que manifesta uma culpa secreta, o segundo não diz respeito a uma culpa – a *Regula prima* não parece deixar dúvidas a esse respeito[155] – e, portanto, é um ato de humildade apenas para quem ouve ou lê segundo critérios que, em relação aos alimentos, não eram os de Francisco (aliás, nem os *Socii* sugerem isso, como, pelo contrário, fará, não sem unção, Tomás, que com seu esclarecimento mostra, todavia, ter se dado conta do problema: "imputou ao prazer da gula a concessão que havia feito à enfermidade")[156]. A frase de Francisco parece muito mais querer recusar determinado modelo de santidade, do qual ele percebia todo o peso, mas talvez também o perigo. Não revela uma culpa secreta, mas recusa retornar ao esquema que sentia pairar sobre si. Como a dizer: vocês supõem que eu me mortifico e jejuo, e por isso me julgam santo, mas eu não faço isso!

Por certo, é arriscado querer penetrar os atos, as palavras e os gestos dos quais restam apenas os resultados externos e finais, frequentemente deformados e manipulados nos termos oferecidos pelos modelos canonizados. Não parece, todavia, que essas declarações de Francisco contra a fama de santidade que começava a rodeá-lo possam ser reduzidas a meros atos de humildade ou de exemplo forçado de ascese, como parecem entender os *Socii* (que, além disso, também citam episódios que mostrariam o contrário, como, verdade seja dita, Tomás também faz)[157], nem que possam se referir apenas àquela ideia, expressa frequentemente nos seus escritos, de que não existe bem verdadeiro no homem que não seja obra e dom de Deus[158]: porque, parece-me, nele também se insinuam a preocupação e a recusa de ver sua opção e sua experiência cada vez mais consideradas fato excepcional, fora da medida comum, por isso incapaz de oferecer um indício e um testemunho que dissessem algo de fato, como uma linha e um caminho passíveis de serem seguidos também por outros homens na vida cotidiana ordinária comum.

Para além dessas percepções que Francisco poderia ter, tratava-se, ao mesmo tempo, de um processo real que em poucos anos chegou à sua consumação. É outro aspecto, de dimensões coletivas, daquela obra progressiva de tradução-deturpação-esvaziamento dos termos reais e históricos da sua proposta cristã para adequá-la à ótica e aos critérios das tradições eclesiásticas e sociais dominantes. A fama crescente de santidade que circunda e assola Francisco também empurra, de todo modo, a sua prática de vida para fora das possibilidades correntes oferecidas à história dos homens. É um impulso vindo de baixo, que se encontra com as exigências e as orientações da instituição eclesiástica: para ambas, depois de tudo, Francisco fica "aceitável" apenas como uma grandiosa e irrepetível exceção. Será esse, com efeito, o percurso que a elaboração dos biógrafos irá, pouco a pouco, preparar para a sua figura. A sábia construção de Boaventura representou nisso a etapa decisiva. Assim, a sua experiência, transformando-se na de um santo altíssimo, a ser admirado, venerado e para o qual se ora, não mais poderá ser um ponto de referência real para um grupo de homens, organizado segundo o seu ensinamento, nem será mais passível de ser proposta senão como incomparável e desestoricizado exemplo de uma suprema perfeição. A ordem seguirá o próprio caminho, novo e grandioso em tantos aspectos, ditado pelas demandas conjuntas da Igreja e da sociedade organizada. Mas, entre estas, não figurava a experiência plena do Evangelho que Francisco havia desejado propor.

NOTAS

1. Cf. I Cel., prologus, I: "*Actus et vitam beatissimi patris nostri Francisci, (...) veritate semper praevia et magistra, seriatim cupiens enarrare (...) ea saltem quae ex ipsius ore audivi, vel a fidelibus et probatis testibus intellexi (...) prout potui (...) studui explicare*" ["Os atos e a vida de nosso santíssimo pai Francisco, (...) sempre com a verdade como guia e mestra, desejando narrar em série (...) as coisas que ouvi de forma esparsa de sua própria boca, ou escutei de testemunhas fiéis e corretas (...), conforme pude (...), me empenhei para explicar"]; *Leg. III soc.*, epístola (p. 89 e seg.); II Cel., prologus, I: "*Placuit sanctae universitati olim capituli generalis [...] parvitati nostrae iniungere,*

ut gesta vel etiam dicta gloriosi patris nostri Francisci nos, quibus ex assidua conversatione illius et mutua familiaritate plus caeteris diutinis experimentis innotuit, ad consolationem praesentium et posterorum memoriam scriberemus" ["Aprouve um dia à santa universalidade do Capítulo geral (...) se unir à nossa insignificância, a fim de que os feitos ou mesmo os ditos de nosso glorioso pai Francisco escrevêssemos nós – a quem, a partir da frequente convivência com ele e da mútua familiaridade, mais do que com outros, ele tornou-se conspícuo por meio de longas experiências –, para servir de consolo aos presentes e de memória aos pósteros"] (mas também todas as linhas seguintes deveriam atentamente ser levadas em consideração). Observações importantes sobre os critérios de originalidade da época encontram-se em B. Guenée, *Authentique et approuvé. Recherches sur les principes de la critique historique au Moyen Âge*, em id., *Politique et histoire au Moyen-âge. Recueil d'articles sur l'histoire politique et l'historiographie médiévale*, Paris, 1981, p. 265-78.

2. Cf. as observações fundamentais de J. Fontaine, *Introduction* a Sulpício Severo, *Vie de saint Martin*, I ("Sources Chrétiennes", 133), Paris, 1967, p. 171 e segs., e, em particular, 185 e segs.: as suas propostas para a análise e para a determinação do valor histórico da *Vita sancti Martini* vão muito além do texto de Sulpício Severo. Muitas observações, igualmente sob o ponto de vista que aqui interessa, sobre o aproveitamento do material hagiográfico como fonte histórica, em A. Vauchez, *La sainteté en Occident aux derniers siècles du Moyen Âge d'après les procès de canonisation et les documents hagiographiques* ("Bibliothèque des Écoles françaises d'Athènes et de Rome", 241), Roma, 1981, *passim*. Mas, individualmente, se não estou enganado, o problema fica em grande parte estranho aos recentes estudos sobre historiografia e a escrita histórica medievais. Não é por acaso que a hagiografia goze de poucas rápidas alusões na brilhante síntese de B. Guenée, *Histoire et culture historique dans l'Occident médiéval*, Paris, 1980, p. 53 e segs., apesar dos muitos elementos comuns (concepção geral da história, critérios de interpretação, escritura figural, finalidades, influências) que não deixam de unir hagiógrafos e cronistas, sobretudo entre os séculos XI e XIII: as crônicas da primeira cruzada, como muitas histórias monásticas, oferecem sobre isso exemplos copiosos e significativos. Mas trata-se de um discurso que deve ser recebido com naturalidade e alcance bem diferentes.

3. Cf. de Beer, *La conversion de saint François*, op. cit., 24 e segs.; S. Clasen, *Legenda antiqua S. Francisci. Untersuchung über die nachbonaventurianischen Franziskusquellen, Legenda trium sociorum, Speculum perfectionis,*

Actus B. Francisci et sociorum eius und verwandtes Schrifttum ("Studia et documenta franciscana", V), Leiden, 1967, p. 214 e seg. Stanislao da Campagnola, *Francesco d'Assisi,* op. cit., p. 81 e segs.

4. Cesário de Heisterbach, *Dialogus miraculorum,* prologus, organização de J. Strange, I, Colônia/Bonn/Bruxelas, 1851, p. 1. Sobre a estrutura, função e difusão do *exemplum* tal como definido entre o final do século XII e as primeiras décadas do XIII cf. C. Brémond, J. Le Goff, J.-C. Schmitt, *L'"exemplum"* ("Typologie des sources du moyen âge occidental"), Turnhout, 1982, p. 50 e segs.

5. Cf. Manselli, *"Nos qui cum eo fuimus",* op. cit., 294 p.

6. Sobre a história de tais acontecimentos, é fundamental Gratien de Paris, *Histoire de la fondation,* op. cit., p. 111 e seg. Cf. também Brooke, *Earl Franciscan Government,* op. cit., em particular p. 123-255; J. R. H. Moorman, *A History of the Franciscan Order from Its Origins to the Year 1517,* Oxford, 1968, p. 83 e segs.; D. Nimmo, *Reform and Division in the Medieval Franciscan Order. From Saint Francis to the Foundation of the Capuchins* ("Bibliotheca seraphico-capuccina", 33), Roma, 1987, p. 51 e segs. Um rápido perfil geral, rico de lampejos interessantes e acompanhado de uma atualizada bibliografia essencial, é disponibilizado por R. Lambertini - A. Tabarroni, *Dopo Francesco: l'eredità difficile,* Turim, 1989, 167 p.

7. Cf. *Scripta* 68, 75, 76, 77, 87, p. 206, 218 e seg., 222, 238 e seg. (= *Compilatio,* 101, 106, 112, p. 300 e segs., 328 e segs., 350). São todos trechos presentes, entre outros, no ms. Per. 1046, na seção que, bem provavelmente, pode-se considerar que conserva ao menos uma parte dos textos escritos pelos *Socii* (se não do próprio frei Leão) e que parece bastante razoável pensar que constituem uma boa cópia dos materiais enviados a Crescêncio de Iesi, segundo o que o seu primeiro editor, o padre Delorme, já havia cogitado: cf., sobre essas conclusões, T. Desbonnets, *Recherches sur la généalogie des biographies primitives de Saint François,* em "Archivum Franciscanum Historicum", 60 (1967), p. 273-316, e id., *Légende de Pérouse. Introduction,* em Desbonnets - Vorreux, *Saint François d'Assise,* op. cit., p. 859-72. Uma cuidadosa recapitulação do trabalho filológico a esse respeito em G. Philippart, *Les écrits des compagnons de S. François. Aperçu de la "question franciscaine" des origines à nos jours,* em "Analecta Bollandiana", 90 (1972), p. 143-66. Salvo aviso em contrário, os trechos dos *Scripta (Compilatio)* que citarei se referem sempre a tal seção.

8. K. Esser, *Anfänge und ursprüngliche Zielsetzungen des Ordens der Minderbrüder,* Leiden, 1966, p. 2 e seg. (trad. it., com muitas imperfeições, Milão, 1975, p. 14). Cf. também a esse respeito Stanislao da Campagnola, *Le origini francescane,* op. cit., p. 285 e seg.

9. Grande compilação em L. Lemmens, *Testimonia minora saeculi XIII de S. Francisco Assisiensi*, Quaracchi, 1926, 124 p. Sobre os mal-entendidos e as deformações, é suficiente lembrar o tão precioso testemunho de Giacomo di Vitry, de 1216 (ibid., p. 79 e segs.; mas veja-se também R. B. C. Huygens, *Lettres de Jacques de Vitry*, Leiden, 1960, p. 75 e segs.), apresentar os "*fratres minores*" vivendo "*secundum formam primitive ecclesie*" ["segundo a forma da igreja primitiva"], portanto sob um critério e segundo um modelo mais atentos aos seus devotos interlocutores transalpinos que à experiência real da *fraternitas* franciscana: cf. sobre isso as detalhadas observações de K. Elm, *Die Entwicklung des Franziskanerordens zwischen dem ersten und letzten Zeugnis des Jakob von Vitry*, em *Francesco d'Assisi e Francescanesimo dal 1216 al 1226*, "Società internazionale di Studi francescani", Atas da IV conferência internacional, Assis, 1977, p. 195 e segs.

10. Cf. sobre isso, neste mesmo volume, p. 263 e segs.

11. Sobre o Capítulo de Padova de 1276, que tomou essa decisão, cf. F. Ehrle, *Die ältesten Redactionem der Generalconstitutionen des Franziskanerordens*, em "Archiv für Literatur- und Kirchengeschichte des Mittelalters", VI (1892), p. 47. Veja-se também R. Paciocco, *Da Francesco ai "catalogi sanctorum". Livelli istituzionali e immagini agiografiche nell'ordine francescano (secoli XIII-XIV)*, Assis, 1990, p. 85.

12. Ótima referência em R. Rusconi, *Dal sepolcro di Francesco all'indulgenza della Porziuncola*, em *Francesco d'Assisi. Storia e Arte*, Milão, 1982, p. 159-64. Não convencem as conclusões de P. Péano, *L'indulgence de la Portiuncule, origine et signification*, em *Indulgenza nel Medioevo e perdonanza di Papa Celestino*, organização de A. Clementi, Atas da Convenção de história internacional (Áquila, 5-6 de outubro de 1984), Áquila, 1987, p. 47-59, que queria identificar "*dans une perspective de mentalité, par une étude du comportement et du contexte de la vie de François*" ["a partir de uma perspectiva de mentalidade, para um estudo do comportamento e do contexto de vida da Francisco"] a origem da indulgência (p. 58): de fato, típicos demais, a vida e os comportamentos parecem estranhos ao aparato teológico e às razões devocionais que promoverão e justificarão nas últimas décadas do século XIII aquela alegada concessão.

13. Sobre os textos, cf. Sabatier, *Actus beati Francisci*, op. cit., p. LXIII-269 (e *Actus beati Francisci et sociorum eius*, nova edição póstuma de Jacques Cambell, trazendo o texto do *Florilégio* para permitir a comparação, organização de M. Bigaroni e G. Boccali, Assis, 1988, 614 p.); *I Fioretti di san Francesco*, em *Fonti francescane*, op. cit., p. 1452-624; Ângelo Clareno, *Chronicon seu Historia septem tribulationum*, op. cit., 231 p. Cf. a respeito

S. Clasen, *Zur Problematik der Fioretti*, em "Wissenschaft und Weisheit", 25 (1962), p. 215 e segs.; E. Grau, *Quellenkritische Einführung in die Probleme der Fioretti*, ivi, 48 (1985), p. 102 e segs., E. Menestò, *Dagli "Actus" al "De Conformitate": la compilazione come segno della coscienza del francescanesimo trecentesco*, em *I francescani nel Trecento*, "Società internazionale di studi francescani", Atas da XIV convenção internacional, Assis, 1988, p. 43-68; G. L. Potestà, *Angelo Clareno dai poveri eremiti ai fraticelli* ("Nuovi Studi Storici", 8), Roma, 1990, em particular p. 195 e segs.

14. Uma pesquisa sistemática a esse respeito ainda está por ser feita. Indicações importantes em D. E. Flood, *Geschichte als Erinnerung und Ermahnung. Zum Kapitel XXV der Fioretti*, em "Wissenschaft und Weisheit", 48 (1985), p. 113-21. Na história da ordem franciscana, como se sabe, mais do que nunca, a cadeia das tradições orais se mistura constantemente com "traduções" escritas, nas quais, por sua vez, encontra novas representações. Isso explica o afloramento, mesmo em períodos mais tardios, de histórias que claramente conservam memórias da experiência originária. Penso, por exemplo, em determinadas particularidades sobre a vida de trabalho de Egídio trazidas na *Chronica XXIV generalium* (em *Analecta franciscana*, Quaracchi, 1897, III, p. 81 e segs.), muito mais explícitos e conscientes do seu significado do que determinados textos atribuíveis ao "pacote" enviado a Crescêncio de Iesi. E é significativo que a tais particularidades já faça referência, quase oitenta anos antes, Pierre de Jean Olivi, na sua *Expositio regulae* (cf. D. E. Flood, *Peter Olivi's rule Commentary edition and presentation* ["Veröffentlichungen des Instituts für europäische Geschichte Mainz", 67], Wiesbaden, 1972, p. 147), atestando, assim, a circulação (que, nesse caso, parecia ainda apenas ou prevalentemente oral, como estaria a sugerir o "*prout sanctus frater Aegidius saepe fecisse fertur*" ["conforme se diz ter feito amiúde o santo irmão Egídio"] de Olivi) de testemunhos e histórias que só graças a compilações posteriores chegaram até nós. Sobre o desenvolvimento da "historiografia franciscana" no primeiro século, cf. o suculento perfil de D. Berg, *Historische Reflexion und Tradition. Die "Fioretti" und die franziskanische Geschichtsschreibung bis zur Mitte des 14. Jahrhunderts*, em "Wissenschaft und Weisheit", 48 (1985), p. 81-101.

15. Sobre esse quadro, cf. o excelente resumo *L'Appendice* a Desbonnets, *De l'intuition*, op. cit., p. 171-83, em que Desbonnets apresenta os resultados mais prováveis da pesquisa internacional das últimas décadas. Não compartilha desse entendimento L. Pellegrini, *Un secolo di "lettura" delle fonti biografiche di Francesco d'Assisi*, em "Laurentianum", 29 (1988), p. 223 e segs.: mas o seu julgamento parece fundado na constatação da coexistência de

uma relativa variedade de propostas, muito mais do que numa análise da consistência, da razoabilidade e da coerência global das mesmas; enquanto é precisamente para isso que a síntese de Desbonnets se qualifica como uma sistematização coerente e convincente de suas próprias pesquisas e dos outros. A identificação cronológica de tal conjunto de textos comporta a adoção de um critério fundamental para a análise de todos os trechos que a pesquisa filológica permite supor que tenham feito parte do "pacote" enviado a Crescêncio de Iesi: a clara distinção, a saber, entre o trecho, ou um conjunto de trechos considerados em si mesmos, e a compilação, ou as compilações, graças às quais eles são obtidos, e que os reuniram e de vez em quando ordenaram para os próprios fins particulares. O *Intentio regulae* e os *Verba sancti Francisci*, só para dar um exemplo, nascem como compilações autônomas entre o fim do século XIII e os inícios do XIV: como tais podem ser consideradas, enquanto expressão de um momento particular da história da ordem. Mas isso não impede que elas tenham sido constituídas de trechos escritos em outro momento, segundo os termos de uma narrativa que é examinada também enquanto tal, em todos os seus elementos. Cf. sobre esse conjunto de questões, com uma forte e sensata postulação do problema filológico para um correto enfrentamento do problema histórico, Menestò, *Dagli "Actus" al "De Conformitate"*, op. cit., em particular, p. 54 e segs.

16. Mas não vou concordar com a observação de Vauchez, *La sainteté en Occident*, cit., p. 389, de que os escritos de Francisco e as fontes hagiográficas "*ne nous apportent que peu d'éléments valables pour apprécier objectivement son existence*" ["não nos trazem pouca evidência sólida para avaliar objetivamente sua existência"]; nem partilho do "agnosticismo" de G. Philippart (em *La "questione francescana"*, op. cit., p. 239), mesmo acompanhado de tantas observações inteligentes e de indicações importantes. A tortuosa tendência a destacar que qualquer compilação biográfica tem em vista oferecer o "seu Francisco" pode constituir uma oportuna reação ao concordismo de índole apologético-positivista, mas não deve representar um álibi para evitar ou colocar em segundo plano o problema do "Francisco histórico", que é prioritário nesse âmbito de estudos. Cf. ainda sobre tais questões Stanislao da Campagnola, *Francesco d'Assisi*, op. cit., em particular p. 127 e segs.; A. Bartoli Langeli, *Francesco d'Assisi e ricerca storica: un discorso aperto*, em "Laurentianum", 3 (1977), p. 338-60, e em *La "questione francescana"*, op. cit., p. 241 e seg.; as três intervenções de L. Pellegrini, *Considerazioni e proposte metodologiche per una analisi delle fonti francescane*, em "Laurentianum", 3 (1977), p. 292-313; *Studi recenti*

sulle fonti francescane, em "Quaderni medievali", 14 (1982), p. 236-51; e *Francesco e i suoi scritti. Problemi e orientamenti di lettura in alcuni recenti studi*, em "Rivista di storia della Chiesa in Italia", XXXVI (1982), p. 311 e segs.; e as oportunas considerações de G. G. Merlo, *Francesco d'Assisi e la sua eredità. A proposito di tre libri recenti*, em "Rivista di storia e letteratura religiosa", XXVI (1990), p. 139 e segs.

17. A esse respeito, é ainda importante W. Goetz, *Die Quellen zur Geschichte des hl. Franz von Assisi. Eine kritische Untersuchung*, Gotha, 1904, em particular p. 57-88 e 221 e segs. Ótimas observações em D. Berg, *Vita minorum. Zum Wandel des franziskanischen Selbstverständnisses im 13. Jahrhundert*, em "Wissenschaft und Weisheit", 45 (1982), p. 160 e segs. Apesar da insustentabilidade da sua hipótese sobre a anterioridade de algumas partes da *Leg. III. soc.*, em relação a I Cel., J. R. H. Moorman, *The sources for the Life of S. Francis of Assisi*, Manchester, 1940, p. 61 e segs., nos dá informações úteis. Cf. também o livro *Tommaso da Celano e la sua opera*, op. cit. (em particular as duas contribuições de R. Manselli, *Tommaso da Celano nella ricerca storiografica. Alcune considerazioni* e *Tommaso da Celano e i "socii" di Francesco: la vita II*, p. 11-28 e 74-85, e aquele de Pásztor, *Tommaso da Celano e la Vita Prima*, op. cit., p. 50-73). Há uma visão geral das questões em D. Vorreux, *Introduction* a Tommaso da Celano, *Vie de Saint François d'Assise*, em Desbonnets – Vorreux, *Saint François d'Assise*, op. cit., p. 201-8; e Stanislao da Campagnola, *Francesco d'Assisi*, op. cit., p. 74 e segs.

18. De Beer, *La conversion de Saint François*, op. cit. C. Frugoni propõe uma densa e convincente comparação entre as histórias da juventude de Francisco constantes das duas *Vidas* em *La giovinezza di Francesco nelle fonti (testi e immagini)*, em "Studi Medievali", s. III, XXV (1984), p. 115 e segs.

19. II Cel. prologus, 2: "*Continet in primis hoc opusculum quaedam conversionis sancti Francisci facta mirifica, quae ideo in Legendis dudum de ipso confectis non fuerunt apposita, quoniam ad auctoris notitiam minime pervenerunt*" ["Esse opúsculo da própria conversão de São Francisco contém, no princípio, fatos magníficos, que, por isso, não foram inseridos nas Legendas escritas sobre isso há pouco, porque não chegaram absolutamente ao conhecimento do autor"]. Sobre a historiografia, cf. *supra*, nota 17.

20. Desenvolvi mais longamente essas observações em *La conversione di san Francesco*, op. cit., p. 775-92.

21. Assim, por exemplo, a escuta dos passos do Evangelho sobre a missão apostólica (I Cel., 22), não recuperada na *Vita seconda*, resta porém nela

claramente pressuposta (cf. II Cel., 18: "*In ea [scil. eclesia] Minorum ordo principium sumpsit*". Outras observações sobre o caráter complementar da *Vita seconda* em relação à *Vita prima* em A. Marini, *Sorores alaudae. Francesco d'Assisi, il creato, gli animali*", Assis, 1989, p. 85 e segs. Cf., também sobre esse aspecto,as pertinentes observações de Berg, *Vita minorum*, op. cit., p. 165 e segs.

22. Miccoli, *La conversione di san Francesco*, op. cit., p. 782 e segs.

23. I Cel., 74 e 99-100. Sobre as relações de Francisco e Ugolino cf., com uma análise geral das fontes, Selge, *Franz von Assisi und Hugolino von Ostia*, op. cit., p. 159-222, e Pásztor, *San Francesco e il cardinale Ugolino*, op. cit., p. 209-39.

24. Sobre a pregação de Francisco cf. C. Delcorno, *Origini della predicazione francescana*, em *Francesco d'Assisi e Francescanesimo*, op. cit., em particular p. 140 e segs.; R. Zerfass, *Der Streit um die Laienpredigt. Eine pastoralgeschichtliche Untersuchung zum Verständnis des Predigtamtes und zu seiner Entwicklung in 12. und 13. Jahrhundert*, Freiburg-Basileia-Viena, 1974, p. 235 e segs.; Z. Zafarana, *La predicazione francescana*, em *Francescanesimo e vita religiosa dei laici nel '200*, "Società internazionale di studi francescani", Atas da VIII conferência internacional, Perúgia, 1981, p. 203 e segs.; R. Rusconi, *La predicazione minoritica in Europa nei secoli XIII-XV*, em *Francesco, il francescanesimo e la cultura della nuova Europa*, organização de I. Baldelli e A. M. Romanini, Roma, 1986, p. 142 e segs.

25. I Cel., 73: "*Verum venerabilis dominus episcopus Ostiensis timore suspensus erat, totis visceribus orans ad Dominum, ne beati viri contemneretur simplicitas, quoniam in eum sancti gloria resultabat et dedecus, eo quod erat pater super eius familiam constitutus*" ["Em verdade, o venerável senhor bispo de Óstia estava inquieto de medo, rezando a Deus com todas suas entranhas para que a simplicidade do homem santo não fosse desdenhada, porque nele ressoavam a glória e a infâmia do santo, porque ele fora estabelecido pai sobre a família dele"].

26. Ibid., 74: "*Adhaeserat ei namque sanctus Franciscus tamquam filius patri et unicus matri suae, securus in sinu clementiae suae dormiens et quiescens. Pastoris certe ille implebat vicem et faciebat opus, sed sancto viro pastoris reliquerat nomen. Beatus pater necessaria providebat, sed felix ille dominus provisa effectui mancipabat*" ["Por outro lado, São Francisco tinha se prendido a ele, como um filho único ao pai e a sua mãe, dormindo e descansando seguro no seio de sua clemência. Ele certamente cumpria a posição de pastor e fazia seu trabalho, mas, como santo homem, abandonara o

nome de pastor. O santo pai provia as coisas necessárias, mas aquele feliz senhor entregava à execução as coisas provisionadas"].

27. Ibid., 99: "*Conformabat se dominus ille moribus fratrum, et in desiderio sanctitatis cum simplicibus erat simplex, cum humilibus erat humilis, cum pauperibus erat pauper. Erat frater inter fratres, inter minores minimus, et velut unus caeterorum, in quantum licitum erat, in vita et moribus gerere se studebat [...]. O quoties, depositis pretiosis vestibus, vilibus indutus, discalceatis pedibus, quasi unus e fratribus incedens, rogabat ea quae ad pacem sunt. Hoc inter virum et proximum suum, quoties oportebat, hoc inter Deum et hominem, semper sollicite faciebat*" ["Aquele ilustre senhor moldava a si com o costume dos irmãos e, em seu desejo de santidade, era simples com os simples, era humilde com os humildes, era pobre com os pobres. Era um irmão entre os irmãos, o menor entre os menores, e como se fosse um só dos demais, em quanto lhe era permitido, esforçava-se por comportar-se na vida e nos costumes (...). Ó, quantas vezes, depostas suas preciosas roupas, tendo vestido panos vis, com os pés descalços, caminhando como um dentre os irmãos, pedia pelas coisas que são para a paz. Sempre fazia isso com empenho entre um homem e seu próximo, quantas vezes era necessário, entre Deus e o homem"]; ibid., 101: "*Nimio quoque amore dictus dominus erga sanctum virum flagrabat, et ideo quidquid beatus vir loquebatur, quidquid faciebat, placebat ei, et in sola visione illius saepe totus afficiebatur [...]. Ministrabat iste beato Francisco tamquam servus domino suo, et quoties videbat eum, tamquam Christi apostolo reverentiam exhibebat, et inclinato utroque homine, saepe manus eius deosculabatur ore sacrato*" ["O também chamado, por seu excessivo amor, de "senhor" se inflamava em frente do santo homem, e, por isso, o que quer que o santo homem dizia, o que quer que fazia, isso lhe agradava, e à simples visão dele, amiúde ele todo se impressionava (...). Esse senhor servia a São Franscisco assim como um escravo a seu senhor, e sempre que o via, mostrava referência, tal qual a um apóstolo de Cristo, e tendo um e outro homem se abaixado, frequentemente beijava a mão dele com a boca consagrada"].

28. Ibid., 74: "*Benedicta proinde ac memorabilis dies illa, in qua sanctus Dei tam venerabili domino se commisit*" ["Bendito, por isso, e memorável aquele dia, em que um santo de Deus confiou-se a um senhor tão venerável"].

29. Ibid., 74-75.

30. Cf. A. Callebaut, *Autour de la rencontre à Florence de s. François et du cardinal Hugolin (en été 1217)*, em "Archivum Franciscanum Historicum", 19 (1926), p. 530-58.

31. Nesse sentido, C. Schmitt, *I vicari dell'ordine francescano da Pietro Cattani a frate Elia*, em *Francesco d'Assisi e Francescanesimo*, op. cit., p. 241.

32. Giordano di Giano, *Chronica* ("Collection d'Études et de Documents sur l'Histoire religieuse et littéraire du Moyen Âge", VI), organização de H. Böhmer, Paris, 1908, caps. XI-XV, p. 9-15. Sobre o acontecimento, cf. Miccoli, *La storia religiosa*, op. cit., p. 748 e segs.; Selge, *Franz von Assisi*, op. cit., p. 196 e segs.; Elm, *Die Entwicklung des Franziskanerordens*, op. cit. p. 202 e segs.

33. Embora nem sempre aceitáveis em algumas de suas abordagens específicas, sobre isso são fundamentais e plenamente convincentes nos critérios de análise e de leitura adotados as pesquisas de D. E. Flood: cf. Flood, *Die Regula non bullata*, op. cit., p. 105-68 (mas vejam-se suas observações adicionais sobre os problemas textuais em "Archivum Franciscanum Historicum", 70 (1977), p. 163-8), e Flood, Van Dijk, Matura, *La naissance d'un charisme*, op. cit., p. 25-84. Muito insinuante, apesar das distorções, Flood, *Frère François et le mouvement franciscain*, op. cit.

34. Giordano di Giano, *Chronica*, op. cit., cap. XI, p. 9 e segs. Conferir sobre esse ponto as observações de Selge, *Franz von Assisi und die römische Kurie*, op. cit., p. 154.

35. Ótimas observações sobre o impacto que a tradição canônica e regular exerceu sobre a organização e o regime interno dos Menores, até modificar-lhe profundamente algumas características básicas em Selge, *Rechtsgestalt und Idee*, op. cit., em particular p. 11 e segs.

36. A esse respeito é significativa, como testemunho de uma memória e de um juízo presentes nos ambientes da cúria, a afirmação do biógrafo de Gregório IX: "*Minorum [...] ordinem intra initia sub limite incerto vagantem novae regulae traditione direxit et informavit informem, beatum Franciscum eis ministrum praeficiens et rectorem*" ["(Ele) dirigiu a Ordem dos Menores, outrora desorganizada e que vagava, em sua fase inicial, sem um limite definido com a atribuição de uma nova Regra, e formou (a Ordem) informe, designando-lhes São Francisco como ministro e reitor"] (em Lemmens, *Testimonia minora*, op. cit., p. 12). Sobre os apoios com os quais Francisco podia contar no âmbito da cúria cf. a exaustiva análise de Selge, *Franz von Assisi*, op. cit., p. 171 e segs. e 179 e segs.

37. Cf. G. Le Bras, *Institutions ecclésiastiques de la Chrétienté médiévale*, I, 1, Tournai, 1959, p. 181 e segs., que exprime em termos gerais uma linha de pensamento amplamente presente nas pesquisas sobre as origens franciscanas: de Goetz (*Die Quellen zur Geschichte*, op. cit., p. 63; cf. também id.,

Die ursprünglichen Ideale des hl. Franz von Assisi, em *Italien im Mittelalter*, Leipzig, 1942, p. 160) a Esser (*Anfänge und ursprüngliche Zielsetzungen*, op. cit., p. 153 e segs.; trad. it., p. 146 e segs.), o tema da "impraticabilidade do altíssimo ideal" de Francisco (que logo pedia ajustes e compromissos realistas sugeridos oportunamente pela secular sabedoria humana e jurídica da tradição eclesiástica) oferece uma chave crucial para ler e interpretar os eventos da ordem nos últimos cinco/seis anos da sua vida. Cf. a esse respeito as indicações e as oportunas observações de Selge, *Franz von Assisi*, op. cit., p. 160 e segs.

38. Sobre pressões exercidas pelas realidades eclesiásticas e sociais "periféricas", dentro e fora da ordem, para alinhá-las a modelos organizacionais mais compatíveis com a tradição regular, insistiu com razão Elm, *Die Entwicklung des Franziakanerordens*, op. cit., p. 218 e segs.

39. Cf., neste mesmo volume, p. 110 e segs.

40. Sob esse ponto de vista, também é importante o conhecido juízo que Giacomo di Vitry formulou em 1220 sobre a nova *religio*: "*valde periculosa*" ["bastante perigosa"], porque, sem nenhuma preparação, enviava ao mundo jovens inexperientes, mas isso também, eu diria, para enfadá-lo, porque o mundo lhe tirava preciosos colaboradores (Huygens, *Lettres*, op. cit., VI, p. 131 e seg.).

41. Cf., neste mesmo volume, p. 115 e segs.

42. Cf. sobre isso a sensata análise de Schmitt, *I vicari dell'ordine francescano*, op. cit., p. 247 e segs.

43. Sobre isso, perfeita a sucessão de fatos proposta por Giordano di Giano (*Chronica*, op. cit., cap. XIV, p. 13 e segs.). Cf. também Selge, *Franz von Assisi*, op. cit., p. 199 e segs.

44. Giordano di Giano, Chronica, op. cit., cap. XIV, p. 14: "*Domine, cum sis magnus et magnis sepe prepeditus negotiis, pauperes ad te accessum habere sepe non possunt nec tibi loqui, quociens necesse habent. Multos mihi papas dedisti. Da unum, cui, cum necesse habeo, loqui possim, qui vice tua causas meas et ordinis mei audiat et discuciat*" ["Ó Senhor, embora sejas grande e estejas envolvido por grandes preocupações, os pobres não podem ter acesso a ti nem falar contigo sempre que precisem. Tu me deste muitos papas. Dá um só a quem eu possa falar quando precisar, que ouça e discuta, em teu lugar, as minhas causas e as da minha Ordem"]. Cf. também II Cel., 25.

45. *Test.*, p. 314 e seg.

46. Cf. Selge, *Franz von Assisi*, op. cit., p. 214 e seg.
47. *Scripta*, 114 (*Compilatio*, 18). Cf., neste mesmo volume, p. 104 e segs.
48. Cf. Miccoli, *La storia religiosa*, op. cit., p. 754 e segs.
49. Cf. *supra*, nota 33.
50. *Test.*, p. 312 e seg. Cf. neste mesmo volume p. 85.
51. Cf. Miccoli, *La storia religiosa*, op. cit., p. 752 e segs.
52. Sobre isso cf., ainda que de outro ponto de vista, as observações de Lambertini e Tabarroni em *Dopo Francesco*, op. cit., p. 12 e segs.
53. Cf. o que escreve a *Vita beati fratris Egidii*, 10-11 (organização de R. B. Brooke, em *Scripta*, p. 334 e segs., em referência ao período seguinte à morte de Francisco e, depois, a peculiar experiência mística vivida por Egídio nos dias que antecederam o Natal de 1226: "*Ex tunc [...] fuit et erat semper in cella solitarius, vigilans, ieiunans, orans et ab omni opere et sermone malo se custodire sollicitus [...]. Proinde subtraxit se non solum a familiaritate secularium, sed etiam a fratribus suis et aliis religiosis. Dicebat enim: 'Securius est hominibus salvare animam suam cum paucis quam cum multis; hoc est esse solitarium et vacare Deo et anime sue; quia solus Deus qui creavit animam, est amicus eius et non alius'*" ["Desde então (...) ele estava e andava sempre sozinho na cela, em vigília, jejuando, orando e preocupado em proteger-se de toda obra e de rumores negativos (...). Então, ele retirou-se não só da familiaridade dos séculos, mas mesmo de seus irmãos e de outros religiosos. De fato, dizia: 'É mais seguro aos homens salvar sua alma entre poucos do que entre muitos; isso é ser solitário e estar livre para Deus e para sua alma; porque apenas Deus, que criou a alma, é amigo dela e não outro.'"]. São textos e experiências que provavelmente também refletem os pontos de vista do velho frei Leão, se, como tudo leva a crer, foi ele o autor da *Vida*, e que, por isso, seriam estudados também em relação aos percursos dos outros *Socii* de Francisco e dos guardiães da Regra, segundo a sugestão apresentada por A. Bartoli Langeli, *La famiglia Coppoli nella società perugina del Duecento*, em *Francescanesimo e società cittadina*, Perúgia, 1979, p. 107, nota 272. Sobre Egídio cf. J. Cambell, *Gilles d'Assise*, em *Dictionnaire de spiritualité*, Paris, 1967, VI, cc. 379-82; e, com espírito de divulgação, mas com farta bibliografia e amplo uso das fontes, E. Mariani, *La sapienza di frate Egidio compagno di san Francesco con i Detti*, Vicenza, 1982, p. 5-165.
54. Cf., por exemplo, I Cel., 83 (depois de uma descrição física de Francisco): "*Et quia erat humillimus, omnem mansuetudinem ostendebat ad omnes homines, omnium moribus utiliter se conformans. Sanctior inter sanctos,*

inter peccatores quasi unus ex illis" ["E porque ele era o mais humilde, mostrava toda sua mansidão a todos os homens, moldando efetivamente a si com os costumes de todos. Mais santo entre os santos, entre os pecadores quase um dentre eles"]; ibid., 91: "*Haec summa eius philosophia semper fuit, hoc summum desiderium in eo, quoad vixit, semper flagravit, ut quaereret a simplicibus, a sapientibus, a perfectis et imperfectis, qualiter posset viam apprehendere veritatis et ad maius propositum pervenire*" ["Essa sempre foi sua mais alta filosofia; esse seu mais alto desejo, enquanto viveu, sempre nele se inflamou, para que buscasse entre os simples, os sábios, os perfeitos e imperfeitos, a forma com que pudesse tomar o caminho da verdade e alcançar um propósito maior"]. Cf. também ibid., 54: "*Heu nobis, qui sic te amisimus, digne pater, totius beneficientiae ac humilitatis exemplar: iusto quippe iudicio amisimus, quem habentes cognoscere non curavimus!*" ["Ai de nós, que assim te perdemos, ó digno pai, modelo de toda beneficência e humildade: perdemos obviamente com justo juízo, não nos interessamos em conhecer quem tínhamos!"]. Parcialmente defasada a leitura que de algumas dessas passagens sugere De Beer, *La conversion de saint François*, op. cit., p. 102 e segs. Sobre a dificuldade de Tomás de compreender os aspectos concretos da vida da fraternidade originária, cf. Flood, *Die Regula non bullata*, op. cit., p. 147.

55. Cf. De Beer, *La conversion de saint François*, op. cit., p. 293 e segs. (mas, sobre a discutível aplicação desse critério de sua parte, cf. Miccoli, *La conversione di san Francesco*, op. cit., p. 779).

56. I Cel., 74: "*O quanti, maxime in principio cum haec agerentur, novellae plantationi ordinis insidiabantur ut perderent! O quanti electam vineam, quam dominica manus benignissime novam in mundo plantabat, praefocare studebant! Quam multi primos et purissimos eius fructus furari et consumere nitebantur! Qui omnes tam reverendi patris et domini gladio interfecti et ad nihilum sunt redacti. Erat enin rivus eloquentiae, murus Ecclesiae, veritatis assertor et amator humilium. Benedicta proinde ac memorabilis dies illa, in qua sanctus Dei tam venerabili domino se commisit*" ["Ó quantos armavam ciladas à nova (im)plantação da ordem a fim de arruiná-la, especialmente no princípio, quando essas coisas estão em perigo! Ó quantos se esforçavam por sufocar o vinhedo escolhido que, renovado, a mão do Senhor benevolamente plantava no mundo! Como muitos se empenhavam em consumir e pilhar os primeiros e mais puros frutos dele! E são todos tão dignos de reverência do pai e foram mortos pela espada do senhor e a nada foram reduzidos. Havia, pois, um rio de eloquência, um muro da Igreja, protetor da verdade e amante dos humildes. Bendito,

então, e memorável aquele dia, em que o santo de Deus confiou a si a um senhor tão venerável"]. O quadro sinistro que Tomás pinta das ameaças que incomodavam a ordem, um quadro que, pela própria linguagem usada, insinua e sugere uma presença diabólica, permite-lhe manter-se em termos totalmente genéricos, de tal modo a não envolver explicitamente membros da ordem: porque são a origem e o caráter da ameaça que contam, não os seus instrumentos.

57. II Cel., 23-25. Às armadilhas externas, Tomás acrescenta também a explícita referência a conflitos internos: mas em termos de previsão apenas, como se dissessem respeito exclusivamente a um período posterior: *"Praevidebat [sanctus pater] quaedam inter ipsos filios accidere posse sanctae paci et unitati contraria, et, sicut saepe accidit in electis, rebelles futuros quosdam suae carnis sensu inflatos et spiritu paratos ad iurgia et pronos ad scandala dubitabat"* ["(O santo pai) previa que certas coisas contrárias à santa paz e à unidade podiam acontecer entre os próprios filhos, e, assim como amiúde acontece entre os escolhidos, duvidava que alguns viessem a se insurgir, cheios do sentimento de sua carne e preparados no espírito para as disputas e propensos aos escândalos"]. Até a interpretação que ele dá do sonho da pequena galinha preta, rodeada de inúmeros pintinhos que ela não conseguia proteger com suas asas, volta a apresentar essa nuance: *"Pulli sunt fratres numero multiplicati et gratia, quos a conturbatione hominum et a contradictione linguarum defendere Francisci virtus non sufficit"* ["Os pintinhos são os irmãos multiplicados em número e graça: a virtude de Francisco não basta para defendê-los contra a desordem dos homens e contra a contradição das línguas"].

58. Cf., por exemplo, I Cel., 54, citado na nota 54. Cf. Pellegrini, *Considerazioni e proposte*, op. cit., p. 299 e segs., que justamente observa, ainda em referência a tal passagem, como se trata de "modalidades que evidenciavam bem mais do que não pode fazer a história de simples episódios".

59. I Cel., prologus: *"Secundum autem opus a penultimo vitae suae anno usque ad felicem suum obitum gesta narrat"* ["Segundo a obra, porém, desde o penúltimo ano de sua vida até sua abençoada morte, ele narra os seus feitos"].

60. Ibid., 88.
61. Ibid., 89-90.
62. Ibid., 90.
63. Ibid.: *"In eius laudibus non expedit multa tentare, cuius laus ab Ipso est, qui est laus omnium, fons et honor fortissimus, dans praemia lucis. Benedicentes*

igitur Deum sanctum, verum et gloriosum, ad historiam recurramus" ["Nos louvores dele, não procura sondar muitas coisas, cujo louvor vem dEle Próprio, que é louvor de todos, fonte e honra poderosíssima, concedendo prêmios de luz. Portanto, bendizendo o santo Deus, verdadeiro e glorioso, recorramos à história"].

64. Ibid.: *"Arcanum in eo latet consilium et reverendum contegitur mysterium, quod soli Deo cognitum credimus, et per ipsum sanctum ex parte quadam revelatum"* ["Esconde-se nele um arcano secreto e guarda-se um venerando mistério, que cremos seja do conhecimento apenas de Deus, e que foi revelado, em certa parte, pelo próprio santo"]. A lição *"ex parte quadam"* ["em certa parte]", escolhida pelos bolandistas, parece-me preferível à adotada, sobre indicação da maior parte dos manuscritos, pelos editores de Quaracchi (*"ex parte cuidam"* ["em parte para alguém"]), que parece sugerir a existência de *"verba secreta"* de Francisco, segundo uma tendência, porém, que emergirá na ordem só mais tarde. Cf. a esse respeito Stanislao da Campagnola, *Gli spirituali umbri*, em *Chi erano gli Spirituali*, "Sociedade internacional de estudos franciscanos", Atas da III conferência internacional, Assis, 1976, p. 89 e segs.

65. I Cel., 91: *"Tempore quodam beatus et venerabilis pater Franciscus (...) locum quietis et secretum solitudinis petiit"* ["Por determinado tempo, o pio e venerável pai Francisco (...) buscou um local de paz e um retiro de solidão"]. A indeterminação é evidente e parece proposital (cf., em sentido oposto, ibid., 94: *"Faciente ipso moram in eremitorio, quod a loco in quo positum est Alverna nominatur, duobus annis antequam animam redderet caelo"* ["Tardando ele mesmo no eremitério, que é situado no lugar chamado (monte) Alverne, dois anos antes que ele devolvesse sua alma ao céu"]). Nada autoriza, portanto, contrariamente ao que fazem os editores de Quaracchi (p. 69, nota 10) e, atrás deles, Vorreux (Desbonnets – Vorreux, *Saint François d'Assise*, op. cit., p. 296, nota 1) e A. Calufetti – F. Olgiati (*Fonti francescane*, op. cit., p. 484, nota 122), a identificar em Verna tal eremitério. I Cel., 74, informa, aliás, que Francisco costumava alternar com a atividade pública periódicos retiros em lugares solitários.

66. I Cel., 92: *"Ut perfecte consummare valeret quod olim simpliciter et devote inceperat, quid sibi esset opportunius agere [...] indicari suppliciter precabatur"* ["Para que fosse capaz de concluir o que outrora começara de modo simples e devoto, rezava do modo mais humilde para que se mostrasse (...) o que lhe parecia mais oportuno fazer"].

67. Ibid.: *"Sanctorum quippe ac perfectissimorum virorum spiritu ducebatur, qui pia devotione in desiderio sanctitatis simile aliquid fecisse leguntur"*

["Era realmente conduzido pelo espírito de homens santos e os mais perfeitos, que, com pia devoção, são escolhidos por uma vontade de santidade semelhante a ter feito algo"] (para alguns exemplos cf. ibid., p. 70, nota 14). Sobre a questão cf., neste mesmo volume, p. 129, e nota 19.

68. Ibid., 93.
69. Ibid.
70. Ibid.: "*Intellexit tunc vir spiritu Dei plenus, quod per multas tribulationes, per multas angustias et per multas pugnas oporteret eum intrare in regnum Dei. Sed non turbatur fortissimus miles propter ingruentia bella, nec animo decidit praeliaturus Domini praelia in castris huius saeculi. Non veritus est succumbere hosti, qui non cedebat etiam sibi, cum diu supra modum humanarum virium laborasset. Revera ferventissimus erat, et si retroactis saeculis socium habuit proposito, nemo tamen eo superior inventus est desiderio (...). Manebat proinde inconcussus et laetus, et sibi et Deo in corde suo laetitiae cantica decantabat. Propterea maiore revelatione dignus habitus est qui sic de minima exsultavit, et in modico fidelis constituitur supra multa*" ["Compreendeu, então, o homem, pleno com o espírito de Deus, que, por meio de muitas tribulações, muitas angústias, muitas lutas, era permitido a ele entrar no reino de Deus. Mas, o mais corajoso soldado não se turba por causa da guerra iminente, nem decai em seu ânimo, prestes a lutar a batalha do Senhor, nos acampamentos deste século. Não temeu sucumbir ao inimigo, ele que não cedia mesmo a si, embora tenha longamente se esforçado além do limite das forças humanas. Na verdade, era impetuosíssimo, e se nos séculos passados houve alguém que lhe equiparasse em bons propósitos, não se descobriu, contudo, ninguém, superior a ele em vontade (...). Permanecia, pois, tranquilo e alegre, cantando para si e para Deus cânticos de alegria em seu coração. Por causa disso, era tido como digno da maior revelação quem assim se exultava com as menores coisas, e fiel nas coisas pequenas, foi colocado acima de muitas coisas"].
71. Ibid., 94-96.
72. Ibid., 97-98.
73. Ibid., 99-101.
74. Ibid., 102-104.
75. Ibid., 105-118.
76. Ibid., 96: "*Invenerat enim aliquos sibi exterius concordantes et interius dissidentes, applaudentes coram, irridentes retro, qui iudicium sibi acquisierunt et rectos ei suspectos aliquantulum reddiderunt*" ["Ele havia, então, descoberto alguns que concordavam consigo exteriormente e discordavam

interiormente, que aplaudiam de frente, e riam pelas costas, que obtiveram autoridade para si e retornaram corretos, um pouquinho suspeitos para ele"].

77. Ibid.: "*Saepe namque malitia denigrare nititur puritatem, et propter mendacium familiare multis, paucorum non creditur veritati*" ["Amiúde, pois, a malícia busca denegrir a pureza e, por causa da mentira, familiar a muitos, não se crê na verdade de uns poucos"].

78. Ibid., 102. Parece-me infundada a afirmação de De Beer, *La conversion de saint François*, op. cit., p. 102, nota 31 (e p. 29 e seg.), que, nessa segunda parte da obra, pretende identificar um antagonismo entre os "companheiros" e Tomás.

79. Ibid., 103: "*Sed licet gloriosus pater iam esset coram Deo in gratia consummatus, et operibus sanctis rutilaret inter homines mundi huius, cogitabat tamen semper perfectiora incipere et tamquam doctissimus miles in castris Dei, provocato adversario, excitare iterum nova bella. (...). Flagrabat proinde desiderio magno valde ad humilitatis reverti primordia, et prae amoris immensitate spe gaudens, corpus suum, licet ad tantam iam devenisset extremitatem, revocare cogitabat ad pristinam servitutem. (...) Cumque infirmitatis suae occasione rigorem pristinum necessario temperaret, dicebat: 'Incipiamus, fratres, servire Domino Deo, quia hucusque vix vel parum in nullo profecimus'. Non arbitratur se adhuc comprehendisse, et infaticabilis durans in sanctae novitatis proposito, semper inchoare sperabat. Volebat ad serviendum leprosis redire denuo, et haberi contemptui sicut aliquando habebatur. Hominum conversationem fugere proponebat, et ad loca remotissima se conferre, ut sic exutus omni cura et aliorum sollicitudine deposita, solus carnis paries inter se et Deum interim separaret*" ["Mas, embora o glorioso pai já fosse completo em graça diante de Deus e brilhasse com as obras santas entre os homens deste mundo, pensava, contudo, em começar coisas mais perfeitas e - como o soldado mais instruído nos acampamentos de Deus, tendo o adversário sido desafiado - em provocar de novo novas batalhas. (...) Então, ardia intensamente com grande desejo de voltar às origens da humildade, e alegrando-se, com esperança, diante da imensidão do amor, pensava em reconduzir seu corpo à antiga servidão, embora já tivesse passado por tantas aflições extremas. (...) E, na ocasião de sua fraqueza, quando refreava forçosamente o antigo rigor, dizia: 'Comecemos a servir ao Senhor Deus, irmãos, porque, até aqui, dificilmente ou quase nada progredimos'. Ele não pensa que, até o momento, havia compreendido, e continuando infatigável no propósito da santa novidade, esperava começar sempre a edificar. Queria voltar a servir os leprosos novamente, e a ser tratado com desdém como às vezes era tratado. Propunha fugir da

convivência com os homens e dirigir-se para os locais mais remotos, de modo que, despojado de toda preocupação e aflição com os outros, apenas o obstáculo da carne haveria entre ele e Deus"]. Sobre essa passagem, cf. também as observações de Pásztor, *Tommaso da Celano e la Vita Prima*, op. cit., p. 69 e segs. Não por acaso, a pintura de Bardi coloca a cena de Francisco que cuida dos leprosos depois da dos estigmas, o que é um indício posterior da sua dependência da *Vita prima* (cf. J. Stein, *Dating the Bardi St. Francis Master Dossal. Text and Image*, em "Franciscan Studies", 36, 1976, p. 271-97, e C. Frugoni, *Francesco. Un'altra storia*, Gênova, 1988, p. 30 e seg.).

80. Cf., neste mesmo volume, p. 50 e segs. A necessidade de se referir aos escritos de Francisco como filtro e pedra de toque para a análise e o julgamento do quadro interpretativo dados pelos materiais biográficos foi destacada, entre outros, por Clasen, *Vom Franziskus der Legende*, op. cit., p. 29; T. Matura, *Vision qui se dégage des écrits de François*, em Francisco de Assis, Écrits, op. cit., p. 80 e segs.; Flood, *Geschichte als Erinnerung und Ermahnung*, op. cit., p. 118 e segs.; ainda que a historiografia pareça ter dificuldade de seguir nesse caminho.

81. I Cel, 92: "*Cum esset perfectissimus perfectorum, perfectum abnuens, imperfectum se penitus reputabat*" ["Embora ele fosse o mais perfeito dos perfeitos, recusando a perfeição, considerava a si próprio imperfeito por dentro"].

82. Cf. a esse respeito Clasen, *Vom Franziskus der Legende*, op. cit., p. 15-29.

83. *RegNB*, XI, 3, e XXIII, 7, p. 263 e 291. Em Francisco, esse conceito é estritamente ligado à sua visão de Deus, da sua graça e da sua misericórdia em relação à fraqueza do homem: cf. sobre isso Matura, *Vision*, op. cit., p. 59 e segs.

84. *RegEr*, p. 29508; I Cel., 94-95.

85. I Cel., 108: "*Valete, fili omnes, in timore Dei, et permanete in ipso semper, quoniam futura est super vos tentatio maxima et tribulatio appropinquat. Felices qui in hiis quae coeperunt perseverabunt, a quibus nonnullos futura scandala separabunt. Ego enim ad Dominum propero, et ad Deum meum, cui devote in spiritu meo servivi, iam ire confido*" ["Ficai fortes no temor de Deus, ó filhos todos, e permanecei sempre nEle mesmo, porque a maior tentação estará sobre vós e o tormento se aproxima. Felizes os que perseverarão naquilo que começaram, dos quais tentações futuras separarão alguns. Pois eu me apresso rumo ao Senhor e já estou certo de ir até meu Deus, a quem servi devotamente com todo meu espírito"]. Já a "profecia" inicial de Francisco sobre o desenvolvimento da ordem, que Tomás menciona depois da chegada dos primeiros seis companheiros (I Cel., 28),

alude claramente às graves dificuldades que a ordem teria passado ao longo do seu desenvolvimento; além disso, o comentário de Tomás mostra que ele considera que a profecia se cumpriu (cf. também Pásztor, *Tommaso da Celano e la Vita Prima*, op. cit., p. 61 e segs.).

86. I Cel., 111: "*O insignis praeconii almitas gloriosa, noli filiorum te cura exuere, licet exutus iam sis consimili carne! Nosti, revera nosti, in quanto eos discrimine positos reliquisti, quorum labores innumeros et frequentes angustias sola tua praesentia felix omni hora misericorditer relevabat*" ["Ó insigne sustento glorioso do anunciador, não te afastes da preocupação dos filhos, embora afastado já estejas do que é semelhante à carne! Vem conhecer, de fato, vem conhecer em que medida deixaste aqueles colocados à parte, cujos inúmeros sofrimentos e frequentes angústias apenas tua feliz presença alivia com misericórdia toda hora"].

87. Ibid., 104.

88. Cf. ibid., p. 81, notas 2 e 4.

89. Ibid., 10: "*Dolebat quosdam prima opera reliquisse, et novis adinventionibus pristinam oblitos esse simplicitatem. Propterea lamentabatur eos qui quandoque magis superioribus toto desiderio intendebant, ad infima et vilia descendisse, et per frivola et inania in campo vacuae libertatis, relictis veris gaudiis, discurrere et vagare. Orabat proinde divinam clementiam pro liberatione filiorum, et conservari eos in data gratia devotissime precabatur*" ["Lastimava que alguns tinham abandonado as primeiras obras, esquecidos da antiga simplicidade em prol de novos expedientes. Por causa disso, lamentava aqueles que às vezes prestavam atenção a todo prazer mais que às coisas superiores, tendo descido ao que é torpe e vil, e, desprezadas as verdadeiras alegrias, e que correm e vagam por frivolidades e vacuidades no âmbito de uma liberdade vazia. Orava, então, à divina clemência pela libertação dos filhos, e implorava que eles fossem conservados, da forma mais devota, na graça concedida"].

90. Cf., neste mesmo volume, p. 86 e segs.

91. Cf. *supra*, cap. III, nota 16.

92. Cf. Clasen, *Legenda antiqua S. Francisci*, op. cit., p. 229 e segs., e 314-24; Manselli, "*Nos qui cum eo fuimus*", op. cit., p. 23 e segs.; e, com observações agudas, mas também com interpretações forçadas e hipóteses gratuitas, G. Nanni, *Rilettura della Legenda dei tre compagni*, em "Studi francescani", 79 (1982), p. 65-114. Para a constante insistência nas biografias sobre o papel apostólico de salvação desempenhado por Francisco nos conflitos

da humanidade inteira cf. Berg, *Vita Minorum*, op. cit., em particular p. 161 e segs.

93. Vejam-se *supra* as remissões da nota 6. Para a crise vivida pela ordem durante o mandato de Elias no cargo de Geral e a sua consequente deposição, cf. também D. Berg, *Elias von Cortona. Studien zu Leben und Werk des zweiten Generalministers im Franziskanerorden*, em "Wissenschaft und Weisheit", 41 (1978), p. 102 e segs.

94. *Leg. III soc.*, 35: *"Plures enim regulas fecit et eas expertus est priusquam faceret illam quam ultimo reliquit fratribus"* ["Pois ele fez muitas regras e testou-as antes de fazer aquela que por último deixou aos irmãos"]. Cf., para a interpretação da passagem, Desbonnets, *De l'intuition*, op. cit., p. 42 e seg. Significativo exemplo da deturpação da memória, que confunde os fatos, mesmo conservando rastros dos problemas reais subjacentes a determinados acontecimentos, é a ligação que *AP*, 44b-c e *Leg. III soc.*, 62, estabelecem entre as perseguições e as tribulações sofridas pelos frades nas suas primeiras missões transalpinas (*"quia adhuc non habebant fratres confirmatam a papa regulam, sed concessam"* ["porque até aqui os irmãos não tinham uma regra assegurada pelo papa, mas concedida"], segundo o Anônimo; *"quia, licet prefatus dominus Innocentius III ordinem et regulam approbasset ipsorum, non tamen hoc suis litteris confirmavit"* ["porque, embora o citado senhor Inocêncio III aprovasse a ordem e a regra deles, não assegurou, contudo, isso em sua carta"], para os *Socii*, evidentemente na tentativa de oferecer uma explicação mais plausível) e a nova Regra que Ugolino teria escrito para Francisco e sido confirmada por Honório III: porque tal ligação pressupõe a memória, ainda que confusa, das dificuldades que tinham acompanhado a gênese da *Regula bullata*. Uma ampla e útil compilação de todos os textos do século XIII a respeito da Regra oferece A. Quaglia, *Storiografia della regola francescana nel secolo XIII*, Falconara Marittima, 1980, 180 p., mesmo que as suas análises pontuais permaneçam afetadas pelo pressuposto, com o qual não se pode concordar, de que entre 1209 e 1219 a ordem não dispunha de uma Regra escrita.

95. Cf. Conti, *Sinai-Fonte Colombo*, op. cit., p. 23-55, e, em particular, sobre o desenvolvimento da analogia Moisés-Francisco, já presente na *Epistola encyclica* de frei Elias e depois estendida para o campo de composição da regra, p. 29 e segs. (mas não compartilho da sua pretensão de negar qualquer tensão e conflito em torno da sua versão final).

96. *Scripta*, 9-10, p. 102 e segs. (= *Compilatio*, 56, p. 130 e segs.). Cf. sobre essa perícope também Manselli, *"Nos qui cum eo fuimus"*, op. cit., p. 94 e segs. (na p. 101, nota 7, ele destaca o "caráter monástico" de tais "lembranças"

sem, porém, extrair as devidas consequências). Não nos esqueçamos de que Gregório IX, no privilégio concedido em 22 de abril de 1230, fixou para a basílica o título de "*caput et mater*" ["cabeça e mãe"] da ordem (*Bullarium*, I, p. 61), que, precisamente, parece contrapor-se ao papel de "*speculum et bonum exemplum totius religionis*" ["espelho e bom exemplo de toda religião"], de "*forma et exemplum totius religionis*" ["forma e exemplo de toda religião"], que, segundo tal perícope, Francisco teria reservado à Porciúncula.

97. Cf. *Di alcuni passi di Bonaventura*, op. cit., p. 386 e segs.
98. Sobre Tomás de Celano cf. ibid., p. 383 e segs. Sobre as *flores* (e restringindo-me aos textos presentes, entre outros, na seção do ms. Per. 1046 que conserva com toda a certeza materiais integrantes do pacote enviado a Crescêncio de Iesi: cf., *supra*, nota 7) veja-se *Scripta*, 2, 9, 17, 33, 68, 70, 77, p. 90, 102 e seg., 118, 146, 206, 210, 222 (= *Compilatio*, 50, 56, 59, 74, 101, 103, 106, p. 112, 132, 152, 202, 302, 308, 324).
99. I Cel., 104; cf. *supra*, p. 223 e seg.
100. Manselli, "*Nos qui cum eo fuimus*", op. cit., p. 59-247. Mas cf. também, para a sua proposta metodológica geral, as oportunas observações de Menestò, *Dagli "Actus" al "De Conformitate"*, op. cit., p. 56 e segs.
101. Manselli, "*Nos qui cum eo fuimus*", op. cit., p. 254.
102. Ibid., p. 181.
103. *Scripta*, 25, 44, 48, 92, p. 132 e segs., 168 e segs., 174, 248 e segs. (= *Compilatio*, 67, 84, 86, 117, p. 178 e segs., 242, 250, 368).
104. *Scripta*, 2, 9, p. 90, 102 (= *Compilatio*, 50, 56, p. 110, 132).
105. *Scripta*, 68, 77, p. 206, 222 (= *Compilatio*, 101, 106, p. 302, 324).
106. *Scripta*, 9-10, p. 102 e segs. (= *Compilatio*, 56, p. 130 e segs.).
107. *Scripta*, 11, p. 106 (= *Compilatio*, 56, p. 136).
108. Cf. a análise completa de Berg, *Vita Minorum*, op. cit., p. 157-96, que, todavia, separa muito claramente, parece-me, os materiais atribuíveis a frei Leão ou aos "companheiros" da *Vita seconda*, de Tomás de Celano.
109. Única alusão a discussões sobre a observância da Regra, logo após o retorno de Francisco do Oriente em *Scripta*, 69, p. 206 (= *Compilatio*, 102, p. 302).
110. Cf. *Scripta*, 69, 80, p. 208, 228 (= *Compilatio*, 102, 108, p. 304, 334); II Cel., 209 (mas cf. também ibid., 193). Pistas mais precisas, ainda que em parte deformadas por ênfases miraculísticas, aparecem reagrupadas em alguns episódios, em compilações mais tardias, sob o título de *Verba sancti Francisci* (cf. *Scripta*, 112, 113, 114, p. 284 e segs. (= *Compilatio*, 16, 17,

18, p. 48 e segs.). Não há razão para duvidar da atribuição deles a frei Leão, ainda que seja muito provável que não tenham feito parte do pacote enviado a Crescêncio de Iesi e que remontem a um período mais avançado da sua vida (cf., neste mesmo volume, p. 105, nota 134).

111. Cf., por exemplo, *Scripta*, 20, p. 122 (= *Compilatio*, 62, p. 160), para comparar com o episódio do jovem rico (Mateus, 19,16 e segs., Marcos 10,17 e segs., Lucas 18,18 e segs.). Modelos análogos podem ser encontrados nos artigos de comentário que acompanham atos individuais de Francisco: cf., por exemplo, *Scripta*, 28, p. 140 (= *Compilatio*, 70, p. 196): "*Et mirati sunt fratres et alii qui aderant ibi, et magnificaverunt, laudaverunt Deum in sancto suo*" ["E os irmãos e outros que ali estavam presentes admiraram e glorificaram e louvaram a Deus em seu santo"], para comparar com Mateus 9,8; 15,31; Lucas 5,26 etc. Também alguns episódios compreendidos nos assim chamados *Verba sancti Francisci* permitem comparações parecidas: cf. *Scripta*, 113, p. 286 (= *Compilatio*, 17, p. 54): "*Tunc ministri illi confusi et se inculpantes recesserunt*" ["Então, aqueles ministros confusos, também culpando a si próprios, retiraram-se"], e 114, p. 288 (= *Compilatio*, 18, p. 58): "*Tunc cardinalis obstupuit et nichil respondit, et fratres omnes timuerunt*" ["Então, o cardeal ficou estupefato e nada respondeu, e todos os irmãos temeram"], para comparar com Mateus 22,22; Lucas 20,26 etc.

112. É um aspecto já presente na *Vita prima*, de Tomás de Celano, como mostrou Clasen, *Vom Franziskus der Legende*, op. cit., p. 17 e 26; mas, sobre isso, veja-se a análise geral de W. J. Short, *Hagiographical Method in Reading Franciscan Sources. Stories of Francis and Creatures in Thomas of Celano's "Vita Prima" (21:58-61)*, em "Laurentianum", 29 (1988), p. 462-95. Cf. também F. Cardini, *Francesco d'Assisi e gli animali*, em "Studi francescani", 78 (1981), p. 7-45, e Id., *Francesco e il fuoco*, ivi, 80 (1983), p. 297-308. Uma síntese geral da questão em Marini, *Sorores alaudae*, op. cit., 194 p.

113. Cf. *supra*, nota 7.

114. II Cel., 58 (cf. também *Spec. perf.*, 6). Sobre esse e os dois episódios seguintes, cf. Manselli, "*Nos qui cum eo fuimus*", op. cit., p. 212 e segs.

115. 115 *Scripta*, 22, p. 126 (= *Compilatio*, 64, p. 166).

116. *Scripta*, 60, p. 192 (= *Compilatio*, 96, p. 282).

117. Cf. *Scripta*, 14, p. 112 (= *Compilatio*, 58, p. 144).

118. *Scripta*, 15-16, p. 112 e segs. (= *Compilatio*, 58, p. 146 e segs.).

119. *RegB*, VI, p. 231; *Test.*, p. 312.

120. Sobre as profundas modificações na maneira como os Menores se estabeleciam em um local, oferecem indicações preciosas as bulas e os privilégios

papais em favor deles. Já com Gregório IX é significativa a transformação de linguagem nesse tema: do recurso inicial a termos como "*loca*" e "*oratoria*" para designar seus locais de habitação e oração (*Bullarium*, I, p. 27, 31, 41, 42, 50, 58, 74, 76), passa-se, no final dos anos 1220, e, depois, ao longo dos anos 1230, ao uso cada vez mais frequente e por fim exclusivo de "*ecclesia*" (ibid., p. 34, 40, 42, 45, 48, 51, 88, 99, 105, 138, 191, 196, 206, 209, 274, 293), ao qual, vez por outra, se juntam "*domus*" (ibid., p. 110, 286), "*aedificia*" (ibid., p. 196), "*officinae*" (ibid., p. 209). Indícios significativos emergem até sobre a sinuosa hostilidade, nas suas comparações por parte de bispos e clero: cf. ibid., p. 74, 75 e segs., 90 e segs., 97 e seg., 105, 110 e seg., 114 e seg., 167, 184 e seg., 194 e seg., 211 e seg., 217 e seg., 246 e seg., 277, 290 e seg., 292 e seg., 294.

121. *Scripta*, 15, p. 114 (= *Compilatio*, 58, 146).

122. II Cel., 146: "*Licet autem cum omnibus hominibus pacem habere filios vellet atque universis parvulos se praebere, clericis tamen maxime humiles verbo esse docuit, ac monstravit exemplo. Dicebat enim: 'In adiutorium clericorum missi sumus ad animarum salutem, ut quod in illis minus invenitur suppleatur a nobis'*" ["Mas, embora ele queira que os filhos tenham paz com todos os homens e se apresentem insignificantes para todo o mundo, ensinou aos clérigos, contudo, a serem sobretudo humildes com a palavra. Então, ele dizia: 'Em auxílio dos clérigos fomos enviados para salvação das almas, para que nós possamos suprir o que eles menos encontrem'"].

123. Cf., ainda completamente válido em suas linhas básicas, Gratien de Paris, *Histoire de la fondation*, op. cit., p. 111 e segs., 537 e segs., 551 e segs.

124. *Scripta*, 32 e 33, p. 114 e segs. (= *Compilatio*, 74, p. 198 e segs.).

125. Cf., por exemplo, II Cel., 119-120 ("*Qualiter verberaverunt eum daemones et quod fugiendae sunt curiae*" ["Da forma como os demônios haviam batido nele e porque as cúrias devem ser afastadas"]), em que, à narrativa da atormentada estadia de Francisco em uma torre do cardeal Leone Brancaleone (que repete *Scripta*, 92, p. 248 e segs.), segue-se uma sequência de ofensas de Tomás contra os "*fratres palatini*" ["frades palacianos"]: "*Non obedientiam damno, sed ambitionem, sed otium, sed delicias reprehendo; denique et obedientiis cunctis Franciscum omnino propono*" ["Não condeno a obediência, mas a ambição, o ócio, repreendo os prazeres; finalmente, proponho absolutamente Francisco para todas as obediências"].

126. Veja-se *supra*, p. 234.

127. Por um lado, de fato, pintam um quadro de Francisco e dos primeiros irmãos em termos de uma ascese duríssima, que faz referência a modelos

hagiográficos do protomonaquismo: cf. *Scripta*, 2, p. 90 (*"primi fratres et alii qui venerunt post ipsos usque ad magnum tempus affligebant corpora sua ultra modum abstinentia non solum cibi et potus, sed etiam vigiliis, frigore et labore manuum suarum. Portabant igitur subtus ad carnem circulos ferreos et loricas qui poterant habere et fortissima cilicia"* ["os primeiros irmãos e outros, que vieram depois desses, durante muito tempo, afligiam seus corpos além do limite com abstinência não só de comida e bebida, mas até com vigílias, frio e sofrimento de suas mãos. Carregavam, logo, por baixo, junto à pele, anéis de ferro e couraças e o cilício mais firme que podiam possuir"], extraído de II Cel., 21); 9; 102 (os frades residentes na Porciúncula *"macerabant quidem carnem non solum ieiunio, sed vigiliis multis, frigore et nuditate et labore manuum suarum"* ["torturavam mesmo a carne não só com jejum, mas com muitas vigílias, frio, nudez e o sofrimento de suas mãos"]); 38, p. 156 (*"Propterea, sicut multotiens dicebat fratribus, quia oportebat ipsum esse formam et exemplum omnium fratrum, ideo non tantum medicinis, sed etiam cibis necessariis in infirmitatibus suis uti nolebat"* ["Por causa disso, conforme dizia muitas vezes aos irmãos, porque era oportuno que ele próprio fosse modelo e exemplo de todos os irmãos, em suas enfermidades, ele não queria usar, por isso, não só os remédios, mas até mesmo os alimentos necessários"]); 97, p. 260 (*"a principio sue conversionis usque ad diem mortis sue valde afflixit corpus suum"* ["desde o princípio de sua conversão até o dia de sua morte, afligiu muitíssimo seu corpo"]); II Cel., 173 (*"Quoties asperitas vitae reprehenderetur in ipso, respondebat se datum Ordini ad exemplum, ut aquila provocaret ad volandum pullos suos. Unde cum innocens eius caro, quae iam sponte spiritui se subdebat, nullo propter offensas egeret flagello, tamen exempli causa renovabat in ea poenas"* ["Sempre que a dificuldade da vida era condenada em si mesmo, respondia que ele tinha sido dado como exemplo para a Ordem, como uma águia incitava seus filhotes a voar. Daí, como inocente era sua carne, que já se atiçava voluntariamente com a respiração, nenhum flagelo faltou por causa das ofensas, porém, para dar exemplo, renovava nela os castigos"]). Todavia, aparecem atos e afirmações que deixam transparecer outra postura e outra influência. Assim, a hospitalidade que ele oferece ao médico que o cura corresponde tranquilamente à fartura de alimentos reunidos em uma oferta inesperada (*Scripta*, 26, p. 134 e segs.), e em meio ao sofrimento da doença pode pedir para comer um pedaço de um peixe de que gostava muito (ibid., 29, p. 140) ou os doces que Jacoba de Settesoli fazia para ele, quando se encontravam em Roma (ibid., 101, 266). Tem o cuidado de atender as necessidades e as pequenas gulodices dos frades doentes (ibid., 5, p. 94; II Cel., 175) e come fora do horário a fim de que o irmão mais gordo e corpulento não se sinta incomodado comendo só (*Scripta*, 1, p. 88; II Cel., 22). E existem ainda suas recomendações para socorrer o corpo conforme suas necessidades (*Scripta*, 96, p. 258 e segs.; II Cel., 129), que Tomás, preocupado em não arranhar o próprio esquema hagiográfico, sente a necessidade de fazer acompanhar de uma cláusula restritiva: "*Hoc solo documento dissona fuit manus a lingua in patre sanctissimo*" ["Com apenas este documento, diferente era, no pai santíssimo, a mão da língua"]. Aliás, a praxe indicada na *Regula prima* é bastante clara e corresponde à condição de pobres trabalhadores itinerantes dos membros da *fraternitas* originária: cf. *RegNB*, III, 13; IX, 13; XIV, 3. Não por acaso, é em torno dessas questões que Giordano di Giano polariza uma parte dos conflitos detonados na ordem durante a viagem de Francisco ao Oriente, e está evidente na sua história a postura de Francisco, polêmico na comparação das novas medidas de abstinência: "*Comedamus (...) secundum ewangelium que nobis apponuntur*" ["Comamos (...) segundo o evangelho que nos é servido"] (*Chronica*, 12, p. 12).

128. *Scripta*, 60 e 61, p. 192 e segs. (= *Compilatio*, 96 e 97, 280 e segs.); II Cel., 71-78.

129. Cf. *Scripta*, 60, p. 192 (= *Compilatio*, 96, p. 280): "*Beatus Franciscus pro maxima nobilitate, dignitate et curialitate secundum Deum et etiam secundum seculum istud habebat, scilicet petere helemosinas amore Domini Dei: quoniam omnia, que Pater celestis pro utilitate hominis creavit, propter amorem dilecti Filii sui dignis et indignis gratis pro helemosina concessa sunt post peccatum*" ["O bem-aventurado Francisco, no lugar da maior nobreza, dignidade e cortesia, conforme Deus e mesmo conforme aquele século, costumava, com efeito, pedir esmolas pelo amor do Senhor Deus: porque todas as coisas que o Pai celeste criou para uso do homem, por causa do amor de seu amado filho, aos dignos e indignos, foram concedidas gratuitamente pela esmola após o pecado"]; referências a tal interpretação do "*petere eleemosynam*" em *RegNB*, IX, 8.

130. Cf. *RegNB*, VII, 8; IX, 13; *Test.*, 22, p. 311. Sem ser convincente L. Casutt, *Bettel und Arbeit nach dem hl. Franziskus von Assisi*, em "Collectanea franciscana", 37 (1967), p. 229-49, quando nega qualquer nexo entre trabalho e mendicância na *fraternitas* originária.

131. Cf. *Scripta*, 111, p. 284 (= *Compilatio*, 15, p. 48). É um texto que se tornou parte das *Verba sancti Francisci* e que, portanto, deveria ser posterior à *Vita seconda*: mas frases parecidas já circulavam na época da compilação

genovesa, como demonstra a formulação de Tomás: "*Ego fur esse nolo; pro furto nobis imputaretur, si non daremus magis egenti*" ["Eu não quero ser ladrão; que nos seja imputado como furto, se não dermos a quem mais precisa"] (II Cel., 87).

132. Cf., neste mesmo volume, p. 92 e segs.

133. II Cel., pap. LI: "*De compassione quam ad pauperes habuit et qualiter se pauperioribus invidebat*" ["Sobre a compaixão que ele teve junto aos pobres e igualmente invejava aos mais pobres"]. O mesmo esquema interpretativo já está presente em I Cel., 76; cf. a esse respeito Pásztor, *Tommaso da Celano e la Vita Prima*, op. cit., p. 65.

134. *Scripta*, 70-71, p. 280 e segs. (= *Compilatio*, 103, p. 318 e segs.).

135. *Scripta*, 71, p. 210: "*Multi sunt qui totum studium suum et sollicitudinem suam die noctuque ponunt in scientia, dimittentes vocationem suam sanctam et devotam orationem, et cum aliquibus vel populo predicaverint et viderint vel noverint aliquos inde hedificari vel ad penitentiam converti, inflantur vel se extollunt de operibus et lucro alieno, quoniam quos credunt suis verbis hedificari vel ad penitentiam converti, Dominus hedificat et convertit orationibus sanctorum fratrum, licet id ipsi ignorent, quia sic est voluntas Dei ut illud nec advertant ne inde superbiant*" ["Muitos são os que, dia e noite, põem todo seu empenho e preocupação no conhecimento, desprezando sua santa vocação e devota oração; e, embora tenham declarado a algumas pessoas, e tenham visto e conhecido alguns que foram, então, edificados ou convertidos à penitência, se inflam ou se gabam acerca das obras e do proveito alheio, porque creem que aqueles são edificados ou convertidos à penitência por suas palavras. O Senhor edifica e converte com as orações dos santos irmãos, embora eles próprios ignorem isso, porque assim é a vontade de Deus para que nem desviem nem, então, se ensoberbeçam"].

136. Ibid., 70, p. 210.

137. Sobre Egídio cf. *supra,* nota 53. As estreitas relações de Leão com Clara e as Damianitas (mas o discurso deveria ser ampliado também para outros *Socii*) são fruto de variados indícios: escreve para Clara um breviário (cf. S. A. van Dijk, *The Breviary of Saint Clare*, em "Franciscan Studies", VIII [1948], p. 22 e segs. e 35 e segs.); com Rufino e Ginepro, assiste à sua morte (*Legenda sanctae Clarae virginis,* 45); dá testemunho a Boaventura, por dois anos ministro-geral dos Menores, da vida fervorosa deles (S. Boaventura, *Opera omnia,* VIII, Quaracchi, 1898, p. 473); confia a eles, como preciosa relíquia, o breviário de São Francisco (cf. S. A. van Dijk, *The Breviary of Saint*

Francis, em "Franciscan Studies", IX [1949], p. 20 e segs.) e seus rolos de memórias franciscanas (cf. Pásztor, *Frate Leone testimone di Francesco*, op. cit., p. 45). Sobre as relações entre Clara e a primeira geração franciscana, cf. M. Bartoli, *Gregorio IX, Chiara d'Assisi e le prime dispute all'interno del movimento francescano*, em "Rendiconti dell'Accademia Nazionale dei Lincei. Classe di scienze morali, storiche e filosofiche", 35 (1980), p. 107 e seg.

138. Cf. *supra* as referências da nota 7.

139. Para a confluência das diversas tradições regulares nas constituições dos Pregadores cf. M. H. Vicaire, *Histoire de saint Dominique*, II, *Au coeur de l'Église*, Paris, 1982, p. 224 e segs.

140. Cf. *Vita prima o "Assidua"*, com organização de V. Gamboso, *Fonti agiografiche antoniane*, Pádua, 1981 (sobre a "estrutura ideológica" da *Vita*, cf. p. 69-76). Sobre a plena inserção de Antônio e dos Menores na obra de reforma e de propaganda anti-herética então em curso em Pádua, sob o impulso do bispo e de um grupo de mosteiros beneditinos reformados, cf. A. Rigon, *Appunti per lo studio dei rapporti tra minori e mondo ecclesiastico padovano nel Duecento*, em *S. Antonio di Padova fra storia e pietà*, Pádua, 1977, p. 179-87.

141. *Scripta*, 71, p. 212: "*Sterilem esse dicebat bonum religiosum qui sanctis orationibus et virtutibus se et alios hedificat. Hec verba sepe dicebat coram fratribus in colatione verborum suorum et maxime ad capitulum fratrum apud ecclesiam sancte Marie de Portiuncula coram ministris et aliis fratribus. Unde omnes tam ministros quam predicatores informabat ad opera, dicens eis quod propter prelationem et officium et sollicitudinem predicandi, omnino non deberent dimittere sanctam et devotam orationem, ire pro helemosina et operari manibus suis sicut alii fratres propter bonum exemplum et lucrum animarum suarum et aliorum*" ["Dizia ser um bom religioso estéril quem edifica a si e aos outros com santas orações e virtudes. Essas palavras amiúde dizia em frente dos irmãos combinando suas palavras e, especialmente, para o chefe dos irmãos na santa igreja de Maria da Porciúncula em frente dos ministros e outros irmãos. Daí, moldava todos para a obra, tanto ministros quanto pregadores, dizendo-lhes que, por causa da escolha e do ofício e da preocupação de pregar, não deviam deixar completamente de lado a oração santa e devota, a caminhada pelas esmolas e pelo trabalho manual, como os outros irmãos, por causa do bom exemplo e do proveito de suas almas e dos outros"]. O versículo I Reg. 2,5 também é citado em II Cel., 164.

142. *Scripta*, 44, p. 166 e segs. (= *Compilatio*, 84, p. 238 e segs.). Veja-se também, neste mesmo volume, p. 82 e seg.
143. 143 *Scripta*, 90, p. 242 e segs. (= *Compilatio*, 115, p. 356 e segs.).
144. II Cel., 105 (cf. I Cor. 2,2). São evidentes as analogias com *Scripta*, 38, p. 154 e segs. (= *Compilatio*, 79, p. 218), que podem sugerir intervenções de reformulações literárias da parte de Tomás (como é bastante óbvio que tenha comumente acontecido para os *logia*), mas confirmam a autenticidade do conceito (primado da experiência real, envolvendo o homem na sua totalidade, em relação a todos os outros).
145. Cf., neste mesmo volume, p. 80, nota 81; 89 e segs.; 106 e segs.; 219 e seg.
146. *Scripta*, 83, p. 232 e segs. (= *Compilatio*, 109, p. 340 e segs.); II Cel., 145. Observa tal nexo também van Asseldonk, *La nostra unica speranza nella Croce*, op. cit., p. 456.
147. Veja-se, neste mesmo volume, p. 87.
148. *Scripta*, 104, p. 272 (= *Compilatio*, 10, p. 26); II Cel., 133.
149. Cf. *supra*, cap. II, p. 112, nota 152.
150. *Scripta*, 40, 41, 103, p. 158 e segs., 270 (= *Compilatio*, 81, 82, 10, p. 224 e segs., 24 e segs.); II Cel., 131, 132, 141, 142. Tais aspectos já estão presentes em I Cel. 54. Um indício da profunda transformação da situação original, que, no momento em que Francisco e seus irmãos convertiam-se em objeto de veneração, podia transformar a sua opção em uma razão de autoexaltação, transparecer talvez as recomendações formuladas em primeira pessoa e, por isso, é de se acreditar, obra do próprio Francisco, de *RegB*, XII, 17: "*Moneo et exhortor [omnes fratres], ne despiciant neque iudicent homines, quos vident mollibus vestimentis et coloratis indutos, uti cibis et potibus delicatis, sed magis unusquisque iudicet et despiciat semetipsum*" ["Advirto e exorto (todos os irmãos) para que não desprezem nem julguem os homens que eles veem com vestimentas efeminadas e vestidos com cores, usando alimentos e bebidas delicados, mas que cada um julgue e despreze mais a si mesmo"].
151. *Scripta*, 40, p. 158 e segs. (= *Compilatio*, 81, p. 224 e segs.).
152. *Scripta*, 41, p. 160 (= *Compilatio*, 82, p. 228).
153. *Scripta*, 40, p. 158: "*Vos venistis ad me cum magna devotione et creditis me sanctum hominem, sed Deo et vobis confiteor quoniam in hac quadragesima in illo heremitorio comedi cybaria de lardo condita*" ["Vós viestes até mim com grande devoção e acreditai em mim como homem santo, mas

confesso a Deus e a vós, porque, nessa Quaresma, naquele eremitério, comi comida preparada com banha"].

154. Ibid., 41, p. 160 (= *Compilatio*, 82, 228).
155. Cf. em particular *RegNB*, IX, 13-16: "*Et quandocumque necessitas supervenerit, liceat universis fratribus, ubicumque fuerint, uti omnibus cibis, quos possunt homines manducare, sicut Dominus dicit de David, qui comedit panes propositionis (...). Similiter etiam tempore manifestae necessitatis faciant omnes fratres de eorum necessariis, sicut eis Dominus gratiam largietur, quia necessitas non habet legem*" ["E sempre que sobrevier a necessidade, que seja permitido a todos os irmãos, onde quer que tenham estado, valer-se de todos os alimentos que os homens possam comer, conforme diz o Senhor de Davi, que comeu os Pães da Proposição (...). E, de igual modo, também no tempo de manifesta necessidade, que todos os irmãos igualmente façam o que lhes for necessário, conforme a graça que o Senhor lhes concedeu, porque a necessidade não tem lei"]. Cf. também *supra*, nota 127.
156. II Cel., 131: "*Sicque frequenter voluptati imputavit, quod prius infirmitati concesserat*" ["E assim frequentemente ele atribuiu ao prazer o que primeiro havia concedido à enfermidade"]. Para os *Socii* trata-se muito mais de um desejo de clareza: não queria "*occultare hominibus quod manifestum erat coram Deo*" ["ocultar aos homens o que era manifesto diante de Deus"] (*Scripta*, 40, 158).
157. Veja-se *supra*, nota 127.
158. Cf. *supra* cap. II, nota 152. Cf. também o *logion* lembrado em II Cel., 134, não por acaso costurado com referências às *Admonitiones*. Sob esse ponto de vista, é a própria prática de culto dos santos do seu tempo que parece indiretamente colocada em discussão. Os santos, juntamente com as potências celestes, voltam a penetrar no discurso de Francisco como parte do plano de salvação de Deus, são chamados a dar-Lhe testemunho e graças dos seus benefícios e da sua misericórdia (*RegNB* XXIII, 6), mas, paralelamente, é criticada e rejeitada qualquer hagiologia de tipo pedagógico ou edificante: cf. *Adm.*, VI, 2-3: "*Oves Domini secutae fuerunt eum in tribulatione et persecutione, verecundia et fame, in infirmitate et tentatione (...) et de his receperunt a Domino vitam sempiternam. Unde magna verecundia est nobis servis Dei, quod sancti fecerunt opera et nos recitando ea volumus recipere gloriam et honorem*" ["Ovelhas de Deus haviam-no seguido na atribulação e na perseguição, na modéstia e na fome, na doença e na tentação (...) e, a respeito dessas coisas, receberam do Senhor a vida eterna. Daí que nós, servos de Deus, temos grande modéstia, porque os

santos fizeram as obras e nós, recitando-as, queremos receber a glória e a honra"]. O tema, mesmo com referência explícita a essa passagem das *Admonitiones*, retorna nas memórias biográficas: *Scripta*, 72, p. 214 (= *Compilatio*, 103, p. 312); II Cel., 142; Giordano di Giano, *Chronica*, 7-8, p. 7; Ubertino, *Responsio... domino Clementi... pape quinto tradenda*, em "Archiv für Literatur- und Kirchengeschichte des Mittelalters", III (1887), p. 75. Também é significativo, mesmo que por seu caráter lendário, o episódio lembrado em *Chronica XXIV generalium*, op. cit., p. 31: Francisco, percebendo que uma grande multidão de visitantes, atraída pelos muitos milagres que se realizavam, acorria ao túmulo de Pietro Cattani, ordena a ele que pare: *"Tibi per obedientiam praecipio, quod cesses ab istis tuis miraculis, quorum occasione ab istis saecularibus perturbamur"* ["Instruo a ti por meio da obediência que cesses com esses teus milagres, por cuja ocasião somos perturbados desde estes séculos"]. Sinal de um comportamento análogo também é a oração que, segundo Salimbene (*Cronica*, organização de F. Bernini, Bari, 1942, p. 799), Egídio teria dirigido a Deus *"ne post mortem suam miracula pro eo ostenderet"* ["para que, depois de sua morte, não exibisse milagres em favor dele"]. Vauchez, em *La sainteté en Occident*, op. cit., p. 133 e segs., destacou esses aspectos do franciscanismo das origens.

Boaventura e Francisco

Boaventura foi ministro geral dos Menores por cerca de dezessete anos. Mas foi nos primeiros nove que se consumaram os três atos talvez mais importantes e específicos de seu generalato: a extinção do grupo dos frades de algum modo ligados ao escândalo da *Introductorium in evangelium aeternum*; a composição da *Vita sancti Francisci*; a sucessiva destruição de todas as *Legendae* anteriores dedicadas a São Francisco. São três atos que, parece-me, dificilmente não têm estreita ligação entre si. Sem seguir aqui por um exame do pouco que se sabe dos termos e das circunstâncias do primeiro joaquimismo franciscano, parece bastante evidente que suas origens não devem ser buscadas no patriotismo da ordem (que nos escritos de Joaquim poderia encontrar a si mesmo e o próprio fundador profetizados, e explicada a própria função na Igreja), mas nas grandes dificuldades que a plena inserção dos Menores na organização pastoral e de governo da instituição eclesiástica não deixava de suscitar entre os zeladores da Regra e do "mito" das origens: abraçar a doutrina joaquimítica foi um modo de se colocar disponível à expectativa de uma renovação e de uma superação inevitáveis e providenciais daquelas estruturas eclesiásticas que pareciam dificilmente passíveis de composição com a linha da pobreza evangélica proposta por São Francisco; procurando evitar qualquer rebelião antieclesiástica e qualquer ruptura com a hierarquia, ofereceu a chave da explicação dos complexos acontecimentos e das dificuldades que a ordem estava vivendo entre 1240 e 1250. Na sua história franciscana, Angelo Clareno pode ser extremamente tendencioso, mas diz claramente a verdade quando afirma que, ao lado da acusação de joaquimismo, única razão oficial dos procedimentos que, nos primeiros anos do generalato de Boaventura, atingiram alguns famosos joaquimitas – e, entre eles, João de Parma –, dois outros motivos, silenciados mas reais, foram as críticas que aqueles dirigiam aos desvios da ordem e o prognóstico de uma reforma[1]: e diz a verdade exatamente porque se tratava de dois temas inseparáveis do joaquimismo, porque eram, ao mesmo tempo, sua razão e consequência. Atingir as formas extremas e mais estimulantes dessa posição, que poucos anos antes, nos momentos finais do pontificado de Inocêncio IV, havia arriscado comprometer a ordem inteira, foi para Boaventura o primeiro passo, necessariamente repressivo, para buscar, sucessivamente, com um discurso feito em termos positivos, cortar pela raiz as razões dos conflitos, das tensões e das violentas divisões presentes na ordem e ao seu redor. A nova *Vita* de São Francisco e a destruição das duas *Legendae* anteriores foram os dois momentos mais visíveis de uma obra bem mais vasta, empenhada em propor, para a história da ordem, critérios de avaliação e esquemas de juízo diferentes dos correntes e, ao mesmo tempo, em mudar sutilmente, por assim dizer, os pontos de referência, as premissas existenciais, espirituais e ideológicas dos frades e da ordem. Reformulando uma biografia de Francisco adaptada para a então presente situação da ordem e tirando do caminho, no limite do possível, o que parecia entrar em choque com ela, Boaventura procurou eliminar, ao menos em parte, os pontos de referência ideais daquelas discussões e daqueles debates. Os editores de Quaracchi e outros depois deles quiseram redimensionar e reduzir essas atividades de disciplina e contenção que a *Vita sancti Francisci* deveria desenvolver. No entanto, julgo necessário insistir e reafirmar: não me parece possível minimizar, de modo algum, o peso da resolução do Capítulo Geral de Paris de 1266, que ordenava a destruição de todas as *Legendae* de São Francisco anteriores àquela de Boaventura[2]: isso atesta a perspicaz consciência dos dirigentes dos

Menores quanto à urgente necessidade de oferecer aos frades um modelo menos contraditório em relação à nova situação e à linha então assumida pela ordem. Peço desculpas por relembrar fatos por demais conhecidos, mas não acho que exista algo do gênero na história da hagiografia e da cultura medievais. O decreto foi executado, como se sabe, com extremo rigor: uma dezena de códigos, ou pouco mais, da *Vita prima*, de Tomás de Celano, os poucos manuscritos da segunda *Vita* e dos *Miracula*, os exíguos exemplares da *Vita*, de Juliano de Spira, as raras coletâneas de *flores* relacionadas, mais ou menos diretamente, com os materiais dos "companheiros", em suma, os fragmentos do que sobrou para nós dessa brilhante fogueira, pertenceram, no máximo, a mosteiros beneditinos ou cistercienses – o Capítulo de Paris ocupou-se até das *Legendae* que se encontravam "*extra ordinem*", mas, neste caso, evidentemente, a destruição sistemática não foi tão fácil – ou remontam a um período mais tardio, quando, sobretudo por obra dos espirituais e recorrendo a manuscritos privados ou a algum raro exemplar salvo da destruição, procurou-se reconstruir laboriosamente a imagem primitiva de Francisco.

Assim, o Capítulo Geral de Paris adotou obrigatoriamente em todos os conventos, para a leitura individual ou em grupo, a *Legenda* escrita por Boaventura: "porque aquela legenda, feita pelo ministro geral, foi compilada com base em fatos que ele captou da boca daqueles que quase sempre estiveram com o beato Francisco e souberam cada coisa com certeza, "*et probata ibi sint posita diligenter*" ["e, verificadas, aí sejam colocadas diligentemente"]. O decreto elabora, nitidamente, um discurso sobre fatos certos e inegáveis, aludindo implicitamente, assim, ao trabalho de depuração na confrontação das tantas coisas inexatas, imprecisas, sujeitas à discussão, e, por isso, criadoras de conflitos, presentes nos outros textos. É um discurso que também sugere uma possível chave de leitura da *Vita sancti Francisci*, de Boaventura: visto que ela se coloca como obra de história – e seja, contudo, uma história tal qual pensada no século XIII –, também como obra de história, e não apenas como uma reflexão espiritual e teológica, ela deve ser lida.

Com a intenção de compreender o significado profundo do espírito e da mentalidade presentes na obra e na iniciativa de Boaventura, Étienne Gilson há muitos anos observou que "lá onde nós o acusamos de ter querido suprimir os documentos históricos, ele quis, na verdade, suprimir erros de ordem moral e religiosa"[3], e Damien Vorreux retomou recentemente esse entendimento na sua tradução da *Legenda maior* para os exemplares das Éditions Franciscaines[4]. Nenhuma dúvida sobre os fins pedagógico-morais do trabalho de atenuação, de moderação, não raramente de radical obscurecimento, de atos e fatos da vida de Francisco, por parte de Boaventura. Caso se tratasse de conceder uma absolvição com base nas intenções que o moveram, penso que não resta nenhuma dúvida de que Boaventura a mereceria plenamente. Mas é esse plano de argumentação – escolhido seja para absolver, seja para condenar – que não faz sentido algum para um juízo histórico sobre sua obra. Gilson, certamente, é um grande historiador, mas a preocupação apologética o envolve em brumas, trocando, por assim dizer, as cartas em jogo quando contrapõe as intenções morais à narrativa e ao teste dos fatos, quase como se Boaventura não pretendesse, a seu modo e com as licenças históricas do seu tempo, fazer um trabalho de historiador. As duas coisas não entram em contradição, mas andam de mãos dadas; é o que afirma explicitamente Boaventura, no prólogo da sua *Legenda*, reafirmado no decreto do Capítulo de Paris: aquela é a "verdadeira" história de São Francisco. Dizer que não está em ordem cronológica para sustentar que não tem caráter histórico e, de todo modo, oposto à mentalidade de um historiador moderno, isso sim é depreciar o caráter e o sentido do nosso estudo da história.

Uma história – a de Boaventura, portanto – que sem sombra de dúvida se propunha a escopos morais e edificantes, mas que, nem por isso, queria ser menos história, assim como escopos morais e edificantes constituíam a proposta do decreto de destruição do Capítulo de Paris, sem que isso signifique que não se soubesse e se quisesse, de tal modo, destruir, sim, algumas coisas falsas, mas também muitas coisas verdadeiras sobre a vida de Francisco. E o que nos interessa em primeiro lugar é exatamente buscar ver qual Francisco Boaventura construiu conscientemente, onde e como interveio nos enfrentamentos dos fatos e dos acontecimentos que tinha diante de si, qual significado essa sua reconstrução assume e, enfim, qual historicidade real – uma vez que também se trata disso e seria absurdo, com malabarismos historicizantes, querer evitar o problema –, repito, que real historicidade, em relação a Francisco, à sua pregação e à sua obra, essa reconstrução assume.

Sophronius Clasen, em um importante ensaio sobre a biografia de Boaventura, insistiu fortemente sobre a seriedade, o cuidado, o esforço de estabelecer fatos certeiros, por parte do autor, e, ao mesmo tempo, insistiu na tentativa de subtraí-los, ao menos em parte, àquele natural desenvolvimento do elemento miraculístico, tão facilmente perceptível nos três escritos de Tomás de Celano[5]. Se determinadas insistências suas deixam dúvidas, como aquela sobre uma tradição oral quase continuamente presente na obra de Boaventura, ainda são importantes, de todo modo, algumas indicações e aberturas para novas perspectivas de pesquisa. Mas não me parece que suas afirmações e seus juízos, orientados por suas minuciosíssimas análises de texto, distingam, na verdade, o núcleo essencial, o cerne da obra boaventuriana. Enfrentar a vida de Francisco queria dizer enfrentar a vida do próprio fundador e modelo, que estava de tal modo unido a uma força e a uma capacidade de sugestão que, para encontrar uma parecida na experiência religiosa ocidental, é necessário remontar a Cristo. Não por acaso, toda a parte central do prólogo boaventuriano é elaborada sobre o tema da imitação da vida de Francisco, imitador da pureza angelical e, portanto, colocado como exemplo dos perfeitos seguidores de Cristo, assim como as várias partes da biografia, com exceção do início e do fim que, de certo modo, estão isolados, estão construídas reunindo uma série de episódios em torno de uma virtude específica do santo, com um cuidado ao mesmo tempo apologético e pedagógico, que já nessa opção de organização da matéria enfatizava o papel de exemplo e de referência de Francisco, para cada um dos frades. O primeiro e principal problema para um juízo histórico sobre a biografia de Boaventura está, portanto, aqui: qual Francisco ele apresentou para a imitação dos frades e qual imitação, qual lealdade ele propôs em seus enfrentamentos.

Repetir aqui uma análise pontual e minuciosa da biografia boaventuriana de Francisco – mas seria necessário tratar também de numerosos sermões e de outros escritos franciscanos seus – é impossível. Para ficar claro, por essa razão, vou enunciar os resultados aos quais penso ter chegado, procurando documentá-los com algum exemplo pontual para, depois, deter-me sobre alguns outros aspectos que me parecem de relevo no encontro entre Boaventura e Francisco.

Na construção da biografia de Francisco e, em particular, na sua construção de um Francisco como modelo para os frades, parece-me que Boaventura seguiu fundamentalmente duas linhas. Por um lado, ele enfatiza todos os aspectos irenistas da sua figura, que fazem, sim, – e é isso o que importa – que seu exemplo seja, sobretudo, de ascese e mortificação individual, um caminho solitário que qualquer frade deve se esforçar para repetir e percorrer da melhor maneira possível, mas com uma clara consciência da absoluta impossibilidade de repetir aquela figura e aquela experiência muito especial. Francisco é um modelo, ainda que inatingível, mas um modelo para os indivíduos, nas suas virtudes únicas e específicas, que apenas secundariamente influem na organização, no modo de ser da ordem. Por parte de Boaventura, isso comporta o obscurecimento consciente de toda uma série de fatos e atos da vida de Francisco, e a atenuação e edulcoração de outros, a fim de eliminar da sua existência qualquer problema nos conflitos da ordem compreendida como entidade separada, qualquer compromisso, discussão e conflito em torno da sua organização e do seu modo de ser, em resumo, em torno a isso que Francisco havia sentido, com força extrema, como tentativa de propor, em toda a sua concreta inteireza, para a sociedade do seu tempo, a experiência paradoxal da vida evangélica. Boaventura traduz em termos pedagógicos, de exercício ascético individual, o que originariamente era a radical assunção de uma ótica e de um ponto de vista diferentes, alternativos em relação àqueles correntes na sociedade, propostos por Francisco com a plena consciência da sua necessidade de serem traduzidos em uma organização e em uma maneira de existir que, enquanto tal, não permitia compromissos ou atenuações: as concessões e as quedas, que eram inevitáveis e lamentadas no plano individual, tornavam-se inaceitáveis para a ordem em seu conjunto.

Mas Boaventura não se limitou a esse trabalho de simplificação, obscurecimento e atenuação de episódios e acontecimentos da vida de Francisco. Construindo esse excepcional exemplo de ascese e santidade individual, ele deixou a ordem, como fato de experiência religiosa comunitária, em segundo plano no seu quadro da biografia de Francisco. Pôde, assim, propor aos frades e às ordens um critério diferente de leitura e, portanto, um jeito diferente de imitar os mesmos episódios da vida de Francisco, isto é, apresentar um conceito de fidelidade ao seu ensinamento diferente daquele literal, ao qual tenazmente continuavam agarrados alguns de seus companheiros e uma parte dos frades. Grande santo e incomparável Francisco – e Boaventura não hesitou em acolher a esse respeito temas e sugestões de boa sorte nos ambientes dos franciscanos joaquimitas –, mas a ordem constitui, no entanto, algo de diferente: foi alguma coisa que se formou em torno dele, por seu impulso, mas, sobretudo, por vontade divina, desde o início com uma história autônoma e própria. É um aspecto que já tive oportunidade de tratar alhures, mas a ele retornarei brevemente, porque me parece importante para examinar o comportamento de Boaventura em relação a São Francisco e à experiência franciscana das origens[6]. A analogia que ele estabelece entre o desenvolvimento da Igreja, "que começou primeiro a partir de simples pescadores e depois evoluiu até para doutores muito famosos e destemidos" e a história da ordem, no momento em que pode reafirmar, implicitamente, a sutil analogia entre Cristo e Francisco, nitidamente diferentes das suas criaturas, permite-lhe também aplicar aos acontecimentos da ordem um esquema de avaliação e de juízo que elimina qualquer problema de fidelidade e imitação literal em relação às origens, as quais se tornam apenas o início de uma história que se coloca inteiramente sob o signo da providencial vontade divina. Sob esse ponto de vista, o crescimento e a estruturação da ordem, como as transformações surgidas no seu recrutamento e na sua prática cotidiana (a presença de prelados e de sábios, daí a necessidade de muitos livros, de grandes igrejas e de espaçosos conventos, de uma prática e uma organização diferentes do princípio da pobreza e assim por diante), configuram-se como o fruto não de uma degradação, mas da constante assistência divina à própria obra: um juízo que esclarece ao mesmo tempo o que Boaventura entende por fidelidade inteligente e viva a si mesmos e à própria atividade originária. E os eventuais abusos, os quais Boaventura não nega, e as suas consequentes reprovações e críticas, que por certo existem, assumem um significado e um alcance diversos em relação àquela linha, presente em Tomás de Celano ou no material dos "companheiros", que acusava claramente um processo de decadência na expansão da ordem: porque aqueles abusos não dizem respeito nem contrariam a ordem como um todo, permanecendo um fato essencialmente marginal e, de algum modo, óbvio, "*cum nec in duodecim apostolis talis perfectio potuerit reperiri*" ["quando nem nos doze apóstolos tal perfeição pôde ser obtida"][7].

Essas duas linhas fundamentais se reencontram oportunamente em toda uma série de episódios da *Vita sancti Francisci*. Como se sabe, é claro que Boaventura teve constantemente presentes as obras de Tomás de Celano, de Juliano de Spira, e é difícil que não tenha conhecido parte do outro material originário dos "companheiros": o seu explícito testemunho de ter colhido notícias da boca de numerosos companheiros do santo pode valer, certamente, como uma indicação nesse sentido. Portanto, podemos facilmente avaliar com qual tradição de narrativa ele se defrontou, quais episódios, quais acontecimentos, quais interpretações ele havia tido diante de si: suas atenuações, suas omissões, sua adoção de um esquema de juízo geral e diferente emergem assim com extrema clareza.

O capítulo VI da *Legenda* boaventuriana é todo dedicado à humildade de Francisco, humildade compreendida como componente essencial da perfeita imitação de Cristo. Nesse contexto, alguns episódios são característicos de uma santidade particular e irrealizável, outros, muito mais de uma atitude interior não realizável sempre e necessariamente daquele modo e daquela forma. Boaventura volta a evocar, entre outros, o episódio em que

Francisco, por ter comido um pouco de carne enquanto esteve doente, aproximou-se da figura de um malfeitor na catedral de Assis e ali se confessou a todos como homem carnal e guloso[8]. Em Tomás de Celano e na *Legenda*, dita de Perúgia, o episódio se encerra com a comoção dos cidadãos de Assis que, vendo Francisco acusar-se assim, por uma culpa dessas, oprimem-se de remorso pelas próprias culpas, de uma espécie e de um peso bem diferentes[9]. Aqui não é o caso de discutir sobre o sentido preciso que um episódio desse tipo poderia assumir nas intenções de Francisco; na sua pregação, por certo é frequente o recurso a formas de dramatização, a termos, modos de falar, apresentação de cenas e situações cotidianas, para, em uma linguagem evidente e compreensiva, aludir a problemas de uma importância bem diferente: os biógrafos, não raro, sobretudo preocupados em trazer à luz os méritos de Francisco, dão a impressão de complicar as coisas e frequentemente colocam quem as lê em dificuldades. De todo modo, aquilo que interessa é destacar o viés particular que Boaventura imprime a todo o episódio: nas reações que ele atribui aos espectadores e no cauteloso comentário de encerramento, isso, de alguma maneira, não é mais instrumento de reflexão pontual e de ensinamento preciso para quem via e ouvia, mas se transforma, fundamentalmente, na ocasião para exaltar a extraordinária e particularíssima ascese de Francisco; todos os presentes, "*devoto corde compuncti*" ["conpungidos pelo coração devoto"], "proclamavam que uma humildade de tal espécie era muito mais para ser admirada que imitada", enquanto, por seu lado, Boaventura conclui assim:

> E se bem que, segundo as palavras da profecia [Isaías 20,3], uma coisa tal deva ser considerada um portento muito mais do que um exemplo, todavia restou como documento de perfeita humildade, para o qual o seguidor de Cristo deve ser instruído a desprezar a fama da glória transitória, a comprimir o fausto da inflada jactância e a refutar as mentiras da simulação enganadora.

O significado exemplar do episódio, propositalmente reduzido e, de todo modo, secundário em relação ao seu significado principal de testemunho da excepcionalidade da virtude de Francisco, é consequentemente identificado por Boaventura em um convite genérico a uma atitude interior de humildade, sem conexões precisas com situações e maneiras de ser de fato.

Mas outros episódios desse mesmo capítulo também são indicativos da linha de que se falava: à parte a bem efêmera alusão à renúncia de Francisco ao generalato, apresentada como uma simples busca para poder angariar o maior lucro possível ao longo da própria vida[10] – uma explicação e uma alusão que, dessa vez, beiram a mistificação –, são características, por exemplo, algumas transformações que Boaventura introduz na narrativa da proposta formulada pelo cardeal Ugolino a Francisco de inserir os frades na hierarquia eclesiástica[11]. Ele tira o episódio da *Vita seconda*, de Tomás de Celano[12]: para comprovar o seu cuidado de eliminar qualquer alusão a pressões ou influências operadas pela cúria romana nos conflitos de Francisco e do desenvolvimento da ordem, já aquela que em Tomás era uma proposta formal de Ugolino transforma-se, na sua narrativa, no pedido de um parecer, diria quase uma permissão. "Na igreja primitiva, os pastores eram pobres, consumidos pelo amor e não pela avareza. Portanto, por que não tomar dos vossos frades para fazer deles bispos e prelados que superem os demais em doutrina e conduta?", dizia Ugolino no texto de Tomás. Boaventura, provavelmente também para evitar pontos polêmicos nos embates com a hierarquia, resume a questão simplesmente assim: "O cardeal pediu-lhe [...], se estivesse de acordo, que os seus frades fossem elevados às dignidades eclesiásticas". A resposta de Francisco, relatada por Boaventura, está toda ela calcada na de Tomás de Celano, mas não sem alguns cortes e simplificações que alteram um pouco seu sentido e alcance. Segundo Tomás, Francisco teria respondido:

> Senhores, se os meus frades receberam a denominação de menores, é porque eles jamais aspiram a fazer-se grandes. A sua vocação é para permanecer embaixo e para seguir as pegadas da humildade de Cristo: é assim que eles se elevarão mais alto que os outros na assembleia dos santos. Se quereis que eles façam um bom trabalho na Igreja de Deus, mantende-os e conservai-os nos limites das suas vocações, empurrai-os, ainda

que contra sua vontade, cada vez mais para baixo, e, a fim de impedi-los de se tornarem tanto mais orgulhosos, insolentes e presunçosos quanto mais pobres forem, eu vos peço que não lhes permitais nunca aceder às dignidades eclesiásticas.

Boaventura limita-se a dizer mais concisamente:

> Senhores, se os meus frades receberam a denominação de menores, é porque eles jamais aspiram a fazer-se grandes. Se quereis que eles façam um bom trabalho na Igreja de Deus, mantende-os e conservai-os nos limites das suas vocações e não lhes permitais aceder às dignidades eclesiásticas.

A resposta negativa de Francisco mantém-se inteira: aliás, sabemos da verdadeira perplexidade de Boaventura nos enfrentamentos da cada vez mais frequente imissão dos frades nas dignidades e nos cargos eclesiásticos. Mas não somente nela é aparada qualquer rebarba polêmica imediata, muito evidente em Tomás, nos embates de uma situação hipotética diversa, mas também é reduzida e simplificada, de modo que a recusa dos cargos é essencialmente justificada como um exercício de humildade pessoal que seria perigoso ameaçar com tentações e ambições fáceis demais, sem, além disso, que a prelazia venha a ser indicada por si – como está evidente em Tomás – como radicalmente contraditória em relação à condição, à escolha da área de atuação, dos frades e da ordem enquanto tais.

Por certo, não seria difícil estender esses exemplos a muitíssimos episódios e considerações presentes na *Legenda* de Boaventura: assim, na sua narrativa, o trabalho converte-se em uma recomendação de Francisco aos frades exclusivamente como um antídoto contra o ócio[13], mas não imposto como obrigação específica para todos, em primeiro lugar para o próprio sustento, como certamente era na fraternidade franciscana originária, continuava a ser repetido na regra, mesmo com alguma ambiguidade, era confirmado energicamente no "Testamento" e ainda ficava explicitamente afirmado como legítimo ensinamento de Francisco na passagem da *Vita seconda* de Tomás de Celano, de quem Boaventura depende: "Quero que todos os meus frades trabalhem, para que não sejam um peso para os homens e não caiam no ócio", afirma-se em Tomás de Celano[14];

"Quero que meus frades trabalhem para que não caiam no ócio" é o que vem mencionado na *Legenda maior*, segundo a interpretação claramente simplificadora dessa antiga prática dos Menores, que reaparece amplamente discutida nos outros escritos de Boaventura. A mesma proibição de manipular dinheiro – um dos aspectos mais paradoxais do magistério franciscano – que Boaventura obviamente recorda sofre, aliás, uma série de atenuações e limitações. Essa parte da *Legenda maior* retoma e manipula um grupo de capítulos da *Vita seconda* de Tomás de Celano[15]: Boaventura, porém, elimina os primeiros episódios, claramente os mais gerais e radicais, por assim dizer, os quais proibiam qualquer manipulação de dinheiro, em qualquer caso e de modo absoluto, fazendo referência explícita à Regra; em sentido contrário, mantém e aceita os dois últimos, que apresentam dois casos particulares e, por isso, se prestavam a ser limitados a uma interpretação particular, evitando qualquer consequência demasiado geral e absoluta: isto é, a proibição de conservar para uso dos frades uma parte dos bens dos noviços e a proibição de se servir de dinheiro alheio, encontrado por acaso, mesmo que para distribuí-lo aos pobres. Clasen, para negar esse caráter restritivo do texto boaventuriano, observa como foi mantida a afirmação geral do santo contra o dinheiro: "*Pecunia servis Dei, o frater, nihil aliud est quam diabolus et coluber venenosus*" ["O dinheiro, ó irmão, para os servos de Deus, nada mais é do que o diabo e uma cobra venenosa"]; mas, na verdade, trata-se de uma afirmação extremamente genérica, válida para sublinhar os riscos e os perigos, que Boaventura, aliás, não pretendia negar ou subestimar, certamente para não transmitir a minuciosa e radical especificidade do ensinamento de Francisco a respeito, que justamente os episódios de Tomás, eliminados por Boaventura, conservavam em toda a sua contradição.

Evidentíssima ainda resulta essa linha de Boaventura nas passagens da *Legenda* que tratam da regra e do desenvolvimento da ordem. Já escrevi sobre isso vastamente em outro lugar, analisando as passagens separadamente, e seria fora de propósito me repetir aqui[16]. Basta recordar como qualquer problema de origem, qual momento privilegiado de graça para a ordem, resulta cuidadosamente eliminado, como o nascimento e todo o desenvolvimento dos Menores são informados sob o signo da vontade divina, segundo a analogia com a história da Igreja já destacada.

Talvez não seja ainda aqui, todavia, nessa linha coerentemente perseguida, o aspecto mais relevante e historicamente significativo desse encontro de Boaventura com Francisco. Não há dúvidas de que existiu, de sua parte, um obscurecimento proposital, quem sabe mascarado, de atos e fatos da vida de Francisco, para, de algum modo, adequar o próprio modelo à situação e às necessidades presentes da ordem e da Igreja. Boaventura sabia das sérias dificuldades de Francisco com a cúria romana, ou ao menos com uma parte dela, sabia dos grandes conflitos internos na ordem, desde os últimos anos da vida de Francisco, sabia dos debates nascidos em torno da nova formulação da Regra, antes de sua aprovação por Honório III, sabia daquela misteriosa "grande tentação" que afligiu o santo por mais de dois anos; sabia de tudo isso, ou talvez até de mais, porque, quase veladamente, os biógrafos anteriores o dizem. Ele conhecia, em suma, uma conjuntura e episódios e fatos que comprovavam a presença de discussões e de divergências na ordem, nas suas atividades e orientações, já durante a vida de Francisco. Mas apagou tudo cuidadosamente, disfarçando o pouco que disse sob o manto da pura mortificação individual (a humildade de renunciar ao generalato), para, assim, poder eliminar qualquer fundo ideológico das críticas que ele bem sabia presentes entre os seus contemporâneos na luta pelo desenvolvimento e pelo estabelecimento da ordem. Ele realizou a operação inversa daquela levada a efeito por alguns "companheiros" e, sobretudo, por frei Leão. Estes renovavam conscientemente a sua batalha pela fidelidade ao tempo das origens, àquela que sabiam ou pensavam ter sido a postura e as preocupações de Francisco: uma vez desaparecido, sentiam-se investidos da responsabilidade que antes era dele (recordem-se, por exemplo, as últimas vontades de Francisco para frei Bernardo, com a detalhada e calibrada exegese que delas fez Raoul Manselli)[17] e colocavam-se em uma linha de ininterrupta continuidade com o seu ensinamento. A biografia de Boaventura se esforçou para eliminar precisamente essa continuidade, apagando do quadro da vida de Francisco qualquer discussão sobre a ordem que não fosse a genérica preocupação pela fidelidade a alguns princípios gerais, também estes, aliás, revividos e reinterpretados sobre a base das exigências do presente. Quando isso não bastou, Boaventura recorreu a um procedimento diferente, aplicando à santidade de Francisco e à história da ordem uma tática de julgamento que estabelecia distinções precisas e, ao mesmo tempo, reconhecendo explicitamente as diferenças de situação e oportunidade. Correspondem ao seu pensamento e à sua diretriz fundamental as considerações que o autor das *Determinationes questionum super regulam* [Respostas às questões sobre a regra] opõe aos que reprovavam os Menores por não exercerem uma presença pastoral mais orgânica junto aos *"fratres de penitentia"* ["frades da penitência"]. Depois de elencar as numerosas razões que militavam a favor de uma libertação, ele, de fato, observa:

> De outro modo se moveu São Francisco, porque bem diferente era a situação daquela terra e daquele tempo, seja no que diz respeito à ordem, seja no que diz respeito aos outros homens, e a difusa fama de santidade do santo padre Francisco e dos seus primeiros frades fez que então redundasse em um bem o que agora e em outras terras não teria um desfecho tão feliz[18].

Todavia, parece-me que outro elemento também deva ser trazido à luz quanto à atitude de Boaventura nos embates da experiência religiosa de Francisco e dos seus primeiros companheiros. A proposta religiosa de Francisco teve uma concretude e uma historicidade, um sentido tão agudo do nexo existente entre maneiras de sentir e maneiras de ser, entre o que era uma escolha de campo de atuação definitiva, em meio aos humildes, aos párias, aos marginalizados pela sociedade, e a condição existencial de pobreza, humildade, peregrinação, precariedade e serviço estabelecida pela ordem, que era impossível reduzi-la a algumas concessões e normas gerais repensadas nos termos dados pela tradição eclesiástica. E é aqui que, em vez disso, sucedeu a segunda operação levada a efeito por Boaventura nos embates de Francisco, esta, diria, essencialmente involuntária e impensada porque fruto de uma mentalidade e cultura que não sabiam ler, senão de determinada maneira, as palavras, os fatos, os atos que tinham diante de si. E é aqui que, enquanto se liga, por um lado, ao problema da historicidade da biografia boaventuriana, por outro lado o discurso se amplia para aquilo que foi a inserção da experiência e da obra de Francisco no quadro da instituição e da tradição eclesiástica, uma inserção que começou a partir de uma vontade clara e consciente de Francisco, mas que procedeu de modo e formas que foram motivo de dilaceração e conflitos já durante a sua vida, uma inserção longa e lenta que teve em Boaventura um dos seus tardos e grandes protagonistas. Ou seja, quero dizer que, sob esse ponto de vista, a obra franciscana de Boaventura não pode ser examinada isoladamente, mas como uma precisa continuidade de posturas e reflexões, que a reconectam a acontecimentos e problemas que remontam pelo menos aos últimos anos da vida de Francisco: não injustamente, ela fecha um ciclo e, sendo assim, de Boaventura se pôde falar como o segundo fundador da ordem, porque foi com ele que chegou a se concretizar, também no plano da doutrina e da espiritualidade, aquele processo que desejava uma ordem completamente inserida na vida das cidades e empenhada numa grande e articulada atividade pastoral e de magistério, no estudo e no ensino.

Em tempos recentes, insistiu-se no caráter sensato e inevitável da evolução da ordem. Gabriel Le Bras traduziu em termos gerais uma consideração comumente subentendida nas pesquisas sobre as relações entre a experiência religiosa de Francisco, a ordem e a instituição eclesiástica:

> Desde o momento em que o sonho do fundador foi partilhado, por mais espiritual que se o imagine, uma disciplina se impõe e, logo em seguida, o rigor do direito. Para se estabelecer a família religiosa, é necessário um reconhecimento formal da hierarquia; para viver, são-lhe necessárias regras de admissão, recursos temporais, um estatuto dos membros, um governo[19].

Mesmo que abandonada nos seus exatos termos, ainda não desapareceu a dificuldade, enunciada pelo bolandista C. Suyskens já no século XVIII, ao admitir que "os ministros dos Menores, por certo homens sérios e pios, resistiram tão teimosamente a Francisco, que todos, com razão, veneravam como um pai muito amado, cheio do Espírito de Deus"[20]. Continua-se a insistir na inegável fidelidade de Francisco à Igreja de Roma, na sua constante profissão de obediência à hierarquia, quase como se isso devesse excluir a profunda consciência da originalidade da própria intuição, a angústia e o lamento por vê-la progressivamente desviada e traída. Mas a questão de fundo não está aqui, assim como o verdadeiro problema histórico não está em discutir e medir a maior ou menor fidelidade ao ensinamento de Francisco, por parte dos seus seguidores da "comunidade", ou dos "zelosos", ou dos espirituais do final do século XIII, nas intermináveis questões sobre a pobreza e sobre o uso pobre, sobre limites e o sentido de determinadas prescrições da Regra, e assim por diante. O drama de Francisco, se ainda quisermos usar essa batida expressão, está na impossibilidade objetiva de ver acolhida pela instituição eclesiástica do seu tempo a intenção profunda que o havia animado. *"Et dixit Dominus michi quod volebat quod ego essem unus novellus pazzus in mundo"* ["E o Senhor me disse que queria que eu fosse um 'novel louco' no mundo"][21]. A opção evangélica se efetiva fora de qualquer critério corrente de bom senso, prescindindo das normas dadas pela história, pela tradição, pela sabedoria da sociedade. Nem por isso foi uma opção individualista ou abstrata, um estranho sonho fora de época. Basta voltar a percorrer os escritos de Francisco para captar o esforço constante de disputar as suas escolhas com os problemas colocados pela Igreja e pela sociedade do seu tempo, para adotar, de uma vez por todas, à luz de uma ótica e de uma condição escolhidas, as medidas correspondentes, as atualizações necessárias, as resoluções colocadas por novas questões. Foi a via do testemunho, o esforço de revelar aos outros o mistério de Cristo, fazendo-o carne no dia a dia de um amor fraterno e repetindo em si mesmo o mistério do sacrifício eucarístico: não é o "bom exemplo", no seu bem curto moralismo clerical, mas uma maneira de ser diferente, uma outra via, em relação às usuais, um constante chamado para outros valores, desmentidos, negados ou ausentes do contexto social e político do próprio tempo. Enquanto Francisco jazia enfermo em Assis, bispo e podestade puseram-se em luta: o bispo havia excomungado o podestade, o podestade havia proibido os cidadãos de vender ou de comprar qualquer coisa dele. Francisco já havia composto o *Laudes Domini de suis creaturis* [Louvores ao Senhor por suas criaturas]. Acrescentou à obra uma estrofe e ordenou a dois de seus frades que cantassem todo o cântico na praça do bispado, diante do bispo, do podestade e dos cidadãos:

> Louvado seja, meu senhor, por aqueles que perdoam
> pelo teu amor
> e suportam enfermidades e tribulações.
> Bem-aventurados aqueles que suportam em paz,
> porque por ti, Altíssimo, serão coroados[22].

Não foram propostos argumentações, discussões, exames dos erros e acertos, mas apenas uma atitude que pode ser de todos, mas que Francisco quis também traduzida e organizada na sua ordem, com cuidadosa atenção aos meios e aos instrumentos.

Um princípio dos sociólogos do direito quer que os grupos particulares, enquanto elementos constitutivos de uma sociedade global, deduzam desta as próprias características históricas. A história das origens da ordem franciscana poderia constituir uma exemplificação e uma verificação dela. O recrutamento sofre mutações e se espalha, e a pressão do contexto social e institucional sobre o grupo que se expande acelera e se acentua. O núcleo inicial dos seguidores de Francisco deveria ser constituído prevalentemente por membros das classes subalternas, pobres trabalhadores e pequenos artesãos. Para comprovar, bastaria o fato de, a propósito do trabalho, a *Regola prima* [Regra primeira] sentir a necessidade de esclarecer, única especificação a esse respeito: "*Et liceat fratribus habere ferramenta suis artibus oportuna*" ["E que seja permitido aos irmãos ter ferramentas propícias a suas artes"][23]. Bem rápido, durante a expansão e o crescimento do recrutamento, também os "clérigos" apareceram em grande número, e os mestres de teologia e de direito, e os homens provenientes dos estratos mais altos, fortes, de uma tradição cultural, educados dentro de suas mentalidades e exigências intelectuais, claro que em minoria se comparados ao conjunto dos frades, mas naturalmente competentes e destinados ao comando. O futuro mais imediato da ordem provavelmente foi decidido entre Francisco e essas pessoas, tendo a imensa massa dos frades como espectadores inconscientes: trata-se de uma impressão e de um juízo que deveriam ser verificados detalhadamente; contudo, ao ler em Giordano di Giano ou em Tomás de Ecclestone as nostálgicas rememorações da felicidade e da pobreza das primeiras missões franciscanas, o lânguido louvor de um passado do qual parece quase não se saber explicar o desaparecimento, senão em termos de infidelidade e decadência moral, é de se pensar que todos os acontecimentos dos últimos cinco ou seis anos de vida de Francisco tenham visto uma grande parte da ordem ausente: fiel e devota a Francisco porque o via como santo, desprovida, por sua própria origem social, de tradições culturais e reivindicações próprias, ela permanece, então, basicamente sem ter consciência do conflito que se desenvolveu em torno da "Regra", uma vez que Francisco não quis fazer gestos de força, porque, coerente com a própria linha, quis evitar qualquer briga e qualquer denúncia aberta. Seria absurdo, todavia, pensar que aqueles "clérigos" e "mestres" tivessem entrado na ordem para "trair", para buscar uma vida confortável, ou por aspirações de poder. Certamente eles viram na ordem uma opção de santidade, um meio de renovação oferecido a eles pela graça, um instrumento de santificação e renovação para a Igreja e a sociedade. Mas viram isso com seus olhos e sua cultura, à luz de uma tradição então consolidada, dada pela doutrina, pela espiritualidade, pelo direito e pela atividade pastoral da instituição eclesiástica. Nisso, inevitavelmente, Roma se postou ao lado deles. Termos e posturas que Francisco havia usado e proposto com um sentido bem preciso e original voltaram a ser inteiramente apreendidos pelo contexto habitual, de modo natural. No projeto originário de Francisco, a mendicância e a esmola constituíam exclusivamente um meio para equiparar-se totalmente aos humildes e rejeitados. Uma frase que dizia frequentemente era esta:

> Nunca fui um ladrão: quero dizer que das esmolas, que são a herança dos pobres, tomei sempre menos do que me cabia, a fim de não privar os outros pobres da sua parte. Fazer o inverso seria um furto[24].

Mas, para a tradição monástica e eclesiástica, os dons e as ofertas eram o preço devido à santidade, assim como os privilégios papais representavam seu prêmio necessário. Por isso, assim também foram compreendidas as esmolas e as ofertas aos Menores, "perfeitos" – como irá martelar poucos anos depois toda a propaganda da ordem, referindo-se uma vez mais aos textos da espiritualidade patrística e monástica – porque haviam optado pela pobreza voluntária. Uma observação casual de Salimbene, que, para coisas desse tipo, é uma mina de ouro, e nem por isso um aproveitador vulgar, é extremamente significativa de uma postura que bem rapidamente deveria atrair uma boa parte da ordem:

> São 48 anos que estou entre os Menores e nunca quis habitar com os parmenses pela pouca devoção que parecem ter e têm para com os servos de Deus. De fato, não se importam de lhes fazer o bem, ao passo que poderiam e saberiam fazê-lo otimamente se o quisessem, porque com os histriões, com os bufões e com mímicos são generosos, e até aos cavaleiros que se dizem de corte deram outrora grandes presentes, como vi com meus olhos. Certamente, se existisse na França uma cidade grande como é Parma, na Lombardia, aí viveriam, habitando-a decentemente e com decoro, cem frades menores, com abundância de todo o necessário[25].

Francisco tinha entendido a pregação como uma das tarefas constitutivas dos seus frades: uma pregação simples e elementar, feita ao mesmo tempo de palavras e obras. Mas da obrigação da pregação extraiu-se imediatamente uma exigência de estudo e de livros que os frades clérigos não deixaram de apresentar a Francisco. Ao longo da mesma linha, algumas décadas depois, Boaventura assim argumentava contra um mestre "inominado" que criticava a ordem pela posse de livros:

> No que diz respeito aos livros, escuta o que penso. A Regra impõe taxativamente aos frades a autoridade e o ofício de pregar, em termos tais que não creio que sejam encontrados em outra Regra. Se, portanto, não devem pregar mexericos, mas palavras divinas, e se estas não podem conhecer se não leem, nem podem ler, se não têm livros, está muito claro que ter livros faz parte da perfeição da Regra como pregar[26].

É um raciocínio que corresponde, em essência, àquele que um episódio da *Legenda* chamada perusina atribui a muitos frades, quando Francisco ainda estava vivo: segundo eles, conventos e igrejas espaçosos, cultura e doutrina teológica e dignidade no vestir dão retorno em maior edificação do povo do que o contrário, na linha, aliás, da melhor tradição eclesiástica[27]. A construção de novas e grandes igrejas franciscanas, amplamente em ação já por volta da metade do século XIII, constitui um aspecto da vitoriosa atuação dessa tendência, ao mesmo tempo que reflete e expressa a profunda inserção dos Menores no contexto urbano. Não por acaso, Bernardo de Bessa, depois de ter descrito a extrema pobreza, mas também o acesso extremamente fácil das primeiras habitações franciscanas, registra como inevitáveis as primeiras transformações ocorridas: "*Sed in urbibus ita esse nec malitia hominum nec fratrum multitudo permittit*" ["Mas, nas cidades, nem a maldade dos homens nem a multidão dos irmãos permite que assim seja"][28].

A ordem de Francisco deu à Igreja de Roma um instrumento essencial para o recrutamento dos novos estratos sociais, sobretudo urbanos, e para a organização de uma nova presença pastoral. Por isso, a Igreja de Roma, enquanto contribuiu para colocar a ordem suficientemente nos trilhos da tradição regular, encheu-a de bulas e privilégios de isenções, recorrendo amplamente à ordem para introduzir, por meio de seus membros, um pessoal novo nas fileiras da hierarquia episcopal e para cargos diplomáticos e missionários de confiança.

O problema, em termos de avaliação histórica geral, não é estabelecer – já se chamou a atenção para isso – se se tratou ou não de uma traição. Subjetivamente, por aquilo que não é possível ver, Francisco, pelo menos parcialmente, vivenciou tal problema dessa forma; e assim o viveram "zeladores" da regra espiritual e irmãos, ao longo dos séculos XIII, XIV e outros afora. Mas, nesse caso, o problema não está apenas nos desejos dos protagonistas e nas suas visões subjetivas. Pode-se reconhecer tranquilamente a convicção de uma íntima fidelidade a Francisco no "serviço" à Igreja, presente em toda a linha oficial da ordem. Boaventura é o mais ilustre exemplo disso. O verdadeiro problema histórico que se procurou trazer à luz está na impossibilidade objetiva de composição entre as diversas experiências e exigências. Assim, encontramos novamente o problema da historicidade da biografia boaventuriana: porque nela está, parece-me, sobretudo o seu significado e o seu limite, para além das opções e das operações conscientes que comprova, ou seja, que é o documento mais amplo, coerente e estruturado de uma refundação da ordem e do seu modelo em termos e maneiras de ser, que finalmente poderiam voltar a entrar com plenitude no quadro institucional e de espiritualidade, nas maneiras de presença e de organização, com as quais, há séculos, a mensagem e o ensinamento cristãos tinham então se manifestado na sociedade europeia ocidental. Mas parece-me difícil negar que não estavam nela a novidade e a força da experiência religiosa e cristã de Francisco.

NOTAS

1. Em Ehrle, *Die "historia septem tribulationum ordinis minorum"*, op. cit., p. 283 (IV trib.).
2. Cf. id., *Die ältesten Redactionen*, op. cit., p. 39.
3. E. Gilson, *La philosophie de Saint Bonaventure*, Paris, 1953, p. 25.
4. D. Vorreux, *Introduction* a san Bonaventura, *Vie de Saint François d'Assise*, em Desbonnets – Vorreux, *Saint François d'Assise*, op. cit., p. 68 e segs.
5. S. Clasen, *S. Bonaventura S. Francisci Legendae maioris compilator*, em "Archivum Franciscanum Historicum", LIV (1961), p. 241-72; ivi, LV (1962), p. 3-58 e 289-319. Sobre um juízo oposto, que, através de uma detalhada análise de algumas partes da *Leg. Mai.*, confirma, de modo convincente, as críticas que Ubertino e os círculos espirituais lhe haviam dirigido, cf. E. Pásztor, *San Bonaventura: biografo di San Francesco? Contributo alla questione francescana*, em "Doctor Seraphicus", XXVII (1980), p. 83-107.
6. Cf. Miccoli, *Di alcuni passi di san Bonaventura*, op. cit., p. 381-95.
7. Cf. *Epistola de tribus quaestionibus*, em san Bonaventura, *Opera omnia*, Quaracchi, 1898, VIII, p. 336.
8. *Leg. mai.*, VI, 2, p. 582 e seg.
9. Cf. I Cel., 52, p. 40; *Leg. per.*, 39, em *Scripta*, p. 156 e segs. (um ótimo consenso entre as diversas *Vidas* de São Francisco está na reunião de textos sob os cuidados das Éditions Franciscaines de Vorreux e Desbonnets).

10. *Leg. mai.*, VI, 4, p. 583.
11. Ibid., VI, 5, p. 584.
12. II Cel., 148, p. 215 e seg.
13. *Leg. mai.*, V, 6, p. 579.
14. II Cel., 161, p. 223.
15. Cf., respectivamente, ibid., 65-68, p. 170 e segs., e *Leg. mai.*, VII, 4-5, p. 588 e seg.
16. Cf. *Di alcuni passi di Bonaventura*, op. cit., p. 391 e segs.
17. Cf. Manselli, *L'ultima decisione di san Francesco*, op. cit., p. 137-53.
18. Cit., em Meersseman, *Dossier de l'ordre de la pénitence*, op. cit., p. 125. Sobre as *Determinationes questionum* e o seu caráter "boaventuriano" cf. Pellegrini, *Insediamenti francescani*, op. cit., p. 123 e segs.
19. *Institutions ecclésiastiques*, op. cit., p. 181 e seg.
20. AA.SS., Oct., II, p. 683A.
21. *Leg. per.*, 114, em *Scripta*, p. 288.
22. *CantSol*, p. 85, e *Scripta*, 44, p. 166 e segs (cf também *Spec. perf.*, 101). Veja-se, neste mesmo volume, p. 82 e seg.
23. Cf. H. Böhmer, *Analekten zur Geschichte des Franziskus von Assisi*, Tübingen, 19302, p. 5 (cap. VII).
24. *Scripta*, 111, p. 284.
25. Salimbene de Adam, *Cronica*, op. cit. II, p. 854.
26. *Epistola de tribus quaestionibus*, op. cit., p. 332 e seg.
27. Cf. *Leg. per.*, 75, em *Scripta*, p. 216 e segs.
28. *Liber de laudibus beati Francisci*, cap. IV, em *Analecta franciscana*, III, Quaracchi, 1897, p. 674.

Índice onomástico

Abelardo, Pietro 17
Adriano IV (Nicolau de Breakspear), papa 18
Adriano VI (Adriano Floristz), papa IX
Agostinho, Santo 83-5
Alphandéry, Paul 96
Anônimo de Perúgia 121, 126, 180, 207
Antônio, abade, Santo 169, 223, 262
Antonio di Padova, Santo 262
Arnaldo da Brescia 10, 17, 37
Arrupe, Pedro XV, 8
Atanásio de Alexandria 169n
Auerbach, Erich 109-10n

Baldelli, Ignazio 239n
Bartoli Langeli, Attilio XIX, 167n, 237n, 244n
Bartolomeu de Pisa 84
Bastiaensen, Anton A. R. 170n
Battaglia, Salvatore 117n
Becquet, Jean 26-7n

Beguin, Pierre 129, 159-64n, 168-9n, 207
Bellini, Bernardo 117
Bento de Núrsia, São 84
Berg, Dieter 26-7n, 239n, 255n
Berges, Wilhelm 111
Bergoglio, Jorge Mario, cf. Francisco, papa
Bernardo de Bessa 286
Bernardo de Claraval, São 1, 37
Bernardo, frei 48, 136, 279
Bernards, Matthäus 170n
Bernini, Ferdinando 265
Bettiolo, Paolo XIX
Beumann, Helmut 112
Bigaroni, Marino 87, 117n, 235n
Bihl, Michael 169n
Bligny, Bernard 33n, 112n
Boaventura de Bagnoregio, São XVIII, 21, 123-6, 131, 138-41, 143, 151, 158n, 178-9, 210n, 230, 262n, 267-81, 286-7n
Boccali, Giovanni 235
Boesch Gaiano, Sofia XIX

Böhmer, Heinrich 53, 100, 241, 289
Bougerol, Jacques Guy 158
Brémond, Claude 232
Brooke, Rosalind B. 87, 116-7n, 232, 244
Bughetti, Benvenuto 110
Busenbender, Wilfrid 107

Cabrol, Ferdnand 160n
Callebaut, André 241n
Calufetti, Abele 249n
Câmara, Hélder XI-XIV
Cambell, Jacques 243n, 244n
Capitani, Ovidio 27n, 30n, 32n, 35n
Cardini, Franco 111n, 157n, 165n, 167n, 170n, 256n
Castillo, Elsa 111n
Casutt, Laurentius 260n
Cavallin, Sam 164n
Cêncio, prefeito 29n
Cesário de Heisterbach 175, 232n
Châtillon, Jean 158n
Chenu, Marie-Dominique 27n, 32-3n
Chiara d'Assisi, Santa 95n, 262n
Clareno, Angelo 51, 84, 99n, 115n, 179, 235n, 267
Clasen, Sophronius 169n, 171n, 232n, 235n, 251n, 253n, 256n, 271, 278, 288n
Clemente XIV (Giovan Vincenzo Antonio Ganganelli), papa X
Clementi, Alessandro 234n
Constantino I, imperador 9
Conti, Martino 167n, 254n
Covi, Ettore 111n
Cracco, Giorgio 32n, 34n

Crescêncio de Iesi 84, 98n, 113n, 217, 226, 233n, 235-6n, 255-6n

D'Alatri, Mariano 99n
Dabin, Paul 28n
Dal Pino, Franco Andrea 27n
Dalmais, Irénée-Henri 111n
Danielou, Jean 96n
Davis, Charles T. 116n
De Beer, Francis 164n, 171n, 181-3n, 232n, 238n, 245n, 250n
De Foucauld, Charles Eugène XV
De Sandre Gasparini, Giuseppina 102n
De Vogüé, Adalbert 108n
Delaruelle, Étienne 6, 28n
Delcorno, Carlo 239n
Delorme, Ferdinand 233n
Desbonnets, Théophile XXII, 87, 95-8n, 101n, 105-7n, 109-10n, 114-5n, 117n, 119n, 124, 131, 137-8, 157-62, 164, 167, 207, 233, 236, 238n, 248n, 253n, 287-8n
Dettloff, Werner 107n
Di Fonzo, Lorenzo 159-62n, 168-9n

Eberwin de Steinfeld 1, 3
Egger, Wilhelm 157n
Egídio, frei 126, 129, 192, 223, 235n, 244n, 261n, 265n
Ehrle, Franz 99n, 234n, 287n
Ekkehardo d'Aura 29n
Elias von Cortona [Elia da Cortona] 48, 116n, 206, 208, 210, 253-4n, 241n
Elm, Kaspar 234n, 241-2n
Englebert, Omer 119n, 165n

ÍNDICE ONOMÁSTICO 297

Enrico Abricense 167n
Erlembaldo Cotta 29n
Esser, Kajetan 50, 52-5, 95-100n, 103-7n, 110n, 113n, 115n, 167n, 177, 233n, 242

Faloci Pulignani, Michele 159n
Festugière, André-Jean XIX
Fiorani, Luigi XIX
Flood, David Ethelbert 62, 103, 106n, 110-1n, 113n, 165n, 167n, 169n, 191, 235n, 241n, 245n, 251n
Fontaine, Jacques 231n
Francisco (Jorge Mario Bergoglio), papa VIII, XI, XIII-XIV
Francisco de Sales IX
Francisco Xavier IX
Frederico Barbarossa I, imperador 11
Freeman, Gerard Pieter 106n
Frugoni, Arsenio 32n, 34n, 94n
Frugoni, Chiara 238n, 251n

Gamboso, Vergilio 262n
Gattucci, Adriano 114-5n
Gennaro, Clara 95n, 110n
Gerhoh de Reichersberg 37
Ghinato, Alberto 99n
Gieben, Servus 99n
Gilson, Étienne 269-70, 287n
Ginepro, frei 261n
Giordano di Giano 113n, 115n, 180, 186, 189, 241, 243, 260, 265, 284
Godet, Jean-François 95n, 107n, 110n, 118n
Goetz, Walter 237n, 242n
Gonnet, Giovanni 26n, 34n, 104n

Gratien de Paris 78-9, 99n, 113n, 115n, 118n, 232n, 258n
Grau, Engelbert 97n, 105-7n, 113n, 235n
Graziano 161n
Grégoire, Réginald 33n, 169-70n
Gregório IX, papa, *cf.* Ugolino de Óstia
Gregório Magno I, papa e santo 103n
Gribomont, Jean 116n
Grundmann, Herbert 26-7n, 34n, 99n
Guenée, Bernard 231-2n
Guiraud, Jean 27n

Hardick, Lothar 105n, 107n, 113n, 157n
Honório III (Cencio Savelli), papa 50, 184-5, 200, 254n, 279
Hummes, Cláudio IX
Huygens, Robert Burchard Constantijn 233n, 243n

Ilarino da Milano 158n
Inocêncio III (Giovanni Lotario), papa 14, 20, 34n, 96n, 254
Inocêncio IV (Sinibaldo Fieschi), papa 183, 268
Ivo de Chartres, São 10

Jacoba de Settesoli 259
Jaffé, Philipp 32n
João Batista, São 132
João de Parma 51, 267-8
João de Salisbury 17-8, 37
Joaquim de Fiore 23
Jørgensen, Johannes 159n, 165n
Juliano de Spira 123, 132, 148, 180, 269, 274

Koper, Rigobert 102n

Lambertini, Roberto 233n, 244n
Lapsanski, Duane V. 96n, 107n, 117n, 119-20n
Le Bras, Gabriel 242n, 281
Le Goff, Jacques 102n, 113n, 232n
Leão, frei XII, 49, 79, 84, 93, 113n, 180, 217, 223, 233n, 244n, 255-6, 261n, 279
Leclerc, Eloi 109n
Leclerq, Henri 160n
Leclerq, Jean 112n
Lehmann, Leonhard 111n
Lell, Joachim 108n
Lemmens, Leonhard 33n, 98n, 109n, 115n, 233n, 242n
Leonardi, Claudio 120
Leone Brancaleone XXI, 116-7n, 259, 262

Maccarrone, Michele 34n
Mailleux, Georges 95n, 107n
Manselli, Raoul 26n, 30n, 32n, 34-5n, 97-8n, 104n, 110n, 114n, 160n, 165n, 168n, 212, 232n, 238n, 253-5n, 257n, 279, 288n
Map, Walter 2, 21, 37
Marbode de Rennes 10, 14
Mariani, Eliodoro 244n
Marini, Alfonso 238n, 256n
Martina, Giacomo XIX
Masseo, frei XVII
Mateus, apóstolo e santo 62, 109n, 111n, 121, 124-5, 127, 130, 134, 137, 140, 146, 154, 158n, 160n, 169n, 256n
Matura, Thaddée 110n, 129, 147, 241n, 251n

Mazzi, Maria Serena 102n
Meersseman, Gilles G. 27n, 103n, 288n
Menestò, Enrico 235n, 237n, 255n
Menozzi, Daniele XIX
Merlo, Grado Giovanni 26n, 32n, 104n, 118n, 237n
Miccoli, Giovanni 27-9n, 31-4n, 96n, 114-5n, 118n, 239n, 241n, 243n, 245n, 288n
Michel, Albert 107n
Mollat, Michel 33n, 112n
Moorman, John R. H. 232n, 237n
Morena, Ottone 95n
Morghen, Raffaello 30n
Morin, Germain 31n
Mussolini, Benito VII, VIII

Nanni, G. 253n
Nazário 29n
Nguyen-Van-Khanh, Norberto 106n
Nimmo, Duncan 233n
Olgiati, Feliciano 248n
Oliger, Livario 115n
Olsen, Glenn 27n
Otto de Freising 37n

Paciocco, Roberto 234n
Pasquale II (Raniero di Cluny), papa 8
Pásztor, Edith 98n, 116-7n, 171n, 238-9n, 251-2n, 261-2, 288n
Paulo de Tarso, São 86, 226
Paulo VI (Giovanni Battista Montini), papa XI
Pazzelli, Raffaele 107n
Péano, Pierre 234n
Pedro Cattani, frei 241n, 266

ÍNDICE ONOMÁSTICO

Pedro Damião, São 6-7
Pellegrini, Luigi 197-8n, 236-7n, 246n, 288n
Penco, Gregorio 108n
Philippart, Guy 233n, 237n
Piat, Stéphane-Joseph 35n, 115n
Pietro di Giovanni Olivi 235n
Pietro Lombardo 107n
Potestà, Luca 235n
Pseudo-Isidoro 114n

Quaglia, Armando 254n

Rigon, Antonio 262n
Roberto de Arbrissel 15
Romanini, Angiola Maria 239n
Rossi Saccomani, Annamaria 102n
Ruffino, frei 261n
Rusconi, Roberto XIX, 28n, 120n, 234n, 239n

Sabatier, Paul 41, 44, 52, 82, 95, 97n, 110n, 115n, 117n, 119n, 165n, 234n
Salimbene de Adam 266, 285, 289
Schmitt, Clement 232n, 241n, 243n
Schmitt, Jean-Claude 232n
Schmucki, Oktavian 102n, 109n, 119n, 157n, 160n
Selge, Kurt-Viktor 26n, 108n, 116n, 118n, 239n, 241-3n
Sergi, Giuseppe 95n
Short, William J. 256n
Sigal, Pierre André 12, 33n
Skorka, Abraham XIV
Sonst, F. 157
Spidlik, Tomás 117n

Stanislao da Campagnola 96-7n, 115n, 158n, 164n, 232-3n, 237-8n, 247n, 276
Stefano di Muret, Santo 158n
Stein, Judith 251n
Strange, Joseph 232n
Stroick, Aubert 100n
Sulpício Severo 231n
Suyskens, Costantino 281

Tabarroni, Andrea 233n, 244n
Tamassia, Nino 169n
Teilhard de Chardin, Pierre XII
Teresa de Ávila, Santa XV
Thouzellier, Christine 33n
Tiago, apóstolo e santo 2
Tomás de Celano 74, 121, 131, 180-1, 208, 210, 212, 221, 226-8, 255-6n, 268, 271, 274, 276-7
Tomás de Ecclestone 180, 284
Tommaseo, Niccolò 117n

Ubertino de Casale 84
Ugolino de Óstia 53, 84, 116-7n, 182-5, 190, 194, 200, 239n, 254n, 276
Umberto di Romans 116n

Valdo 2, 3, 12, 25
van Asseldonk, Optatus 105n, 110-1n, 263n
van Corstanje, Auspicius 97n
van Dijk, Stephen A. 241n
van Dijk, Stephen Joseph Peter 120n, 261-2n
van Dijk, Willibrord 110n
van Leeuwen, Bertulf 157n, 159-60n, 169n
Vandenbroucke, François 117n

Vauchez, André 27n, 33n, 232n, 237n, 266n
Vaux de Cernay, Pierre des 28n
Vicaire, Marie-Humbert 28n, 116n, 262n
Vorgrimler, Herbert 96n
Vorreux, Damien 87, 95-7n, 101n, 105n, 109-10n, 114n, 117n, 119n, 164n, 233n, 238n, 248n, 269, 287-8n

Wadding, Lukas 160n, 165n
Walter, Johannes Wilhelm von 27n

Zafarana, Zelina 239n
Zangara, Vincenza XIX, 170n
Zerbi, Piero 29n, 116n
Zerfass, Rolf 239n
Zilio, Paolino XIX

1ª edição agosto 2015 | Fonte ITC Garamond Std
Papel Offwhite Norbrite 66g | Impressão e acabamento Cromosete